LE PRINCIPE DE L'INCERTITUDE

DU MÊME AUTEUR
CHEZ LE MÊME ÉDITEUR

Le Confortable Désespoir des femmes
La Cour du Nord
Les Terres du risque
Party
Un chien qui rêve

Agustina BESSA-LUÍS

LE PRINCIPE DE L'INCERTITUDE

Traduit du portugais
par Françoise Debecker-Bardin

Publié avec le concours do
Instituto Português do Livro e das Bibliotecas

Éditions Métailié
5, rue de Savoie, 75006 Paris
www.editions-metailie.com
2002

MINISTÉRIO DA CULTURA

INSTITUTO PORTUGUÊS DO
LIVRO E DAS BIBLIOTECAS

Titre original : *O princípio da incerteza*

ISBN : 2-86424-438-1
ISSN : 0757-9276

1. EXAMEN PRÉNATAL

On n'écrit pas mieux parce que l'on a beaucoup écrit. Ainsi, il m'arrive de surprendre, dans l'une ou l'autre de mes anciennes pages, un ton parfait, où veille l'imagination, telle une marraine incapable de vieillir et de perdre la raison. La raison est la même, en dépit des longues épreuves, des déceptions, de l'expérience, en dépit de tout.

Si néanmoins il y a un progrès dans l'art d'écrire, sans doute faut-il le chercher dans un solitaire vœu de chasteté, dans la volonté de réduire à un simple détail le cœur humain, en dehors de ses obligations de palpitations et de vie.

Débattre du plus profond d'un sentiment, sans tenir compte du temps qui a passé ni des coutumes qui ont changé, m'a toujours fascinée. Prenons par exemple un jeune étudiant, sa cape rejetée sur l'épaule avec beaucoup d'élégance et d'esprit d'indépendance, et faisons-lui rencontrer Charlotte dans la salle à manger vers les quatre heures de l'après-midi. Bien sûr la maison est devenue une sorte de pension de famille, le personnel y est engagé sous les auspices de la Sécurité sociale, et il a beaucoup perdu de ses faiblesses si bien décrites par Swift. Ce sont des fonctionnaires à présent, non plus des laquais geignards et rusés. On ne les aperçoit guère qu'aux heures des repas, et nul ne peut prétendre en obtenir des faveurs durant les heures protégées par le Syndicat hôtelier, ou quel que soit son nom. Toutefois, ils ont toujours le même regard, vindicatif et somnolent à la fois, capable d'évaluer le client mieux que ne le ferait un agent des Douanes.

La seule nouveauté introduite dans le paysage, c'est un petit bosquet de plumes blanches que l'on n'y voyait pas autrefois. On méprisait alors leur beauté trop facile, et l'on craignait leur réputation d'objets maléfiques. On plantait de préférence des arbres de Judée, dont les fleurs répandaient un parfum délicieux, des araucarias et des rhododendrons. Mais jamais de ces plumes, aussi abominées que celles du paon à l'intérieur d'une maison. On ne sait comment ces légendes acquièrent droit de cité et se transforment en règles domestiques. Ce qui est sûr, c'est que l'on s'y conforme comme aux plus respectables des lois, aux plus dignes d'être obéies.

Cet après-midi-là, donc, entre cinq heures moins le quart et cinq heures, descendit d'une jeep grise un garçon aux cheveux longs, vêtu d'une chemise apparemment exhumée des coffres d'un lointain aïeul, et qui considéra la maison d'un air de prudente expectative. Élevé dans l'intimité des Tortues Ninja, comment aurait-il pu apprécier une aussi tranquille scène de vie campagnarde ? Du reste, en dehors de la grande parade de la célébrité, et mise à part l'élégante silhouette d'un joueur de tennis sur son court de sable rouge, rien ne l'intéressait. Même pas le cinéma : il le laissait aux bourgeois, qui consumeraient sur les bancs du Parlement leur vision euphorique d'un monde corrompu. La société se révélait chaque jour plus libertine, plus éprise d'un idéal de vitesse, de consommation et d'ambition irréfléchie. Sans aller jusqu'à parler d'une intolérance aux bonnes mœurs, la faune de la nuit en tout cas n'accueillait pas volontiers ces grands garçons bien nés, qui parfois apparaissaient dans les discothèques, s'adossaient contre un mur et demeuraient immobiles, l'air indifférents, mais pleins d'une fureur contenue. A dix-huit ans, António Matos Clara, également connu, pour des raisons que j'indiquerai plus loin, sous le nom d'Œillet Pourpre, s'efforçait de sembler issu d'une race exterminatrice et implacable. C'était là une forme de romantisme, d'autant que ses moyens financiers étaient faibles, sinon seulement potentiels. Son père, un diplomate gravement malade du cœur, s'était retrouvé invalide alors qu'il était encore jeune et qu'une carrière prometteuse s'ouvrait devant lui. Sans fortune personnelle, entouré d'amis de peu d'utilité puisqu'ils appartenaient à un courant d'opinions différentes de celles du Gouvernement, il n'eut bientôt d'autre soutien que sa femme, qui l'aimait passionnément. Sans elle, jamais il n'eût supporté les obligations de sa charge, ni rempli avec bonheur sa délicate mission d'ambassadeur. Ce roman à ses débuts évoque Stendhal, car s'y tient à l'affût le destin de personnes d'une haute condition morale, soumises à des passions aventureuses. Leur fortune ne les protège en rien: au contraire, elle les rend plus vulnérables.

Le fait qu'António Matos Clara n'eût que des frères facilita pour la mère leur abandon. Elle les remit à des servantes de confiance, et les recommanda à l'attention bienveillante d'amis. Mais quels amis peuvent remplacer un père et une mère? Certains le font pourtant avec une atroce compétence. Si je dis atroce, c'est qu'il y a toujours un peu de cruauté dans un amour de substitution; une goutte de fiel dans le cœur qui ne cesse d'imaginer la tendresse des parents absents.

António Matos Clara grandit dans le confort, choyé par ceux qui ressentaient pour lui une pitié bientôt tempérée, une fois constatée l'attitude intéressée de la famille, par un sentiment moins noble. António était le plus jeune des trois garçons, et le plus attaché à la famille qui les avait adoptés, orientant leurs études et leur distribuant des mensualités que souvent elle arrondissait de généreux cadeaux. Mais ce qui facilita grandement leur vie pécuniaire, ce fut l'héritage d'oncles et de tantes. L'héritage, cette loterie des familles, qui perdure dans notre société férue de profits et d'arguments civiques et personnels, garde surtout son importance pour une bourgeoisie rurale où l'on s'en transmet les droits comme un message venu des morts. Il en fut ainsi lorsque mourut l'oncle de Rutinha Matos, la mère d'António, l'un des plus vieux et des plus riches cultivateurs du Douro. Mû par l'un de ces caprices singuliers que sacralise la sénilité, il avait destiné tous ses biens au neveu qui naîtrait dans la maison de famille – une maison aux plafonds chaulés, dépourvue de tout-à-l'égout mais éclairée au néon dans les cuisines et les pressoirs. Cette vaste propriété eût mérité de porter un nom tiré de l'armorial, ce qui n'était pas le cas. On disait que Rutinha, alors enceinte de son troisième fils, avait eu vent de cette disposition sur le testament de l'oncle Matos de Albergaria, et qu'elle s'était installée dans la maison en tant qu'invitée intéressante, comme on qualifie d'ordinaire son état. Ne manquèrent alors ni censeurs ni mauvaises langues. Mais l'enfant vint au monde sous les auspices d'une fortune grandiose. "Rira bien qui rira le dernier", dit Rutinha Matos, qui sous sa peau de porcelaine cachait des nerfs de chien de traîneau. Son fils serait riche et la *quinta*, la propriété, du Salto lui reviendrait de droit, puisque le vieil Albergaria n'avait pas d'héritier direct. L'endroit était haut perché ; de là, on voyait la conque de Régua et l'antique vallée de Godim, l'une des plus belles du monde, cernée de montagnes où brillaient les villages et les grandes demeures des *quintas*. Tout au fond défilaient les trains aux portières vertes, avec le numéro correspondant à la classe écrit dessus en jaune. Les interminables "marchandises" sortaient du tunnel de Régua dans le tambourinement de leurs wagons découverts, chargés de tonneaux. On entendait, très net, le grincement des bogies obéissant aux freins. Et l'on eût dit que la file des wagons allait se disloquer, laissant sur la voie une profanation houleuse de planches et de barils. On entendait le sifflet de la locomotive, strident, couvrant tous les autres bruits.

Cependant, on ne pouvait traiter tout à fait Rutinha d'ambitieuse éhontée. Elle avait simplement décidé de prolonger sa visite à son oncle et parrain Albergaria, et de vivre avec lui trois mois durant. Surtout, elle se disait que cette éclipse résoudrait le problème de sa ligne perdue alors qu'elle lui était essentielle dans son rôle de femme d'ambassadeur. Du moins, si la situation ne s'éternisait pas, car la santé de Manuel Clara se dégradait, et il lui avait fallu prendre sa retraite et se consacrer à la grande passion de sa vie : l'archéologie. Or, au Zimbabwe, où se trouvait à présent Manuel Clara, une femme n'avait guère plus de valeur qu'un sac de farine. Aussi Rutinha s'installa-t-elle tranquillement dans la *quinta* du Salto da Senhora, mangeant des grenades et allant se promener dans les bois, où elle piétinait les bogues pour en extraire les châtaignes. Cela, par pur ennui. Pareil sacrifice, dans l'unique dessein de favoriser un fils plus que ses frères, valait-il la peine ? Avec son ventre de six mois, Rutinha ne se cloîtrait pas à proprement parler dans la maison, mais la nostalgie qu'elle avait de son mari l'empêchait d'aller bien loin. Elle avait épousé par amour ce garçon quasiment pauvre, mais hardi comme un chien de garde. Il était de ces gens de province que l'argent entraîne vers des causes qui au bout du compte le rejettent. Il fit son droit, puis récusa comme un honneur grotesque l'idée d'entrer dans la magistrature. Avec l'aide des Matos Albergaria il tâta de la diplomatie et réussit assez bien dans une carrière qui, dès le début, lui parut morose et dénuée de philosophie. Sa maladie, un rétrécissement mitral qui le prit de bonne heure, lui évita d'être connu pour ses défauts : la dissimulation et l'envie, surtout. Mais Rutinha le trouvait parfait, intelligent, conforme à l'idéal du souverain selon l'idéologie de César Auguste : un idéal de clémence et de justice, de courage et de piété. La réalité de ce mari faible et persifleur, doté d'un appétit dévorant pour tout ce qui promettait la fortune, était hélas bien loin de cette chimère de vertu.

De l'histoire des Albergaria émergeait la figure d'un ancien cultivateur qui nourrissait pour le sublime une sorte de sentiment religieux. Il était grand et dégingandé et gardait chez lui des chiens féroces qui effrayaient surtout les femmes de ses amis. Il demanda qu'à sa mort on fît faire à son cercueil le tour de la propriété, et le chemin resta connu sous le nom de Promenade du Gisant, bientôt changé en Promenade du Damné, plus conforme à la philosophie populaire. Comme il arrive souvent à cette sorte de gens, la fiction s'empara de la réalité au point d'en détruire les meilleurs témoignages. On disait, par exemple, que le Gisant – Albergaria do Salto – dormait sous un édredon de plumes de perdrix qui dura si longtemps que Rutinha l'avait connu. Rutinha elle-même avait hérité les gènes de l'extravagance des Albergaria, mais modérés par le sentiment chrétien, qui les convertissait en vertus paroissiales. Elle était ambitieuse autant que discrète. Elle supporta ses trois mois d'exil au Salto, à manger des châtaignes et du jambon sec de Lamego, dans l'unique dessein de donner à son fils une fortune dès le berceau. Elle comptait alors sept années d'un mariage d'amour, ce qui équivaut à trente de désirs frustrés. Elle faisait transformer ses robes chez une petite couturière et retourner les feutres de ses chapeaux, changeant les rubans de ses *cloches* comme on change les assiettes au cours d'un dîner : par étiquette plutôt que pour suivre la mode. Ses amies venaient la voir, Lou surtout, une fille écervelée mais au cœur fidèle, qui lui dit :

– Et si l'accouchement se passe mal ? Il n'y a que toi pour aller t'enterrer dans un village, te coucher dans un lit où d'autres sont morts et y mettre ton enfant au monde. Tu es vraiment tarée.

Rutinha ne disait mot à personne du testament d'Albergaria, qui n'avait guère plus de cinquante ans et pouvait encore se remarier, annulant ainsi la clause de l'héritage. Elle allait à la chapelle mettre des fleurs.

– S'il te plaît, mon petit saint Antoine-des-Oliveraies, ne va pas lui donner cette idée. Rends-le plutôt glouton, et bon éleveur de vins. Ceux qui t'ont fait une réputation de marieur n'ont qu'à s'adresser ailleurs. Ne pouvais-tu te contenter d'écrire tes sermons et d'étriller les riches ?

Petit et dodu, le saint, sur son autel doré, paraissait s'attendrir et lui dire de ne pas s'affliger, que l'enfant méritait la tranquillité de son ventre, et un bon avenir bancaire. Elle sortait de là consolée, mais la tristesse du soir s'infiltrait dans ses veines, comme si elle allait mourir au coucher du soleil, qui, du sommet des montagnes, semblait creuser la terre comme un météore en feu. Cette terre-là, lorsque la nuit tombait, ne se souciait plus des hommes. Les hommes, pour Rutinha, c'était son mari dans son cabinet du Zimbabwe, où grinçaient les girouettes. C'était, plus précisément, le beau Manuel Clara, passé de la situation précaire d'une carrière de diplomate à l'aventure africaine – l'or, surtout, qui interpellait encore les Portugais. Il lui écrivait : "ma chère Ruth, vous êtes assise sur une mine de diamants : n'en bougez pas. Moi, je tamise l'or et ses scories, et je serai riche un jour, vaille que vaille. Si seulement j'avais vécu au Xe siècle, si j'avais eu une flotte à Sofala ! Soignez-vous bien, mangez beaucoup de fruits et buvez de l'eau de source. J'ai la nostalgie de vos petits pieds dans notre lit, et de votre dent de travers, qui vous donne le sourire fantastique d'une fille de Dracula."

La lettre se poursuivait en discours délirants, pleins d'informations archéologiques. Rutinha se désespérait ; elle se sentait devenir l'allié du prince Chaka Zulu, qui avait contribué au sac du Zimbabwe en 1830. Elle aimait son mari au point que l'évoquer lui donnait un choc à l'estomac, comme lorsqu'on se trouve dans un ascenseur qui descend trop vite. Phénomène extraordinaire, mais qui ne procure aucun plaisir. Manuel Clara était très beau, de cette beauté indiscutable et rare qu'Oscar Wilde appelait divine. Les noirs de Dhlo-Dhlo et de Inyang, où Manuel Clara tournait autour des vieilles ruines, lui obéissaient aveuglément. Avec ses cheveux d'un blond rouge, comme saupoudrés d'or, ils le croyaient sorti tout droit des anciennes légendes du Zimbabwe. De plus, Clara était affable, autant que pouvait l'être un homme dont les rêves de grandeur le poussaient à construire des acropoles partout dans le monde. Mais cette bonne disposition ne dura que peu de temps. La boisson et la nostalgie où le plongeaient les vallées d'Afrique détruisirent à la fois sa beauté et ses désirs.

En janvier, Rutinha donna le jour à un autre petit garçon, qui promettait de ressembler à son père. Elle le laissa à Porto, aux bons soins de la gouvernante et d'une nourrice, et partit, mal remise encore de son accouchement, pour le Mozambique, retrouver son mari adoré, dont elle partageait la folie. La prudence, toutefois, lui commanda de laisser derrière elle ses fils, afin de les mettre à l'abri d'accidents funestes. D'abord fonctionnaire de l'État, puis pauvre roitelet de nombreux hectares de terre où il s'imaginait qu'abondaient l'ivoire et l'or, Manuel Clara, n'eût été sa tendance à l'alcoolisme qui l'abrutit avant ses quarante ans, aurait fait un excellent colon ; sinon un Cecil Rhodes, en tout cas quelqu'un de remarquable, capable de prendre les armes contre Blancs et Noirs s'il était question de soulèvement. Mais il aimait trop le brandy et les femmes noires, surtout celles du Zimbabwe, d'une race plus silencieuse et orgueilleuse. On les disait originaires de Saba, où régnait jadis une princesse érudite et magnifique.

Rutinha, après quelques années de plus d'un mariage d'amour, se fût rendu compte qu'elle avait trop sacrifié à un aventurier de petite envergure, devenu un succédané d'archéologue dans ses moments de lucidité, avant que la boisson, entre trois heures de l'après-midi et la tombée de la nuit, ne le laissât prostré. A cette heure-là, il allait chasser le lion, qu'il surprenait dans ses abreuvoirs au bord du fleuve, et qu'il éblouissait à coups de projecteurs. Rutinha l'eût peut-être quitté si n'avait eu lieu la décolonisation, qui mit fin à cette vie trop facile, sans limites d'espace ni de temps. En retrouvant la civilisation, Manuel Clara tomba dans la dépression et contamina Rutinha, avec son désamour de la vie, ses petits compromis et les faux plaisirs de la culture. Quant aux enfants, ils ne se réhabituèrent pas à leurs parents et demeurèrent à jamais des enfants adoptés, incapables de trouver un intérêt à leur foyer d'origine.

La période que le troisième fils (appelé António, en l'honneur du saint que sa mère avait tant supplié) avait le mieux acceptée, c'était celle de sa vie prénatale. Voici ce que nous donne à voir une échographie faite à quatre mois de grossesse : un enfant robuste, avec des doigts qui ressemblaient à des haricots verts et un nez aplati occupant une grande partie de son visage. Rutinha s'en inquiéta un peu. Mais l'enfant, baignant dans des humeurs visqueuses, indifférent aux préoccupations maternelles, avait l'air parfaitement heureux. Dans cette solitude du Douro, avec pour seule compagnie l'oncle Simeão, qui pilotait son domaine comme il l'eût fait d'un transatlantique, avec ses ponts, ses écoutilles, sa salle des machines, Ruth s'ennuyait. On donnait des fêtes, parfois, surtout à la fin des vendanges. De partout venaient alors parents et amis, manger du chevreau rôti et des petits flans aux œufs. Sans compter le caviar et le saumon, qui faisaient leur apparition parmi les apéritifs locaux : les petits gâteaux de citrouille et les tranches de jambon cru. Rutinha en mangeait même à l'heure du thé, tout en feuilletant des revues d'un air mortifié et dégoûté. Elle lisait les lettres de son mari et brûlait d'aller le retrouver, même si cela devait lui coûter l'enfant et l'héritage. Celsa, l'une des employées de la maison, l'exhortait à la patience. Ce n'était pas à proprement parler une femme de chambre, mais une sorte de commissionnaire, aide de cuisine à l'occasion, qui cueillait aussi le raisin au temps des vendanges. Mais elle avait l'âme d'une émeutière, et elle aimait exciter les groupes de vendangeurs, les pousser à la révolte et à découvrir les péchés des riches. Elle était grande, de la maigreur de certaines statues. Rutinha l'admettait dans son intimité. Comme elle sortait peu et trouvait à redire à tous les services locaux, elle demandait à Celsa de lui couper les cheveux et les ongles des pieds. Sans Celsa Adélaïde, son exil eût été insupportable. La servante était pour elle comme Charmiana pour Cléopâtre. Cette idée ne laissait pas de l'amuser.

Celsa obéissait aveuglément à tous les ordres qu'elle lui donnait. Elle aussi n'avait que des enfants mâles, deux comme Ruth, et lui manquait le plaisir des bavardages entre femmes, les échanges de sentiments futiles, de caprices, de dispositions faciles. Elles devinrent amies au point que le reste du personnel en frémit de jalousie, d'autant que Celsa était enceinte, elle aussi, et qu'elle attendait son accouchement pour une date assez proche de celui de Rutinha.

– Je serai la marraine de ton enfant. Quel nom va-t-on lui donner ?

– Je ne suis pas douée pour trouver des noms, dit Celsa.

En dépit de ses rébellions, elle avait l'âme dévote, et elle aimait les cérémonies religieuses. Elle allait à la messe du matin, enveloppée dans un vieux châle jeté par-dessus un costume d'homme. Rutinha s'en étonnait : – ne te présente pas devant moi dans cette tenue, disait-elle. Et Celsa allait emprunter un tablier blanc, de ceux que l'on n'utilisait plus dans la maison ; toutes les femmes portaient une blouse, à présent, ou même des jeans délavés. Mais Celsa était à l'ancienne mode, ce qui lui valait un certain respect de la part des patrons. Entre elle et Rutinha n'existait pas cette problématique image du maître et du serviteur, cet état ludique de pouvoirs distribués selon l'incarnation de l'amour et de la haine. Non. C'étaient simplement deux femmes unies dans la vérité de leur nature, que ne suffisait pas à combler la maternité. C'étaient deux amazones comme il y en avait peut-être dans ce fameux Zimbabwe dont parlait Manuel Clara, consciencieux tenancier de terres aurifères quelque part dans le sud-ouest africain. Elles passaient ensemble le temps de leur attente, comme s'il s'agissait d'un travail accompli par les fibres les plus intimes du cœur ; par les canaux pleins de liquides alimentaires ; par les palpitations variées, les transformations chimiques, dans un bruit de torrents, de valvules, d'écluses. Le corps vivait, concourant tout entier à la formation d'une vie nouvelle, élaborant de torrentiels produits, de vitales ondes d'anticorps, d'intelligentes doses de fer, des combinaisons de calcium qui durcissaient les os en train d'arrondir la calotte crânienne sous laquelle se créait, peu à peu, le monde de la matière noble, le désir sacré de la pensée. Un jour, Celsa dit :

– Ces deux enfants-là sont frères. Toute leur vie ils se souviendront l'un de l'autre, parce qu'ils se sont aimés avant de voir le jour. Avant que fût créée la lumière, il y avait l'amour de Dieu, et aujourd'hui encore c'est tout ce que nous possédons.

Lorsque Celsa parlait ainsi, Rutinha sursautait. Il lui semblait que, sur son fils dans son ventre, tombait un présage qui pouvait être bon aussi bien que mauvais. Un discours aussi prophétique sur l'amour tombe comme une flèche droit dans le cœur des gens. Ce n'est pas par hasard qu'Éros se sert de flèches, elles ne sont pas des jouets, mais des armes de mort, plus efficaces qu'aucune autre.

L'accouchement de Cela eut lieu à une heure propice. Elle donna le jour à un garçon ; avec les deux qu'elle avait déjà, Flórido et José Luciano, cela lui faisait trois fils. Elle emmenait le bébé lorsqu'elle allait à la maison du Salto, et il dormait tranquillement tandis que les deux femmes échangeaient des souvenirs et s'adonnaient à leurs tâches respectives. Rutinha écrivait des lettres à son mari, et Celsa réparait les vêtements élimés à force d'être portés. Elle servait les repas de sa maîtresse sur un plateau, car, pour une raison mystérieuse, Rutinha ne supportait pas de voir son oncle à table, en train de manger sa soupe avec un bruit d'égout. C'était pourtant un homme distingué, mais la vie à la campagne et le contact avec les travailleurs l'avaient rendu un peu rude. Il ne cachait pas son goût du commandement : c'était là le secret de son pouvoir en tant que patron. Lorsqu'il apparaissait, tôt le matin, dans la cour où s'était développé un magnolia géant, un frisson de plaisir, d'expectative et de crainte incitait les hommes à lui obéir. Et cependant, ce n'étaient pas de simples journaliers, mais des professionnels, qui enfilaient des gants de travail pour déplacer les pierres et élever les murets, recevaient un salaire élevé et jouissaient d'avantages sociaux. Seule Celsa, et sans doute les gens de sa famille, manifestait un singulier dédain du pouvoir, en l'occurrence cette sorte d'intrus qu'est un propriétaire par héritage. Bien que proche parent des Albergaria do Salto, Simeão était un simple Coutinho, citadin de naissance et d'éducation, qui, au plus fort de la Révolution, avait pris possession de ses quatre hectares de vignes, de ses bois centenaires et de l'éblouissant panorama enserré entre les montagnes, avec le fleuve au meilleur de son cours s'étalant en une large nappe baignée de soleil. En réalité, avant la Révolution déjà, il était l'héritier du Salto da Senhora. Mais ce fut le tollé s'élevant contre les cultivateurs absentéistes qui l'avait décidé à s'installer dans la propriété. La maison était petite, avec des plafonds bas peints à la va-vite, à larges coups de brosse. Il se promit de l'agrandir et de la remplir d'accessoires d'autel, de crucifix et de lumignons. Mais son cheval de bataille, c'était la vigne. Il la reçut bien soignée et, à la première cueillette, se retrouva riche. Chaque grappe de "portugais bleu" était pour lui comme un baiser d'amante, qu'il rétribuait de caresses sur le flanc caillouteux de la terre.

– Elle se plaît bien avec moi, cette maudite, disait-il le soir tout en retirant sa houppelande à col de renard, héritée, elle aussi. Simeão Albergaria, sans être à proprement parler avare, ne laissait pas d'être connu pour ses bizarreries, sa parcimonie et son goût de la modération. Ce genre de personnes engendrent le plus souvent des fils prodigues. Ce n'était pas le cas ici. Simeão était un célibataire par définition, il aimait sa tranquillité personnelle et celle de sa maison. Si néanmoins on l'accueillait volontiers, c'est qu'il connaissait la région sur le bout des doigts, qu'il avait courtisé toutes les filles de Vila Real et parcouru à cheval toutes les ruelles et tous les raidillons. Il savait par cœur le nom des diverses variétés de raisin et le rituel des travaux de la vigne – les labours, le binage, l'effeuillage, la taille et les vendanges. Il avait des amis dans les endroits les plus reculés, il secourait les pauvres et il aimait la terre de cet amour comparable à n'importe quel autre, et qui réconcilie les hommes avec la mort. Il vouait un véritable culte à cet Albergaria qui, sur son lit de mort, avait demandé que l'on menât son cercueil en procession autour de la propriété, en faisant une pause tout en haut, sous la tonnelle de roses, où un oncle chapelain lirait Homère. Car il y avait des lettrés dans le Douro, qui se faisaient la barbe le soir afin d'aller tranquillement dire leur messe du matin, et qui laissaient en mourant une bibliothèque de livres rares, Racine, Fénelon, et bien d'autres.

Lorsque Rutinha s'invita au Salto da Senhora (que d'aucuns appelaient "da Senhora da Vida", ce que Simeão interdisait formellement) pour mettre son enfant au monde, son oncle la soupçonna d'avoir eu connaissance de la clause sur son testament. Sans faire mine de rien, il l'accueillit normalement. Il ne se doutait pas que, moins de vingt ans plus tard, tous ses biens reviendraient au jeune António Clara, qui, un soir de tempête où les éclairs se croisaient au-dessus des monts comme pour une apocalypse, naîtrait dans la chambre du belvédère. Une chambre aux cloisons légères et tapissée d'ardoise, comme c'était l'usage dans les constructions mineures des grandes maisons du Douro.

L'accouchement survint inopinément, à un moment où chacun s'était retiré à l'abri de la pluie, portes closes, et brûlant des branchettes d'olivier bénites le dimanche des Rameaux. La seule à ne pas quitter Rutinha, ce fut Celsa Adélaïde, de la maison du Touro Azul. De ce sobriquet poétique – le Taureau Bleu –, nul ne connaissait l'origine; peut-être venait-il d'un ancien tenancier de taverne portant ce nom, évocateur d'auberges anglaises. Mais nous en étions à l'heure de l'accouchement, qui fut pénible, et désolant pour Celsa, contrainte de servir de sage-femme. Elle et sainte Rita, dont elle était la dévote parce que toutes deux supportaient un mari antipathique et furibond, eurent l'honneur de présider à la naissance de l'enfant. Le nouveau-né était parfaitement formé, mais tout bleu et à demi mort. Celsa en fut bouleversée. Le voyant expirer dans ses bras et prévoyant la déception de Rutinha, qui se retrouverait sans enfant et sans héritage, l'idée lui vint de faire l'échange avec son propre fils, qui dormait tranquillement dans la pièce à côté, et qui ne comptait qu'une dizaine de jours. Vite, elle procéda au remplacement, et l'enfant qu'elle déposa dans le berceau, ce fut le sien. La peur de se voir tenue pour responsable de cet accouchement désastreux la poussa à agir ainsi, sans autre forme de calcul. Mais ensuite, en y réfléchissant bien, elle conclut qu'elle n'aurait pu mieux faire. L'héritage allait échoir au va-nu-pieds, qui n'en resterait pas moins son fils. Sans compter que Rutinha se réjouirait de l'issue de l'accouchement et du succès de son plan.

Celsa ameuta la maison, et les femmes accoururent de tous côtés, les unes réchauffant les langes, les autres apportant de l'eau, toutes riant et chuchotant.

– Comme il est grand, et avec tant de cheveux! disaient-elles. De fait, le fils de Celsa avait une chevelure noire et lustrée.

On eût dit un ténor venant de pousser la chansonnette, et son petit air compétent laissait pantois.

– Comme il est beau ! renchérissaient les femmes. Celsa n'avait pas souvenir que l'on eût ainsi vanté son fils, et pourtant il était, c'est vrai, d'une rare beauté. Rutinha pensa aussitôt qu'il ressemblerait à son père, qui était au Zimbabwe, en train de tourner à pas lents et confiants autour des murailles de la reine de Saba. Et elle eut hâte de partir. C'est pourquoi, à peine remise de son accouchement, elle alla à Porto faire ses valises et remettre les enfants aux bons soins des servantes et des amis. Elle se détournait de tout amour qui ne fût pas celui de son mari, cet homme dépravé par la curiosité et qui vivait enfermé dans ses recherches. Rutinha ne revit qu'une fois le bébé, que Simeão adopta, et auquel Celsa, ayant annoncé la mort du sien, se consacra et servit de nourrice. Ne me demandez pas comment fut possible pareille intrigue : je n'y étais pas. Je peux seulement dire que le fils de Rutinha eut un enterrement de pauvre, avec deux petits anges en uniforme de la Croisade pour l'accompagner. Dans les familles riches, on photographiait les enfants mort-nés, qui figuraient ensuite parmi les portraits de famille. C'était macabre, à faire se dresser les cheveux sur la tête. Mais le fils de Rutinha échappa à cette coutume ; il disparut sous un petit monticule de terre à l'aspect de pudding, qui bientôt, avec la pluie, se désagrégea. C'était l'hiver, il faisait un temps détestable. Celsa pensait à l'enfant mort, et la mélancolie lui emplissait le cœur.

– Il était d'un violet pourpre, comme un œillet pourpre en train de s'ouvrir. Je l'ai vu, et ne peux y croire.

Ce fut ainsi que le petit António Clara, de la Senhora da Vida, ou du Salto, comme vous préférez, grandit affublé de ce nom que lui donna Celsa, sa mère véritable. Il n'occupa jamais une grande place dans le cœur de cette femme, qui garda à jamais le silence sur l'événement le plus extraordinaire de sa vie, si simple par ailleurs. Elle était capable de grandes décisions, et de s'y maintenir.

Voici donc l'oncle Albergaria avec sur les bras son fils adoptif, qu'il ne savait comment éduquer, puisqu'on avait supprimé les collèges et que même le séminaire était en voie de disparition.

Les frères de Celsa y avaient fait leurs études, sans pour autant entrer dans les ordres, au grand regret des femmes de la maison. Pourquoi des femmes ? C'est que les femmes sont faites pour un apostolat plus obéissant, exempt d'agressivité ; leur nature les pousse à une soumission passionnée, à servir par amour, à interpréter l'amour comme une forme de malheur idéal. Et, derrière tout cela, il y a la colère. La colère qui est créatrice, qui déborde le sentiment et la raison, qui prend le large comme un voilier sous un vent favorable, et dont le souffle est menaçant, sifflant et chantant. La colère ! Celsa la connaissait si bien ! Celsa Adélaïde, de son nom de baptême. La variété des noms de famille avait diminué depuis qu'on ne tenait plus compte de la volonté des pauvres, ce qui a commencé avec le registre d'état civil. C'est pourquoi leurs sobriquets sont hauts en couleur et perdurent joyeusement trois ou quatre générations durant.

Si, à présent, nous nous penchons de plus près sur la nuit de l'accouchement de Rutinha, nous trouvons d'abord la chambre à coucher, avec son lourd mobilier de style Empire exécuté par un menuisier ignare. Un couvre-lit de damas rouge, avec de grosses franges qui semblaient faites de galons académiques, parachevait la solennité du cadre. Deux fauteuils, où l'on avait sculpté quelque chose comme un hallebardier sur les dossiers dignes d'un trône, occupaient les murs presque jusqu'à mi-hauteur. Les tableaux exposaient des sujets familiaux : une Vierge douloureuse, en noir et blanc, qui pouvait passer pour le portrait d'une dame de la maison un jour d'enterrement, deux chromos inattendus, car ils représentaient des jeunes filles parées de fleurs, à la manière, peut-être, des Tziganes roumaines, quelque chose de ce genre, et, enfin, la Vierge à la Chaise, avec son air frivole de maîtresse du peintre, de personne qui aime manger de bonnes nouilles chinoises et porter des perles de corail autour de son cou. C'était une chambre qui, sans les tableaux, aurait eu l'air d'un bric-à-brac sauvé d'un naufrage, avec le bureau du capitaine chargé des journaux de bord dont les couvertures de plastique bleu brillaient, comme à travers les fentes du temps. Rutinha avait trouvé la chambre sinistre ; elle s'était dit que l'enfant qui naîtrait là deviendrait misogyne et porté aux querelles. La Vierge à la Chaise, heureusement, adoucissait ses appréhensions.

— Ce qui me vient en aide, c'est de regarder cette femme riche.

— La Vierge n'était pas riche ! s'écria Celsa, piquée au vif.

— Non ? Ce n'est pas ce que l'on raconte en Israël. On dit que sa famille était propriétaire du jardin de Gethsémani, que c'est la raison pour laquelle Jésus s'y est réfugié avec ses disciples.

— Je n'ai jamais entendu une chose pareille !

Celsa était scandalisée. En son for intérieur, elle attribuait ce genre de blasphèmes à Afonso Costa, puisque sa mère lui avait appris à détester ce *caudilho* de la République. Comment Celsa eût-elle pu vénérer une femme riche, quand bien même elle serait la mère de Dieu ? Elle commença à regarder le tableau avec suspicion. Pauvre, elle n'en avait pas l'air, en effet. Ni triste, ni dans le besoin. Elle était même richement habillée, si l'on allait par là, avec son turban vénitien, et son fils était bien nourri.

Ce fut sous le signe de la Vierge à la Chaise que naquit António Simeão Clara, par une soirée déjà avancée, tandis que certains sommeillaient et que d'autres veillaient, terrorisés par la grandiose tempête, de celles qui s'abattent parfois sur la vallée des Jugueiros et semblent accompagnées des quatre cavaliers de l'Apocalypse. Rutinha ne souffrait pas beaucoup lors de ses accouchements, c'est pourquoi elle ne criait pas, mais gémissait seulement, donnant ses ordres depuis son lit, dont elle se plaignait plus que de ses entrailles ouvertes. Surtout, se trouver à la merci de gens curieux et bavards l'humiliait ; elle minimisait même ses douleurs, afin d'empêcher tous ces gens de dramatiser l'accouchement et de faire des histoires ensuite sur son succès. Sûrement, elle aurait applaudi les reines de Castille, qui mettaient un voile sur leur visage quand elles accouchaient afin de ne pas donner en spectacle leur souffrance physique, ni surtout leur humiliation d'être, toutes souveraines qu'elles étaient, esclaves de la nature. Louées soient les grandes reines.

— Celsa, n'appelle personne. Je ne veux personne ici, rien que toi et moi. On va faire ça à deux. Quelle cochonnerie ! Change les draps, Celsa, et apporte des taies, celles avec un monogramme. Je vais te dire où elles sont.

— Ne vous levez pas, dona Rutinha. Quoique, à vrai dire, autrefois on disait qu'un sac debout se vide plus facilement qu'un sac couché. Moi, j'ai accouché debout, et ma mère aussi, comme les vaches.

— Et comme tous les animaux de grande taille. Mais je ruisselle de sueur, et j'ai froid. Qu'est-il arrivé, Celsa?

— Rien… Rien. L'enfant est né.

— Je n'ai rien senti. Je crois que je vais dormir, Celsa. J'ai tellement sommeil! Et j'ai eu un peu mal, cette fois.

Baignée de sang, mais heureuse de sa manœuvre, qui lui soulageait le cœur d'une dette envers sa famille, ruinée pour ce qu'elle en savait, elle se laissa retomber sur ses oreillers. A présent elle pourrait se reposer sur ce fils riche. Avant de se précipiter dans un sommeil qui serait comme un évanouissement, doux et naturel, de tout son corps anéanti, elle prit la main de Celsa et la serra. – Ça valait la peine, tu sais, ça valait la peine.

Seulement, l'enfant, un garçon, était mort. Debout dans la chambre, sous le regard de la belle et pimpante Vierge à la Chaise, Celsa réfléchit fébrilement. Elle pensa que Rutinha lui avait fait confiance à l'heure la plus funeste de sa vie, et qu'elle ne pouvait la décevoir. Comment faire? Soudain elle sentit le lait mouiller sa chemise, et elle entendit son fils vagir dans la petite chambre voisine, qui servait à s'habiller. Il y avait là un grand lavabo de faïence blanche. Dans cette pièce était mort le dernier seigneur du Salto, sur un lit de fer peint en vert, avec des boules de laiton à chaque bout. C'était un solitaire, porté aux amours fugaces. Il n'avait laissé ni fils ni fille. Sauf un garçon, si l'on tient compte de celui que lui avait donné une femme de la vigne appelée Garfo, "La fourchette à six dents". Un nom fantastique, surtout si l'on oublie l'imagination propre à ces gens rocailleux que sont ceux du Douro. D'où venait donc cet étrange nom? Un nom d'échoppe ou d'auberge, de ceux que l'on pyrograve sur une planchette qui se balance ensuite au vent de la montagne. Peut-être un Anglais goûteur de vins avait-il dispersé sa semence dans ces villages desservis par la diligence. Le vieil Albergaria, en tout cas, avait laissé à son fils un peu de terre et une masure, et le fils avait prospéré, et il était devenu quelqu'un. Ce genre de fortune doit supporter la haine d'une communauté de pauvres qui se considère dépouillée de ses droits lorsque l'un des siens s'enrichit et déploie les voiles de la prospérité. Le sobriquet, alors, tient lieu de cravache. Mais les Garfos étaient à présent d'honorables bourgeois, et leur maison se trouvait à quelques pas du Salto da Senhora. Celsa Adélaïde ne contribuait guère à leur bonne réputation ; elle disait à haute et intelligible voix :

— Ils n'ont rien de plus que moi, ces gens-là. Plutôt moins, car moi, je n'ai pas de bâtard dans ma famille.

Mais revenons à la chambre où Rutinha s'abattait sur ses gros oreillers de plumes, et observons la façon dont Celsa s'acquittait de sa tâche de sage-femme, laquelle, tout bien considéré, n'est autre que la quatrième Parque. Elle prit l'enfant mort, le lava dans le grand lavabo et lui passa les vêtements de son propre fils. Puis elle le coucha dans le lit où avait passé de vie à trépas un ancien Albergaria, et déposa l'enfant vivant dans le berceau tout bouffant de frais linon. Pas un instant elle n'hésita ni ne trembla. Comme elle donnait le sein à l'enfant, elle ressentit même une pointe d'orgueil à lancer ce défi au destin. Le bébé n'avait que dix jours, on n'y verrait que du feu, d'autant que nul n'aurait l'idée de soupçonner et de comparer. La tempête avait ouvert les vannes du ciel et inondait la vallée. Plus d'une vigne serait dépouillée par ces torrents d'eau. Simeão Albergaria qui revenait de Porto, fit marche arrière, et dormit dans sa voiture avec cette insouciance des *fidalgos,* qui de toute mésaventure font une démonstration de noblesse. A son réveil, les braves gens du village l'avaient protégé de la lumière du jour en étalant leurs capes sur les vitres. Cela lui donna la conviction de se trouver dans un pays de vassaux, où la soumission était une sorte de maladie héréditaire. Lorsqu'il arriva au Salto da Senhora, ce fut pour trouver la maison en effervescence, à cause du nouveau-né chaudement enveloppé dans son berceau et cependant presque oublié, tant sa mère attirait de monde autour d'elle. C'étaient d'incessantes allées et venues de servantes, le médecin qui demandait que l'on modérât la chaleur de la pièce, et Celsa qui obéissait à tout sans mot dire. Elle avait emmené chez elle l'enfant mort, serré sous le châle de mendiante qu'elle ne quittait jamais. Les pauvres n'éveillant guère la curiosité, personne ne s'était étonné de rien. Mais elle s'était empressée de revenir, inquiète, se retranchant dans le silence. Rutinha ne voulait personne d'autre auprès d'elle, et quand elle sut que l'enfant de Celsa était mort, elle lui demanda d'élever le sien.

— Car moi, je ne vais pas tarder à partir. Je vais emmener cet enfant près de ses frères. Tout vaut mieux que ce trou. Tu as vu ce qui est arrivé à ton fils ? Tu ne sais même pas de quoi il est mort.

— Si. Etouffé par le lait qu'il a rendu sur l'oreiller. C'est un accident, pas une maladie.

— Si tu veux. Mais ici, c'est une maison de vieux garçons, d'égoïstes. Je ne dis pas de mauvaises gens, mais c'est tout juste. L'absence d'enfants rend les personnes insouciantes et puériles.

Celsa se demanda quelle sorte de mère était alors Rutinha, qui abandonnait ses fils pour courir après un mari à moitié fou. Jeune encore, des accès de dépression ébranlaient sa raison et lui faisaient baisser les bras devant les obligations de sa vie et de sa carrière. Elle devait le soutenir, sinon Manuel Clara n'aurait pas tardé à sombrer dans un tourbillon de désirs et d'hallucinations qui l'eût mené à la mort. C'était là une vieille histoire de passions vécues en tête à tête, qui avaient embrasé le couple, le rendant indestructible. Les enfants passèrent pour lui au second plan, et tout se recouvrit d'une brume qui l'empêchait d'accéder à la réalité. A moins que la réalité, ce fût justement cette rencontre de deux personnes unies par un amour singulier. Non l'une pour l'autre, mais pour un élément étrange, infiltré dans leurs vies comme un virus que l'on ne peut combattre, et qui avait pénétré le corps unique du couple. C'étaient là des choses difficiles à exposer. Une sorte de défaillance de la mémoire les recouvrait. Mais elles étaient bien là, comme un dragon endormi. Ils savaient tous deux que, s'ils se séparaient, ils perdraient leur pouvoir de transmettre le plaisir autour d'eux. Un pouvoir plus grand que celui des rois et des saints, des généraux et des guérisseurs. Nous considérerons ici Rutinha et son mari comme des personnes ordinaires, un peu folles, certes, car une personne ordinaire imite la folie afin de pouvoir prétendre ignorer ses secrets. Jusqu'à la tombe elle assurera qu'elle n'en a pas, qu'elle est simple comme de l'eau de source. Cependant, il n'y a rien de simple dans un être humain. Qui accepte cela est appelé, d'une certaine façon, à remplir un destin extraordinaire, celui d'attirer sur les autres les effets néfastes de la vérité.

Ne quittons pas encore la chambre de la Vierge à la Chaise. En réalité, il n'y a pas de chaise, seulement le pied d'un meuble pontifical que l'on peut voir aussi sur d'autres œuvres de Raphaël. La jeune femme, une très jeune femme, un riche châle de soie sur les épaules, serre le gros bébé sur son cœur ; un bébé si gros que ses bras arrivent à peine à se refermer sur lui. Il s'agit d'un enfant sevré et parfaitement adapté à son régime de polenta. Un modèle favori de Raphaël, tout comme la femme en robe rouge. Ce tableau ne sortirait jamais de la mémoire du petit António Clara, toute sa vie il lui tiendrait compagnie. Lorsqu'il allait voir son oncle au Salto da Senhora, il courait s'enfermer dans la chambre, et le tableau était là, à l'intérieur d'un guichet doré qu'il ouvrait. Et c'était à chaque fois le même sursaut, comme si l'enfant l'interrogeait.

– On dirait qu'il a peur de moi, dit-il un jour à Celsa. Celsa Adélaïde, qui, avec son joli visage couvert de taches de rousseur, avait un air maladif. Elle lui adressa un sourire ironique. Elle ne nourrissait pour ce fils trop riche aucun sentiment affable. Elle ne pouvait s'empêcher de lui attribuer une bonne dose de fausseté, comme à tous les patrons qu'elle avait servis, comme à tous les hommes en général, qui se comportaient toujours en patrons. A commencer par son mari, que le sexe et le vin rendaient violent et qui la battait. Et quand je dis *battre*, ce n'était pas simplement lui "secouer la poussière" d'une petite tape donnée par le tranchant de la main, juste en effleurant. Non.

— Il m'a cassé un bras, un jour, le misérable, dit Celsa. Et il a promis de me tuer, ce pour quoi il ne manque pas d'armes : la houe, et la pique de fer pour planter les vignes ; les cisailles, avec lesquelles il veut me couper les oreilles ; la cognée, les cordes et la hotte où il dit qu'il mettra mon corps pour aller le coucher sur la voie, afin de faire croire à un accident de chemin de fer.

Mais Albergaria, l'esprit occupé par les travaux de la vigne et les préparatifs de la fête, où il conviait des gens importants, ne l'écoutait pas. Il avait toujours considéré Celsa comme une insatisfaite, une instigatrice à la révolte, un cœur sec, comme il disait.

— Elle a élevé le petit António, et elle ne lui donne même pas un baiser quand elle le voit. Tant de religion, et si peu d'humilité. Tant d'oraisons, et tant de fiel. Remarquez que pour la battre, il la bat, et pas avec une fleur, mais avec tout ce qui lui tombe sous la main. C'est le vin, concluait-il, laconique. En réalité, ils ne s'entendent pas si mal.

— Oui, comme Joachim et sainte Anne, s'exclamait, avec son rire impie, Celsa Adélaïde.

Elle avait deux fils. La beauté de l'aîné, la filouterie imaginative de l'autre, l'emplissaient de fierté. A douze ans, c'étaient déjà des hommes, et à partir de ce moment son mari ne la battit plus jamais. Mais il la calomniait, disant partout qu'elle couchait avec ses fils, que c'était la raison pour laquelle elle le repoussait. Celsa ne savait pas si ces nouveaux coups la blessaient plus que les autres. Quant à António Clara, elle l'appelait "l'œillet pourpre", avec un mélange de tristesse et d'excessive familiarité. On s'étonnait d'une telle désinvolture, car au bout du compte, elle n'avait vécu auprès de lui que dix-huit mois, et l'avait laissé pour retourner en hâte dans son propre foyer, où les enfants allaient en loques, couverts d'égratignures, de plaies et de bosses. C'est qu'on ne profitait plus de l'éducation du petit séminaire, et que l'argent manquerait pour leur offrir une vie d'étudiants. Ils étaient tous deux malins comme des singes, et les travaux de la vigne ne leur disaient rien. L'un devint, tout jeune encore, un marginal, et il extorquait de l'argent aux passants dans les gares en leur racontant des histoires à dormir debout. Puis il se lança dans d'obscurs négoces; sa belle apparence le tira plus d'une fois d'affaire, sans qu'il allât jamais jusqu'à se prostituer. Son frère et lui épargnaient à leurs âmes les péchés véniels grâce aux leçons de leur mère et au spectacle de sa vie si dévote: déjà levée à cinq heures, elle allait à la première messe du matin. Elle aimait Jésus comme on aime un vieux parent, et ses entretiens avec les anges étaient sans limites. Œillet Pourpre tenait dans son cœur une place à part. Lorsque Simeão Albergaria mourut, elle se réjouit de voir arriver António Clara, avec armes et bagages, au Salto da Senhora. Il venait recueillir son héritage.

Sans être fabuleuse, la fortune des Albergaria était confortable. Or, depuis sa naissance, António Clara souffrait d'une scoliose qui le faisait boiter légèrement et le rendait inapte à tout travail. Il avait même arrêté ses études, et l'on peut dire qu'il vivait suspendu à cette idée d'héritage comme une araignée à un fil de sa toile. Ses parents, toujours au loin, ne se préoccupaient pas de lui prévoir un avenir, à lui pas plus qu'à ses frères. Rutinha les avait donnés à élever à des gouvernantes comme elle les aurait déposés dans le tour d'un couvent. Les garçons devinrent très tôt indépendants, ne reconnaissant pas l'autorité paternelle aux amis qui les assumaient. Ils les appelaient tous "mon oncle", et qui sait si cette circonstance ne leur faisait pas éprouver un manque de complexe d'Œdipe, comme on dit que c'est le cas dans certaines tribus africaines où les frères de la mère se chargent d'élever les enfants. Toujours est-il qu'António Clara ne semblait pas souffrir de l'absence de ses parents et qu'il apprit à vivre dans une parcimonie véritablement excentrique, à une époque où les jeunes ont leur permis dès dix-huit ans et font des affaires à quinze ou seize. La vie de famille, avec les repas pris autour d'une table et les entrées et sorties prévues à heures régulières, était révolue. Tout devenait imprévisible, moins intime, ce qui allégeait beaucoup la charge des passions. L'amour n'occupait qu'un espace assez réduit dans la vie de ces jeunes, pour qui s'enrichir était la priorité absolue. La femme qui leur convenait était, en général, sincère, capable de gagner autant ou plus d'argent que l'homme, et, surtout, elle n'appartenait pas à la race raisonneuse de ses aïeules. Elle ne savait ni cuisiner, ni repasser, n'était guère dévote. La lecture du *Petit Prince* l'emportait sur celle de la Bible que tous les hôtels qui se respectent mettent à la disposition de leurs clients dans les tables de chevet.

— Imagine qu'un jour tu trouves le *Petit Prince* dans un tiroir au lieu de la Bible? fit António Clara, qui avait poussé comme un pin sauvage et avait tenu quelque temps un emploi de fonctionnaire municipal, ce qui lui avait permis de se faire réformer pour incapacité. Cela lui procurait une petite aide dans sa vie de pauvre affligé de prétentions, la sorte de gens qui épousent des femmes plus âgées et ne tiennent jamais qu'un rôle décoratif dans la vie. Ils ont du goût et connaissent les cent familles les plus dignes de l'être. Certaines ruinées, les autres vivant d'expédients, de la mode ou d'investissements bancaires. António Clara, avec sa claudication et son beau visage d'ange baroque, n'était doué pour rien. Ce qui, d'une certaine manière, en faisait un garçon élégant, porteur d'une bonne dose de mystère contribuant à son succès.

Lorsque António vint prendre possession de ses biens, le fait est que ceux-ci semblèrent parfaitement adaptés à son style. Mais quel style ? Le jeune homme n'en avait d'autre que celui qui résultait de son anomalie. Sans doute en est-il ainsi pour chacun d'entre nous.

Un après-midi pluvieux de novembre, une Land Rover gris argent pénétra dans la vaste cour du Salto da Senhora, et en descendit António Clara, dit l'Œillet Pourpre. Il ôta sa casquette verte à carreaux et contempla l'endroit, dont il ne se souvenait guère. Ce dont il se souvenait bien, en revanche, c'était de son oncle Albergaria, qui paraissait vieux alors qu'il avait à peine cinquante ans, et de la façon dont il descendait les grands escaliers de pierre, comme s'il allait se déboîter les hanches à chaque marche. Un coup de vent fit tourbillonner les feuilles mortes tombées des châtaigniers, et António s'imagina qu'elles étaient emportées par un gigantesque balai. Une femme en tablier d'une propreté douteuse s'approcha et lui demanda ce qu'il désirait.

— C'est une propriété privée, ici, fit-elle, de mauvaise humeur. Vous ne pouvez pas laisser votre voiture.

— Je voudrais juste un verre d'eau.

Elle rit, et de sa bouche édentée on s'attendait à voir sortir une langue de feu.

— De l'eau ? Avec toute cette pluie ?

Il y avait au moins six barriques pour recueillir l'eau de pluie, et elles débordaient. La cour, immense, s'étendait devant la façade de la maison, dont le blason portait encore des traces de peinture bleue qui datait du temps des premiers propriétaires, des *fidalgos* à demi analphabètes. Du reste, le premier habitant de la maison n'était guère plus qu'un vigneron rude et sans éducation. Il avait épousé une Albergaria, une veuve peu soignée à laquelle il avait donné quatre filles, et pas un seul garçon. Les quatre jeunes filles étaient la risée des salons parce qu'elles apparaissaient sur la plage de Moledo vêtues comme les vieux mannequins du magasin des Montes Herminios, sortes de Galeries Lafayettes d'il y avait longtemps. Elles étaient aussi incultes que ravies de l'être. Elles n'imaginaient pas un mariage sans capeline, ni une visite sans les gants qui recouvraient leurs doigts abîmés par les couteaux du *caldo verde.* Il y avait leurs portraits sur les murs du salon ; ils les montraient avec des grains de beauté poilus et un port de reine. Elles faisaient tout ce qui leur passait par la tête, fumaient et buvaient. Par vice, non pour se donner des airs, et cela les rendait sympathiques à António, qui était las de ces jolies femmes bourrées de talent occupant tout l'espace dans le cœur des hommes. Car enfin, il y avait les autres, une légion, qui remplissait tous les continents, une armée, qui bourdonnait comme des abeilles laborieuses, qui grouillait comme des fourmis à l'odeur âcre, qui affluait comme des oiseaux chargés de détritus destinés à leurs nids. Toutes les autres femmes. Les patientes, les chastes, les tristes, celles qui avaient des mains épaisses, des yeux cernés, qui étaient ivres d'indignation et de souffrance, mais qui rassemblaient en elles toute la séduction de la terre. Car la séduction est incroyablement identique à la souffrance. La beauté pose une énigme, rien de plus. Mais la petite histoire de ce qui est obscur, et celle de ses armes, détient le pouvoir en ce bas monde.

António pensait qu'un jour, il rencontrerait une femme semblable à celles qu'avait initiées Jésus, des femmes formées à la prudence et à la loyauté ; à écouter aussi, tout en allant de-ci, de-là, avec leur air irréfléchi et cependant extraordinairement attentif. Celsa Adélaïde en faisait partie, malgré sa mentalité un peu trop contestataire. Même à ce moment-là, alors que la maladie la rongeait au-dedans et au-dehors, elle gardait son maintien à la fois décidé et recueilli. Elle traversait la cour, une bassine de linge appuyée contre sa hanche, le savon posé sur la dernière pièce, lorsqu'elle aperçut António Clara ; ce fut pour elle comme une apparition, le fils héritier, tel Jacob, qu'elle avait aidé à usurper un droit. Il la reconnut aussitôt.

— Je ne suis pas revenu depuis la mort de mon oncle, et je ne t'ai pas vue ce jour-là, dit-il. Il ouvrit un parapluie au-dessus de leurs têtes, et ils s'en furent à pas lents vers la maison. Comme s'ils reprenaient une conversation interrompue la veille au soir à propos de tout et de rien, comme un hymne au sentiment qui les unissait.

— Et ton mari, il te traite toujours aussi mal?

— Mon homme est à l'asile.

António s'étonna de voir une femme aussi tendre avec ses enfants se montrer aussi rancunière avec le mendiant qu'était devenu son compagnon de tant d'années. Elle ne pouvait lui pardonner – lui pardonner quoi, elle ne savait trop, mais sa nature était vindicative; elle avait le tempérament d'une reine, et ne se résignait pas à vivre au milieu des gens ordinaires. Accepter les rites de sa religion, c'était comme être admise dans une salle du trône où elle aurait eu sa place, et un droit à l'exclusivité. L'arrivée d'António Clara en tant que maître du Salto da Senhora n'ajoutait rien à sa position, celle d'une suivante du Christ crucifié, l'une des femmes du Calvaire, en somme. Elle en avait l'esprit et l'apparence. Telle qu'elle était, grande, distante, avec ses jupes moulant ses jambes fines et sa robustesse squelettique, elle était l'orgueil de ses fils, qui respectaient son élégance asexuée.

— Il faut du courage! fit António, comme s'il était personnellement concerné. A l'asile, au moins, on le traite bien?

— Mieux qu'il ne me traitait, moi. On le laisse même fumer sa petite cigarette. Il s'est déjà enfui, plusieurs fois, mais où peut-il aller? Qui veut d'un ivrogne chez soi? Il m'a donné de beaux enfants, qui sont mes amis. Flórido est déjà marié.

— Avec qui?

— Elle n'est pas d'ici.

Coupant court à la conversation, elle posa sa bassine et se mit à monter l'escalier avec António. Elle ne tenait pas à dire que Flórido s'était servi de sa beauté pour séduire une riche héritière, étrangère au pays, et qui ne savait rien de ses antécédents d'aventurier. Flórido devint un bon mari, à la surprise de sa mère elle-même. C'était étrange! Sa femme mourut jeune encore, en déclarant qu'il l'avait rendue heureuse, et en demandant à son amie la plus chère de l'épouser. Ce qui se ferait plus tard. Pour l'instant, il allait encore prendre les bains de mer à Póvoa avec sa première femme, envers laquelle il se montrait extrêmement attentionné. D'où l'on peut conclure que c'est la gratitude qui fait les bons ménages. Celsa Adélaïde s'enorgueillissait de ses fils et, dans son for intérieur, pensait qu'ils tenaient d'elle, princesse en exil portant ses guenilles comme de l'authentique hermine. Elle n'attendait aucune faveur spéciale de l'arrivée d'António Clara, que chacun jugeait incapable de faire un cultivateur et de se consacrer à une propriété, d'autant que les habitudes avaient changé. Mais quelque chose dut se passer, car António Clara décida de demeurer à la *quinta* et de reprendre sans tarder les travaux de la vigne. C'était sans doute une façon de récupérer son destin et d'éviter de trahir le legs d'une terre en le transformant en un simple compte en banque. Au fond se manifestait en lui l'homme auquel la terre parle plus que l'argent. C'était bien le frère de Flórido, qu'avait tenté le mariage avec une femme riche parce qu'elle représentait la possession d'une terre, et non pas seulement celle de valeurs bourgeoises.

Il se souvenait de Flórido quand il était encore au cours préparatoire. C'était un petit garçon casanier qui aimait sa mère, ressentant pour elle une sorte d'adoration poétique. Un jour de Noël, alors que les frères Clara étaient rassemblés au Salto da Senhora, Flórido et José Luciano se joignirent à eux, ce qui fit cinq garçons dans la maison. Ils aimaient chasser et rouler à moto, et leurs ambitions n'avaient rien de contemplatif. Du moins, en ce qui concernait les frères Clara, que l'absence des parents avait rendus indépendants dès l'âge de trois ans, et qui considéraient le monde avec indifférence, sans la moindre trace de sentimentalité. Ils enviaient António parce que son avenir était assuré, et ils détestaient l'oncle Simeão, et d'ailleurs tout le monde, y compris leur petit frère trop riche, qu'ils trouvaient dédaigneux. Mais cette année-là, à Noël, ils avaient entre dix et quinze ans, et ils s'entendaient bien.

Flórido et António, en quête de filles à fréquenter, puisqu'il n'y en avait pas au Salto da Senhora, décidèrent d'organiser une soirée théâtrale. Les frères Clara jouaient de temps à autre dans un petit orchestre, et aussi, pour se faire de l'argent de poche, dans des boîtes de nuit et dans des mariages en province. Mais cette fois, António voulait aller plus loin. Il écrivit une pièce qu'il intitula *Mon cœur est un électroménager,* à laquelle tous assistèrent, y compris les femmes de chambre qui ne venaient plus travailler que pour le temps des vacances et des réceptions. Ce détail à lui seul montrait à quel point les choses avaient changé. La famille avait toujours été une famille de garçons, mais, même du temps du vieil Albergaria, on avait toujours invité des jeunes filles, celles de couples amis de Porto et de Vila Real. Ainsi qu'il en était depuis toujours, un vent de mauvais augure se levait dès qu'arrivaient celles de Vila Real. Ces filles-là étaient les plus jolies et les mieux habillées. Elles traitaient les garçons avec condescendance, les contredisant en tout, pour les provoquer ou simplement parce qu'elles étaient ainsi faites.

— Je ne me tracasse pas pour si peu, dit l'un des Clara. Dès que j'aurai une voiture neuve au lieu de cette vieille caisse pourrie, elles viendront toutes papillonner autour de moi. La voiture, c'est le troisième testicule.

– Je ne te crois pas! s'exclama, interloqué, Flórido. Lui, il avait toutes les femmes qu'il voulait, parce qu'il savait leur parler et que, surtout, il évitait de leur commenter les nouvelles du jour: elles ne s'intéressent pas à ce qui les obligerait à réfléchir. Mais n'allez pas croire pour autant que ce sont des idiotes. C'est là que l'on se trompe.

Cet été-là eut lieu la fameuse soirée théâtrale, et le succès en fut si grand qu'il fallut monter une estrade dans les entrepôts pour jouer la pièce une seconde fois. António Clara y ajouta même un acte, sans que cela la fît applaudir davantage. D'où il conclut que le succès d'une chose est dû au fait qu'elle correspond au sentiment de nostalgie qui sommeille en chacun de nous et se réveille lorsque le temps est à la crise. C'est-à-dire lorsque tout semble aller de l'avant, mais que rien n'est prêt au changement.

L'une des jeunes filles les plus populaires s'appelait Camila, et sa sœur, Adoração. Le genre de filles à ne pas se soucier du mariage et à trouver à coup sûr, quoi qu'elles fassent, un ami d'enfance pour conclure avec elles une alliance mûrie lentement au long des années. Ces filles-là n'ont que dédain pour la nouveauté, mais admettent n'importe quelle extravagance, du moment qu'elle est commise par quelqu'un de leur milieu. Leur dit-on que l'une des personnes méritant leur considération parce qu'elles ont en commun le même genre d'habitation, les mêmes goûts, les mêmes façons de s'habiller, vient de tuer un étranger, elles ne montrent guère d'émotion. Mais elles affichent leur mécontentement si elles apprennent que cette personne a décapité une dinde, ou s'est baissée pour ramasser une pièce de monnaie.

En quelques années, le Portugal était devenu méconnaissable. La province se dérobait devant l'esprit de la grande ville, où le vice s'étalait au grand jour et dont les travailleurs postés envahissaient des lieux naguère retirés. Un acte illicite comme celui de l'échange du fils mort de Rutinha contre l'enfant que Celsa avait mis au monde quelques jours auparavant, un tel acte eût été impensable, en ces temps nouveaux où la maternité était considérée du point de vue de la santé et du taux de natalité. Rutinha, d'ailleurs, aurait eu autour d'elle pédiatres et gynécologues, sans compter des psychologues pour assurer son confort moral, et des accoucheurs portant sur leurs tableaux de chasse les noms de patientes célèbres, telle Rutinha Matos de Albergaria. Autrement dit : le romanesque avait fait deux pas en arrière, dont l'un était irrémédiable. On discutait de tout, à présent, on mettait tout à nu. Tout était permis, confessé, lavé en public. Les fraudes, le déshonneur, la promiscuité ne semblaient que des incidents ordinaires, faisaient partie des affaires courantes, comme du courrier de propagande.

Cependant, la province, qui parfois se réfugiait en certaines colonies mentales pouvant occuper moins d'espace qu'une crémerie de quartier, continuait à exister, et même à prospérer. Une province en pyramide, avec ses vastes cafés et un élan vers le haut, vers un sommet pouvant consister aussi bien en un ajustement de comptes qu'en un lieu habité par l'Esprit-Saint.

De ce temps des garçons demeura un souvenir qui, bien des années plus tard, produirait des fruits. Fruits secrets d'une entente où l'odeur et la voix des jeunes femmes exciteraient l'esprit de compétition et l'amour de la vie. Tout était inconscient et en singulière harmonie avec les forces qui déterminent le succès, l'échec et le cheminement des désirs jusqu'à la mort. Une étrange et profonde affection unissait deux garçons qui étaient frères et ne le savaient pas : Œillet Pourpre, le fils chanceux d'une mère trompée, et José, le Taureau Bleu, second fils de Celsa Adélaïde, un homme affable. L'un avait l'argent et la position sociale, l'autre le don d'attirer à lui femmes et enfants. Le fils aîné de Celsa, marié à une bourgeoise de Braga, ne voyait pas ce frère d'un bon œil. Flórido avait mal débuté dans la vie, en pratiquant le vol à l'américaine dans la gare de Sao Bento, à Porto, et il avait failli être fiché par la police. Puis, subitement, il avait changé de vie et cherché une fiancée pour le sortir du mauvais chemin. Ses premières tentatives avaient échoué: les familles étaient curieuses, et les filles obéissantes. Mais un jour, sur l'avenue des Bains, à Póvoa, Flórido trouva chaussure à son pied. La petite était modeste, mais au fond de ses yeux ternes couvait le feu de l'amour et de ses plaisirs; de ses souffrances aussi, qui sont autant de plaisirs.

— Mademoiselle, voulez-vous m'épouser?

— Si je veux vous épouser! Ça alors, c'est la meilleure!

Elle soumit la demande à ses oncles et autres parents, car elle était orpheline, et sans beaucoup de charme. On lui dit d'attendre encore, que ce garçon n'offrait aucune garantie et ne possédait guère qu'un nom suspect: Taureau Bleu, ce n'était pas fait pour un être humain. Flórido déclara:

— Ce n'est pas mon nom. C'est un sobriquet que l'on a donné à ma mère, au village, où ces histoires collent à la peau comme une gale. Mon frère José est le seul à s'en être emparé et à l'aimer; il y voit l'un de ces titres que l'on donnait aux rois, autrefois: Dom José II, le Taureau Bleu. Il est un peu farceur, mon frère.

— Et vous, vous ne l'êtes pas?

— Moi? Non. Je prends la vie au sérieux.

C'était peut-être sa dernière et sa meilleure galéjade.

Toujours est-il qu'il obtint la main de la jeune fille, et l'épousa dans le sanctuaire du Sameiro, vêtu selon les règles de l'étiquette. On eût dit un lord, ce brave Flórido qui avait trompé tant de monde avec de soi-disant liasses de billets de banque consistant surtout en papier journal. Tromper le gogo, c'est autre chose que tromper une femme, mais cela demande finalement des qualités semblables: de la séduction, du goût pour l'hypocrisie, de l'allure, et l'esprit d'un histrion. Du reste, sans une pointe de charlatanisme, on n'aboutit à rien dans la vie. Flórido étant un acteur consommé, il joua son rôle à la perfection, au point que sa femme le transmit en héritage à son amie la plus chère, en même temps que ses propriétés et ses chaînes d'or. Flórido s'installait dans la vie. Il voulut faire venir sa mère auprès de lui, mais elle refusa.

— Je ne m'habituerai pas à toutes ces façons d'aristocrates. Moi, ce que j'aime, c'est m'asseoir sur mon seuil et compter les étoiles.

— C'est bon, ma mère. Mais ce que vous aimez surtout, c'est mon frère José ; il vous plaît de vous faire du souci pour lui. Je sais que si je vous ai déçue, c'est parce que vous n'aimez pas les gens heureux.

– Que me chantes-tu là ? s'exclama Celsa, moins scandalisée qu'elle ne s'en donnait l'air. Elle tenait là un adversaire à sa mesure : son propre fils, joyeux comme un coucou, et qui se riait de toutes les contrariétés et de toutes les épreuves de la vie. N'empêche qu'elle était la femme la plus trompée de la terre, José faisant semblant d'être malheureux afin de la voir empressée autour de lui et, surtout, muette. C'était, sinon, la mégère intégrale, un volcan vomissant de la lave brûlante ; sa haute taille se redressait encore, et ses yeux noirs lançaient des éclairs. Mais c'était tout ce qu'elle laissait voir de sa nature cruelle. Elle gardait son calme, et jamais elle ne vociférait ni ne disait des mots obscènes. Toujours elle simulait la charité mais, en réalité, un orgueil fébrile la parcourait de la tête aux pieds. Elle était ironique, froide, sentencieuse et hypocrite. Toutefois, il y avait place en elle pour un dévouement qui pouvait sembler futile, mais qui était pondéré et juste. C'est ce qui se passa avec Rutinha ; Celsa vit en elle une amie puissante, c'est pourquoi elle lui fit l'offrande de son propre fils, Œillet Pourpre, qu'elle ne cessa jamais d'appeler ainsi, afin de le rapprocher de son propre sang.

L'après-midi où António, au volant de sa Land Rover grise et avec son bagage de célibataire – vêtements, cassettes de musique, et même une raquette trouée (qu'en ferait-il ?) – entra au Salto da Senhora, Celsa surgit devant lui comme par enchantement. Comme une mauvaise fée le fixant des yeux, prête à lui jeter un sort.

— Je ne sais pas si vous vous plairez ici, fit-elle. La campagne, ce n'est pas pour les jeunes. Vous ne saurez pas quoi faire. La nuit tombe vite, on dirait qu'elle nous agresse lorsqu'elle monte, si froide, de derrière les montagnes.

— Toi-même tu as été jeune ici, Celsa Adélaïde. Prends-moi ce sac, allez, remue-toi un peu.

Une scène aussi réelle en apparence que celle de l'arrivée d'António Clara renfermait une autre dimension, prête à se révéler et pourtant maintenue secrète à travers mille sortilèges, subterfuges, et même préjudices. Une vie entière pouvait passer sur eux, que les faits ne subiraient aucun changement. Et cependant quelque chose avertissait qu'ils ne correspondaient pas à la réalité. António savait-il que cette femme vieillissante et lugubre était sa véritable mère ? Le monde fonctionne grâce aux sortilèges enveloppant le non-dit. Le non-dit est plus fort que tout un agencement de faits faciles à transmettre et formant une chaîne entre les êtres, mais une chaîne prompte à se briser. Ce qui la rend supportable et fonctionne comme un accord entre tous, c'est la certitude que rien au monde n'est véritablement durable, que les sentiments et leurs usages ne correspondent à rien de bien important. Afin de dédommager les créatures de cette indifférence inhumaine se formant même au plus sacré des liens humains, le ciel a enfanté des êtres d'une espèce totalement indéchiffrable, et dont le pouvoir réside dans une volonté désintéressée de destruction. On ne les reconnaît que rarement sur cette terre et, s'ils sont d'humble origine, sans force pour s'élever au-dessus de leur condition sociale, nul ne s'aperçoit de leur existence. Le seul à avoir mentionné ces êtres fantastiques et fatals fut, pour ce que j'en sais, Yuan Chen, un poète des années 772-846. Sa propre expérience lui a fait découvrir l'existence de créatures exceptionnelles, qui le sont par la volonté du ciel, et soumises par lui à la tentation de s'exposer à un funeste destin. Si elles ne s'y précipitent pas elles-mêmes, elles mènent les autres à la destruction. Ces créatures, si elles acquièrent de l'argent et de l'influence dans leur milieu, se changent en dragons ou en quelque chose de plus monstrueux encore. La seule façon d'entraver leur pouvoir, c'est de les empêcher d'obtenir les moyens de l'exercer. Mais on essaierait en vain. Leur force invincible atteint les plus inconscients, leur magie finit par avoir raison de ceux qui les considéraient comme de simples divertissements du cœur.

Ce livre parle de l'une de ces personnes-là, qui, grâce à sa retenue et à sa bonne tournure, n'éveillait aucun soupçon : cette personne, c'est António Clara. Si les choses s'étaient bien passées en cette nuit de tempête, s'il avait été possible d'amener la sage-femme jusqu'au Salto da Senhora, l'enfant de Rutinha eût grandi normalement, sans porter aucun stigmate. Mais les circonstances lui furent contraires, et il naquit étranglé par le cordon ombilical, pourpre, misérable et mort. Sans perdre de temps, Celsa Adélaïde lui avait substitué son propre fils. Son troisième et dernier fils. Ainsi, en épargnant à Rutinha l'humiliation d'un échec, puisqu'il lui aurait fallu partir sans bénéficier des dispositions de l'oncle Simeão, elle offrait au fils de ses propres entrailles un pouvoir dont il n'eût jamais rêvé autrement. En cet instant s'accomplit le destin. António Clara recevait tout du ciel : la beauté, l'intelligence, la néfaste bonté que nous vaut l'orgueil de notre humanité, mais aussi et surtout une fortune qui faciliterait la fascination du monde. Les dons qu'il avait reçus s'illumineraient de passion. Il serait un dragon aux grandes écailles, sous lesquelles battrait un cœur ingrat. L'ingratitude luciférienne, voilà ce qui caractériserait António Clara.

D'abord, s'il mettait Celsa au-dessus d'une ouvrière de la vigne, il n'allait pas jusqu'à lui donner le statut d'une femme de chambre. En même temps qu'il manifestait à José Luciano une déférence presque humiliante, il traitait Celsa avec un absurde dédain. Il est possible que l'absence d'une mère au temps de son enfance, alors que d'autres femmes le servaient, abusant de lui de toutes les façons, entre érotiques et adulatrices, ait fait naître en lui cette tendance à la misogynie. Objet de luxure pour les petites servantes tristes, il avait été souvent caressé ; souvent battu aussi par des institutrices qui le jugeaient suspect, capable de dangereuses prouesses. Mais la vérité, c'est qu'António Clara attirait les sentiments les plus désordonnés : un amour presque halluciné aussi bien qu'une répugnance également sensuelle, d'une certaine façon. Les vieilles nourrices allaient épier ces jeux tendres et ambigus où le corps se révèle, s'explore, s'annonce comme prédateur et complice. Cela se passait dans les greniers et les caves, dans ces lieux silencieux où s'entassaient malles et vieux mannequins sans tête ni jambes ni bras, mais qui semblaient posséder des sens extraordinaires, être conscients de tout et participer au plaisir. Les vieilles nourrices et les vieilles cuisinières ne dénonçaient jamais rien de ce qu'elles avaient vu. Elles-mêmes profitaient de ces pratiques, de ces angoisses du sexe, interpellé et encore chargé de mystère, sans autres fonctions que celles du plaisir défendu, dans le tumulte d'un cœur où l'amour coule avec délectation, sans étonnement ni peur.

Les frères d'António – d'Œillet Pourpre – ne lui ressemblaient en rien. D'un naturel désabusé, ils étaient très virils, aimaient la blague et la chasse. Dès qu'ils en avaient l'âge ils allaient tuer la perdrix dans les montagnes de la Nave, dormant dans le foin et mangeant des œufs pochés que leur apportaient des vieilles misérables, dévotes et cupides. António, s'ils l'avaient invité à l'une de ces parties de chasse, eût considéré ses frère comme des barbares, des transfuges de la civilisation et de la bienséance urbaine. Leurs amis étaient fils de juges et de professeurs, et tous s'enorgueillissaient de leurs familles et de leur adresse à tirer les pigeons. António ne s'entendit jamais avec ses frères, qui le considéraient comme un âne, mais un âne chanceux. Cependant, comme ils pensaient l'exploiter un jour ou l'autre, ils ne lui dévoilaient pas leurs pensées, ni les bonnes ni les mauvaises. Du reste, la beauté de leur frère les embarrassait. La beauté, de leur point de vue, c'était l'affaire des femmes. Ils aimaient les jolies filles parce qu'elles éveillaient entre les garçons une rivalité proche d'un désir inavoué. Mais pour se marier, mieux valait ne pas les choisir aussi jolies, à moins de rechercher les pires ennuis.

– Je ne sais pas de qui il tient pour être aussi joli garçon, disait la tante Esther, un parfait échantillon des Albergaria, celle-là, avec son noble nez romain et ses narines poilues. Mais eût-elle vu côte à côte José Luciano et António, elle n'en aurait pas cru ses yeux. Ils se ressemblaient comme deux gouttes d'eau. Les ouvrières de la vigne, quand elles les voyaient passer tous les deux, s'arrêtaient de sulfater ou de cueillir les feuilles du chou cavalier qu'elles trancheraient ensuite, jour et nuit semblait-il, pour les innombrables assiettées de *caldo verde.* Elles avaient les doigts teintés de vert à force de couper en filaments ces feuilles de chou. En un éclair, une malicieuse pensée leur traversait l'esprit, provoquant un instant de lourd silence. Puis elles reprenaient le travail.

2. *SURNOMS ET SOBRIQUETS*

Jadis, lorsqu'un homme devenait célèbre ou perpétuait une dynastie, il recevait un surnom qui le mettait en évidence dans le déroulement torrentiel des événements. Le peuple, en le rebaptisant, dévoilait son caractère ou ses traits physiques, de façon à ce qu'on le reconnût au-delà des intérêts de l'Histoire. Plus tard, on se servit du surnom pour dresser une barrière à l'anonymat. C'était aussi une recette populaire quand il s'agissait de prévenir une menace ou un abus de pouvoir. Quoi qu'il en soit, les Albergaria, des années auparavant, avaient été qualifiés de "Cigognes", à cause de leurs longues jambes. Mais lorsque leur fortune se consolida, on prit peur, et on oublia le surnom. Ce qui ne veut pas dire qu'on l'oubliait à chaque fois. Ainsi, il y avait les Pelés, des gens de robe, fort bien nés. Leurs femmes s'habillaient avec élégance et se rendaient à Paris et à Venise. Elles n'en étaient pas moins de la famille des Pelés, sans que personne ne se souvînt plus de l'origine de ce sobriquet.

Tournons-nous maintenant vers celui de "Taureau Bleu" – *Touro Azul.* Il était passé de génération en génération de travailleurs de la vigne, parmi lesquels une jolie fille, bâtarde d'un cultivateur et grand-mère de Celsa Adélaïde. Des deux fils de celle-ci, un seul était connu en tant que Taureau Bleu. L'autre était simplement Flórido, devenu un bon mari et un propriétaire aisé. Ni l'un ni l'autre ne donnaient de soucis à leur mère. Élevés dans la pauvreté, ils savaient comment s'en garder dès que s'éloignait le spectre de la pénurie, mère d'Éros, comme chacun sait. Mais António Clara, lui, une fois en possession de sa fortune, se trouva sur le chemin des plus grands périls, qui tous menaient au malheur. En effet, il est rare qu'un riche héritier se maintienne prospère : l'excessive générosité, le mépris d'un argent trop aisément obtenu le mènent à la ruine en moins de temps qu'il ne faut pour le dire. Un héritier ne réfléchit pas ; en dépensant, il réalise son unique ambition, qui est d'être célèbre dans la déconfiture, du moment qu'il ne l'a pas été dans l'effort du travail.

Ce que Celsa Adélaide craignait le plus, pour António, c'étaient ses fréquentations, et surtout celle de son propre fils, Taureau Bleu. Celui-ci avait connu la tendresse d'une mère pauvre, la plus séduisante de toutes les tendresses, celle qui mène les désirs au-delà de la raison. Ne pouvant s'enrichir honnêtement, ni même dans les limites de l'illégalité, et bien qu'il tirât profit de ses riches compagnons de chasse, Taureau Bleu prit le chemin d'une délinquance qui commence avec la diffamation et n'est jamais assez triomphante pour réduire le monde au silence. Il transporta de la drogue, mais sans jamais devenir un vulgaire dealer. Ensuite, une fois dans la fleur de l'âge, ses façons séduisantes lui valurent de hautes protections. Mais il cultiva toujours l'art de se tenir à l'écart des grands secrets et de refuser tout travail déshonorant, comme tuer une personne pour le compte d'un tiers. Il s'y entendait dans toutes sortes de jeux, connaissait la mécanique et les combinaisons de la roulette. Il n'en tirait pas un profit personnel, se contentant de se rendre indispensable dans les maisons de jeu grâce à son courage fait de perspicacité et de l'expérience des faiblesses humaines. Taureau Bleu était un prodige d'intelligence mondaine, qui, parce qu'elle exclut toute dépravation, ne laisse pas de souscrire à une certaine vertu. Il y avait en lui une cruauté sans cynisme, une compassion sans douceur. Les femmes l'adoraient.

— Pourquoi sont-elles toutes folles de toi ? lui demandait sa mère, souriante, presque jalouse.

— Est-ce que je sais ? Je n'essaie pas de les comprendre. Je ne dis pas de mal d'elles non plus, c'est peut-être pour ça.

Il n'aimait pas que l'on humiliât les femmes devant lui, pour avilies qu'elles fussent. Il supportait leurs mensonges, ne les battait pas, leur donnait de l'argent sans rien vouloir en échange ; il refusait toute intimité avec elles et faisait leur éloge, mais sans se les attacher par l'adulation. Ce n'était pas un conquérant, d'ailleurs il ne se vantait de rien. Il ne les rendait pas enceintes, ne leur promettait pas le bonheur, ni aucune forme de rédemption. La femme qui devait avoir le plus d'importance dans sa vie était une certaine Vanessa, qui en réalité s'appelait Rosalina, un nom de ce genre. Elle-même avait oublié son nom de baptême. Entraîneuse dès l'âge de treize ans, elle ne pensait qu'à gagner de l'argent, et à passer pour une dame.

Lorsque Celsa découvrit Vanessa au Salto da Senhora, elle se dit que les choses, décidément, prenaient mauvaise tournure. Elle-même n'avait pas changé; c'était toujours la même commissionnaire peut-être pas très diligente, mais fine mouche, et qui n'avait pas sa pareille pour découvrir tout ce qui se passait alentour et y trouver prétexte à paresser. Elle n'aimait pas tenir une maison, aussi était-elle toujours dehors, à chercher du personnel domestique susceptible d'être recommandé. Elle connaissait toutes les cuisinières et toutes les jeunes filles pauvres qui, pour fuir les travaux de la vigne, désiraient servir dans les maisons bourgeoises, ce qui, du reste, commençait à être mal considéré; on y voyait, sinon un premier pas vers la prostitution, du moins une sorte d'esclavage bien rémunéré.

Tout le monde connaissait Celsa et son éternel petit sac en tissu rayé, où elle rangeait les lettres à poster et les commissions dont on l'avait chargée. Tous connaissaient la mère de Taureau Bleu, son visage couvert de taches de rousseur et son sourire sardonique et fin. On eût dit une servante de couvent. Son chapelet aux grains noirs cliquetait dans la poche de son tablier. L'une des dernières, elle portait des jupes longues et un châle de laine râpé. Cela, à une époque où les jeans étaient considérés comme l'uniforme de la démocratie. Il y avait, au Salto da Senhora, un petit chien qui aboyait contre les filles en jeans dès qu'il entendait leurs voix stridentes: ces voix de femme sortant d'un vêtement d'homme, il ne comprenait pas. Avec le temps, il cessa de s'en préoccuper. Mais Celsa Adélaïde, elle, ne se départit jamais de son indignation.

Ainsi allait-elle par monts et par vaux, toujours en quête d'une bonne servante, bien qu'elle sût que cette quête serait vaine. La mission lui plaisait: elle lui permettait de se faire rapidement l'intime des aubergistes et des fermières. C'était alors un vrai sabbat de femmes, dont les jugements et les opinions mettaient à nu le village tout entier. Nul ne sortait indemne de ces assemblées, que l'on appelait "les réunions au sommet de Celsa Adélaïde". On ne l'aimait guère, mais les vieilles femmes trouvaient toujours quelque chose à exploiter dans ses promesses ; quant aux jeunes, elles lui pardonnaient sa mauvaise langue, du reste subtile et assez inoffensive, lorsqu'elles se souvenaient de Taureau Bleu, un si beau garçon, beau comme le soleil, disait-on.

– Il est parfait, absolument parfait, songeait Celsa, tout en tapant l'un contre l'autre ses souliers pour en ôter la poussière. Désirer son fils, c'était faire la moitié du chemin pour obtenir ses bonnes grâces. Elle était tolérante envers les faux pas, et dissimulait les erreurs du ventre et du cœur. Elle connaissait toutes les filles, de toutes les tailles et toutes les situations ; les sérieuses, les légères, les accouchées de fraîche date, les filles de prêtres, les maîtresses de vieux, et même les mendiantes et les moribondes. Et, naturellement, elle avait des accointances parmi les couturières, les petites vendeuses, et même dans le troupeau bien nourri des riches.

Ce fut vers ces dernières que se tourna Celsa Adélaïde lorsqu'elle découvrit Vanessa en train de boire un whisky sur le balcon du Salto da Senhora ; de là, on voyait tout Régua, avec ses quais boueux et le pont qui menait à Lamego et au sanctuaire de Notre-Dame-des-Remèdes, où accouraient étrangers et voisins. Ces très anciens lieux de pèlerinage doivent avoir pour origine de pieuses croyances, ou simplement une tradition de pratiques curatives fixées en même temps que les peuples migrateurs. António Clara le pensait ; c'était en tout cas ce que lui avaient dit son oncle Albergaria et ses parents du Crato, qui possédaient un domaine à Valdigem. N'allons pas croire pour autant qu'António, à vingt-trois ans, était un érudit. La maladie avait fait des ravages dans son éducation, lui laissant seulement le temps d'écouter des histoires qui n'avaient de réalité que dans la mémoire perturbée des vieux.

Mais nous abordions un autre sujet : l'inquiétude ressentie par Celsa Adélaïde lorsqu'elle vit le Salto da Senhora envahi par des visiteurs suspects, du genre de Vanessa. Cette jolie femme, prête à tout depuis l'âge de huit ans, remarquable dans le monde de la prostitution et du travail, réunissait toutes les conditions pour être respectée dès que l'on oublierait son passé. Pour l'instant, du reste, elle n'avait que celui d'entraîneuse dans les discothèques et les bars qui se multipliaient par toute la province, reculée ou non. Taureau Bleu avait connu avec elle des amours par avance désenchantées, qui engendrèrent une association dans des entreprises plus ou moins louches. Si la chance les avait favorisés, c'est qu'ils étaient tous deux de bons stratèges, capables de décisions occultes que ne venait pas entraver la morale. Lorsque Taureau Bleu amena Vanessa au Salto da Senhora, ce fut sans arrière-pensée. Il ne s'attendait pas à ce qu'elle impressionnât autant António Clara. L'amour entre ces deux-là naquit de l'admiration, plus pernicieuse que l'amour charnel. Du reste, Vanessa ne séduisait jamais personne au lit sans qu'elle ne lui eût inspiré d'abord cette admiration qui, lorsqu'un homme l'éprouve pour une femme, est plus fatale que le sexe. L'admiration contamine tout : l'âme, l'espérance, le désir. Le principe de l'incertitude reste suspendu à l'admiration comme un nid à un rameau. Le nid peut bien être abandonné, il oscille encore entre le souci de sa nichée et sa vocation à une vie nouvelle.

Vanessa était une femme hostile au monde et fidèle à ses passions, même si elle croyait les avoir déjà oubliées. Envers Taureau Bleu, elle faisait preuve de cette terrible sincérité que l'on peut prendre pour de l'amitié. Elle ne lui épargnait aucune révélation, pas même ses tendances lesbiennes, qu'elle attribuait au fait d'avoir jalousé sa mère, la considérant comme une rivale au sein du foyer. Ce qui caractérisait Vanessa, ce n'étaient pas ses habitudes, mais son effrayante faculté d'arriver toujours à ses fins : en fait, à une forme de pouvoir. Celsa comprit aussitôt qu'elle ferait ce qu'elle voudrait d'António. L'idée lui vint alors de chercher à celui-ci une fiancée.

Celsa Adélaïde connaissait comme sa poche les moindres recoins de cette région de vignes. Sa profession de commissionnaire, et aussi ses recherches d'employées de maison, cuisinières et bonnes d'enfants, lui facilitaient l'entrée dans les maisons pauvres comme dans les maisons riches. Elle connaissait aussi bien les familles les plus nécessiteuses, qui abritaient un essaim de jolies filles voraces, que les *quintas* où vivaient de véritables trésors d'ignorance, laissant espérer une belle dot, mais qui se faisaient rares en ces temps de pseudo-savoir. Néanmoins, on trouvait encore, dans certains endroits reculés, quelques fleurs de passion qui, mêlées au personnel de cuisine, ne s'en distinguaient pas, telle la princesse Peau d'Ane. Dotées de beaux bras et d'une tendance aux panaris, elles étaient en général candides et analphabètes, même si elles écoutaient chaque soir le Journal de vingt heures. C'étaient de véritables trésors, démodés il est vrai, mais qui feraient le bonheur d'un homme amateur de lapin en civet et de jambon cru au vin de Porto. Sans parler des chemises bien repassées et des chaussettes pliées à l'ancienne.

– Mon petit Antoine, mon vieil Œillet Pourpre, marmotta Celsa Adélaïde, il est temps pour toi de te marier ; tu cours sinon à ta perte. Vanessa est un renard qui se mêle de drogue et qui a inventé une nouvelle manière de la faire circuler sans danger : en l'introduisant dans des œufs à l'aide d'un petit entonnoir à parfum. Je le sais. On fait une grande consommation d'œufs au Salto, et cela suffit à éclairer ma lanterne.

– Mère, vous perdez la tête, s'exclama Taureau Bleu, élégant comme tout avec son blouson de cuir et ses cheveux au vent. De beaux cheveux, qu'il portait coupés en brosse et qu'il enduisait d'un gel vert. Mais rien ne pouvait altérer la beauté de ses traits, d'une noblesse qui surprenait, dans cette province d'hommes marinés dans le vin et le fiel, plus une pincée de romanesque lorsque, au bout de leurs jours, ils s'amourachaient de blondes créatures.

Toujours est-il que Celsa ne faisait pas confiance à son joli garçon de fils, qu'elle aurait tant voulu voir ordonné prêtre, et qui prenait le chemin de la perdition à une époque où la perdition n'était plus une infamie, mais un mode de vie. Les meilleurs amis de Taureau Bleu passaient leur temps à entrer et sortir de prison, mais s'appliquaient à être présentables, à porter des vêtements de marque et à posséder une maison avec deux salles de bains. Les salles de bains étaient montées à la tête des Portugais de la petite classe moyenne, elles leur faisaient courir le risque de sombrer dans les dettes et une dépression obsessionnelle.

– Où en est-on, ici, avec les salles de bains ? s'enquit Taureau Bleu la première fois qu'il entra au Salto après l'installation d'António. Il n'y avait rien, en réalité, qui pût valoir sa considération, António n'ayant rien modifié dans la maison. On utilisait toujours la baignoire de zinc semblable à un fauteuil vidé de ses ressorts et pourvu d'oreilles pour les savonnettes. C'était à faire se dresser les cheveux sur la tête, et José Luciano – le Taureau Bleu – n'arrivait pas à y croire. Comment tant de générations, qui frétaient pour le mariage de leurs filles des trains spéciaux, avaient-elles pu se contenter d'aussi misérables salles de bains ?

— Misérables, non. Dans le bois, il y avait un sycomore. Aller faire ses besoins derrière un sycomore, c'était digne du roi David, fit António Clara.

— Quoi, le roi David ? On est aux portes du troisième millénaire, mon vieux !

Vanessa se mit à rire à gorge déployée, sans pudeur, à la manière des femmes lorsqu'elles cherchent à triompher de choses qui, au bout du compte, leur sont à la fois chères et insupportables, une basse extraction, par exemple, ou des habitudes vulgaires. Son rire laissa à découvert les cavités que creuse la maigreur sous le cou, et qu'en langage populaire on appelle des salières. António éleva presque la voix en se souvenant de cela, de cela et de bien d'autres choses. Vanessa, quant à elle, s'efforçait d'ignorer les signes d'indigence dans cette demeure opulente, mais les propos de son amant ne la persuadaient pas. Elle ne connaissait que le luxe de cinéma, qui n'est en somme qu'un décor, non le fruit d'une vie de réussite, de cruauté hallucinée, de combats mortels. – Cette maison a bien besoin de travaux, fit José Luciano.

— Oui, les toits, peut-être.

C'étaient toujours les toits qui bénéficiaient des travaux. Les derniers Albergaria avaient fait d'énormes améliorations dans les celliers et ils avaient construit de nouveaux entrepôts semblables à de grandes cathédrales illuminées par de gigantesques œils-de-bœuf, comme pour observer les astres. Mais Taureau Bleu ne voulait rien savoir de ces améliorations. Pour lui, ne comptait que la salle de bains avec sa vieille mosaïque noire et blanche et le panier à linge sale dans un coin. Au temps des derniers Albergaria, il y avait même un irrigateur accroché à un clou.

Des clous, on en trouvait partout : pour les clefs, les lanternes, les torchons, les tableaux de saints sur les murs. Ce que José Luciano ne pouvait comprendre, c'est que l'on traitât mieux les tombeaux que les salles de bains. On trouvait dans les caveaux du marbre à profusion, des fleurs de cire et des chandeliers d'argent. Les derniers Albergaria étaient conservés dans des cavités revêtues de bois précieux, et l'on apercevait les urnes, garnies d'un volant de dentelle que l'on changeait de temps en temps, comme les revers d'un drap. Mais pour les salles de bains, rien.

Vanessa rit de nouveau, penchée en arrière, comme une femme soûle. Pourtant elle ne buvait pas, et elle n'était pas non plus naturellement joyeuse. Le métier d'entraîneuse lui avait enseigné la flatterie, non l'amabilité. Les hommes ne faisaient pas la différence.

— Les hommes sont incapables de faire la différence entre quoi que ce soit, dit-elle.

— Et les psychiatres, alors ?

— Je ne sais pas, ce ne sont pas mes clients. Je pars du principe que ce ne sont pas des hommes, seulement des messieurs.

Ce fut le tour d'António Clara de rire joyeusement, ce qui de sa part était plutôt rare. Il se tut en voyant approcher Celsa, un plateau à la main chargé de thé et de rôties beurrées. Pas la moindre boisson alcoolisée. C'était fait exprès, et Taureau Bleu comprit qu'elle voulait le rappeler à l'ordre. On ne pouvait nier que ce fût une fameuse gouvernante, dans le genre servante d'aristocrate, correcte et sans servilité, cynique et prompte à pardonner leurs fautes aux jeunes patrons. Les vieux, quand on leur pardonne, c'est qu'on les a déjà oubliés, disait-elle. Ah ! le bon temps d'autrefois, lorsque la bande des ouvrières de la vigne se révoltait et que la meneuse c'était elle, grande, mince, une fiancée pour Roland, le Roland de Ronceveaux ! Puis elle s'était retrouvée commissionnaire, ce qui convenait à sa nature paresseuse. Celsa jeta un œil réprobateur à la femme en train de rire, la tête rejetée en arrière, suivant le geste provocateur qu'elle avait appris. C'est une putain, se dit-elle. Il faut la sortir d'ici en vitesse. Elle ne convient pas à mon Œillet Pourpre, et de toute façon je n'y consentirai jamais. Pour lors, Œillet Pourpre rêvassait à l'homme qu'avait été Freud ; à la manière dont il s'adressait à sa "délicieuse fiancée", à sa "douce aimée", tout en prenant la petite pincée de cocaïne qui viendrait à bout de ses infériorités de garçon sans position sociale et lui délierait la langue. Était-il tombé dans le piège de l'accoutumance ? Probablement.

— Probablement quoi ? fit Vanessa en arrangeant sa blouse légère, ce qui fit ressortir ses beaux seins. Elle ne perdait pas une occasion de mettre en valeur sa silhouette. C'était comme polir une pièce de monnaie qui, même rongée par l'usage, garde sa valeur propre. Toutefois, Vanessa avait toujours ménagé et son corps et son âme. Elle trouvait toujours un moyen d'esquiver certaines obligations de sa profession, et cela la gardait fraîche comme une rose. On ne lui donnait pas plus de vingt-sept ans, et pourtant elle venait d'accomplir les quarante. Elle se voulait chef d'entreprise, non prostituée, et elle tirait vanité de s'habiller comme une secrétaire de banquier, avec un tailleur gris et des petites boucles d'oreilles de brillants. Sans omettre les gants de peau noire, à l'occasion. Mais elle n'irait jamais jusqu'à la peau de suède, à moins d'épouser le riche et snob António Clara, dont le père continuait à fouiller la cité de Saba.

– Probablement, reprit, courtois, António, comme s'il avait affaire à une amie de ses frères, de celles qui jouaient du violoncelle, selon la tradition de Porto. Mais la tradition se perdait. Les meilleures familles se trouvaient en faillite, et elles ne disposaient plus de ce sentiment d'autorité qui était pour elles comme les robes à panier pour la scoliose de Marie Leczinska, l'épouse de Louis XV. Les fils et les filles de ces familles, sinon célèbres, du moins réputées, abrogeaient toutes les règles de la bonne conduite, se déclassaient et sombraient aisément dans le vice. Passé le temps où le scandale qu'ils déclenchaient faisait sensation, chacun les acceptait sous le couvert de la maladie, ou simplement sous l'étiquette de brebis galeuse. Le monde exhibait ses mauvais spécimens comme s'ils étaient bons, ou comme s'il s'agissait de la dégradation d'un bien n'ayant pas abouti au bonheur des mortels. Ainsi les meilleures familles vivaient-elles en bonne harmonie avec leurs voleurs et avec leurs putes, conscientes au fond qu'ils mettaient du piquant dans leurs petites vies bornées. Il y a, dans le triomphe de la perversité, quelque chose de compensatoire des incertitudes humaines.

Quant à Freud, qu'António parcourait non pour s'instruire mais parce que cette lecture lui procurait une sorte de transe hypnotique, il lui disait qu'il y avait beaucoup de choses dont il avait omis de parler. A propos de sa femme, notamment. Freud était devenu un maître, il en avait parfaitement conscience. Aussi est-ce seulement dans un moment de désespoir, en reconnaissant qu'il était vieux et sans mémoire érotique, qu'il écrivait à la belle Lou Salomé des choses comme celle-ci: "Naturellement, je dépends toujours davantage d'Ana et de ses soins. Cela me rappelle cette observation de Méphistophélès: 'En définitive, nous dépendons des créatures que nous avons nous-mêmes tirées du néant.' Méphisto, en tout cas, s'est montré très sensé en les créant." La cruauté ne pouvait trouver meilleur refuge, où se trouver le mieux à l'abri des conséquences.

Cela dit, retournons au Salto da Senhora, dans la salle où Celsa montait la garde. C'était une grande pièce carrée, avec un plafond bas en bois de pommier, meublée de chaises tapissées de damas jaune. Deux armoires vitrées renfermaient une collection de porcelaines et Vanessa était en train de se dire que, si elle pouvait, elle embellirait tout cela avec des rideaux de nylon brodé et de grands abat-jour sur des supports de marbre. C'est ainsi qu'elle avait décoré sa propre maison, au sommet d'une colline d'où l'on découvrait la mélancolique vallée considérée naguère comme la plus belle du monde. Mais plus maintenant. On y avait construit des groupes d'habitations économiques d'une couleur vert laitue, et les petits manoirs échappaient aux regards, leurs chapelles timidement à découvert au milieu des lopins de cultures à usage domestique. Le cas du Salto da Senhora était une exception. Les vignes y dessinaient comme les gradins d'un immense Colisée, et les lampadaires semblaient devoir illuminer le supplice des prophètes de Galilée. Même Vanessa se sentit impressionnée par cette solide alliance de la terre et du travail. Le grand magnolia de la terrasse donnait sa seconde floraison, les étoiles blanches de ses fleurs à demi cachées dans le feuillage sombre. Vanessa demanda que l'on en cueillît une pour elle.

– Cela ne se fait pas, on ne les coupe jamais, dit précipitamment Celsa. Elle sentait passer, entre cette femme et António Clara, un courant qui les attirait l'un vers l'autre. Pourquoi deux êtres se compromettraient-ils ainsi, sinon par amour? Ils riaient de tout et de rien, heureux dans leur franche acceptation d'un plaisir qui s'annonçait, comme un fils avant d'être conçu. Celsa se dit in petto: "Cela ne me plaît pas, pas du tout". Elle ne pouvait nier que Vanessa fût "un sacré morceau", avec son visage osseux qui semblait de pierre et ses mains et ses pieds, grands mais parfaitement dessinés. Sa vulgarité même avait quelque chose de solitaire. C'était cela qui attirait les hommes, qui les rendait fous d'elle. Il n'y avait pas de mots pour décrire son immobilité, qui se situait au-delà du geste et de la parole. Celsa Adélaïde pensa: il faut se débarrasser d'elle. C'était le crime parfait, forgé dans la plus absolue nécessité.

Elle se mit à chercher une fiancée pour son Œillet Pourpre, que jamais elle ne se hasardait à appeler son fils. C'était l'enfant de Rutinha, celui qu'elle lui avait offert sans vouloir garder aucun droit sur lui, sans avoir la libre disposition du secret ni de la fortune. Mais, outre son intégrité physique (même si António souffrait de lésions de naissance), il y avait également son intégrité morale, sur laquelle elle devait veiller. Que Taureau Bleu empruntât de mauvais chemins, qu'il eût même déjà connu la prison préventive, cela ne la gênait pas. Il savait se défendre et, même si les choses tournaient mal, il menait la vie qui lui convenait le mieux, celle d'un proxénète et d'un escroc, celle aussi qui, au fond, distrayait Celsa. Car avec tout son rigorisme religieux et son aversion pour les athées, elle réservait à ses fils une sympathie qui s'étendait à leurs fredaines, même si celles-ci les menaient aux frontières du crime. Flórido, avec ses mariages d'argent (mais il restait toujours chevaleresque quand il s'agissait de protéger ses épouses et leurs biens), et José Luciano, qui avait commencé sa carrière dans les casinos en tant que gigolo de vieilles dames, de veuves, de maîtresses abandonnées, ne lui tiraient ni l'un ni l'autre de grandes protestations. Elle s'entendait bien avec eux, et eux, en échange, ne lui reprochaient pas sa conduite envers son mari, devenu une sorte de déchet humain dans un asile, et que, d'ailleurs, ils ne tenaient pas à visiter. Ces enfants-là étaient sans père depuis leur plus jeune âge, depuis qu'ils l'entendaient rentrer, aviné, fatigué, fou furieux d'un désir que Celsa bravait avec le tranquille courage d'une martyre.

Son pur amour, c'était Œillet Pourpre, si sage, si honnête, exemplaire dans la monotonie d'une vie qu'elle avait accompagnée de loin. Et voilà qu'à présent il revenait au Salto pour jouir de la fortune qui était son œuvre, son œuvre à elle, sa mère véritable et unique. Elle rattrapa de justesse le verre qui allait tomber de la table. "Elle est incapable de vivre sans causer de dégâts, cette maudite", pensa-t-elle. Tout détruire autour d'elles, pulvériser l'éphémère, c'était une constante chez ces femmes-là. Elles n'épargnaient rien, n'économisaient rien pour leur vieillesse ; quant à changer d'homme, c'était aussi se montrer dépensières. Celsa se promit de sauver António Clara.

Pour cela, il fallait le marier. Et pour le marier, il fallait solliciter le ciel, puisque les mariages, c'est là-haut qu'ils se font. Elle pria donc les saintes de sa dévotion, leur demandant d'intercéder pour elle : sainte Rita d'abord, qui, disait-on, avait eu un mari insupportable ; puis Catherine de Sienne, réputée d'une intelligence bien au-dessus de la moyenne, et qui vivait sans rien manger.

– Une anorexique, quoi, fit António Clara, en écoutant La Lettre à Élise de Beethoven. Il faisait presque nuit, et il venait de rentrer des entrepôts où l'on mettait en bouteilles le vin qu'il comptait dédier à Vanessa. Comme un livre ou un morceau de musique.

— Ce que tu peux inventer !

— Elle avait un chien, et elle lui glissait la nourriture sous la table.

— Je ne savais pas ! Une ruse d'anorexique, je suppose.

Rien ne rendait Celsa plus heureuse que de savoir qu'il la trouvait intelligente. Elle voyait bien qu'il l'estimait, qu'il la considérait comme supérieure à beaucoup de docteurs, qu'il l'approuvait quand elle s'efforçait de prononcer correctement les mots difficiles. Elle n'était pas prétentieuse, mais appliquée. Elle eût fait une bonne étudiante, et qui sait jusqu'où elle serait allée. Elle eut un grand sourire et son cœur battit la chamade, comme si elle avait reçu une nouvelle, bonne ou mauvaise. "Il faut que je flanque cette femme à la porte", pensa-t-elle.

Ce n'était rien de plus qu'une fanfaronnade comme on en disait à la Ramada Alta, au temps où y habitait une famille obscure de commerçants au sein de laquelle apparaissaient parfois de grands originaux. Ces originaux de Porto, qui avaient pour objectif principal dans la vie d'aller dîner au moins une fois au Ritz, furent nombreux jusque dans les années 60, après quoi ils disparurent. Peut-être parce que leur verve s'était épuisée, ainsi que l'enthousiasme d'être différents, féconds en inventions humoristiques ; ou peut-être simplement, parce qu'ils étaient ruinés, toujours est-il que ces innombrables oncles, qui grimpaient, chaussés de hautes bottes, un fouet à la main pour les dompter, dans la fontaine aux Lions, avaient disparu, et que leurs gènes ne figuraient plus dans la famille. Une famille où avaient toujours abondé les célibataires soucieux de leur apparence, cultivés, musiciens, parfaits, en somme. Ils en vinrent même à pratiquer le hockey, puis déclinèrent en collectionnant des statuettes de porcelaine chinoise, "le gamin qui rit", par exemple, et d'autres semblables. On s'acheminait alors vers un temps que l'on croyait miraculeux, comme si la révolution des Œillets était une piscine de Siloé guérissant tous les maux. Il n'y avait plus de bâtards, et le vieil Albergaria do Salto da Senhora, s'il vivait encore, aurait eu du mal à faire une fille, jolie et timide, dans la famille de Taureau Bleu, des gens rusés, et qui allaient pieds nus. Les femmes, à présent, prenaient la pilule, et l'on disait qu'il était plus facile d'engrosser une nonne que l'une des filles de la vigne ou une couturière en linge fin. Ces lingères, du reste, avaient également disparu. Parmi elles, il y avait Judith, qui était bossue et triste comme une colombe mouillée, Olivia, qui brodait, avec une délicate perfection, les trousseaux des jeunes et riches fiancées. Mortes toutes deux depuis belle lurette, les pauvres.

Cependant une lingère vivait encore au Salto da Senhora lorsque António Clara vint prendre possession de son héritage - la maison, les entrepôts, les vignes entourées d'oliviers. D'une grande beauté au temps de sa jeunesse, cette femme avait eu une vie amoureuse pleine de désillusions. Elle s'était juré d'épouser un homme riche, mais elle échoua et finit très mal, blessée dans un orgueil qui lui eût mérité, pour le moins, la couronne de Castille et de León.

– La chance ne m'a pas souri, disait-elle, indifférente, de l'air de ces fausses condamnées qui aiment la punition plus que le pardon. Elle vivait dans une dépendance de la maison baptisée "le salon", en réalité une pièce abandonnée, jamais aménagée. Il y avait là un piano encore dans sa caisse, et de vieux hamacs de corde. La pauvre lingère y mourut, toujours belle avec ses petits cols de femme de chambre, et parlant sans cesse des extraordinaires destins qu'elle aurait refusés. Peut-être le vieil Albergaria l'avait-il aimée et lui avait-il donné refuge, faute de lui donner sa main.

António Clara trouva encore au Salto quelques vestiges de ces temps révolus. Des portraits d'inconnus, des flacons ayant contenu des essences depuis longtemps disparues du marché. António Clara les rangea une fois pour toutes, ou les fit brûler. Mais le rôle qu'il devait jouer dans son domaine, il n'en avait pas une idée très nette. Du moins, jusqu'à l'apparition, par une torride journée d'été, de José Luciano et de Vanessa, qui aussitôt s'approprièrent son âme, si l'on peut dire.

Celsa Adélaïde flaira le danger. Vanessa était le type même de la femme qu'elle qualifiait de "renarde" et que condamnaient à la fois son catéchisme, sa culture et son art de vivre. Car c'est en artiste que Celsa tenait son rôle dans la vie.

Maintenant, je ne jurerais pas que l'échange des nouveau-nés se soit déroulé exactement comme je l'ai raconté. Sans cesse me viennent à l'esprit des réflexions nouvelles à ce sujet. D'abord, l'accouchement de Rutinha n'est pas passé aussi inaperçu que je l'ai cru. Il pleuvait et il tonnait ; une pluie battante cinglait les vitres, comme si on la versait du haut du ciel avec la rage des grandes manœuvres de printemps, lorsque les ménagères croient se libérer de leur purgatoire domestique en se battant comme des lionnes contre la poussière et la saleté accumulées. Le grand nettoyage de printemps, au Salto da Senhora, c'était l'équivalent d'une campagne militaire. Du matin au soir on entendait des cris, on lançait des ordres, exécutés avec une telle précipitation que toute velléité de résistance était par avance exclue. Le magnifique linge de maison en lin, brodé de monogrammes dont personne ne savait plus à qui ils faisaient allusion, était lavé, repassé et à nouveau rangé. On astiquait les cuivres, on réparait les meubles et les tapis, on décrochait de leurs tringles les tentures. Les chiens et les enfants ne savaient plus où se mettre, les glapissements, les querelles agressaient les oreilles de tout le voisinage. Le grand ménage de printemps dans une grande maison, c'est réellement un ouragan qui passe.

En cette nuit de l'accouchement de Rutinha, cependant, ces hostilités-là n'étaient pas encore engagées. On savait par ailleurs qu'elle était aux prises avec les premiers symptômes l'avertissant que son heure approchait, mais personne n'était monté jusqu'à la chambre du Belvédère pour prendre de ses nouvelles.

— C'est trop tôt, avait dit Celsa, il s'en faut encore de deux jours. Elle souffre de douleurs dans les reins, les pires de toutes.

Et elle avait fermé la porte au nez de la femme de chambre, qui redescendit aussitôt pour protéger la maison des fureurs de la tempête. Des branches éclataient dans les bois, et les chiens, épouvantés, se réfugiaient dans leurs niches.

En réalité, à une heure du matin, ou peut-être à une heure moins dix, la petite bonne qui s'appelait Rosario monta avec des allumettes et des bougies. L'électricité avait sauté, et dans le noir le silence se faisait plus lourd. Dans la chambre de la Vierge à la Chaise, une forte odeur de charbon la prit à la gorge. Le brasero dont on se servait encore, posé sur une estrade octogonale, semblait éteint. Mais l'air était vicié, et Rosario, pour le renouveler, entrouvrit la fenêtre, laissant passer un vent coulis. L'enfant de Rutinha venait juste de naître et se trouva pris dans le courant d'air froid. Ce fut cela qui le tua, rien d'autre. Celsa dissimula la catastrophe jusqu'à ce que l'idée lui vint de substituer un enfant à l'autre ; dans un premier temps, pour ne pas être accusée de négligence. Mais, surtout, elle ne savait comment annoncer la triste nouvelle à Rutinha, qui avait passé au Salto plus de deux mois, solitaire, sacrifiée, triste comme la nuit. Elle ne connaissait personne dans les environs, et son oncle n'avait guère de temps à lui consacrer. C'était un cultivateur pour ainsi dire itinérant, qui voyageait beaucoup, du Minho à l'Alentejo, de l'une à l'autre de ses nombreuses propriétés, toutes héritées. Des chanceux, ces Albergaria, disait Celsa Adélaïde, qui, après avoir procédé à l'échange des bébés, se sentait plus tranquille. Elle faisait montre d'un sang-froid impressionnant, celui des grands stratèges et des grands criminels. Elle offrit au fils de Rutinha un enterrement pauvre mais décent, où elle versa quelques larmes. Et la vie continua. Rutinha partit, laissant son fils supposé en nourrice à Celsa, qui malgré sa poitrine menue avait du lait en abondance.

– Ce sont les pierres lisses qui donnent le plus d'eau, disait-elle, triomphante. Où elle allait chercher de telles images, nul ne le savait. Dans d'anciens dictons, probablement. Tout comme ces strophes qu'il lui arrivait de chanter : "mon Antoninho, mon Œillet Pourpre, n'entre pas dans mon jardin, ou ils tireront sur toi, ou ils te feront mal." Ou encore cette autre : "j'ai traversé la mer à la nage, j'ai traversé la mer sans crainte. Ah ! si je pouvais me noyer dans les vagues de tes cheveux !" Celsa Adélaïde n'était pas très portée sur le chant, mais de temps à autre, quand elle lavait son linge, seule dans la pièce d'eau, elle se laissait aller à de grandes envolées lyriques, et elle arrachait à sa mémoire tout un *cancioneiro* pastoral et mélancolique. Comme si elle gardait au fond de son cœur une tristesse plus chère que ne le serait jamais aucun amant. José Luciano, le Taureau Bleu, se sentait jaloux de ce ton chaleureux, ne s'adressant à personne en particulier, que mettait sa mère dans ses chansons.

Lorsque le bébé António fut mis au régime des bouillies, Celsa se désintéressa de lui. Les Albergaria le gardèrent jusqu'à ce qu'il eût six ans, âge auquel sa mère vint le chercher pour l'emmener dans sa maison de la Ramada Alta, où se trouvaient déjà ses autres fils. Elle l'y laissa aux bons soins d'un précepteur et d'une servante d'âge mûr, sans parler des familles amies apitoyées par ces enfants sans parents et qui gardaient un œil sur eux. Car Rutinha, aux prises avec un mari dépressif qui lui prenait tout son temps, abandonnait pratiquement ses fils à la Ramada Alta.

La Ramada Alta n'avait pas toujours été un nid de francs-maçons ni un miroir de vertus. Parmi celles-ci, la plus constante fut le rejet de toute ostentation. Les Aurelianos de la Ramada Alta, d'où sortirent Rutinha et ses cinq sœurs, toutes rebaptisées les Aurelianas, donnaient une telle importance à une modestie de façade que c'en était presque suspect. Digne des Nouveaux Chrétiens, en tout cas, qui s'appliquaient à offrir un aspect dépenaillé pour ne pas attirer l'attention du Saint-Office. Mais à l'intérieur de la maison s'étalaient les richesses : de l'or et de l'argent, du damas sur les murs, des coffres indochinois, des porcelaines anglaises et des lustres de Murano. Un tel amoncellement dans des pièces exiguës frisait le ridicule. Mais personne dans la rue ne soupçonnait leur importance financière, et les Aurelianos riaient de bon cœur. Rien n'est plus gratifiant que de passer pour inintéressant aux yeux des médiocres. Les Aurelianos s'en réjouissaient, eux qui avaient dans leur portefeuille de quoi acheter même l'honneur d'une sœur tourière.

Puis il arriva qu'un mariage avec une Brésilienne extravagante et fort soucieuse de sa mise changea du tout au tout la manière de vivre à la Ramada Alta. On donnait des dîners et on allait aux concerts de l'Orphéon. Rutinha était la petite-fille de cette dame, qui s'appelait Sabia, avait des amants et ne s'en cachait pas. Son mari la séquestrait dans une *quinta* qu'il possédait à Guimarães, mais dont elle s'évadait, triomphante. Jusqu'à sa mort elle se montra hardie et désinvolte. Son fils, quand elle fut vieille, mais non repentante pour autant, avait coutume de dire :

— Vous pouvez inviter maman, elle se conduit bien à présent.

Que ce soit à cause de ce passé récent de la Ramada Alta, qui ne lui garantissait pas une bonne réputation, ou parce que l'aveuglait sa passion pour son mari, toujours est-il que Rutinha n'y demeurait guère. C'était une maison haute, avec deux balcons courant tout au long de la façade, et des *azulejos* provenant de la fabrique de Carvalhinho. On disait que, dans le silence de la nuit, on entendait résonner des pas, s'ouvrir et se fermer des tiroirs et battre des portes. Construite sur une dénivellation, la maison présentait une inclinaison certes imperceptible, mais suffisante pour provoquer des phénomènes effrayants. António Clara l'habita jusqu'à l'âge de douze ans sans ressentir de frayeur. C'était un garçon souffreteux mais beau comme un soleil. Du reste, ses frères aussi étaient jolis garçons, avec un teint pâle, une teint de perle qu'ils devaient sans doute à la grand-mère Sabia. Mais pour nous, qui croyons à l'ingénieuse histoire d'une substitution d'enfants au Salto da Senhora, António tenait plutôt de la famille de Taureau Bleu : grand, au-dessus de la moyenne, et extrêmement maigre.

Comme d'ailleurs Celsa l'avait toujours été et le serait toujours. Lorsque, enveloppée dans son châle de laine râpé, elle sortait pour assister à la première messe, ou qu'elle courait de village en village à la recherche de gens de maison, on la prenait pour une créature de l'au-delà. Vanessa, bien sûr, ne manqua pas de le remarquer :

— Je ne voudrais pas d'elle dans ma maison. Elle fait un peu peur, non ?

– Peur ? Celsa ? Elle est très fine et bien élevée, rétorqua António Clara. Vanessa se sentit visée, elle dont les traits, les gestes, la trop expansive sollicitude portaient la marque vulgaire du bordel. Toujours prête à offrir son aide, elle avait l'émotion facile de ceux qui se savent déplacés et s'apitoient sur eux-mêmes. Elle était la patronne d'au moins dix salles de bal (des dancings, comme on disait), et pourtant elle rêvait nuit et jour à des affaires louches et à des bénéfices fabuleux. Ce type de mégère triomphante, tolérante envers les hommes au point d'en avoir l'air amoureuse, et pour laquelle ceux-ci ressentent une espèce d'adoration, a toujours existé. Vanessa leur était d'une grande aide dans leurs mariages languissants et routiniers. De plus, elle ne les laissait pas se ruiner pour elle, ce qui lui valait la gratitude d'épouses rusées, pour lesquelles les revenus valent autant que des prières. Vanessa distribuait même des conseils pratiques, sur les études des enfants et le placement des capitaux par exemple, ce qui la mettait au rang d'une amie, plus gratifiant que celui d'une maîtresse sporadique. Elle ne vendait pas ses faveurs, celles-ci étaient comprises dans un rituel de complicité incluant les affaires, les fêtes d'anniversaire et les voyages à deux.

Les affaires que faisaient Vanessa et Taureau Bleu étaient certes dangereuses, mais c'est le danger qui alimente la complicité. Dresser des plans ensemble exige une bonne dose de désir, de culpabilité et d'admiration mutuels. Il n'y a pas de projets sans corsaires.

Si António Clara était bien né, grâce à un simple calcul de sa mère, au Salto da Senhora, son cœur, lui, s'était formé à la Ramada Alta, où il se fit des amis sur les rochers escarpés de Massarelos. Quand il s'installa au Salto da Senhora, il avait déjà vingt-sept ans et tout un passé vécu à Porto, dont le passé littéraire est de la plus pure et solide qualité. Car il y a, et il y a toujours eu à Porto, faute de cercles littéraires, une harmonieuse démarche, dite du solitaire. Un solitaire, à Porto, c'est un philosophe repenti, un penseur en sympathie avec ses lectures classiques. On lisait déjà Voltaire dans la rue des Fleurs au XVIIIe siècle; mieux encore, longtemps auparavant, à l'intérieur des murailles de Porto, des femmes illustres cessaient de travailler la laine et le lin pour se consacrer, comme jadis Hipparchia de Thèbes, à la philosophie cynique. En un lieu appelé la Pena, où l'on cultivait naguère la vigne et l'oranger, se trouvait la maison des Roper, qui, à les en croire, descendaient de Thomas More. C'étaient des érudits, dotés d'un sens de l'humour et d'une belle prestance, qu'António Clara fréquenta dès sa prime jeunesse. Il apprit avec eux à aimer la poésie et beaucoup de choses concernant le théâtre, où les portaient leurs goûts et leur penchant dramatique. En toutes choses ils introduisaient leur sens de la scène et une élégance de tableaux vivants. Les Roper, Torcato et Pedro Daniel, qui étaient Dacier par leur mère, vivaient frugalement, comme c'est souvent le cas des riches scrupuleux. Cependant il y avait une autre version, moins prestigieuse, au sujet de leur origine: les Roper descendraient de simples fabricants de cordes ayant fait fortune à la grande époque de la navigation et du cabotage. Mais non de l'esclavage, car le Nord n'a jamais été négrier, non par vertu, mais par choix d'un commerce sans rapport avec les harems d'Afrique: la soie du Japon était plus facile à écouler à la Cour de France et dans la bourgeoisie d'Amsterdam.

Nous reparlerons plus loin des Roper; ils méritent d'être signalés au sein de la bonne société de Porto, dont on a beaucoup mésestimé l'importance qu'elle donnait aux belles-lettres. Les Roper-Dacier et leur groupe succédaient aux dandys et aux mélomanes, qui à leur tour descendaient peut-être des jeunes gens élevés dans les palais de Gaïa, ou, mieux encore, d'Andalousie. Ils formaient un escadron de garçons bien faits de leur personne, intelligents sans être cabotins, qui lisaient le grec et forgeaient des épigrammes. Sexuellement indéterminés, ils se faisaient les chevaliers servants de femmes élégantes, surtout remarquables par leur nom et leur esprit. On ne pouvait fréquenter les Roper sans bien connaître son Proust et sans garder à l'esprit certain bon mot de Louise de Vilmorin, quelque chose comme : "un homme est un homme, mais un bel homme, c'est autre chose."

Le départ d'António Clara pour la province fit aux Roper l'effet d'une assignation à résidence. Il y a un dicton qui dit : "La campagne, y aille qui voudra." On n'ignorait pas que les domaines agricoles servaient à équilibrer des finances mises à mal par les enfants qui grandissaient et par les hypothèques que l'on ne pouvait lever. Il en fut ainsi dans de nombreux cas. Surtout, une *quinta* dans le Douro ne représentait qu'un blason aux yeux des Lisbonins de la Ligne de Cascais, ces *afrancesados* qui s'étonnaient de constater que le Portugal, au bout du compte, s'étendait au-delà du périmètre de Sintra. Par *afrancesados,* on entendait la génération pombaline qui garda le Douro sous sa tutelle jusqu'à l'arrivée des Anglais, inventeurs du vin de Porto qui succéda au vin doux. Mais le Salto da Senhora échappa à ce tableau. C'était un véritable comté qui s'étendait sur toute la colline jusqu'au fond de la vallée de Jugueiros, et qui se parait de forêts sombres et profondes. Rien d'étonnant à ce que la fortune des Albergaria eût fait rêver les innombrables neveux. N'ayant de prédilection pour aucun d'entre eux, qu'il trouvait d'ailleurs inutiles et même scélérats, le vieil Albergaria décida de laisser tous ses biens à l'enfant qui naîtrait au Salto da Senhora. Déjà mère de deux fils en âge scolaire, Rutinha se soumit alors à une nouvelle grossesse, un peu comme on s'efforce de remplir les conditions permettant de gagner un prix à la kermesse. Cette femme gracieuse, aux yeux légèrement bridés, avait épousé par amour un homme excentrique et sans avenir. Sa vie tout entière tournait autour de cet amour, dont elle donnait sans cesse des preuves en suivant son mari partout et en s'accommodant du pire inconfort. Archéologue amateur, diplômé en droit, cet homme se passionnait pour tout ce qui portait la marque du passé. Mais ce qui le tentait surtout, c'était d'être, comme Schliemann pour la ville de Troie, le découvreur de civilisations perdues. Son imagination le mena au Zimbabwe, où il s'obstina à situer le royaume de Saba. Pour les Portugais, qui traditionnellement prennent le chemin de la fortune plutôt que celui de l'aventure, cela semblait extraordinaire. On le traitait de fou et de mauvais chef de famille, puisqu'il compromettait ses biens en faveur d'un idéal qui n'était rien d'autre qu'un donquichottisme.

Mais Rutinha croyait aveuglément en son mari et jamais elle ne céda à sa famille, qui lui conseillait de le quitter, ou du moins d'espacer ses voyages. En réalité, Rutinha appréhendait la routine de Porto et la monotonie d'un bonheur domestique. En chaque femme élevée selon des principes d'austérité et obligée à des aspirations bourgeoises, se cache un désir d'aventure plus vif de beaucoup que celui de Salgari. Les Aurelianos de la Ramada Alta donnaient parfois des rejetons véritablement baroques dans leur comportement, et qui, un beau jour, disparaissaient dans la forêt amazonienne rien que pour échapper à un mariage trop prometteur et confortable. Une ville de province est plus imprévisible que des capitales comme Londres ou Paris, toujours sous le feu des projecteurs, avec leurs écrivains et leurs visiteurs. Il existe à Porto des quartiers, des lieux, des coutumes et des sentiments qui ne se laissent pas découvrir aisément. L'Histoire ne les a pas enregistrés et pourtant, ils sont aussi profonds que la Bible et le Coran réunis.

D'ailleurs, à propos de Rutinha, de la famille des Aurelianos de la Ramada Alta, remarquons avec quelle rocambolesque astuce elle est allée mettre son enfant au monde dans le Douro, lui garantissant ainsi une fortune perverse, comme le sont toujours celles dont on rêve tout éveillé.

Dans sa robe de mousseline mouchetée, Rutinha était si belle, malgré sa grossesse avancée, que son oncle la présenta à ses amis comme si elle faisait partie de la propriété. C'était au cours de la grande fête des vendanges qu'il donnait chaque année, une fois tout le raisin cueilli et les pressoirs vidés. Après quoi il faisait un grand voyage, à Venise par exemple, où il descendait dans un hôtel du Grand Canal.

Ce fut justement en l'une de ces occasions que Rutinha mit son enfant au monde. La tempête, avec ses éclairs fulgurants se croisant au-dessus de la vallée, forçait les habitants à brûler les branches d'olivier bénites le jour des Rameaux. Qui n'a jamais connu une tempête dans le Douro ne sait pas ce que c'est qu'un orage sec, retentissant comme une bataille de l'Apocalypse. Les éclairs bleus zèbrent le ciel noir qui semble s'affaisser sur la terre, et l'on dirait que le monde frémit, faisant rouler sur le sol les pierres des murs qui, réellement, s'éboulent. La pluie tarde, pas une goutte ne tombe. Tout n'est que fracas, fracas des coups de tonnerre qui sont comme un escadron de cavalerie en marche. Les femmes prient. Dans les oratoires, on allume les petites lampes qui illuminent les saints, Blandine, Antoine, d'autres moins connus, comme Rose et Lucie, qui porte sur un plateau ses yeux arrachés. La terreur de ce supplice renforce la terreur des éléments. La Vierge à la Chaise, dans la chambre de Rutinha, avait l'air un peu effrayée, elle aussi. Couvrant les gémissements de Rutinha, la pluie commençait à battre contre les vitres, les tuiles, les dalles du balcon ; une pluie torrentielle, qui creusait la route de sillons semblables à ceux que laisserait une charrue. Celsa Adélaïde pensa qu'elles en avaient pour la nuit entière, que ce n'étaient que des douleurs de reins, qui n'en finissent pas et désespèrent.

– Récitons un rosaire à la Vierge d'O, proposa-t-elle.

– Un rosaire ! Ça fait je ne sais combien de chapelets. Aie un peu pitié de moi, Celsa.

A genoux sur son lit, Rutinha se tortillait, traversée de douleurs. La sage-femme aurait dû être en chemin, mais Rutinha préférait accoucher seule avec Celsa, s'en remettre aux mains de cette femme ignorante, qui appelait les seins des "marguerites" et n'attachait aucune importance à ses douleurs. Les hommes étaient plus compatissants.

– Appelle le docteur.

– Où le trouver ? Il arrivera trop tard.

Celsa se méfiait de ces gens, elle trouvait que l'expérience de la vie les rendait inhumains. Elle pensa mettre un couteau sous le lit, comme le faisait sa propre mère pour couper la douleur en deux. Deux douleurs, c'était donc moins redoutable qu'une seule ? Celsa n'y comprenait rien. De toute façon, elle n'était pas superstitieuse et n'encourageait pas la crédulité. Elle alla voir son fils, qui avait huit jours et dormait à poings fermés. Il avait des cheveux noirs qui, elle l'espérait, allaient tomber. "Le beau petit moine !" sourit-elle. Elle voulait dire qu'il avait l'air calme et confiant. Elle retourna auprès de Rutinha.

– Tu sais, je vais m'en aller d'ici, fit celle-ci. Je ne sais pas ce qui m'a prise de venir dans ce trou. Je pourrais bien mourir, personne ne viendrait m'aider.

– Moi, je vous aide. Ce n'est qu'un mauvais moment à passer. Que voulez-vous que je fasse ?

– Je voudrais que l'on m'ouvre le ventre, et que l'on m'enlève cette chose.

C'est alors que commença l'œuvre brutale de la nature, les cris, le sang, les matières fécales, l'urine rouge au milieu desquels nous venons au monde. Sans jubilation aucune, dans l'effort et la misère des entrailles ouvertes. Quand il sortit, l'enfant était mort. Ou peut-être n'avait-il pas supporté ses premières bouffées d'un air vicié par le charbon à demi éteint. Celsa le recouvrit d'une serviette, puis alla chercher son propre fils, l'habilla de la layette toute neuve et le coucha dans le berceau sous la Vierge à la Chaise. Elle savait ce qu'elle faisait, aussi son cœur battait-il la chamade dans sa poitrine. Mais Rutinha, ouvrant les yeux, surprise et soulagée, la rassura tout à fait.

– Vous voulez voir l'enfant ? demanda Celsa.

– Laisse donc, avait répondu Rutinha. Je veux seulement dormir.

La chambre se remplit bientôt de monde. Dehors, la tempête galopait, comme enveloppée par le vent dans les nuages noirs. L'électricité n'était pas encore revenue, et les lampes à acétylène diffusaient une lumière blanche et aveuglante. Dans son berceau, l'enfant semblait téter un sein s'offrant à lui dans la paix d'un monde invisible. Ce fut ainsi que le fils de Celsa monta sur le trône du Salto da Senhora et gagna un flot d'argent sans avoir eu à lever le petit doigt. Son frère, Taureau Bleu, allait partout répétant qu'António était un âne, mais un âne chanceux. Le personnel de la maison ajoutait qu'il était né coiffé, coiffé du sac amniotique, ce qui était extrêmement rare, et par conséquent considéré comme un bon présage.

Rutinha alla retrouver son mari, toujours aussi fou et heureux de l'être, et qui scrutait toujours les secrets du royaume de Saba. Elle l'adorait, et ses enfants restaient de l'autre côté de cette barrière que dresse un amour exclusif. Les Aurelianos de la Ramada Alta, s'ils avaient été encore en vie, l'auraient interdit de séjour dans la famille, car pour eux une conduite excentrique relevait de l'aliénation mentale. On parlait encore d'un fils de la maison, amateur de jeunes serviteurs, et qui, pour ses plaisirs invertis, dépensait une fortune. Son père le fit interner à la Maison Jaune, un hôpital pour les fous, dont il ne sortit jamais plus. L'histoire ne dit pas s'il y trouva son bonheur; les amoureux en tout cas ne lui manquaient pas, et sans doute se sentait-il un Louis de Bavière sans la charge d'un royaume. Son père disait:

– Un malade revient moins cher qu'un vicieux. A celui-ci il ne manque rien, et pendant ce temps il ne dilapide pas le patrimoine.

Le patrimoine, à Porto, ce n'est rien de moins qu'une religion. Chacun cultive sa fortune comme on cultive ses vertus, la plus appréciée parmi celles-ci étant bien sûr la tempérance. Il y eut un temps où un pantalon de flanelle passait d'un frère à l'autre, alors que l'on prévoyait le smoking et la robe longue pour les jeunes dès leurs quinze ans. Savoir faire son nœud de smoking était une preuve de virilité; payer les cotisations de son club, aussi important que devenir membre d'un ordre de chevalerie. Les choses ont changé, mais on trouve encore, dans certains milieux fermés, ce sentiment lyrique de l'exception qui ne rapporte rien, sinon une certaine fraternité dans un même destin civique, proche, en quelque sorte, du sentiment féodal d'*inter-pares.*

La maison de la Ramada Alta, berceau d'une famille de filateurs, n'impressionnait pas par son architecture. C'était une sorte de grand paquebot de luxe, dont la dunette serait représentée par le balcon courant tout au long de la façade. Derrière les portes-fenêtres, il y avait le salon, vert et rouge, comme au château de Versailles. Les escaliers, par contre, étaient médiocres. Les Aurelianos, manifestement, ne les aimaient pas, ou ne les avaient pas prévus sur leurs plans. C'était comme s'ils ne donnaient pas d'importance au sexe. Mais ils donnaient de l'importance à la sortie des eaux usées, dans une ruelle où se trouvait une officine de doreur. Ces petites officines poussiéreuses, encombrées de surplus d'anciens travaux – caisses, vieux cadres, outils, flacons de colles diverses, plus une table sur laquelle s'accumulent des factures impayées, de vieux reçus, des calendriers périmés –, valorisent encore la ville, lui donnent un caractère, celui du commerce d'autrefois ; là, on ignore encore l'ordinateur, et les femmes ne se montrent pas, sont tenues à l'écart de cet univers d'hommes enfermés dans leur expérience, dans leur art de ne rien faire, dans leur monde secret de commandes et de faillite prochaine. Ainsi naissent et meurent, dans une condition qui leur est propre, les petits patrons d'officines presque sans clientèle. Ils ne savent pas ce que c'est que l'angoisse, les virus, les protestations des enfants qui veulent changer de branche et étudier la gestion d'entreprise. Ainsi vivent-ils, dans une bienheureuse apathie, et leur péché mignon, c'est de philosopher sur la vie avec une aimable incrédulité, le regard voilé d'incertitude. Ils connaissent bien les Aurelianos, leurs péripéties domestiques, leurs maîtresses, les petits vols commis par leur personnel, les heures de repas et les dates de leurs anniversaires. Cela suffit à leur fierté, à leur ambition, à leur curiosité. Ils sont fiers d'être des citadins, de bien connaître la ville et de lire les journaux. Dans leur cœur souffle un vent d'indépendance, de plaisir pour tout ce qui parle de liberté. Ils discutent de justice, comptent leurs sous, vont à l'enterrement de leurs amis. C'est une race qui disparaît de la face de la terre, que celle de ces petits boutiquiers capables d'éprouver encore de la honte parce que leur fille est déshonorée et leur maison hypothéquée. Les Aurelianos ne se rendaient compte de rien de tout cela, mais ils saluaient avec une politesse machinale monsieur Domingos ou monsieur Floriano, qui, sur le seuil de leur boutique, évaluaient la course des nuages dans le ciel et l'état des travaux de l'immeuble voisin. Les Aurelianos savaient que jamais on ne doit montrer l'argent que l'on a dans son portefeuille, que l'on ne se promène pas non plus dans la rue en pardessus de cachemire. Le poil de chameau, déjà, est un peu abusif. Ils savent fort bien cela. Ainsi, une mutuelle considération unit le riche et le pauvre. L'un ne s'exhibe pas, l'autre ne se décourage pas.

Déjà du temps de Rutinha, dont le mariage avait fait grand bruit, bien qu'il ne fût disproportionné ni à la fortune ni au rang de la famille, les choses avaient bien changé. On ne trouvait plus de domestiques pour servir dans une grande maison, personne ne voulait plus rester debout jusqu'à deux ou trois heures du matin rien que pour tendre leurs manteaux aux visiteurs venus dîner. Les vieux couples riches allaient s'installer dans des maisons religieuses où leur seraient prodigués les soins médicaux et la paix de l'esprit. Beaucoup des beaux jardins privés disparaissaient, et l'on construisait à leur place des immeubles pourvus d'ascenseurs et de garages souterrains. Il y avait une peur panique des agressions, des viols, des vols à l'arrachée. Il était dangereux de sortir la nuit, aussi, dès la tombée du jour, le vieux quartier de la Baixa, ses cafés fermés, se faisait désert. Le Porto bohème avait disparu. António et ses frères grandirent un volant entre les mains et apprirent tout jeunes à fréquenter les supermarchés et à consommer l'amour comme un repas sans importance, un yaourt ou un sandwich de chez Mac Donald. Ils n'avaient pas d'avenir, mais le présent leur convenait, un présent futile, sans devoirs ni disciplines, sans métaphysique ni sentiment de culpabilité. Il était loin, le temps où les Aurelianos, ces fossiles de la Ramada Alta, rentraient à la maison dès cinq heures de l'après-midi et s'installaient devant leur métier pour faire deux ou trois points à leur broderie de fils de couleur. Ainsi, sans y penser, comme on s'assied à un piano pour jouer quelques notes éclatantes.

– Il ne s'agissait que de quelques points, disait António Clara. Ses frères opinaient. Mais ils ne pouvaient s'empêcher de ressentir une vague tendresse pour tous ces gens maintenant enfermés dans leurs cercueils au cimetière de Lapa. Ceux-là avaient eu de la fortune, des amis, et s'étaient montrés des "Parisiens" accomplis. Toutes choses impossibles désormais. A présent, il fallait beaucoup gratter pour remporter une place au barreau, ou dans une banque, ou dans la politique. "Gratter", c'était un mot utilisé à la Ramada Alta, et il avait quelque chose de mortifiant, de dégradant même. Gratter dans la vie, cela voulait dire faire un travail tatillon et sans profit. Cela voulait dire mener une existence médiocre, avec des costumes râpés, un réchaud à gaz et une corde à linge où sèchent des pyjamas de flanelle. Une abomination pour les Aurelianos, qui portaient des caleçons de zéphyr de coton et des chaussettes à baguettes. A Porto, on vendait tout le luxe parisien, des gants comme seul Balzac sait les décrire, des chaussures sur mesure et des parfums de roses dont on ne révélait le prix à personne. Il y avait même une vie culturelle, de grandes couturières et des cercles de jeux ornés de miroirs de Venise où les épouses de la main gauche allaient passer la nuit, sévères comme d'élégantes pimbêches.

Les Aurelianos sortaient à cheval à onze heures du matin, et ils allaient au pas dans les rues de l'Arrábida, échangeant avec les Anglaises de cérémonieux saluts. Car entre la colonie britannique et les négociants, il n'était pas question de familiarités. Tandis que dans le Douro le vieux Simeão et ses parents des générations passées entretenaient des relations commerciales originales, saisonnières, mais fidèles la vie durant, Porto demeurait "dans ses sabots", comme disaient les vieilles dames de la Ramada Alta. Demeurer "dans ses sabots", cela voulait dire ne pas descendre de son piédestal, ne pas déroger de son importance dans la société.

Toute la famille de la Ramada Alta avait disparu, et avec elle les servantes, retirées chacune dans son village d'origine. D'un jour à l'autre, elles étaient devenues jardinières de leurs propres jardins, troquant le tablier blanc contre la blouse à fleurs des retraitées. D'autres s'étaient installées dans les foyers religieux où elles avaient retenu leur place depuis longtemps. Aninha, Zulmira et leurs compagnes allaient prendre le soleil dans la cour, après avoir effectué un petit travail extra dans les cuisines de ce paquebot de luxe qu'était l'hôpital privé, doublé d'un hôtel pour riches pensionnaires. Aninha et Zulmira, anciennes étoiles au firmament domestique de la Ramada Alta, conservaient l'orgueil de leur rang hiérarchique et se laissaient pousser les ongles.

A la Ramada Alta, cependant, demeuraient les vieilles nourrices appelées communément les Urracas, du nom de l'une des reines rivales aux premiers temps du Portugal. Elles vivaient dans l'oisiveté, mais toujours aussi attachées aux enfants de la famille, qu'elles traitaient parfois sans beaucoup de respect.

– Aristos de merde ! Juste bons à se salir, et n'acceptant de manger que ce qui leur plaît, les maudits.

Les petits Matos Clara grandirent entre une abondance presque agressive et le manque de leurs parents, devenus pour eux des étrangers, des êtres un peu mythiques et sans lien avec la vie qu'ils menaient chez leurs amis. Ils apprirent ainsi à faire preuve de toujours plus d'indifférence, sans faire confiance à personne. Néanmoins, leur éducation au-dessus de la moyenne faisait bonne impression. Jamais ils ne refusaient un plat, qu'il leur plût ou non, et ils se signaient toujours avant de commencer à manger. Ils étaient athlétiques et un peu démodés. Sauf António.

Traité en prince héritier dès son plus jeune âge, celui-ci menait une vie un peu à part. Dès qu'il comprit qu'il serait très riche un jour, il devint condescendant, ce qui irrita ses frères. Il boitait légèrement, mais écrivait avec assez de talent. Il disposait d'une chambre pour lui tout seul et de précepteurs dans les matières où il était faible.

Il avait dix ans lorsque Nor, l'une de ses cousines, se prit de passion pour lui. Elle trouvait qu'il ressemblait à Jeremy Irons.

– Il est trop top! dit-elle à une amie. Il a l'air si vide qu'il peut accueillir n'importe quel personnage et l'interpréter à la perfection.

Mais si António ressemblait à quelqu'un, c'était à Taureau Bleu. Ils étaient si pareils, tous les deux, que cela sautait aux yeux. Ils ne différaient que dans leurs goûts et leurs manières. Taureau Bleu avait opté pour une vie marginale et dangereuse; il fréquentait les pires milieux de la nuit et rêvait de posséder un bar élégant, où travailleraient des femmes qui coûteraient très cher. C'était Vanessa qui lui avait mis cette idée dans la tête. Elle lui répétait sans cesse qu'il y a un âge pour faire ce qui nous plaît. "Après, on fait ce que l'on peut, ou bien ce que les autres nous commandent", fit-elle tout en passant la main dans ses cheveux, qui lui retombaient sur le visage. Elle manquait d'éducation, et prenait constamment des poses de mannequin. José Luciano ne l'aimait pas mais ne pouvait se passer d'elle. Il faisait confiance à son esprit calculateur, à son habileté à se sortir des difficultés en abusant de tout le monde. Elle mentait sans cesse, pour tout et pour rien.

– Pourquoi mentir sans nécessité? lui demandait José Luciano. A ce point, ça devient un vice. Tu es tout le temps en train d'inventer, même lorsque c'est sans importance.

– Sans importance, mon œil. J'ai horreur que l'on me prenne pour une moins que rien. Je suis riche, très riche, et j'ai des tas de relations. On ne parvient pas à ce sommet sans mensonges. La vérité ne mène à rien: elle n'offre pas d'illusion.

– Te voilà illusionniste, à présent !
– Plus ou moins.
Vanessa, son corps mis en valeur par sa robe brillante comme des écailles de poisson, se tourna vers le salon où l'on dansait. Elle était légèrement ivre, mais juste ce qu'il fallait pour avoir l'air agréable, et même sincère. Elle avait un visage osseux, très beau.
– Si j'étais toi, je ne me teindrais pas les cheveux, fit José Luciano.
– Les hommes aiment ça. Se donner l'air de ce que l'on n'est pas, c'est une façon de leur plaire. Moi, je fais semblant du matin au soir. Ou plutôt, du soir au matin. Seul l'artifice rend intéressant.
– Arrête de boire, Vanessa. Ça va comme ça.
Tournant le regard vers la porte, il vit entrer António Clara, une écharpe blanche lui tombant presque aux pieds et le nez chaussé de lunettes noires qu'il n'ôta pas aussitôt. "Que vient-il faire ici, celui-là ?" pensa José Luciano, dissimulant le vif plaisir qu'il ressentait à voir arriver António, son idole de longues années. Mais il n'aimait pas pour autant le voir se mêler à la vie de ses clubs – des maisons de prostitution, rien d'autre -, où l'on traitait d'affaires louches et où l'on faisait même de la contrebande d'enfants, à ce que l'on disait. La vertu a ses limites, l'enfer, non. Pourtant, lorsque l'on voyait Taureau Bleu au volant de sa voiture bleu sombre digne d'un émir, on ne se demandait pas d'où lui venait l'argent : il avait l'air si propre, comme conservé dans une atmosphère immaculée. Tout cela se passait dans une province naguère encore rurale et dénuée d'imagination. Mais elle s'était vite transformée, tout comme au temps de la Prohibition s'était transformée l'Amérique des pionniers. Rien de tel que les abîmes du corps et de l'âme pour faire progresser les affaires et promouvoir des valeurs sorties on ne sait de quelles énergies inconnues. Mais, malgré le profit qu'il tirait de ce qu'il considérait comme un comportement normal, violent mais salutaire, José Luciano ne voulait pas d'António à ses côtés. Et de Vanessa, encore moins. Il voyait l'effet qu'elle produisait sur António, et cela ne lui plaisait pas. António appartenait à un autre monde, un monde de bons principes, à une archéologie sans dynamique, mais qui avait sa

solidité propre. Il devait se marier avec une fille qui aurait de l'amour une idée généreuse, et qui lui donnerait des fils brillants comme de l'argent. A cela, Celsa s'employait.

– Mais que vient-il faire ici ? fit-il à voix haute, de façon à être entendu de Vanessa. Celle-ci avait déjà repéré António Clara, et elle semblait nerveuse, à la manière des femmes vénales quand elles tombent amoureuses. Elle le désirait, et ne pouvait le cacher. Elle-même ne savait pas encore qu'elle le désirait aussi éperdument, que déjà tout le monde en parlait, et même se proposait de les éloigner l'un de l'autre. Quelque chose, dans ce désir profond, presque pur, qui ne nécessitait pas une cour assidue, incommodait les gens. "Ça va mal finir", disaient-ils. Et de fait, Vanessa commença à réprimer le comportement de ses femmes, à leur interdire d'embrasser les clients sur la bouche et de porter des vêtements extravagants.

– Elle est folle ! Elle veut qu'on ait l'air de quoi, de professeurs ou d'infirmières ? A-t-on déjà vu une chose pareille ? Elle nous empêche de faire honneur à notre profession comme il se doit, en montrant notre corps et même en fumant. On ne va pas tarder à nous traiter d'apprenties putains. Moi, en tout cas, je ne suis pas pour ces histoires de poules mouillées.

Mais Vanessa était irremplaçable, et toutes lui devaient quelque chose, une faveur ou de l'argent. Or, elle avait à son service des hommes de main capables de tout, lui obéissant avec la fidélité aveugle de ceux qui agissent pour exhiber leur sens du devoir. Dans son domaine, elle était reine, et ce domaine s'étendait bien au-delà des frontières de la délinquance. A moins que ces frontières n'eussent reculé au point que le monde civilisé avait cessé d'être un champ de bataille interdit. On ne peut rester très longtemps un malfaiteur ou un gentilhomme. La nature se venge des espèces trop rares. Le malfaiteur est éliminé, ou bien il se repent, ce qui est une autre façon de disparaître. Le gentilhomme est plus malléable, sa culture lui enseignant l'art de jouir de quelque crédit entre le filigrane de ses vices. Devenue une amoureuse prodigue de son âme, même si cette âme était carnassière, Vanessa se jugea étrangère à une vie qui lui semblait mesquine au regard de ce qu'elle ressentait. Elle était entourée d'hommes et de femmes ordinaires qui cherchaient à obtenir de la vie ce côté lumineux où désir et don se confondent. Lorsque l'amour s'engage dans le champ interdit des intérêts humains, ceux-ci perdent la sagesse qui les guide. Alors s'installe la perturbation, et les rires, qui ne sont plus provoqués par quelque chose ou quelqu'un, se font embarrassés. Il arrive plus souvent qu'on ne le pense qu'une femme consciente de son pouvoir rencontre un amour qui est pour elle comme un apprentissage de l'immortalité. Elle commence par pleurer ou se réjouir sans raison, puis se languit, comme dit le poète, telle une graine sur le sol attendant qu'on la ramasse. Avant que ne survienne le désir, il y a l'éblouissant feu de joie de l'aurore, un soleil, déjà, dont on ne se doute pas qu'il brûle. Après quoi on ne distingue pas plus l'objet de son amour que du blanc sur de la neige. Cependant, ses habitudes, ses manières, ses expressions, tout est enregistré dans des archives impérissables. Vanessa dit, tout en fumant un cigare, qu'elle croyait avoir attrapé une maladie.

– J'ai chaud et j'ai froid. Je ne sais pas ce qui m'arrive. Qui donc m'a passé ça ?

Car il est normal, au début, d'ignorer qui l'on aime, de ne pas séparer, pendant quelque temps, l'être aimé de tous les êtres volatiles et indifférenciés. Mais ce livre ne cherche pas à pénétrer le monde astronomique des passions les moins raffinées, les vices proprement dits. Il nous faut cependant avouer que l'on peut considérer Vanessa, qui en est un personnage important, comme une servante du diable, une grande entrepreneuse d'affaires scandaleuses et sales. Sa discothèque la plus luxueuse, celle que fréquentaient les gens bien, dont les fils sont censés approcher le mal uniquement pour se vacciner contre sa virulence, se trouvait dans une clairière sur la route principale. Les nuits du samedi au dimanche, quand accourait toute cette clientèle vulgaire que Vanessa abominait (elle rêvait d'être une aristocrate du vice, une grande bourgeoise de ce siècle), la discothèque était comble. Le bruit y était assourdissant, et de grandes boules de verre coloré tournaient au-dessus de la piste. Vanessa ne regardait pas à la dépense lorsqu'il s'agissait d'aduler son public, et une scène pour l'orchestre montait automatiquement du sous-sol les soirs où l'on s'apprêtait à donner un concert de rock. De temps à autre, les jeunes se voyaient même offrir un spectacle qui ne rapportait rien, mais, disait-elle, beaucoup de mouches font un bourdonnement intense, et contribuent ainsi à une publicité qui, s'il fallait la payer, reviendrait fabuleusement chère.

Les nuits du samedi au dimanche, Vanessa était absente. Elle allait au cinéma, ou bien elle dînait à Porto avec José Luciano dans un restaurant de luxe, protégée par un garde du corps qui avait l'air d'un boxeur. Elle disposait ainsi de plusieurs hommes fidèles qui se seraient fait tuer pour elle et accomplissaient scrupuleusement leur travail. Ce n'est plus du reste que dans les emplois où l'on risque sa vie que l'on trouve encore de véritables professionnels.

Les autres nuits, comme celle où était apparu António Clara, Vanessa allait jouer dans l'un des salons privés, où elle perdait des sommes considérables. Elle n'agissait pas ainsi par passion, mais pour donner l'exemple d'une bohème installée dans des habitudes qui n'étaient pas forcément inavouables. De cette façon, des hommes respectables, portant un nom sans tache et ayant une famille bien installée dans la vie, pouvaient ne voir en elle que l'animatrice d'un petit désordre où ils purgeaient leur gourme et les soucis de la vie quotidienne. Sans être à proprement parler leur confidente, elle partageait leurs ennuis, qui allaient d'une épouse laide et acariâtre aux échecs scolaires des enfants, en passant par les maladies, les dettes, et l'impression d'être mésestimés par leurs patrons ou grugés par leurs employés. Le salon privé de Vanessa, avec ses doubles rideaux de toile cirée verte que ne pénétrait pas la fumée du tabac, était un havre de repos où elle jouait le rôle d'une infirmière, ou celui d'une mère cosmique, tentaculaire, avec les bras d'une déesse indienne secourable à tous : les vaincus, les trompés et ceux qui perdaient leurs procès. Toutefois, ce n'était pas aux pauvres que cet accueil était réservé. Le traitement revenait fort cher, on ne pratiquait pas là la charité. Mais Vanessa était d'autant plus appréciée que ses faveurs et l'intimité de son salon étaient ruineuses.

A mesure que s'en allait sa jeunesse (elle avait alors quarante-deux ans), Vanessa devenait charitable ; elle eut même l'idée de fonder un foyer pour le troisième âge et de protéger les étudiants défavorisés, surtout ceux qui se destinaient à une carrière musicale. Et elle caressait le projet d'avoir un jour une fondation, afin d'obtenir une réduction d'impôts et, surtout, de s'assurer un titre de mécène. Comme toutes les grandes courtisanes, elle rêvait de monter très haut, jusqu'à traiter sur un pied d'égalité les femmes de bonne réputation. Du reste, tout se passait bien, ses relations avec les autorités n'auraient pu être meilleures, elle connaissait tous les chemins de la corruption, et pouvait s'attendre à un bel avenir. Seulement, voilà, elle se prit de passion pour António Clara, et tous ses plans en furent bouleversés. Taureau Bleu déclara que jamais il ne se serait attendu à une telle stupidité de la part d'une femme sans cœur.

– Et qu'est-ce que le cœur a à voir là-dedans ? demanda sa mère, Celsa Adélaïde. Vanessa est une femme comme les autres, simplement, elle ne craint pas Dieu. Il lui manque la crainte de Dieu, c'est pourquoi c'est une femme perdue.

Être une femme perdue, pour Celsa Adélaïde, c'était occuper le plus bas degré de l'échelle humaine. Aussi redoubla-t-elle d'efforts pour dénicher une fiancée à António Clara, lequel, handicapé par son état de santé, était en train de trouver son bonheur au Salto da Senhora. Abandonnant définitivement la maison de la Ramada Alta, les amis "parisiens" et les remarques de ses frères, avec lesquels il ne s'entendait pas, il prit au sérieux sa condition de cultivateur. Cependant, il était trop tard pour s'intégrer dans le sentiment du Douro, dans cette espèce d'hallucination de grandeur et de ruine qui fait que l'on crée de la richesse aussi bien que de l'abandon au cœur d'une région faite pour l'aventure. Il appelait la ville de Régua "Mexico", à cause de son anarchie typique, de sa force commerciale, de ses combinaisons de valeurs pas toujours traditionnelles. Ville de jeux, et d'un culte rendu à cette inconstante déesse qu'est la vigne. Bien sûr, António n'était jamais allé à Mexico. Mais la simple suggestion de ce que nous ignorons contribue souvent au lyrisme des choses.

3. LES ROPER

Connaître Porto n'est pas l'affaire des agences de voyages. Ni celle des écrivains. Camilo Castelo Branco a fait beaucoup de tort à Porto en le présentant comme une place forte de Brésiliens, un parterre de femmes vêtues de soie puce et s'amourachant de la première redingote venue. Rien de tout cela n'est exact. Pourtant, aujourd'hui encore, certains pour parler de Porto emploient le ton de Camilo, au risque de paraître nigauds.

Porto a eu ses citadelles, ses quartiers, ses lignes de démarcation et ses foyers de culture. Parmi ceux-ci se trouvait la maison des Roper, dans la montagne de l'Arrábida. Les Roper étaient venus de Matosinhos avec leurs femmes de chambre, leurs bibliothèques de livres choisis et leurs rideaux de soie crue. C'était une famille distinguée, où prédominaient les hommes. Ils devenaient médecins, généralistes de préférence, et se consacraient à la colonie anglaise et au personnel des entreprises. Il régnait chez les Roper une sobre élégance, et leurs objets, faits pour durer, gardaient cette caractéristique du luxe, qui est de valoir très cher pendant très longtemps. Torcato Roper et son frère Pedro Daniel tenaient un salon littéraire, de ceux qui en France, où ils ont marqué les événements de la Révolution, étaient aux mains des femmes. Mais à Porto, qui est surtout banquier et commerçant, si le salon littéraire survit, c'est un peu par amour des lettres, mais surtout par le jeu des affinités. Pareillement, ce qui, chez les Roper, réunissait les artistes, ce n'étaient pas tellement leurs productions ni leurs discussions à propos des nouveaux courants de l'art, mais l'intelligence même des Roper : n'étant pas créatrice, elle offrait le plaisir du sentiment face à la trivialité du monde. Dîner chez les Roper équivalait à un certificat de finesse d'esprit, c'était l'assurance d'entrer dans la société la plus élégante de Porto. Le fait qu'il n'y eût pas de femmes pour présider les thés des Roper (seules deux ou trois tantes vivant à Paris et à Lisbonne représentaient le côté féminin d'une famille où la simplicité était un choix de vie) rendait toutes choses plus informelles. L'étiquette se résumait à se montrer loyal envers les autres, donc à ignorer leurs défauts.

La maison, entourée de jardins où abondaient les camélias, se dressait en un lieu élevé et pierreux. Il y avait des camélias toute l'année, et aussi des gardénias, dont usaient les jeunes de la Ramada Alta lorsqu'il leur fallait revêtir le smoking. Occasions de plus en plus rares car, depuis 1974, donner un repas de cérémonie était considéré presque comme de mauvais goût. Il valait mieux éviter d'exposer les autres à la critique en les introduisant dans des coutumes tenues à présent pour élitistes. Mais les Roper, bien que différents des autres, d'une culture raffinée qui exigeait des lectures toujours renouvelées, caressaient des idéaux politiques très au-dessus des événements ayant conduit le Portugal à la démocratie. Ils avaient connu l'exil, et gardé leur foi en des jours plus brillants pour un Portugal timide et apeuré. Les Portugais redoutent la perte de leurs habitudes, c'est pourquoi ils hésitaient devant le changement. Et la fortune, grande ou petite, est une habitude. La perdre en faveur d'une cause semblait peu raisonnable, pouvait s'interpréter comme une crise, et non comme un comportement normal. Les gens de Porto font grand cas de la norme, ce qui ne veut pas dire qu'ils aiment la loi. La norme, c'est la respectabilité, le nom, l'alliance avec ses voisins, dont on exclut par ailleurs les étrangers et les femmes de ménage. Tout ce qui vient de l'extérieur éveille la suspicion. La généalogie est une référence, elle agit sur la réputation.

Le fait, pour les Roper, de descendre de la fille de Thomas More n'ajoutait rien à leur position en tant que bourgeois de Porto. Quant aux belles-lettres, elles avaient trop souvent favorisé de mauvaises intentions, ainsi que diverses turbulences de l'âme, et ne garantissaient ni la probité ni la justice. Il n'empêche que l'on donnait un grand coup de chapeau aux Roper quand ils passaient, l'exercice de la médecine l'emportant sur toutes les autres distinctions. L'aïeul des Roper, qui aimait se promener dans son jardin, enveloppé dans une cape de couleur claire, l'air d'un Anglais un peu original et solitaire, avait été le médecin des femmes les plus élégantes de la ville, des femmes qui, même moribondes, se paraient de leurs bijoux pour le recevoir. C'était un homme d'honneur, et s'il ne donnait pas grande importance à l'éducation de ses enfants, c'était afin de ne pas tomber dans le côté irréel de l'intellectualité. Et pourtant, les Roper étaient des intellectuels, et si quelque chose les rattachait à Thomas More, c'était bien leur tendance oratoire. Ils recevaient beaucoup d'amis, qui emplissaient le salon de conversations érudites, certes, mais non moins bruyantes pour autant. Il est vrai que, comme disait More dans ses épigrammes, sur cent amis seuls deux sont dignes de ce nom sacré. Porto conservait intact ce sentiment parfait des affinités consacré lors des traités commerciaux du XVIIe siècle, quand il était d'usage d'être à la fois maire et homme de lettres, et de faire de la politique avec Ovide à son chevet.

Bien que beaucoup plus jeunes que les Roper, les garçons de la Ramada Alta les fréquentaient, et ils étaient toujours les bienvenus. A cause de leur beau physique, surtout, qui leur servait de sauf-conduit. Il y avait même, en ce qui concernait António Clara, une certaine prédilection. Comme nous le savons, António n'était pas le fils de Rutinha, mais celui de Celsa, qui lui avait transmis sa figure extraordinaire, ses longues mains, son sourire ironique et doux. Mais si tous l'aimaient beaucoup, c'était aussi parce qu'il semblait posséder une candeur que même la découverte des vilenies de la vie ne pouvait lui faire perdre.

Peu de femmes étaient admises chez les Roper. D'abord, il n'y en avait pas dans la famille, ensuite la société n'en produisait pas qui fussent capables de soutenir des conversations aussi élevées. Comme Thomas More, les Roper se plaisaient à dire quc, même s'ils se mariaient cent fois, jamais ils n'épouseraient une femme vierge. Les vierges, ces jeunes inexpérimentées, présomptueuses et difficiles à mener, à moins de les suborner par l'argent ou la flatterie, leur faisaient horreur. Si jamais ils se mariaient un jour, ce serait plutôt avec une femme mûre, rusée et casanière, qui saurait organiser un dîner, et disparaîtrait au dessert. De plus, cette femme devrait être d'une laideur extraordinaire. Avec autant d'hommes dans la maison, il lui faudrait inspirer un sentiment de bien-être, de gratitude pour n'avoir pas causé de dégâts dans la structure de l'amitié virile.

Les trop jolies femmes ne trouvaient pas aisément à se marier, sauf si elles avaient l'habileté de voiler leur beauté sous la monotonie de goûts hérités de leur famille. Si António ne tomba pas en disgrâce le jour où, sans penser à mal, il emmena Vanessa chez les Roper, ce fut uniquement parce que le serment qui scelle une amitié vaut pour la vie entière, mais il buta contre un obstacle imprévu : plus question de retourner chez les Roper en compagnie de Vanessa.

– Je m'étonne, s'exclama-t-il, qu'un pionnier de la tolérance, je dirais presque un vassal de Guillaume le Taciturne, père de l'Europe des hommes libres, me jette cette sorte d'exorcisme. Vanessa est mon amie, et en l'expulsant, c'est moi que l'on blesse au cœur.

António savait qu'un ton dramatique impressionnait les Roper, un ton érudit également. Ils ne voulaient pas le perdre, il était trop joli garçon, mais ils ne supportaient pas une femme comme Vanessa qui, non contente d'être belle, ne se laissait arrêter par aucun scrupule. Elle pouvait aussi bien rétablir des situations désespérées que nuire aux hommes comme aux femmes, et de toutes les manières possibles. Elle était complètement dépourvue d'esprit civique et de jugements de valeur. Seul Taureau Bleu savait s'y prendre avec elle : il lui laissait la bride sur le cou et ne lui faisait aucune remontrance. Vanessa prenait plus de plaisir à nuire qu'à gagner les sympathies. Comme disait Pedro Roper, son visage lui donnait tant de satisfactions que le reste du monde, pour elle, pouvait bien s'écrouler.

– Pourquoi me demander des comptes, à moi ? Les comptes, c'est aux fermiers qu'on les demande.

L'air perpétuellement exaltée, elle inspirait une peur panique à ses subordonnés. Et les hommes étaient tous plus ou moins ses subordonnés. Les Roper, qui ne savaient pas exactement de quelles affaires s'occupait Vanessa, pensaient qu'elle était en tout cas la maîtresse d'António Clara, même si elle avait quelque part, on ne savait où, un mari que personne n'avait jamais vu. Ils la trouvaient trop intéressante pour garantir la tranquillité d'une assemblée d'hommes. Ce que les Roper disaient de plus amène à son sujet, c'est qu'elle était stimulante. Dans leur bouche, il ne s'agissait pas d'un compliment, loin de là. Ils la jalousaient à cause de ce pouvoir qu'elle avait sur les garçons dont ils voulaient être les précepteurs attitrés. Or, Vanessa ne faisait pas mine d'abandonner un terrain où elle recevait de partout hommages et vasselage absolu. Elle était absurde, un peu sauvage, elle jouissait du plaisir que ressentent tous les fauteurs de troubles, et ne supportait pas la tranquillité autour d'elle. Elle captait facilement la confiance des femmes vulgaires menant joyeuse vie. Elle ne tolérait pas les larmes, ni d'ailleurs aucun excès ; elle n'abusait pas de la boisson, et ses amants ne duraient jamais longtemps. Elle ne se vendait pas, elle négociait, et enseignait aux autres à en faire autant. Apprenant un jour qu'une dame de la haute société vivait dans l'humiliation à cause de son mari devenu l'amant d'une secrétaire, elle lui fit ainsi négocier une sorte de *gentleman's agreement* avec l'entreprise où cet homme travaillait. La dame obtint une rétribution astronomique rien que pour paraître auprès de son mari dans les cérémonies officielles et les dîners de gala. Elle lui laissait en échange toute liberté pour vivre hors du foyer une liaison heureuse. L'histoire ne dit pas si le mari apprécia ou non ce dénouement : c'est la trahison qui pour une bonne part donne son sel à la faute, et il n'y a rien de plus inconfortable que la position de l'arroseur arrosé.

Vanessa était recherchée pour ses conseils en matière de libido et d'argent, les deux axes autour desquels, de son point de vue, tournait le monde. Elle parvenait à concilier dans un style mondain tous les problèmes qui se posaient. Sa beauté lui ouvrait les portes les plus verrouillées de préjugés et d'attachement aux bonnes mœurs que la société met en réserve pour sa survivance. Sauf que les femmes, un beau jour, décidèrent de lui barrer le passage. Elles avaient des fils et des maris qui pouvaient souffrir, et la souffrance fait dans les foyers des ravages qui rejaillissent sur l'esprit du clan. Les domestiques donnent leur congé, et les maris, perturbés qu'ils sont dans l'exercice de leurs facultés mentales, s'aventurent sur des chemins qui leur promettent monts et merveilles mais les mènent à la ruine financière.

Vanessa se vit interdire les salons dont elle ambitionnait le plus l'accès, mais elle réagit à la manière arrogante des courtisanes, en n'accordant aucune importance aux partis pris de la morale. A chaque échec, elle rebondissait dans son égoïsme génial et fertile, comme un oiseau sort de la tempête et secoue ses plumes sous le rebord d'un toit. Elle garda cependant quelques amis, riches bien sûr, mais totalement dénués d'esprit, qui l'adoraient. Ils cherchaient dans la contemplation de sa beauté l'excitation qui leur permettrait d'atteindre au bonheur dans leur propre foyer. Plus d'une épouse prétentieuse et froide profitait de ce contact avec une femme vénale, ardente et pleine d'une grâce piquante, sinon pécheresse.

Car Vanessa, avec son escadron de femmes de bordel, avec ses maisons de jeux en relation avec les patrons du vice, n'était pas à proprement parler une prostituée. Bien des hommes se glorifiaient de ses faveurs, mais aucun n'allait jamais jusqu'à les prouver. Elle était réellement une personne pleine de vertus, peut-être pas exemplaires, mais vertus tout de même. Nous savons si peu de choses des personnes que nous voyons pourtant tous les jours, dont la présence dans notre voisinage est garantie par d'innombrables petites informations, leur passage chez le coiffeur par exemple, les courses qu'elles font, les dîners qu'elles offrent ; en fait, l'essentiel demeure dans une zone d'ombre, se limite à de vagues suppositions, elles-mêmes étouffées dans un silence passif qui est tout, sauf de l'indifférence.

– Vanessa ? Je suis allé chez elle, un jour. Je ne peux rien en dire, sinon que toutes les lampes y sont allumées en permanence. Ce n'est pas très normal. Je me souviens que ma grand-mère parcourait la maison entière avant d'aller se coucher, afin de vérifier que tout était bien éteint. L'économie est un sentiment, non un précepte.

Vanessa demeurait donc à l'écart, elle et ses vêtements coûteux, qu'elle traitait comme des chiffons. Chez elle il n'y avait jamais de restes après les repas, tout était emporté et consommé par les bonnes jusqu'à la dernière miette. Il ne restait jamais non plus de vin dans les carafes, et si par hasard certains bons petits plats revenaient sur la table, c'est qu'ils n'étaient pas du goût du personnel. Vanessa disait alors, en brandissant son couteau :

– Je vais leur apprendre, moi, à ces gens-là !

Mais elle oubliait vite, emportée dans un tourbillon d'occupations auxquelles ne manquaient même pas les soucis domestiques. En effet, comme beaucoup de personnes névrosées et submergées par un sentiment personnel d'infériorité, surtout en ce qui concerne leur intégration sociale, elle avait décidé d'adopter des enfants, des petites filles pauvres de préférence, que leurs parents vendaient, par cupidité ou par misère. Le destin promis à ces fillettes, fort belles pour la plupart, lui inspirait une curiosité morbide ; elle y voyait reproduit son propre chemin, dont elle n'était pas satisfaite. Elle se piquait aussi d'être l'amie personnelle de Dieu, de tenir avec Lui de grandes conversations. Elle était, du reste, intelligente, toujours informée des derniers livres parus, surtout ceux qu'elle jugeait d'un niveau supérieur à l'ordinaire. Dans le domaine de la littérature facile, elle n'aimait que la science-fiction et les aventures génétiques. Elle disait que les temps étaient proches où l'on parviendrait au plaisir à l'aide de machines, où le partenaire sexuel serait complètement démodé.

– Ah ! Si je pouvais avoir de ces machines-là, avec le permis de les exploiter !

– Pour quoi faire ? Tu es riche, l'argent ne te manque pas, dit Taureau Bleu tout en époussetant les plis de son pantalon de flanelle. La flanelle grise, un luxe pour inactifs, car elle s'use très vite, revenait à la mode. Taureau Bleu, alias José Luciano, s'irritait des diableries de Vanessa. "Diableries" : c'est ainsi qu'il appelait cette humeur toujours agitée, qui la mettait parfois dans des situations dangereuses. Comme le jour où, correspondante d'un prisonnier politique, elle voulut le faire évader et passer en France. Taureau Bleu l'en avait empêchée. – Tu veux donc ta perte et la mienne ? Tu n'es qu'une idiote irresponsable. Ce que tu devrais faire, c'est te marier et t'occuper de cette ribambelle d'enfants que tu ramasses partout, sans rime ni raison.

– Me marier ? Avec qui ? Je l'ai déjà été, et n'ai pas beaucoup apprécié.

– Avec moi, lança, sur une impulsion, Taureau Bleu. Son amour pour elle était plein d'orgueil, et dénué de tendresse. Il ne lui offrait jamais rien, jamais le moindre cadeau, ni coûteux ni bon marché. Il la reconduisait parfois, mais dans sa voiture à elle, que par ailleurs il ne craignait pas d'emprunter à l'occasion pour ses soirées privées. Vanessa resta sans voix.

– J'en reste sans voix, fit-elle.

– Ce ne serait pas un mariage, ce serait un investissement.

– Mais ce que je veux, moi, c'est me marier pour de vrai, et avoir des enfants d'un homme qui me plairait et me conviendrait. Elle était légèrement ivre et, ses chaussures enlevées, se lovait au creux du canapé. Taureau Bleu sentit qu'il la détestait, ce qui du reste ne changeait rien à rien. Pourquoi avait-elle cessé de se teindre les cheveux ? Elle les portait tirés en arrière à présent, laissant à découvert un visage nu et sans artifices. Sauf les yeux, qu'elle agrandissait d'un trait sombre. Des yeux noirs, avec d'étranges stries dorées.

– Ne me dis pas que tu es en train de te faire avoir par une foutue vie honnête.

– Je ne me fais pas avoir.

Sa voix était comme détachée, presque douce. José Luciano entrevit quelque chose qui le bouleversa. Il ne reconnaissait plus cette femme qui avait l'air heureuse de rester à la maison, avec des bas tire-bouchonnant et des ongles mal soignés. Comme si elle lisait dans ses pensées, Vanessa se mit à observer attentivement ses ongles. – C'est incroyable comme ils s'abîment vite. Je ne fais pas un geste de trop, et pourtant le vernis s'écaille.

Ce n'était plus son vernis noir, mais un ton de rose naturel où se détachaient nettement les lunules. Il sentit monter les larmes, comme si, brusquement, il comprenait que Vanessa, sournoise comme toujours, feignait d'être étrangère à ce qui, à l'évidence, lui occupait tout l'esprit, et même, chose horrible à conclure, son cœur.

– Je n'ai pas vu António, dit-il. Et toi, tu l'as vu ?

– Quel António ?

Elle se leva d'un bond, et ce mouvement empêcha José Luciano de remarquer si quelque chose avait changé sur son visage, toujours aussi pâle. Mais Vanessa avait rougi. Cette rougeur n'arrivait pas jusqu'à ses joues, mais elle en sentait la chaleur. Un violent désir la prenait de commettre des incongruités qui lui feraient franchir le seuil de la réalité. Elle ne savait pas qu'elle brûlait bel et bien de passion.

Pour la mère de Taureau Bleu, alors chargée de distribuer les rations des fermiers au Salto da Senhora, Vanessa était simplement une intruse cherchant sans doute à en devenir la première dame. Celsa ne s'adaptait pas aux tâches exigeant de la discipline et des compétences. Elle aimait disposer de son temps, ce en quoi elle faisait preuve d'une vision aristocratique de la vie. On la voyait circuler partout à pied avec son petit sac de clefs où naguère elle mettait le courrier. Lorsqu'elle croisait des voitures légères conduites soit par des chauffeurs de taxi, soit par des cultivateurs ou des entrepreneurs, elle se sentait libre dans son pas cadencé, sans destin à accomplir ni horaire à respecter. Sauf pour la messe du matin, où elle arrivait toujours la première. Elle communiait sans se confesser, après une simple méditation de repentance. C'était une sorte de vestale qu'avaient à peine marquée le mariage et les devoirs du lit conjugal, jugés par elle intolérables. Ses fils la sauvaient de sa répugnance pour tout ce qui concernait la procréation. Elle les aimait avec une bienveillance pleine d'humour ; elle trouvait tout plaisant chez eux, ou du moins transitoire, comme s'ils étaient toujours des enfants qui changeraient en grandissant. Mais entre António, l'Œillet Pourpre, et José Luciano, le Taureau Bleu, elle faisait la différence. Elle avait vu le premier devenir un homme du monde, honnête et porté sur la religion, comme elle ; l'autre lui servait de divertissement, représentait sa dose de dépravation ; elle l'excusait, mais ne se faisait pas d'illusions. Elle pensait qu'un jour il irait en prison, ou bien qu'elle n'aurait pas de nouvelles de lui pendant très longtemps. Ou plus jamais. Elle s'asseyait parfois sur les pierres d'un muret, dans le sentier qui lui servait de raccourci, et se laissait aller à l'émotion, comme si son fils était déjà mort et enterré. Mais elle n'avait pas renoncé à s'occuper d'António et à lui trouver une fiancée, puisque le garçon lui avait été adressé comme une lettre renvoyée à l'expéditeur.

Ce fut ainsi que Celsa, entrant un jour dans la cuisine de l'une des rares petites fermes qui tiraient encore leurs revenus de la culture de la vigne, assista à une scène qui l'impressionna. Une très jeune fille tenait dans ses bras un petit enfant et lui donnait à boire du lait dans un vieux gobelet d'émail. Camila était la dernière fille d'un couple âgé. Sa mère, Joana, se souvenait encore de la vie aisée qu'elle avait menée à Porto, quand elle allait manger du chevreau rôti au café Paladio, les nuits de la Saint-Jean. Croyant faire un riche mariage, elle s'était retrouvée dans ce foyer chaque jour plus accablé de dettes. Ce qui impressionna particulièrement Celsa, ce fut que la jeune fille était tout habillée de rouge, comme la Vierge à la Chaise. Avec l'enfant sur ses genoux et son regard fixe et distant, on eût dit le modèle même de Raphaël. Celsa y vit un signe, et n'oublia jamais Camila. Mais elle ne savait comment l'amener au Salto da Senhora ; le fossé était trop grand entre un petit et un grand cultivateur. Le premier est fastidieux, diminué par de successives catastrophes au moment des cueillettes, devenu incapable de pallier aux diverses maladies de la vigne, et oubliant trop souvent de sulfater et de biner. Les intérêts de ses dettes lui mangent des bénéfices de plus en plus insignifiants. La table, que pourtant on sacrifie en dernier, commence alors à ressembler à la Cène du Christ : peu d'ornements et peu de nourriture. Mais c'était justement à table qu'ils s'étaient ruinés. Avec des montagnes de côtelettes panées et de croquettes de morue. Avec de somptueux rôtis et des grands plats de crème brûlée, dont le caramel parfumait toute la maison. On usait à pleines mains de la cannelle et du safran. Les chevreaux, les jambons, les poules pondeuses, qui fondaient dans le bouillon comme du beurre, apparaissaient à table chaque dimanche. Point n'était besoin du prétexte d'une fête pour se régaler de croquignoles, de gâteaux de Savoie, de charlottes et de raisins d'Alicante, dont étaient friandes les vieilles édentées qui, en même temps que les friandises, mâchonnaient des prières. Auparavant, la famille avait disposé de cuisinières de métier, qui savaient faire les puddings de noix, les beignets et aussi le vermicelle au lait. Sa table, alors, était opulente, et elle se montrait généreuse avec l'Église et les mendiants qui venaient frapper à sa porte. Mais à présent son seul luxe, c'était cette fille belle à en mourir et mise comme une servante, les cheveux taillés à grands coups de ciseaux maladroits et à laquelle son père interdisait les pantalons même au cours des hivers les plus froids, lorsque les sarments brûlaient péniblement dans les braseros. Camila ne se promenait qu'accompagnée de sa mère ou de sa tante, du reste toujours prêtes à l'escorter pour faire des courses ou rendre visite à la couturière. Autrement, jamais elles ne sortaient de chez elles. La pauvreté les rendait oisives et casanières, ne leur permettant, en guise de divertissements, que les commérages, les recherches de surnoms pour toutes leurs connaissances et la célébration de la magnificence des bonnes familles. Camila détestait tant de servilité.

– Qu'ont-elles donc d'extraordinaire, pour qu'on leur voue un culte ? Ce sont des gens comme nous.

Sa mère la trouvait prétentieuse, et son père l'appelait "la marquise", avec une hostilité mesquine, vindicative. On en voulait à Camila d'être aussi indépendante, de lire tant de livres qui ne lui serviraient à rien puisqu'elle était condamnée à rester pauvre toute sa vie et à donner des leçons dans un collège de province. Elle épouserait un vieux, de ceux qui promettent à leur mère de ne pas prendre femme tant qu'elle serait en vie. Camila n'était tranquille qu'à Lamego, où elle étudiait. Elle allait sur ses dix-sept ans, avait de courts cheveux bouclés, un corps léger comme une plume, une taille fine et des traits délicieux sans être réguliers. Née à Porto, elle vivait à la ferme de l'Église depuis que son père s'était mis dans une situation fâcheuse à cause du jeu.

Elle allait, ainsi que je l'ai dit, faire des achats à Régua, et, au cours d'un hiver particulièrement rigoureux, la nuit tomba alors qu'elle et sa mère avaient manqué le dernier autobus. Elles se trouvaient dans une boutique où elles avaient coutume de s'arrêter pour acheter les denrées destinées aux ouvriers agricoles. Le propriétaire, Benito Galego, était un homme bourru, mais bon. Il pria sa femme de leur prêter des vêtements chauds, puisqu'elles allaient devoir faire à pied cinq kilomètres pour regagner leur maison. C'était la période des fêtes, Noël, ou un peu avant, et il n'y avait pas un taxi de libre. Du reste, Camila ne se souvenait pas y être jamais montée. Seul son père, lorsqu'il allait prendre son train aux Quatre Chemins, appelait Farreco, ou le Cadavre, pour l'emmener, avec sa malle qui ressemblait à un veau mort, jusqu'à la gare. Elle avait honte de cette pauvreté, sur laquelle surnageaient encore quelques brillantes vieilleries résistant à la tourmente avec une sorte d'héroïsme. Les sacs de lézard, par exemple, avec leurs fermoirs en galalithe, d'invention récente en ce temps-là, contemporaine de la fermeture à glissière devenue banale et accessible à tous. Camila ne s'intéressait pas à ces échantillons d'une ancienne et arrogante richesse. Ce qu'elle voulait, c'était un triomphe immédiat, obtenu comme par magie. Mais pour cela, tout lui manquait, car enfin, une jolie frimousse ne suffit pas pour conquérir Hollywood. Prudente et méthodique, elle ne parlait à personne de ses projets. Mais un jour elle quitterait la maison pour aller conquérir le monde et, sûr et certain, elle obtiendrait tout ce qu'elle voudrait.

– Je suis sûre, sûre et certaine, que cela arrivera, se disait-elle. Pour l'instant, toutefois, il s'agissait de rentrer à la maison, sa mère et elle, par cette froide nuit de décembre où l'air était limpide et où brillaient les étoiles.

– Voulez-vous que je téléphone au Cadavre ? demanda, inquiet, le senhor Benito. Mais la mère de Camila l'en dissuada. Elle n'avait pas d'argent. – Si vous n'avez pas d'argent, reprit le marchand, vous paierez plus tard.

Ces mots firent à Camila l'effet d'autant de coups d'épingles. Elle ne voulait plus qu'une chose, échapper à ce Benito et à son magasin plein de produits chimiques et de semences. Il y avait aussi des ballots de morue salée, qui pourrissait par temps chaud en prenant une teinte rougeâtre. Elle se hâta de sortir sans vouloir accepter la cape de fourrure de la senhora Benito, une fourrure qui avait l'air d'un animal mort, avec des griffes et tout. Elle suffoquait de colère parce que sa mère avait fait mine de l'accepter.

Lorsqu'elle entra dans la salle à manger où le long tapis de table dissimulait le brasero de sarments, dans la salle chaude et qui sentait le bois vermoulu, Camila s'évanouit. Elle tomba comme si elle glissait sur le tapis, et tout d'abord ils crurent qu'elle avait trébuché.

– Elle est morte ! s'exclama la petite bonne, qui voulait dire seulement qu'elle avait perdu connaissance. C'était une fille si pauvre qu'elle acceptait de servir d'autres pauvres et qu'elle volait toute la nourriture qu'elle pouvait. Elle avait des lèvres goulues, humides, d'où coulait en permanence un filet de salive. La famille la traitait sans ménagement, mais se gardait de la renvoyer : il n'y aurait eu personne pour la remplacer. La fille venait d'étendre la nappe sur la table, et elle était en train d'examiner les assiettes sur chaque face, pour voir s'il n'y avait pas quelque ébréchure à dissimuler. Elle était si lente que le travail n'en finissait pas. Elle se précipita vers Camila, et les assiettes s'effondrèrent à grand fracas.

– Regarde ce que tu fais, petite souillon, dit la tante Tofi.

Elle réussit cependant à relever Camila, qui reprenait conscience et demandait où elle était. Elle hésitait à reconnaître la salle, avec son vaisselier encastré dans le mur, qui autrefois servait de coffre pour entreposer l'argent destiné à payer chaque semaine les ouvriers. Prolongeant la salle, s'étendait un patio planté d'hortensias et ombragé par une treille qui se chargeait de raisins noirs lorsque venait la saison.

Ce fut cette treille qui fit naître chez António une singulière préoccupation. Alors qu'il était encore étudiant à Coimbra (où il ne devait pas terminer ses études, pour raison de santé), il accompagnait parfois les goûteurs de vin des grands chais, où il espérait être reçu comme stagiaire dans les bureaux. Il y parvint d'ailleurs, après avoir abandonné ses études sous la pression de ses amis qui le trouvaient incapable d'y faire face. Car, enfin, pourquoi dépenser des sommes importantes pour un malade? Quant à l'héritage des Albergaria, mieux valait ne pas trop y compter. Les choses changeaient rapidement, et le Salto da Senhora fut plusieurs fois sur le point d'être vendu. António ne cessa toutefois jamais d'utiliser sa cape d'étudiant; elle lui servait de robe de chambre à la maison et l'accompagnait partout, enroulée comme un cache-col autour de son cou. Le jour où il pénétra dans la cour ombragée par la fameuse treille qui, avec son feuillage rouge de l'automne, lui fit l'impression d'un dais extraordinaire, il la portait en effet, et elle lui donnait un air extrêmement poétique. Une jeune fille qui se trouvait dans la cuisine, un enfant dans les bras, leva les yeux sur lui, étonnée. C'était Camila. Dans son tablier de style tyrolien, elle avait beaucoup de charme, et elle considéra le jeune homme avec cet air plein de gravité qui donne à une petite fille l'air d'une femme adulte. Elle n'avait pas plus de quinze ans et son visage, si blanc qu'il semblait poudré, était semé de petits grains de beauté. Au coin de la bouche, on appelait cela des "mouches assassines", dans le langage amoureux à présent passé de mode. Jadis, un grain de beauté sur le visage était signe d'une femme prometteuse de plaisir ou de déplaisir, on ne savait, car avec autant de charme elle serait forcément infidèle. Après avoir salué d'un simple geste de la main, sans cérémonie, António se mit à regarder de tous côtés cette cuisine qui lui semblait médiévale. On n'y voyait ni réfrigérateur ni cuisinière électrique. Sur la pierre d'un potager mijotaient des casseroles de soupe aux haricots. C'étaient les traditions anciennes que l'on suivait ici, et seuls les vieux travailleurs étaient à même de les apprécier : les sardines cuites sous la braise, le pain de maïs grossier, où pointait la balle des grains. Un grand nombre de femmes s'activaient, les unes attisant le feu, d'autres pesant les sirops ; d'autres encore, les aides de cuisine, coupaient en lamelles le chou du *caldo verde*, et le couteau affûté parfois leur glissait des mains, leur entaillant la peau. Sur tout cela régnait un tel plaisir, fait de routine savourée, d'échanges familiers et bavards, grondeurs et relevés de rires, de traits piquants, obscènes, de symptômes d'espoir et de malice, qu'António aussitôt se sentit chez lui. Du reste, un homme était toujours le bienvenu dans cette horde de femmes laides, laborieuses, surprenantes avec leurs chevilles épaisses et leurs pendants d'oreilles qui rarement étaient en or. Leur pauvreté était sans remède, insoluble ; elles ne pouvaient même pas compter sur leurs boucles d'oreilles ou leur chaîne pour garantir un emprunt ou acheter du bétail. António surprit quelques propos galants et rit, déconcerté. Les femmes s'efforçaient de les faire se reconnaître homme et femme, lui et Camila, et s'aimer, si possible.

– Il ne voit pas ce qui lui crève les yeux. Il y a des aveugles qui se damneraient pour seulement l'apercevoir.

Camila leur enjoignit de se taire, mais sans beaucoup de conviction, amusée plutôt que fâchée. Les femmes l'englobaient dans leurs calembours, dans leurs chuchotements, dans des propos si indécents qu'elle finit par fuir, et António également. Leurs rires les poursuivirent comme une bande de chiens querelleurs. – Elle se fait femme, fit l'une d'elles. Par ces mots, elle signifiait au jeune homme que le temps des amours était imminent chez cette belle jeune fille.

Belle, elle l'était assurément, mais non à son goût. En fait, on eût difficilement trouvé figure plus démodée, et cet air vieillot diminuait sa beauté, lui donnait un côté presque grotesque. Car ce que l'on tient un temps pour fantaisie de bon aloi apparaît plus tard comme un signe de mauvais goût, le sentiment que nous avons de l'esthétique étant de tous le plus variable. Camila avait des sourcils épais, arqués, qui cinquante ans plus tôt eussent été fins comme un trait de plume et qui revenaient à la mode. En anticipant un usage imminent, les femmes se rendent désirables. Ce que les Roper, justement, craignaient le plus chez la femme, c'était ce don pour l'anticipation. Leurs vêtements, leurs coiffures titillaient l'imagination des hommes. Elles étaient plus dangereuses habillées que nues. C'était en tout cas ce que pensait Pedro Daniel.

– Je ne permets pas à une femme de se mettre nue devant moi. Un décolleté, très bien. Des jambes dénudées, pourquoi pas. Mais le dos ? Le dos ne sert qu'à poser des ventouses et des emplâtres, non des baisers.

– Oh ! mais il y a de très jolis dos, taillés comme les tables de marbre des chais, avec une rigole pour y verser du vin, s'exclama Lou, une vieille amie de Rutinha qui portait autour du cou un collier de perles valant une fortune. Lou et son collier de perles étaient inséparables. Elle s'habillait de satin clair, en harmonie avec le collier, et arborait tout un luxe dépassé de fourrures nobles et de lourds bijoux que n'achetaient plus que les émirs, et qui lui donnait l'air aussi surannée que Camila. Ce luxe pour émirs, personne n'en voulait plus, à part les femmes des harems et d'autres semblables.

António oublia rapidement Camila, qui n'apparaissait jamais nulle part et restait cloîtrée chez elle, alors que même les filles de boutiquiers parcouraient les routes à moto et s'habillaient de cuir noir avec des petits clous dorés. Elles allaient s'habiller en Espagne et se montraient hardies et sociables ; très intéressées par le sexe, également, un sujet toujours aussi perturbateur et comique, bien que parfaitement disponible, à présent. Les gens riaient encore des histoires de sexe. Allez savoir pourquoi.

– Le dos appartient à l'érotique préhistorique, dit le plus âgé des Roper, le plus intéressant, et de loin, des deux frères malgré son air insignifiant. Les conversations de l'Arrábida lui devaient beaucoup, sinon tout ou presque tout. Il était capable de parler deux heures durant avec la plus grande facilité. Il disait aimer les femmes comme on aime les artichauts, dont seul le cœur est comestible et savoureux.

Conversations qui avaient lieu au cours de ces après-midi de printemps en Arrábida, où l'on ne faisait rien, et où le fleuve était désert et bleu. Mais l'on eût dit qu'une armée était passée par là, avec ses bottes lacérées, abandonnant sur le sol tous ses déchets, restes de gamelles et mégots. La maison des Roper n'était pas aussi abritée qu'il eût été souhaitable, et l'on voyait sur la falaise abrupte les détritus que le vent avait accumulés. Les Roper tiraient parti des cèdres, des balisiers et de ces plantes appelées papyrus bien que n'ayant aucun rapport avec l'Égypte antique, et s'en servaient comme de paravents, mais les ordures étaient là, nauséabondes, avec des chats crevés et des sacs de supermarché. Les mouettes s'y posaient et choisissaient ce qui était propre à leur consommation, ou même impropre, car elles étaient voraces et toujours plus hardies. Des nuées de mouettes envahissaient la ville; leurs cris résonnaient comme si elles cherchaient à menacer et à conférer un nouveau pouvoir à leur espèce jusqu'alors marine.

– Elles sont en train de devenir des animaux domestiques, dit l'un des Roper, le plus jeune, qui avait tout de même dépassé la cinquantaine et commençait à se voûter et à perdre ses cheveux. En cachette de son frère, il prêtait de l'argent à António, et la soudaine fortune du jeune homme le privait de ce rapport de sujétion qui lui permettait de l'abreuver de conseils d'austérité, et d'attendre de lui une affectueuse gratitude. En réalité, António ne voulait que l'argent, et se dérobait à tout échange de sentiments élevés.

– C'est surtout pour cette raison que je préfère recourir aux usuriers, dit Taureau Bleu, qui, s'il l'avait demandé, eût obtenu de Vanessa tout ce dont António avait besoin. Le simple fait d'entrer au Salto da Senhora et d'assister à la fête des vendanges que l'on y donnait chaque année eût suffi à la jeune femme pour lui faire rendre les armes. Mais elle n'y entra qu'après la mort d'Albergaria, qui était difficile au sujet de ses relations. Et elle ne s'attendait pas, ce jour-là, à tomber amoureuse comme une gamine des faubourgs. Lorsqu'elle en prit conscience, un peu plus tard, elle demeura stupéfaite. Taureau Bleu, pour lui faire reprendre ses esprits, tapait des mains devant son visage.

– Eh ! Je suis là, c'est moi, ouvre les yeux ! disait-il. Alors elle riait, ou se fâchait, selon son humeur du moment. Elle vivait perdue dans ses rêves et répugnait à s'habiller, puisque ce qui lui plaisait, c'était de rester toute la journée à la maison. La solitude, pour la première fois de sa vie, ne lui pesait pas. Elle confia la gestion de ses affaires à Taureau Bleu, qui aussitôt se lança dans des dépenses extravagantes, renvoya des femmes et en embaucha de plus jeunes, qu'il habillait somptueusement et auxquelles il payait des voyages et même des voitures. Il y eut des délations, des plaintes, des menaces même. Vanessa finit par déclarer :

– Piraterie sans capitaine tourne à la mutinerie. Il va falloir que je retourne au travail.

A cette époque, António Clara s'efforçait de se mettre dans la peau d'un propriétaire agricole, initié en cela par les Roper, qui possédaient des terres du côté de Moimenta. Eux-mêmes n'étaient pas de grands gestionnaires, loin de là, ils passaient bien trop de temps à décorer la maison, et l'escalier avait une main courante en passementerie qui n'eût pas déparé le palais d'un évêque. Il y avait des armures dans l'entrée, et la hure empaillée d'un sanglier. Les Roper avaient le goût si délicat que jamais ils ne seraient montés à l'échafaud sans choisir au préalable leur chemise. António Clara suivait leurs conseils pour marier entre elles les couleurs.

– Le bleu-paon jure avec le rouge. C'est une question de chimie, disait Pedro Daniel. Laisse-moi te dire, mon petit, que pour ce qui est des couleurs, tu n'as pas de nez. Eh oui ! La couleur exige du flair.

– Je croyais qu'il fallait surtout une bonne vue.

– Que me chantes-tu là, une bonne vue ? Les aigles, oui, ont besoin d'une bonne vue pour repérer les lapins. Et à présent les mouettes aussi, pour venir manger mes miettes à l'heure du thé. Maudits oiseaux ! Ils n'en laissent rien, de mes chères miettes de gâteau anglais, qui me faisaient mon dessert du soir.

Pedro Daniel avait l'air si modeste qu'on le croyait avare. Il était seulement économe, sa seule possibilité de gagner de l'argent étant de se priver de tout ce qui excédait le strict nécessaire. Mais lorsqu'il s'agissait d'acheter quelque chose, il choisissait le meilleur, parce que sa durée de vie serait plus longue.

Lorsque António devint riche, et même richissime, Daniel Roper l'assomma à coups de maximes le mettant en garde contre les dangers de la fortune. C'était un flot ininterrompu de mises en garde à connotation prophétique, puisées au hasard dans son expérience de la vie ou dans des ouvrages de folklore. Mais Torcato, lui, qui circulait beaucoup dans l'arrière-pays avec ses acolytes et ses guides afin de recueillir des témoignages sur les traditions portugaises, ramenait une moisson d'histoires picaresques et drôles, qu'il introduisait dans les conversations. C'était un narrateur brillant, il savait raconter des histoires, tenir son public en haleine, donner vie aux personnages, faire progresser l'intrigue, inventer, enfin, une conclusion inattendue, adoucie d'ajouts délicats.

– Je faisais route en compagnie d'un guide que nous avions, originaire de la serra da Cabreira, chef d'une fanfare et fier de ses tambours. Ils étaient en effet si bons et si sonores qu'on les réclamait partout pour la fête de l'Agonie. Ils descendaient alors les rues dès le lever du jour, dans un roulement si continu que l'on eût dit des rugissements de lions. On frissonnait à les entendre. Moi, des tambours et des tambourinaires, j'en ai entendu beaucoup, mais je ne me souviens pas d'un son aussi prolongé, dont on avait l'impression qu'il ouvrait une brèche dans la montagne. Le chef de musique connaissait tous les chemins menant aux villages alentour. Nous avions une vieille voiture qui tanguait, assoiffée, lorsqu'elle gravissait les chemins muletiers où la poussière et la boue dataient du temps des tortues de Zamora. Un jour, la voiture refusa d'avancer.

– Et maintenant, que faisons-nous ? dis-je.

– Nous tapons dessus avec les tenailles.

– Et si ça ne suffit pas ?

– Alors, avec le marteau.

C'est ce que nous fîmes. La voiture ne démarrait toujours pas, mais elle lâchait des soupirs à fendre l'âme. Puis, à force de resserrer les vis du moteur, celui-ci lança un hurlement de chien sauvage d'Australie, celui que là-bas on appelle dingo. Nous nous regardâmes les uns les autres, contrits et apeurés.

– Voilà ce qui s'appelle un pet magistral, fit le guide tout en essuyant ses mains au chiffon.

Ce fut ainsi qu'à la nuit tombante, nous renonçâmes à notre petit voyage dans la serra da Cabreira.

On riait beaucoup, chez les Roper, de ces innocentes histoires que Torcato racontait comme personne. Il avait un esprit fin et plaisant, mais jamais il n'usait d'ironie avec les petites gens. Deux fois docteur, il n'attachait guère d'importance au doctorat, et il aimait aller à travers champs ramasser des pierres et prendre note de ce qu'on lui disait. Certains doutaient de ses mœurs, mais on se taisait. Parfois, il y avait des scènes. Les petites bonnes évitaient de se montrer au salon lorsqu'un ange mauvais ouvrait ses ailes et que, derrière les volets, on entendait respirer la mort. A ces scènes, António n'assistait que rarement. Il n'allait chez les Roper qu'aux jours entendus d'avance. Il avait alors la certitude de trouver une assemblée d'érudits raffinés, qui savaient faire briller l'esprit plus modeste des autres convives, tout en évitant d'imposer leur supériorité. On parlait de Wittgenstein et de sa théorie de la connaissance avec tant de chaleur que l'on croyait assister à l'un de ses cours rassemblant les plus originaux et les mieux informés de ses élèves. Pour commenter les observations du philosophe, il n'était pas rare que l'on parlât anglais. On discutait sur le point de savoir si l'appel aux lois naturelles de l'univers était ou non la même chose que l'ancien appel à la volonté divine. Torcato Roper était du côté des anciens, qui posaient des limites à leurs explications, pour transcendantes qu'elles fussent. Et Pedro Daniel, par volonté de séduire les jeunes, assurait que de telles limites n'existaient pas. Il disait, avec une vivacité suspecte, que tout est la conséquence de notre propre volonté, et se trouve lié à une série d'actions ayant pour origine les mouvements de notre corps. Toute participation volontaire de la personne au monde est une intervention provoquée par le corps. Cette théorie du corps, mesure des désirs humains, favorisait, on ne sait comment, ou plutôt lui-même ne savait comment, la force oratoire de Pedro Daniel.

Son frère au contraire réfutait une telle théorie et demeurait fidèle à Wittgenstein, qui déclarait qu'entre notre volonté et les faits qui semblent en émaner, il ne peut y avoir qu'une grâce du destin. La relation physique avec l'événement ne dépend pas de notre volonté. Et une attitude esthétique ou morale peut nous aider à envisager une limitation à ce qu'il nous est possible de faire dans le monde, et à l'accepter.

Il tombait sous le sens que les observations de Torcato Roper étaient de beaucoup les plus sérieuses, et qu'il souffrait d'être forcé de recourir, pour racheter son manque de domination sur lui-même et sur le monde, à une attitude morale et esthétique. Il affirmait que la dimension morale est une esthétique qui outrepasse les limites de la logique et du langage factuel, ainsi que celles du discours scientifique.

António Clara, avec ses dix-sept ans anxieux de se prémunir d'armes contre le monde, ne comprenait que par intuition qu'il provoquait chez les Roper un assaut d'arguments dont l'enjeu était finalement son visage enchanteur, devant lequel il n'y avait pas de rédemption possible. Et le *Tractatus Logico-Philosophicus* de Wittgenstein serait-il autre chose qu'un témoignage d'admiration devant l'effet causé sur le corps par un être d'une grande beauté ?

Après qu'António eut fait la connaissance de Vanessa, les rencontres entre les Roper et lui s'espacèrent. Il l'avait emmenée dans l'Arrábida, un jour, à l'occasion de l'une de leurs réunions littéraires, et il avait compris aussitôt qu'il commettait une erreur. Une telle femme ne pouvait y être la bienvenue, et Daniel Roper l'avait fait comprendre. Il ne lui accorda pas la moindre attention, et finit même par se laisser emporter dans une crise de jalousie qui laissa les autres pantois. La seule à s'en sortir indemne fut Vanessa, si amoureuse que tout ce qui se passait autour d'elle la laissait indifférente. Lorsque António, ensuite, lui présenta ses excuses, elle dut faire un effort pour comprendre qu'il s'agissait d'elle-même et des Roper, et qu'elle avait été la cible d'une série de ricanements grossiers.

– Ça m'était destiné ? Je n'ai pas remarqué. Je les trouvais même sympathiques, très grands seigneurs.

António fut persuadé qu'elle simulait, afin de ne pas l'embarrasser. Plus encore que sa beauté, cette façon d'agir renforça l'amitié qu'il lui portait, et ils devinrent en quelque sorte inséparables.

Cependant Daniel Roper n'entendait pas démissionner de son rôle de conseiller et de tuteur. Par deux fois il se rendit au Salto da Senhora et, s'appropriant le rôle du maître de maison, il se mit à donner des ordres à tort et à travers. Celsa en resta bouche bée mais flaira en lui un allié possible : tout comme elle, il détestait Vanessa et se montrait réfractaire à son charme. Elle dit :

– Les choses, ici, ont beaucoup changé. Beaucoup changé.

A présent qu'António avait vingt-cinq ans accomplis, chacun attendait de lui une décision qui mettrait fin au temps de son adolescence. Mais que cette décision consistât à épouser Vanessa semblait un coup dur de la part du destin. Daniel Roper entreprit même de vérifier la propreté de la maison ; il savait mieux que personne prolonger la vie des choses, leur appliquer le meilleur traitement pour conserver leur brillant. Il avait toujours considéré le Salto da Senhora comme un mauvais exemple de manoir de province, avec tous ces bois sculptés sur les plafonds – une dégénérescence du goût du XVIIIe siècle, à son avis. Il tapota les tentures, et aussitôt un nuage de poussière s'en détacha.

– Il y a combien de temps que ces rideaux n'ont pas été lavés ?

– Je ne sais pas. Ce n'est pas dans mes attributions.

Lorsque Celsa Adélaïde "parlait sec", c'est qu'elle était sur le point de lâcher la bride à son mauvais caractère. Mais elle était tout aussi capable de "s'asseoir dessus", comme elle disait, de dissimuler ce tempérament qui lui avait déjà valu bien des ennuis. De Celsa, on pouvait dire que, levait-elle le petit doigt, le monde entier s'en ressentait. Elle guettait à présent Daniel du coin de l'œil, se demandant s'il serait pour elle un allié ou un ennemi. Elle comprit vite qu'elle pouvait compter sur lui, du moins jusqu'à un certain point, car ses principes esthétiques l'empêcheraient, par exemple, de commettre un crime. Celsa Adélaïde avait parfois le sentiment que les difficultés ne rencontraient de solution que si une volonté s'opposait, en les anticipant, à tous les faits, réels ou subjectifs. Elle trouvait, pour commencer, qu'un mot exprime davantage que ce qu'il dit. Le mot assassin, par exemple, ne veut pas dire seulement "celui qui ôte la vie à quelqu'un", mais quantité d'autres choses. Ainsi, le concept de l'action selon Celsa représentait beaucoup plus que ce que décrit ce mot. C'est pourquoi on ne pouvait évaluer sa conduite à la lumière d'un seul critère, moral, philosophique ou social. Elle n'appartenait pas réellement à la classe populaire, puisqu'elle ne raisonnait ni ne sentait comme elle. Profondément religieuse, elle ne concevait pas la religion comme un acte d'obéissance, mais d'admiration. Seule l'admiration touchait sa conscience, et nulle convention ne pouvait interférer. Elle pensait qu'une machine est conçue pour une fin bien déterminée et que, dans le champ étroit de cette action, elle est capable de sentir la douleur et d'agir pour se défendre. Elle était persuadée que la machine à coudre, par exemple, possède une sorte de sentiment propre. Cela, dans son esprit, expliquait bien des phénomènes se produisant au Salto da Senhora, comme les objets qui changeaient de place, un cas fréquent, que chacun pouvait constater. L'activité de la pensée n'est donc pas limitée aux seuls êtres humains. D'où l'on peut conclure que le mot limitation est dépourvu de sens.

Éloigner Vanessa devint pour Celsa la priorité des priorités. La jeune femme était riche et puissante dans son milieu, lequel, depuis la dernière décennie, s'était considérablement élargi. On avait abattu, ou presque, les barrières entre le licite et l'illicite, et on avait effacé les tableaux de conduites et de situations. Le pouvoir que chacun exerce sur lui-même et qui lui permet de croire et de penser ne résistait pas aux successives remises en cause. La conduite primitive commune avait disparu, et avec elle la capacité de reconnaître en l'autre un être humain.

Surtout, Vanessa était très belle, mais cela, jamais Daniel Roper ne le reconnaîtrait. Et s'il répugnait tant à l'admettre, c'est que cette beauté envahissait son territoire, où il voulait être seul à régner. Personne, jamais, ne lui entendit dire que Vanessa était jolie. Il niait ainsi sa féminité, et c'était comme si, en lui ôtant ses organes de reproduction, il démystifiait sa séduction.

Daniel Roper avait avec António de brèves conversations, destinées, au sens le plus littéral, à tuer Vanessa. Il lui disait que la jeune femme apporterait dans sa vie un tas de complications.

– Quelles complications ?

António se montrait contrarié, et son ami comprit qu'il était en train de perdre du terrain. Mais dans son désespoir il n'entendait rien des arguments avancés par António. Plein de compassion, celui-ci vint enfin à son secours :

– Elle n'est pas ce que l'on croit par ici. Elle est même froide avec les hommes.

– N'empêche qu'elle a des enfants. Comment réagiras-tu si elle a un enfant de toi ?

On eût dit un prêtre dans son confessionnal, et le ridicule de l'affaire commença à piquer la curiosité d'António Clara. – Que me veut-il ? pensa-t-il. Ce n'est pas très clair ; aussi vaut-il mieux parler d'autre chose. De fleurs, peut-être, comme les Anglais. Ou de la santé, comme les Portugais.

– Je dors mal, depuis quelque temps, dit-il. Je pense des heures durant à des choses insignifiantes et je n'arrive pas à m'endormir.

Après tout, Daniel Roper était médecin et pouvait difficilement éluder ce nouveau sujet de conversation. Ce fut pourtant le cas.

– Ça m'est égal, que tu dormes ou non. Je suis un mauvais médecin. Mon père était un bon médecin : du moins, il passait pour tel. Mais il n'y avait rien d'authentique dans nos relations. Jamais nous n'avons vécu l'une de ces rencontres vitales qui engendrent élans du cœur ou douleur. Mais avec toi, oui, il s'agit bien d'une rencontre vitale. Vanessa a cet effet-là sur nous.

– Sur nous ?

C'était le ton qu'employait Daniel Roper qui incommodait António. Il n'était plus le jeunot de dix-sept ans ébloui parce qu'on l'admettait dans les réunions des Roper. Ceux-ci le présentaient alors aux personnes les plus célèbres de la vie littéraire et à des musiciens qu'ils traitaient sur un pied d'égalité. Les Roper connaissaient des figures d'avant-garde dans le monde entier, et ils étaient reçus dans les cercles les plus fermés, classiques et modernes. Mais tout cela n'intéressait plus guère António Clara, qui ne possédait aucun talent particulier et s'ennuyait lors des interminables conversations sur Wittgenstein, conversations auxquelles les femmes ne participaient que rarement. Et lorsque par hasard elles étaient présentes, il s'agissait également d'artistes, habillées soit sobrement, soit avec une élégance sophistiquée, et cherchant à dissimuler leur vulnérabilité et leur impatience. Pourtant, ils faisaient tous grand cas de l'éternel féminin, intraduisible métaphore de leurs désirs primaires.

Devenu riche, António déserta complètement ce milieu qui lui paraissait obsolète, comparé à celui où l'emmenait Vanessa, où l'on reniflait un peu de cocaïne et où l'on appréciait son corps, non comme un objet de jouissance, mais comme une matière à modeler et à opposer aux choses de l'esprit. On allait à la neige et on skiait, moins par plaisir que par affectation. Vanessa était à son avantage dans les énormes pulls et les longs gants qu'elle ôtait d'un geste large, comme on apprend à le faire seulement dans le sport de haut niveau. Avec leur cher La Varende, aristocrate et missionnaire de ses usages de châtelain, les Roper étaient dépassés.

– La fortune change le caractère, assurait Daniel Roper, qui ne faisait plus la moindre impression sur son disciple et le voyait changer chaque jour un peu plus, au point de devenir méconnaissable. Ce ne fut pas une transformation immédiate, mais deux années après avoir pris possession de ses biens, António avait pris aussi d'autres airs, un peu impénétrables, et qui faisaient ressortir son côté subversif. Il ne se gênait pas pour tourner les Roper en ridicule et déprécier leur talent. Il allait jusqu'à refuser de recevoir Daniel et donnait cet ordre à voix haute, afin que nul n'ignorât qu'en réalité il se trouvait à la maison. Celsa, qui tenait les Roper pour ses alliés, prenait alors une mine affligée.

– Que veux-tu ? lui lançait António. Je ne peux pas les supporter.

Il se souvenait pourtant des faveurs qu'il leur devait, de l'argent prêté pour payer ses études, car Rutinha oubliait souvent, et de toute manière n'était jamais ponctuelle. Parfois, un sentiment de solitude s'emparait de lui, que Vanessa comblait aussitôt. Elle lui suffisait, avec ses délires et cette sorte de férocité apocalyptique. Pris dans son tourbillon de sorties, d'achats, d'amis déclassés et cependant puissants parfois, António se sentait en sécurité. Vanessa savait s'introduire dans les habitudes des hommes publics, ce qui vaut mieux qu'entrer dans leur cœur. Elle buvait du champagne au petit déjeuner parce qu'on lui avait dit que les millionnaires le faisaient. Elle jouait en Bourse et avait un compte en Suisse, même si, la plupart du temps, celui-ci était à découvert. Taureau Bleu, qui l'adorait, se précipitait pour corriger les erreurs de la jeune femme, qui payait souvent son personnel avec des chèques sans provision.

– Tu ne comprends pas qu'en tout domaine il y a une honorabilité à préserver ? A vingt ans, tu avais plus de jugeote.

– Parce que maintenant je suis vieille ? Allez, dis-le, c'est ça ? Regarde-moi bien.

– Mais non, tu n'es pas vieille. Puis, quand bien même, ce serait à la manière du vin de Porto, qui se bonifie avec l'âge.

Alors Vanessa donnait un dîner, qui détournait son imagination de ces vagues horreurs que sont la décrépitude, Alzheimer et la cellulite. Sur un soupir d'elle, un soupir inaudible qui n'eût pas fait s'agiter une feuille, les hommes parcouraient le monde et travaillaient pour porter secours à ses reins, à ses seins flasques, à ses mains tachées par la vieillesse. António ne lui disait jamais qu'elle était belle, de peur de lui donner des idées, comme à une adolescente. Un jour, il la demanda en mariage, mais Vanessa lui dit carrément non :

– Je t'aime trop pour accepter de vieillir sous ton regard.

– Tu ne vieilliras jamais.

Le fou ! Les banalités qu'il pouvait dire ! Il aurait mieux fait de se taire et de grincer des dents comme lorsqu'il était furieux. Il lui fallait se rendre à l'évidence : elle était tombée amoureuse d'un fou.

– Pire que cela, dit Taureau Bleu : d'un raté. Il ne te mérite pas, Vanessa.

– Qu'est-ce que ça veut dire, mériter, ne pas mériter ? Les plus belles amours, on les vit avec des fous, ou avec des êtres sans grand intérêt. Il faut être très vide pour aimer désespérément, avec, planté dans la chair, l'aiguillon dont parle saint Paul. C'était une figure trépidante, saint Paul.

Elle avait entendu l'un des Roper parler de saint Paul, un jour, et elle était restée avec cette idée dans la tête. Vanessa était une femme terriblement efficace dès qu'il s'agissait d'argumenter, de fasciner, de comprendre même les choses les plus étrangères à sa profession, laquelle, comme chacun sait, n'est pas vouée à la spiritualité. Elle pouvait lire un livre et en discuter ensuite avec une telle force d'opinion que Daniel Roper lui-même en restait pantois. Qui d'autre se hasarderait à dire de saint Paul qu'il était une figure trépidante ? C'était comme si elle l'avait connu personnellement ; elle le décrivait avec tant d'esprit, de fureur malicieuse, de liberté intellectuelle, qu'on ne pouvait que l'admirer. Daniel en arrivait à ressentir plus de jalousie pour elle que pour António, qui pourtant avait été son orphelin préféré, le disciple cher à son cœur. Il aimait écouter Vanessa, lui qui considérait que les qualités propres à l'homme faisaient de l'ombre à la femme, ainsi que les avantages de son initiation, qui chez elle ne touche que le sexe et la vanité. Mais Vanessa était un prodige. Tout ce qu'on lui présentait, elle le définissait, le menait à son terme, le proposait pour l'éternité. Par ailleurs, elle avait horreur de ce qui dure, et manifestait cette horreur même dans les petits faits quotidiens. Achetait-elle une belle pièce de cristal ? Bientôt il n'en restait que des miettes. Ses vêtements, elle les déchirait, ses bijoux, elle les perdait. Si elle s'entendait si bien avec les entraîneuses, les prostituées et les femmes entretenues, c'est que, toutes, elles suggéraient quelque chose de transitoire, d'inutile, de gaspillé. Elle entretenait les meilleures relations avec les maîtresses de vieux capitalistes mariés à des vieilles femmes et s'amourachant d'étrangères, de serveuses de bar ou de strip-teaseuses de troisième ordre. Elle conseillait ces personnes, les finançait, s'arrangeait pour les faire triompher de la famille de leur amant – un ingénu, celui-là, comme le sont tous les hommes qui entretiennent des femmes. Non ceux qui vivent avec elles, mères ou épouses, mais ceux qui se lient à des femmes qu'ils désirent pour une raison ou pour une autre, et qui représentent une sorte de récompense dans leur vie respectable, désolée, remplie d'obligations et de sentiments à court terme. Vanessa aimait bien ces gens qui cherchaient avant tout à vivre sans grands soucis, sans dettes, sans actes d'huissier, dans une maison bien à eux et avec l'estime de leurs voisins. Elle les méprisait, mais ils lui faisaient de la peine. Jamais ils n'iraient dire que saint Paul était trépidant, avec son grand nez et cette ardeur à détester et à aimer en même temps.

Elle était tombée amoureuse d'un fou. Quelque part sur cette terre se trouvait son égal, son parfait semblable – peut-être, qui sait, un saint Paul en route pour Rome sur un vol de la British Airways ?! Mais jamais elle ne le rencontrerait, jamais, de toute sa vie.

– António, c'est un authentique *bigoudi,* fit Taureau Bleu. Vanessa et lui avaient ainsi un langage codé qui nourrissait leur intimité. *Bigoudi,* cela voulait dire un objet que les femmes se mettent sur la tête mais qui n'a rien à voir avec leur tête. Taureau Bleu commençait à s'inquiéter à propos de Vanessa, à laquelle il avait connu beaucoup d'amis, mais qui ne l'avait jamais laissé tomber. Les affaires d'abord, pensait-il, et d'abord ce qui ne nous rend pas dépendants, inadaptés au plaisir colérique de la vie. Il aurait beaucoup de peine si Vanessa s'égarait dans un romantisme de pacotille. Beaucoup de peine, vraiment.

Il espérait qu'elle n'était pas de cette sorte, qu'elle n'allait pas tout compromettre pour un film à l'eau de rose.

– J'aurais une peine immense si tu me quittais. Mais ce sera comme tu voudras.

Ce qui le blessait le plus, c'est qu'elle ne l'écoutait même pas. Elle devenait comme indifférente à tout, même à la bonne marche de ses affaires. Elle voyait bien qu'elle était en train de lâcher la barre, que ses femmes devenaient capricieuses, qu'elles se disputaient, que les plus fidèles de ses gardes manquaient à leurs obligations et volaient dans la caisse, ou même la quittaient pour un autre patron. Ils ne la prenaient plus au sérieux, et cela, c'était plus difficile à supporter que la perspective d'une faillite.

Vanessa avait conscience de tout ce qui se passait dans sa vie. Se marier avec António n'était plus du domaine de l'impossible. Elle était suffisamment jolie et intelligente pour amener ce garçon, par ailleurs de faible constitution et formé selon de bons principes qu'il n'avait pas la force d'appliquer, à l'épouser. Ce serait comme on prend une gérante pour qu'elle se charge d'une affaire présumée difficile, en l'occurrence celle de maintenir l'héritage dans de bonnes conditions de rendement.

Pour la première fête des vendanges, donnée selon la tradition du vieil Albergaria, mort depuis trois ans, on respecta la liste de ses invités. Mais Celsa apporta sa contribution personnelle en y introduisant le nom de Camila. Et pas seulement Camila, mais toute sa famille, qui selon les critères de l'élégance n'était guère présentable. La tante, par exemple, portait la même robe qu'au dernier mariage auquel elle avait assisté, il y avait bien dix ans de cela. Mais c'était la capeline que Celsa redoutait le plus : elle lui cachait les yeux, et ses bords s'affaissaient comme s'ils avaient reçu une grosse pluie. Personne, certainement, ne réussirait à l'empêcher de se couvrir la tête de cet énorme chapeau auquel elle ajoutait régulièrement des rubans et des fleurs en quantité.

Mais tout cela était sans importance, car la jeune Camila, jolie et tranquille, se tenant à l'écart sans parler, causait une impression favorable. Elle ne connaissait personne, mais ne regrettait pas d'être venue. La moindre chose la distrayait, comme compter les poissons dans l'étang, un étang si petit qu'on l'appelait "la tasse".

– Attention, petite, il y a des salamandres là-dedans, fit, d'un ton doucereux, l'intendant. Cette fille lui semblait jolie et sans défense, et il ne résistait pas à la tentation de la taquiner.

Camila entra dans son jeu et simula la peur.

– Elles sont dangereuses ?

– On ne sait jamais, avec ces bêtes qui rampent.

– Alors, je m'en vais.

Elle savait que la plus grande punition qu'elle pouvait lui infliger, c'était de disparaître de sa vue. Car alors, adieu joues claires et robe rose... Le rose faisait impression sur les hommes, leur donnait la sérénité que l'on éprouve dans un bain chaud. Que suggérait donc la couleur rose ? Quelque chose, peut-être, que Camila ne souhaitait pas approfondir.

António Clara se trouvait à ce moment-là sur le balcon, ou plutôt sur la terrasse élevée d'où l'on voyait toute la *quinta*, y compris le jardin, lequel n'avait rien d'éblouissant. La terre était trop précieuse pour la gaspiller en fantaisies comme des roses-thé. Son regard glissa sur la jeune fille, faillit la manquer, puis revint sur elle ; elle le gratifia d'un large sourire. Ce sourire et la robe rose les rapprochèrent tous deux plus ne l'eût fait un siècle de vie commune. Derrière António se tenait Vanessa. Affable, bien habillée, avec quelques perles pour seuls bijoux et des souliers presque plats, elle arborait un air de froide simplicité.

"Jolie fille!" s'exclama-t-elle. Et, du haut du balcon, elle lui porta gentiment un toast. Camila se sentit accueillie et reconnue comme une apparition invisible à toute autre personne. C'est alors, chose étrange, qu'António pensa que Vanessa était son amie, et qu'elle obtiendrait de lui tout ce qu'elle voudrait.

Ce fut le début d'une histoire qui eut une fin heureuse : le mariage d'António et de Camila.

Camila avait toujours son père et sa mère, mais c'était sa tante qui l'accompagnait partout, ce qui ne voulait pas dire grand-chose puisqu'elles n'allaient jamais plus loin que Porto ou Lamego, où Camila avait fait ses études. Sa mère, une femme orgueilleuse, se consacrait aux travaux du ménage afin de se distraire de ses souffrances intimes : un mariage raté et une vocation d'artiste contrariée, vocation du reste qu'elle n'avait jamais prise très au sérieux. Elle avait épousé un bohème, l'un des rares qui existaient encore et qui jouaient leurs revenus et les bijoux de la famille. Un peu parce que la solitude lui épargnait l'humiliation de certaines révélations, un peu aussi parce qu'elle prisait cette existence casanière au milieu de voisins et de domestiques, la mère de Camila ne sortait jamais, ne fréquentait personne. Jamais elle n'allait au cinéma, et elle avait cessé même d'aller à la messe ; elle disait à Celsa, qui l'écoutait mi-chagrine mi-railleuse, que Dieu seul la jugerait. Elle ne recherchait pas la compagnie des gens modestes, non plus que celle de personnes qui l'éclipsaient par le nom ou la fortune. Elle était pratiquement ruinée, et seuls des garçons sans avenir prétendaient à la main de ses filles. Camila était la plus jeune ; Adoração, déjà mariée, semblait appartenir à une autre génération.

Camila, on ne sait pourquoi, en était restée à une époque où l'on s'adonnait à la lecture et à une solitude voulue. Elle semblait la plus indolente des filles, aimable, mais quasi indifférente aux chagrins et aux malheurs d'autrui. Celsa était l'une des rares personnes à mériter sa confiance, peut-être un peu – ou seulement – parce qu'elle avait des fils d'une grande beauté. Cette beauté, Camila depuis l'enfance la trouvait cependant peu recommandable, et prenait, pour exprimer cette opinion, le ton acerbe de sa mère, qui pensait qu'être à la fois beau et pauvre n'augurait rien de bon. Il y avait longtemps que leur maison, la *quinta* de l'Église, faisait partie de l'itinéraire de Celsa.

– Tu as des fils, lui disait la mère de Camila, qui vivent comme des princes. Ils se pavanent et ne font rien. Tu vas voir les ennuis qu'ils vont te causer.

– Ils m'aiment. Ils ont toujours été pour moi comme deux archanges, deux archanges d'or, un de chaque côté.

– Des archanges ! J'ai entendu dire que Flórido passe son temps dans la gare de São Bento, à écouler de faux billets. Un jour, on est venu m'interroger à son sujet, parce qu'il faisait la cour à une petite qui avait du bien. J'ai dit la vérité : "Flórido ? Je le connais depuis des années. Il venait voler des oranges dans mon orangeraie et des œufs dans le poulailler. Et du linge, s'il y en avait à sécher. Il est allé au séminaire, mais ils n'ont pas voulu le garder. Il a engrossé l'une de mes bonnes : tu sais laquelle, la Basília. Ou une autre, la Domitilia, qui souffrait en permanence d'une faim de loup et mangeait tout ce qui lui tombait sous la main. Tu te souviens, Celsa Adélaïde ? De beaux enfants, tu vois, c'est le diable, qui est présent même dans la crèche, caché sous la peau d'une brebis."

Celsa se dépêchait de prendre congé, consolée toutefois par le regard de Camila, qui la compensait de toutes les insultes. Camila ne cachait pas qu'elle tenait depuis toujours Taureau Bleu pour quelqu'un d'extraordinaire, de gai, un amateur d'anecdotes irrévérencieuses. Mais passé l'adolescence, elle l'avait perdu de vue. Et voilà qu'aujourd'hui il était là, dans la cour du Salto da Senhora, si beau qu'on avait peine à le croire. Lui ne la reconnut pas. Quoi d'étonnant, puisque autrefois elle portait en hiver une capote bleu sombre et les cheveux coupés à la serpe, comme disait son père. C'était du reste exprès, pour contrarier son mari, que la mère négligeait autant Camila. Lui en faisait-il la remarque qu'elle lui parlait durement, répétant qu'elle n'avait pas d'argent, que, pour habiller ses filles, elle vendait des fruits et des légumes à la porte de leur maison, mais que cela ne rapportait rien.

– De toute façon, je ne veux pas les voir attifées. Ce sont mes filles, pas des têtes sans cervelle.

Mortifié, le père enfilait sa gabardine et s'en allait risquer ses derniers escudos. Il avait eu aussi des petites amies, mais ce temps était révolu. Il ne faisait plus que jouer, se montrant agressif si on tentait de l'en empêcher. Autrement, c'était un homme d'humeur agréable, toujours sur le point de faire une affaire en or, toujours à faire la cour à "cette garce de vie". La Marquise (c'est ainsi qu'il appelait sa femme quand il voulait l'offenser) se mit peu à peu à gérer elle-même la maison et la propriété, gênée toutefois par une situation économique de plus en plus difficile et frôlant la ruine, malgré l'aide de la tante, qui prêtait de l'argent et mettait ses bijoux en gage. Mais le joyau le plus précieux de la famille, c'était Camila. A cette idée, Celsa ne manquait jamais d'applaudir. Il y eut un moment où Camila sembla rassembler sur sa personne toutes les perfections du monde et devint le point de mire de l'entourage. Les Roper chantaient ses louanges, et leur vieux père se montra impressionné, se figurant que l'un de ses fils allait l'épouser. Vanessa l'avait prise sous son aile, Celsa la couvrait de fleurs.

– La chère petite ! disait-elle. En grandissant, elle se met à ressembler à une petite bergère de Fatima.

– Dieu te garde, Celsa Adélaïde ! répliquait la mère. Les bergères étaient des petites miséreuses qui n'avaient jamais vu leur image dans une glace, alors que ma fille aurait bien besoin que l'on brisât tous les miroirs de la maison. Elle devient vaniteuse et ne veut pas mettre les vêtements que je lui achète.

Car elle achetait directement à la fabrique des articles de rebut, et un jour, elle rapporta à la maison un chandail avec un chapeau de cardinal brodé sur la poitrine. C'était un élément d'uniforme d'un collège français, et Camila refusa de le porter.

– Un chapeau de cardinal, avec les glands et tout ! Tu te rends compte, Celsa ? Adoração l'a porté, un jour, et tout le monde a ri. Mais elle s'en fiche, elle est mariée.

Celsa aussi riait, mais en se montrant indignée. Elle se dit que porter sur la poitrine un chapeau de cardinal de cette taille devait être une vraie pénitence, et que les mendiants eux-mêmes le refuseraient. Mais la Marquise s'entêtait à acheter ce genre de vêtements.

– Ils ne coûtent presque rien, et en plus, ils sont de bonne qualité. Sauf que le chapeau est gris, alors qu'il devrait être rouge. C'est sans doute pour ça qu'on a refusé la commande, parce que le chapeau est gris.

– Serait-ce le chapeau de l'Eminence Grise ? fit Daniel Roper, mis au courant par Camila. Elle allait régulièrement dans l'Arrábida à présent, et Daniel lui apprenait à s'habiller et à manger des mets inhabituels. Les Roper étaient à nouveau dans les bonnes grâces d'António Clara et celui-ci, lentement parce qu'elle n'arborait aucun des attributs qui rendent les hommes en quelque sorte les débiteurs des femmes, soit qu'elles appellent l'admiration, soit qu'elles éveillent le désir, accordait sa confiance à Camila. Elle était si effacée que même le garçon le plus insignifiant se sentait à l'aise avec elle. De là à ne plus pouvoir se passer d'elle, il n'y avait qu'un pas.

António Clara se rendit compte, mais un peu tard, qu'il était en train de s'attacher à Camila. Chacun lui répétait qu'elle serait pour lui une bonne épouse. D'abord elle n'était pas riche, de sorte qu'il l'emporterait toujours sur elle et qu'elle ne lui chercherait pas querelle pour des dépenses inutiles. Ensuite, elle n'était pas d'une beauté à couper le souffle, de ces beautés qui attirent l'envie ou les pensées érotiques. Enfin et surtout, elle ne s'immiscerait pas dans sa vie. Il pourrait conserver ses habitudes de célibataire, continuer à recevoir les mêmes amis et aller où bon lui semblerait, elle ne lui dirait jamais rien. Il ne savait pas d'où lui venait cette image de Camila, mais Celsa y était sans doute pour quelque chose. Jamais elle ne perdait une occasion d'ajouter une touche à son portrait de la jeune fille, la peignant comme l'être insipide qu'elle était, mais se gardant bien de révéler la fine mouche qu'elle serait également quand elle le jugerait bon et qu'en seraient réunies les conditions.

Toutes les lectures qu'il avait faites, toute son expérience de la vie, qui lui donnait la certitude de comprendre les personnes ordinaires, amenaient Daniel Roper à ne voir Camila qu'au travers d'un phénomène mental très particulier. Il la concevait comme une femme quelconque, et qui le resterait toute sa vie. Lorsqu'il disait "je crois", cela ne découlait pas d'une déduction mais d'une connaissance innée. Et si quelqu'un d'autre, en même temps que lui, disait "je crois", Daniel Roper ne pouvait l'entendre que comme un témoignage extérieur, étranger à lui-même.

– Tu dois épouser Camila, répétait-il à António. Cette fille promet d'être une bonne épouse. Et une promesse, c'est en quelque sorte un ordre.

Lorsqu'il concluait d'un "je sais" une conversation à propos de Camila, il appliquait les connaissances qu'il avait de Wittgenstein. C'était un compromis avec la vérité, ce qui ne voulait pas dire que c'était la vérité. Roper savait-il qu'au fond, en informant António de la somme de ses connaissances, il le trompait ? Mais tout était bon pour le détourner de Vanessa, capable, elle, de commettre des choses abominables, d'autant plus abominables qu'elles seraient définitives. Sitôt mariée à António, elle le séparerait des Roper. Mais voulait-elle réellement épouser un garçon plus jeune qu'elle de quinze ans ? Et assumer le rôle de maîtresse de maison au Salto da Senhora ne lui semblait-il pas un tantinet ridicule ? D'autre part, António ne connaissait rien au jeu. Il serait capable d'abandonner une partie alors qu'il aurait en main tous les atouts. Taureau Bleu, au contraire, connaissait la dynamique du jeu, et il savait que ce n'était pas seulement une question de figures et de couleurs. Vanessa supposait d'ailleurs que, une fois éteinte sa passion pour António Clara, elle vivrait avec Taureau Bleu jusqu'à la fin de ses jours. Peut-être même serait-ce lui qui l'abandonnerait, après s'être aperçu que le jeu de son adversaire (elle-même) ne valait pas le sien. Chaque levée comportait ainsi les oscillations de la perte et du gain qui alimentent les sentiments.

Ce que personne ne songea à prendre en compte, ce fut la joueuse, fille de joueur, qu'était Camila. Elle avait toujours éprouvé pour son père une peu d'antipathie, voire de répugnance. Elle refusait avec lui toute complicité, de peur d'ôter à la vie sa nature ludique, de la confiner dans le domaine des sentiments. Elle ne ressentait pour son père aucun élan d'amour, car dans l'amour entrent toujours les arguments psychologiques du jeu, comme la victoire ou l'abandon. L'amour ne l'intéressait pas parce qu'il se situait bien en deçà du concept de gain et d'échec. Voilà donc la jeune fille inoffensive et discrète dont Roper disait qu'elle ferait une bonne épouse.

Cela étant, personne ne savait rien de ses intentions, ni de ses messages, qui guideraient ce que l'on appelle le destin. Après la fête des vendanges où tous s'étaient retrouvés au Salto da Senhora, chacun avec en main les cartes de son jeu et persuadé de pouvoir gagner, António Clara fut longtemps sans revoir Camila. Mais ils n'étaient pas séparés. Elle pensait à lui, aux quelques mots de lui qu'elle avait entendus et qu'elle faisait briller dans sa mémoire, leur donnant diverses significations qui, les unes, l'emplissaient d'espoir, les autres, non. Finalement, alors que l'image d'António s'estompait, qu'il devenait pour elle presque un inconnu, ils se revirent. Elle le trouva moins beau que dans son souvenir et se dit que Taureau Bleu, en compagnie de qui il se trouvait, le surpassait, que c'était lui qui faisait battre son cœur. Elle l'avait connu enfant, Celsa l'emmenant parfois avec elle lorsqu'elle prévoyait de rentrer tard chez elle. Or ils étaient là tous les deux sur la route, en train de monter en voiture, et Camila arrivait en courant, à la poursuite d'un petit chien qui s'était échappé. L'ardeur de sa course la transformait au point que personne, à ce moment-là, ne l'eût comparée à la jeune fille modeste et réservée que chacun s'était imaginée. António, en effet, ne la reconnut pas, mais Taureau Bleu, si. Parce qu'il aimait les femmes, il ne supportait pas de les oublier. Aussi, quelque chose d'elles continuait à occuper ses pensées et l'empêchait de les perdre tout à fait.

– Mais c'est Camila! fit-il, anxieux de se libérer de l'incertitude où il était encore de la reconnaître, ou plutôt bien déterminé à la reconnaître. Et elle, parce qu'elle voulait être reconnue, s'approcha et ramassa son petit chien juste à leurs pieds. En d'autres circonstances, et s'il avait été seul, António Clara n'eût pas pris la peine de se souvenir d'elle en robe rose au Salto da Senhora. Mais c'était Taureau Bleu qui l'avait découverte, comme on pose sur la table la carte gagnante. António ne pouvait faire moins qu'entrer dans le jeu, qui devint ce que deviennent toutes les actions humaines: une fièvre d'accord et de désaccord.

A partir de ce moment, et sans paraître se disputer cette petite jeune fille sans le sou, sans même un nom convenable, ils s'engagèrent dans une lutte amicale, l'une des mieux conçues de toutes. Car, de même que le langage déguise la pensée, de même les affections trompent les passions. Puis il y avait les Roper, qui profitaient de cette guerre et ne tenaient pas à y mettre un terme. Ce que Daniel Roper prenait plaisir à souligner chez Camila, c'était sa manière de s'habiller.

– Elle y met un soin si évident, disait-il, que cela me donne à penser. Une femme convaincue de l'emporter avec son corps prend garde de ne pas le montrer. Tout comme on ne montre pas ses cartes à la table de jeu. Les femmes très riches, je dis bien très riches, non de simples millionnaires de quartier avec des vases chinois dans leur salon, s'habillent sans générosité : la jupe descend au-dessous du genou, le pull peut être de cachemire, mais reprisé aux aisselles. Elles s'attachent à leurs vêtements comme à leurs animaux domestiques. Il faut qu'ils aient un côté animal, qu'ils ronronnent, si besoin est.

– Pas Camila. Elle ne comprend rien à ces choses, dit António. Elle aime ce qui brille.

Il jouait là une mauvaise carte, puisqu'il ne pouvait prouver ses dires. Or, à leur rencontre suivante, Camila portait une jupe sous le genou et un pull reprisé aux coudes. C'était un pull qui ronronnait. “A quoi ressemblerait ma vie avec elle ?” se demanda António.

Ce qui le contrariait surtout, c'était la famille de Camila. Si elle-même en était le joyau, alors le reste n'était que du toc, et du plus ordinaire. Cette mère toujours affairée, toujours en talons hauts parce que cela la distinguait du personnel lui semblait un peu folle, du genre à épier par la fente du rideau de scène, comme font les mauvais acteurs. Etait-elle si éprise de théâtre qu'elle se sentît toujours en représentation ? Elle entrait, précédant la servante qui portait le plateau du thé, comme le clairon en tête d'un défilé ou une majorette pleine d'entrain. On voyait qu'elle venait de se coiffer pour la circonstance et de fixer à son col une broche d'or. C'était une dame déjà d'un certain âge, de même que sa sœur, atteinte d'une anomalie génétique qui la courbait presque en deux et la rendait sujette à de subites crises de folie. Elle avait au temps de sa jeunesse donné beaucoup de soucis à sa famille, car elle voulait se marier et mener une vie normale. Plus tard, elle se contenta de ses extravagances et, comme elle était pleine d'humour et de malice, elle représenta pour Camila l'unique source de distraction. Toute la maison tremblait sous les crises de tante Filomena, appelée Tofi depuis son plus jeune âge. Parce qu'elle était malade, et même estropiée, elle avait reçu une éducation protégée qui faisait d'elle pratiquement une délinquante domestique. Sa sœur Joana, la mère de Camila, en avait eu la charge toute sa vie, mais non pas seule, son mari en avait pris sa part. De toute la maisonnée, Camila préférait Tofi, qui ne s'attachait à personne, pas même à un chien ou à un chat, et qui faisait sans cesse des farces de plus ou moins bon goût. On la cachait quand s'annonçaient des visites, mais elle s'arrangeait toujours pour apparaître tout à coup, et désarçonner la famille par son intelligence et son art de mener une conversation. Elle lisait beaucoup, surtout des sujets scientifiques, ou, mieux, de science fiction. Elle se prenait elle-même pour une extraterrestre qu'un mauvais atterrissage de sa nef spatiale aurait rendue infirme. Elle était condamnée à mourir jeune, mais comme elle contrôlait parfaitement ses forces, son état demeurait imprévisible.

António Clara n'était pas préparé à entrer dans une famille dont les avaries mentales ne se trouvaient pas compensées par une réussite financière. Ces gens vivaient dans une quasi pauvreté, et le père de Camila dilapidait tout l'argent qu'il pouvait dans les salles de jeu de Porto. Il était descendu d'abord à l'hôtel Aliança, puis dans une simple chambre sur cour, où Camila se rendit plusieurs fois et qui l'impressionna par son piteux étalage d'une bourgeoisie ruinée. On y voyait encore une cheminée de marbre noir, mais avec deux candélabres de laiton doré posés dessus.

A présent qu'António s'intéressait à Camila, la famille rassemblait ses dernières forces pour donner de l'éclat à ses dîners. Reléguées, la faïence anglaise et les théières ébréchées. Daniel Roper, qui se trouva là pour la nuit des Rois, jugea tout très convenable, mais peut-être était-ce dû justement à son goût de la parcimonie. Il y avait des assiettes de styles différents et des serviettes de lin grandes comme des nappes : l'ensemble donnait à la table un air d'élégance raffinée. On voyait que la maison avait jadis connu l'opulence. Soigneusement reprisés, les rideaux de dentelle blanche, dans les chambres, faisaient encore bel effet.

Roper se comporta comme si le fiancé, c'était lui, et il combla Camila d'attentions, au point que Tofi lui lança :

– Vous voulez qu'on vous l'emballe ? Pour vous, on fera un prix.

La boutade résonna dans toute la salle et offusqua grandement. Dona Joana, Joana la Princesse, comme on l'appelait au village, faillit se trouver mal, de pur désespoir. Mais chacun fit mine de n'avoir rien entendu. Daniel Roper, qui présidait ce dîner devant se terminer par une demande en mariage, dut combattre la mauvaise volonté d'António Clara.

– Il faut te déclarer, mon garçon. Ces gens-là n'ont pas d'argent pour un autre dîner. Pourquoi ne pas te décider une fois pour toutes ? Tu ne la trouves pas jolie ?

– Oh si ! Jolie, elle l'est. Mais pas de mon goût. Je n'aime pas les sourcils épais.

– Ce n'est rien, ça. Elle peut les raser. Si c'est une Mona Lisa que tu veux, pas de problème : elle t'arrivera le jour du mariage lisse comme une châtaigne.

– En plus, elle est muette ! Je n'aime pas les femmes taciturnes. Mais, bon, je vais faire ma demande. De votre côté, allez trouver les parents, puisque vous serez notre témoin.

Daniel Roper se précipita, et en quelques minutes tout fut accompli. Une onde de joie envahit la maison tout entière ; on distribua du vin doux aux domestiques, et une ère de prospérité parut s'ouvrir devant cette famille humiliée par les hypothèques et les échéances à honorer. Une fois de plus, même s'ils ne savaient pas très bien comment, ils allaient s'en sortir. A chaque génération se renouvelait le même scénario : la ruine qui menaçait, puis s'éloignait.

– Trébucher n'est pas tomber, disait Celsa Adélaïde, pour qui tomber, c'était simplement mourir. Celsa nageait dans le bonheur. Elle s'était promis de mener ce projet de mariage à bonne fin et s'étonnait seulement de ne pas l'avoir inclus dans ses prières. Bah ! se dit-elle. C'est que la prière implique le renoncement. Et ici, il s'agissait de gagner. Daniel Roper, le wittgensténien, n'eût pas mieux dit.

4. LE JOYAU DE LA FAMILLE

Camila, qui bientôt s'appellerait Camila Matos Clara, était le fruit d'une fausse ménopause. C'est-à-dire que sa mère l'avait conçue au cours de cette période incertaine qui précède la stérilité définitive, et qu'elle était par conséquent beaucoup plus jeune que sa sœur Adoração. En dépit de la faible affectivité qui faisait d'elle une fille en apparence timide et effacée, on la considérait comme le joyau de la famille. Chacun faisait ses quatre volontés, tout en ayant l'air de ne rien lui céder. En réalité, Camila n'exigeait rien de personne, de sorte que l'on se sentait coupable de ne pas la consoler de quelque chose de mystérieux. Les relations entre les êtres, en effet, se fondent sur le réconfort auquel chacun pense avoir droit. Mais Camila elle-même n'avait pas le sentiment que la vie fût l'extension d'une douleur cosmique et sans fin. Pour elle, la douleur était chose naturelle, présente même dans un soupir ; peut-être était-ce la vanité humaine qui l'amplifiait, lui donnait ses contours.

– La souffrance serait une forme de vanité ?

Roper était stupéfait. Si quelqu'un, dans la conversation, allait au-delà de son propre savoir, au-delà de ce que lui, Daniel, avait appris et retenu, il le jugeait simplement peu intelligent. Il resta silencieux quelques instants, se refusant à reconnaître que Camila était en train de s'amuser à ses dépens, comme un professionnel qui joue avec un amateur. Élevé selon des principes rigides – le genre d'éducation qui laisse une marge pour des délits d'exception –, Roper avait tendance à enseigner aux autres ses propres canons. Il ne s'agissait pas de morale, mais de savoir se tenir en public, sans se ronger les ongles ni renverser son thé sur les pieds du voisin.

– On dit que les Portugais grandissent, fit-il. A vous voir, on ne le dirait pas.

– Je ne sais pas. Il y a toujours eu des personnes très grandes dans ma famille. Toutes souffraient de la colonne vertébrale. Les gens de haute taille ont très tôt mal au dos. Nous ne sommes pas faits pour marcher, encore moins pour être grands.

"Petite maligne!" pensa Daniel Roper. Il avait tenté de l'introduire dans un roman d'Ethel Walton, et voilà qu'elle se révélait une miniature d'Emily Dickinson en train de le considérer d'un air de confiance impardonnable.

"A minuit, je suis donzelle, mais peu s'en faut que je ne sois une épousée." Elle montait l'escalier comme on monte vers l'avenir, et elle était totalement inexcusable. Roper pensa qu'António devrait renoncer, se fâcher contre elle, rompre leurs relations. Mais alors survint l'inattendu : Vanessa prit le parti de Camila ; alors que tout semblait perdu, le mariage reçut l'aide d'une nouvelle alliée. On se remit à prévoir le vin d'honneur, on proclama les bans, on essaya la robe de mariée. On lança toutes les invitations à temps, et chacun apprit que la fête aurait lieu au Salto da Senhora, à six heures du soir, afin d'éviter aux hommes d'avoir à porter le frac. Cela, par considération pour la famille de Camila, qui était pauvre et avait perdu depuis longtemps l'habitude des grandes cérémonies.

Le jour du mariage, Camila affichait un grand calme ; pourtant, on ne sait comment, elle déchira un gant. La veille était survenu un incident qui l'avait perturbée, mais, les heures passant, elle avait recouvré ses esprits. Voici les faits : en poursuivant une fois de plus son petit chien, elle vit sur la route Taureau Bleu qui semblait attendre quelqu'un. Vêtu d'un pantalon de serge blanc et d'une chemise griffée, ses yeux bleus assombris par les longs cils, il avait fière allure, et nul n'aurait pu rivaliser avec lui. Il était assis à son volant, mais dès qu'il aperçut Camila il descendit de voiture, sans refermer la portière. Elle s'arrêta près du portail, l'un de ces portails de ferme enfoncés dans deux grands supports de pierre. Tout en haut est inscrite la date de construction de la maison, ainsi que celle de sa prise de possession, ou de son acquisition.

– Je voudrais vous parler, dit Taureau Bleu. L'air préoccupé, il se rapprocha d'elle, lentement.

– Que voulez-vous ? demanda Camila. Il y a longtemps que je ne vous ai vu.

– Je ne veux pas parler ici. Il y a trop de gens qui passent.
– Vous voulez me confier un secret ?
– Non. Pas un secret. Mais je suis un homme et vous êtes une femme.

Il y avait, un peu plus loin, une forêt grande et épaisse où les femmes, parfois, allaient voler du bois, mais qui était déserte à cette heure de l'après-midi. Une forêt si dense et silencieuse que rien qu'à la voir elle inspirait le respect. Pour commettre un crime, il n'y avait pas d'endroit plus approprié. Camila s'y dirigea après avoir refermé le portail sur le chien qui se mit à aboyer désespérément. Elle se retourna vers Taureau Bleu, qui la suivait pas à pas, et demanda à nouveau ce qu'il voulait.

– Si je vous en priais, fit-il, vous m'épouseriez ?
– Moi ?

Que le fils de Celsa, la pauvre commissionnaire, lui parlât sur ce ton, ne la surprenait pas. Il avait toujours été hardi, incapable de tenir ses distances. Quand elle était petite et que lui avait treize ans, il l'amusait en montant pour elle "le lit du chat" avec une ficelle. Et il lui racontait des histoires drôles, de moines et d'étudiants, qui la faisaient rire. Mais Taureau Bleu était l'esclave de Vanessa, tout le monde savait cela.

– Moi ? répéta-t-elle, plus pensive que surprise. Nous sommes si pauvres ! Vous n'avez pas remarqué à quel point nous sommes pauvres ?
– Alors vous vous mariez pour l'argent ?
– Vous avez vu dans quel état est notre maison ? Elle tombe en ruine. A force d'être frottée, la pierre à évier se creuse. Toutes nos assiettes sont cassées, nous n'avons plus que celles de tante Tofi. Le Portugal, voyez-vous, est devenu une sorte de grande loterie : chacun veut être le gagnant, chacun veut remporter quelque chose qui adoucira sa pauvreté. Moi, j'ai touché le gros lot. J'entends bien en profiter.
– Que penserait António s'il vous entendait ?
– Le mariage, c'est un état d'esprit. António se marie, un point c'est tout.
– Mais je vous aime. Je vous aime depuis vos cinq ans, depuis que vous faisiez semblant de jouer du piano sur les

chaises de la cuisine, pour que je vous entende. Car c'était bien pour que je vous entende, n'est-ce pas ?

– Oui. J'ai toujours voulu vous séduire. Peut-être même que si je me marie à présent, c'est encore pour vous séduire. Mais me marier avec vous, ce serait renoncer. Vous comprenez ?

– Je ne comprends pas, non. Je sais seulement que je vous aime.

– C'est si bon de l'entendre ! Vous ne savez pas depuis combien de temps j'attends ce moment. A présent, je peux me marier tranquille.

Il ne savait trop si Camila se moquait de lui ou non, mais il l'aimait de toute façon, il ne rêvait que de l'étreindre, de poser des baisers dans ses cheveux, de l'avoir pour toujours auprès de lui. Hauts et touffus, les arbres semblaient l'écouter et lui donner raison.

– Me comprenez-vous, arbres, aiguilles de pin, soleil qui brille entre les branches ? J'exulte rien qu'à vous le dire !

Mais le silence était de mort et Camila s'éloignait déjà, s'arrêtant de temps en temps pour ôter les épines et les brindilles prises à son tricot rose. Il la suivit et, sans lui dire adieu, monta en voiture et démarra. Il disparut rapidement, certain d'avoir été mystifié, ou trompé, ce qui revient au même.

Nous sommes tous las des cérémonies nuptiales, que l'on y assiste au cinéma, dans les livres ou dans la vie réelle. Nous abusons tous du fétichisme qu'il y a dans l'union entre deux êtres, dans le symbole de l'anneau, du bouquet de la mariée, du voile et de la marche nuptiale. Tout cela nous informe d'un ordre que l'on doit respecter, faute de quoi la volonté de la personne et l'ordre des choses ne sont pas en harmonie. L'anneau est la préfiguration de cet ordre, c'est pourquoi il est essentiel. C'est pourquoi aussi, dans les scènes de noces hilarantes ou préoccupantes, il est oublié, perdu ou simplement caché dans la poche de gilet du témoin ou du fiancé.

Dans le cas du mariage d'António et de Camila, qui eut lieu dans la chapelle du Salto da Senhora, le maître des alliances, c'était Taureau Bleu. Naturellement, il ne les retrouva pas au moment crucial, et la cérémonie dut s'interrompre, assez longtemps pour donner le temps aux invités, que la chapelle contenait à peine, de sortir et d'admirer le magnolia géant dans sa première floraison. C'était l'un de ces arbres touffus aux feuilles luisantes dont les fleurs, rares, sont blanches et magnifiques. On dirait des pains mollets fendus par la chaleur du four et leur aspect est éblouissant.

Taureau Bleu tardant à revenir (il n'était même pas certain d'avoir laissé les alliances chez Vanessa mais s'y rendit cependant au milieu des pétarades de sa voiture de sport), Camila tira de sa bourse deux anneaux de rideau et la cérémonie put reprendre. C'était la femme la plus prévoyante que l'on pût imaginer; jamais on ne la prenait "au pied levé", comme disait Celsa. Lorsque Taureau Bleu revint, vers la fin de l'après-midi, le mariage s'était déroulé sans autres anicroches, et les invités mangeaient et buvaient sous la tente rayée de rose que l'on avait dressée dans la cour, et décorée d'azalées roses qui semblaient avoir poussé durant la nuit. L'effet en était enchanteur.

Vanessa, l'organisatrice, donnait sans se lasser des ordres aux serveurs venus de ses propres restaurants afin d'apprendre à connaître une clientèle qui ne fréquentait pour le moment ni les bars ni les discothèques mais qui, par sa seule présence, était porteuse d'une promesse. Et une promesse équivaut à un ordre, Vanessa savait cela. Lorsqu'elle conviait certains de ses futurs clients, les plus auréolés pour elle d'espérance (parce qu'ils contrôlaient des affaires importantes ou qu'ils détenaient un pouvoir politique ou financier), elle employait des expressions comme: "j'espère que vous viendrez" ou "je sais que vous viendrez", qui agissaient comme un ordre sur les mémoires. Ils ne manquaient jamais d'accomplir la promesse qu'elle leur arrachait, sans qu'il fût besoin de leur envoyer confirmation.

Vanessa, ce jour-là, apparut habillée par un couturier apparemment décidé à l'affubler des invendus de ses modèles les plus délirants. Le résultat, logique, fut qu'on la tint à l'écart.

"Qui est cette dame?" demandait-on. Mais comme personne n'attendait la réponse, que chacun s'estimait satisfait de ce qu'il savait ou croyait savoir, l'identification de Vanessa demeurait en suspens. Daniel Roper lui dit qu'elle n'était pas habillée pour un mariage, mais pour un bal de gala. Elle s'éclipsa aussitôt, réapparut en peignoir de bain, et passa le reste de la journée à boire au bord de la piscine. C'est là que Taureau Bleu la trouva, affichant une humeur de chien. Elle semblait redevenue elle-même, et être passée de l'attitude servile adoptée jusque-là devant António à la plus grande insolence.

– Qu'est-ce que c'est que cette histoire avec les alliances ?

– Il n'y a pas eu d'histoire. Je les ai simplement oubliées je ne sais où. Je ne les ai pas encore retrouvées. Mais tout est arrangé.

– Cette fille n'entend pas la plaisanterie. On dirait qu'elle prévoyait ce qui allait se passer. Elle est bizarre.

– Comment ça, bizarre ?

– Oui. Elle a des idées folles.

– Qui n'a pas d'idées folles ? Toi-même, tu en as.

Les rejoignit alors Daniel Roper, qui n'avait pas l'air satisfait lui non plus, et qui en outre avait renversé du café sur son beau gilet gris. Il avait tenté d'atténuer les dégâts, mais sans grand résultat. Pour lui, l'affaire était très sérieuse.

– Nous étions en train de dire que la mariée est bizarre, expliqua Vanessa en reposant son verre sur le sol. Elle m'a raconté un jour – devinez ce qu'elle m'a raconté ? – que quelqu'un, la nuit, venait lui prendre du sang, comme pour une analyse. Au réveil, elle trouve deux gouttes de sang près de son oreiller.

– Serait-ce la fiancée de Dracula ? fit, dégoûté, Daniel Roper qui parfois, lorsque sa neurasthénie prenait le dessus, laissait entrevoir son antipathie envers les femmes. Il dit encore : Tous, nous avons un sens esthétique de la vie, et nous cherchons à mettre l'un ou l'autre aspect en valeur pour nous servir de bouclier contre quelque chose dont nous ne savons pas vraiment s'il est bon ou mauvais. Du reste, même Dieu nous ne savons pas s'Il est bon ou mauvais. Camila, je crois, préfère rester en dehors de tout cela.

– La vérité, dit Taureau Bleu, c'est qu'elle produit sur nous un effet que je ne peux expliquer. J'aurais fait n'importe quoi pour empêcher ce mariage, et pourtant je ne ressens pour elle ni jalousie ni désir.

Vanessa écoutait tout cela avec beaucoup d'attention, mais à la fin elle sembla se désintéresser de ce qu'elle entendait. Elle se trouvait, à vrai dire, sous le coup d'une impression qui la bouleversait : il lui fallait admettre qu'elle s'était sentie poussée à favoriser le mariage de Camila avec António Clara, alors que le contraire eût été évident, puisqu'elle aimait passionnément António et qu'elle se sentait capable des pires méfaits pour vivre auprès de lui. Néanmoins, il suffisait à Camila d'apparaître pour que Vanessa devînt douce comme un agneau. Elle pensait que cette fille était une sorcière, ou pire encore.

– Pire, je ne vois pas ce que ça pourrait être, dit Taureau Bleu. Sorcière, c'est déjà bien suffisant.

– Être une inconnue, voilà le pire, fit Roper, sans cesser de contempler la tache sur son gilet. Être pour soi-même un inconnu (et c'est le cas de nous tous, plus ou moins), il n'y a rien de plus inquiétant. Le principe de l'incertitude commence là.

– Vous vous moquez de moi, se plaignit Taureau Bleu, mal à l'aise. Ce n'est pas parce que je ne sais pas grand-chose, que je ne suis pas docteur ni rien, que vous devez m'échauffer la cervelle.

En réalité, il ajouta "avec toute cette merde", mais nous tenons à donner à Taureau Bleu une certaine décence ; il nous en remercierait, lui qui n'appréciait rien tant que d'être pris pour un garçon bien né. Mais lorsque Daniel Roper se montrait irrité, comme en ce jour où il avait renversé du café sur son gilet de frac, Taureau Bleu se sentait désorienté. Surtout lorsqu'il l'entendait dire des choses comme celle-ci :

– Un détecteur d'oranges vous classerait immédiatement comme une orange, rien qu'à cause de l'acidité et de la couleur.

S'il parlait ainsi, c'est que Taureau Bleu s'était fait teindre les cheveux, ce qui lui donnait cet air nordique si prisé des femmes. On ne sait trop pourquoi les femmes affichent cette préférence, mais il est certain que le sport dicte la mode, et qu'un homme blond a plus de chance de ressembler à un athlète ou à un champion de formule 1. A une certaine époque, Taureau Bleu lui-même avait voulu être pilote de course, et cela avait coûté très cher à Vanessa.

Attachons-nous à présent à comparer une société permissive et une société rigoriste. Une éducation rigoriste représente certainement une expérience dure et même indésirable. La plupart des jeunes gens présents au mariage du Salto da Senhora appartenaient à l'ère permissive, qui n'a pas été une conséquence de la Révolution, mais a débuté bien avant, à la fin de l'Empire des Habsbourg, probablement. A l'époque que l'on dit de l'Apocalypse de l'art – celle de l'École de Vienne – l'ère permissive, déjà, atteignait son apogée. Et lorsqu'elle pénétra dans les universités et s'empara de la télévision et d'Internet, elle n'émettait déjà plus qu'un râle : un râle de moribond, si je me fais bien entendre. Un langage obscène, une certaine familiarité avec le côté scientifique des choses pris comme critère pour un diagnostic déshumanisé (comme le faisait l'orange mécanique : l'homme détecté à sa saveur et à sa couleur, sans qu'il soit besoin de prendre en compte ses qualités morales), tout cela était à la mode. Mais ce qui devient à la mode est déjà hors de la mode.

Par ailleurs, la société rigoriste, génératrice de délinquance à l'état pur, prônait ce que l'on appelle le bien et le mal, qui posent les limites nécessaires à notre besoin de proportions. Qu'un roman ait trois cents pages, et non plus de quatre cents, qu'au théâtre un drame se déroule en cinq actes, voilà qui exprime notre besoin de proportions.

Le mariage, comme c'était prévisible, n'apporta pas de grands changements dans la vie d'António Clara. De grands espoirs non plus. S'il avait à présent une femme à nourrir, l'économie de sa maison, qui disposait de ressources substantielles, ne s'en ressentit aucunement. Quant à la famille de Camila, craignant sans doute d'anticiper sur l'aide escomptée de la part de son riche gendre, elle ne fit preuve d'aucune avidité. Toutes relations avec elle, du reste, semblaient coupées. Camila n'était pas femme à cultiver ses souvenirs, et elle voulait avant tout prendre ses distances avec ces gens qui ne l'avaient pas rendue heureuse. Il faut dire que rendre heureuse cette fille qui ne faisait rien d'autre que lire était une entreprise difficile. António Clara comprit vite qu'il ne dépendait pas de lui que sa femme fût heureuse ou non. Mais, comme il voyait en elle sa propriété plutôt que son amour, cela ne l'affecta en rien. C'était l'un de ces hommes qui triomphent dans la dissimulation et s'obstinent dans tout ce qui contribue à leur sécurité. Son enfance maladive, le soutien, en tout cas, que donne la maladie aux êtres timides et ordinaires lui avaient appris à respecter les signes de danger. Or le danger pouvait venir de partout, de l'ami comme de l'ennemi. Camila, elle, faisait partie du monde stable et sans imagination auquel il tenait. Il ne l'aimait pas, c'était plus que cela : il tremblait pour lui-même s'il ne l'avait pas à sa disposition.

Pour certains hommes, disposer d'une femme représente tout l'amour dont ils sont capables. La plus abusée, dans cette affaire, c'était Vanessa, qui connaissait officiellement beaucoup d'hommes, en recevait autant comme amants, et pourtant se sentait émerveillée devant António Clara. Pris isolément, ce garçon ne l'eût pas intéressée, mais associé à Camila, il la fascinait. On pouvait considérer comme un jeu la relation entre ces trois-là ; entre ces quatre, en ajoutant Taureau Bleu ; ces cinq, avec Daniel Roper ; enfin avec une multitude toujours plus grande, car en se prolongeant, la vie prolongeait le jeu.

En se séparant de sa famille, Camila se défaussait de ses mauvaises cartes et concluait sa vie de jeune fille. Elle n'avait aucun souvenir digne d'être conservé ; de plus, elle blâmait tous ceux de chez elle pour leur servilité devant les grands noms et les destins prestigieux que, de temps à autre, les hommes se croyaient tenus de reconnaître et de célébrer. Les femmes, elles, attachées au petit monde qu'elles se construisaient à partir des devoirs de leur vie soumise, se faisaient davantage prier. Elles comptaient leurs sous, vivaient leur petite vie de province et trouvaient leur bonheur dans de rares moments d'illusion : une robe neuve pour Pâques, un manteau cache-misère tous les trois ans. Camila, enfin affranchie des conseils de sa mère, qui choisissait pour elle ce qu'une jeune fille décente se devait de porter, aspirait à une élégance coûteuse. On n'était pas encore arrivé à l'uniformité que la société, tout en incitant à une compétition féroce, cherche maintenant à imposer.

Avant la fin des réjouissances (elles finirent sur une note populaire, avec un groupe qui chanta et dansa dans le style du folklore d'exportation), le père de Camila s'en alla. Il comprenait enfin à quel point il aimait sa fille, dont l'absence creusait déjà un vide dans sa vie. Arrivé chez lui, il s'allongea sur son lit et, fenêtres closes, se laissa aller à pleurer amèrement. Il perdait tout droit sur sa fille, et cela lui coûtait autant que de perdre au bridge. Mais, le soir venu, il se leva, se rasa, versa de l'eau-de-vie sur ses cheveux blancs – une habitude qu'il avait –, partit pour Porto et ne rentra pas chez lui de dix jours. Il passa tout son temps à jouer, levant à peine les yeux de ses cartes pour prendre le sandwich qu'on lui tendait. Il mit en gage le dernier objet de valeur qu'il possédait, une pendule ornée d'une figure de bronze représentant une porteuse d'eau de style grec.

– Elle m'a toujours porté malheur. Depuis que je l'ai achetée, je n'ai plus jamais eu de chance.

Tout en aidant son mari à l'emballer, Joana songea au temps où ils achetaient encore des œuvres d'art et où ils vivaient à Porto, leurs enfants déjà nés, sauf Camila, qui vint au monde beaucoup plus tard. Ce temps avait été euphorique et prometteur. Mais les affaires périclitaient, la ruine menaçait et après la mort de ses beaux-parents Joana comprit que vivre à la campagne était pour les siens la meilleure solution ; qu'elle avait épousé le fils de l'une de ces familles appauvries qui ne laissent que des dettes et des charges, comme celle de partager avec les sœurs l'héritage. Or, il n'y avait rien à partager. A la naissance de Camila, les passions commençaient à s'apaiser. Quand elle entra au lycée, tout le monde était vieux à la maison. Elle se sentait déplacée, ne se prenait d'affection pour personne, et traversa même une phase d'hostilité que seule parvenait à adoucir la lecture. Elle aimait monter des pièces de théâtre, des pièces populaires, auxquelles elle ajoutait des phrases de son cru. Ce fut à cette époque qu'elle apprit à mieux connaître Taureau Bleu, échappé alors du séminaire, où il n'avait aucun avenir. Il obtenait pourtant des religieux tout ce qu'il voulait : ils le trouvaient drôle, en dépit de ses mauvais instincts. C'était lui qui installait le rideau pour la scène improvisée dans le salon où Camila, dans une vieille robe de cérémonie de sa mère, récitait des monologues, patriotiques et autres. Taureau Bleu apprit à l'aimer en même temps qu'il découvrait Frei Luis de Souza.

Lorsque Camila, habillée comme c'était la coutume pour un voyage de noces, partit avec son mari, elle vit Taureau Bleu apparemment en grande conversation sur le balcon avec Vanessa, et cela l'agaça plus qu'il n'eût été naturel. Qui, au bout du compte, était Vanessa ? A ses débuts, une simple couturière appelée Fernanda, qui allait de maison en maison rectifier les ourlets et tailler les tabliers pour le collège. Grande, les yeux pensifs, elle était si jolie que les maîtresses de maison la craignaient, et à juste titre : Fernanda s'était juré d'épouser un héritier ; n'importe quel héritier, mais de préférence un homme fait, exerçant la profession d'avocat ou de médecin. Elle tenta le coup de la grossesse, mais ne réussit qu'à se faire renvoyer et rejeter de partout, car on se passait le mot : on ne pouvait admettre Fernanda dans l'intimité d'un foyer. Avait-elle mis l'enfant au monde, avait-elle avorté, nul ne le savait. Toujours est-il que Fernanda, alias Vanessa, se remit rapidement de ses malheurs, et qu'on la retrouve à Porto, demoiselle de compagnie d'une vieille dame qui lui laissa toutes ses économies, à charge pour elle d'en faire bon usage. Et bon usage elle en fit, puisqu'elle reprit un café, bientôt transformé en bar recherché par tous ceux qui voient dans l'anonymat le partenaire idéal de leurs plaisirs. Car tout ce qui est ostensiblement public n'attire pas le côté le plus stable de la société, son côté privé. Nous n'irons pas jusqu'à dire secret, mais celui, en tout cas, qui voile de complicité les limites du bien et du mal.

Vanessa s'empressa d'oublier Fernanda, la petite couturière de bonnes maisons qui mangeait à la cuisine un œuf sur le plat accompagné de quelques bouchées de morue frite et d'un carré de pâte de coing en guise de dessert. Elle apprit à ménager ses effets, à éviter de sortir avec n'importe quel homme, à se lier d'amitié seulement avec les plus sérieux et les mieux considérés sur la place publique, qui sont souvent, le travail et l'amour ne faisant pas bon ménage, également les plus chastes. Elle représentait ce que l'on peut appeler une femme de confiance. Et lorsqu'une femme atteint ce statut, tous les chemins lui sont ouverts, car rien ne flatte autant la virilité que se croire l'objet de faveurs accordées à nul autre.

Trois personnes au moins, parmi celles qui étaient à l'origine du mariage d'António avec Camila je-ne-sais-comment, se sentirent flouées ce jour-là : son père, Taureau Bleu et Vanessa. Chacun d'eux exprima sa déception à sa manière : croyant avoir attrapé la grippe, le père de Camila se mit au lit, puis s'en alla à Porto gaspiller l'argent de la vente des oranges. Taureau Bleu, en gamin qu'il était encore, se dit qu'un jour il ferait la conquête de Camila, qu'il l'épouserait même, puisque son premier mariage serait périmé. Pour ce qui est de Vanessa, les choses se révélèrent plus compliquées, si tant est que depuis l'invention de la génétique il existe encore quelque chose qui ne le soit pas. Elle tenait Camila pour une sainte qu'elle rêvait de corrompre, et saisissait toutes les occasions de la scandaliser. Cette fille, qui ne semblait avoir ni suffisamment d'ambition, ni assez de force pour sortir des pièges qu'elle lui tendait, jouait dans sa vie le rôle d'un excitant. Vanessa ne lui avait jamais caché qu'elle aimait António Clara, qu'elle vivait avec lui des périodes d'idylle, de temps en temps. Le manque de réaction de Camila lui faisait conclure que la jeune femme était trop humble pour se sentir jalouse.

– Je ne suis pas de cet avis, décréta Roper. Même un chien est jaloux de son maître.

– Mais un chien n'est pas humble à la manière des humains. Ceux-ci, l'humilité les fait agir furtivement. Je ne serais pas étonnée qu'un beau jour Camila mette fin à tout ça en me tirant dessus. Ces choses-là arrivent de plus en plus souvent, et les responsables en sont généralement des gens humbles, et non des orgueilleux. Après quoi, on s'exclame : "c'était pourtant quelqu'un de normal, il n'y avait rien à dire contre lui." En tout cas, à moins d'être une sainte, Camila sera bien obligée de régler ses comptes avec moi, tôt ou tard.

– Plutôt tard, je le crains, si tard que moi, du moins, je ne le verrai pas.

C'était étrange comme Roper parlait souvent de la mort. De la mort, des diverses façons de mourir, par accident ou par maladie, avec du monde autour de soi ou tout seul, sans aide ni secours.

– Je pense souvent à la mort, fit-il tout en passant ses longs doigts sur les doigts de son autre main. Il avait des veines bleues, légèrement saillantes.

– Moi, je n'y pense pas. Et pourtant, autour de moi tout est contaminé par la mort. Certains de mes clients se droguent et battent la campagne. D'autres crachent du sang dans leur serviette de table. Il y a ceux qui ont le sida et ceux qui veulent se prémunir et transportent des armes, blanches ou autres. Tous ont les poumons noirs de fumée, les veines qui se bouchent et le sexe pourri. Mais ils continuent à marcher, ils ressemblent à ces jouets à ressort qui fonctionnent avec des piles : on croit que les piles sont usées, mais ils recommencent à bouger, à jouer du tambour, à faire je ne sais quoi. Dites, vous n'avez pas de whisky, ici ?

– Non. Nous ne buvons pas d'alcool.

– Vous êtes des maniaques de la santé, tous les deux.

– Il ne s'agit pas de ça. Simplement, ce serait un gaspillage, quand l'eau est si bonne. J'en connais de cent saveurs différentes. Salées, chlorées, ou avec un goût de fer.

Vanessa rit beaucoup. Puis elle resta silencieuse, comme si l'envahissait soudain une inhumaine tristesse. Rien de romantique, ni de métaphysique. Mais lorsque retombait l'excitation du quotidien, elle sombrait dans une dépression dont elle ne pouvait sortir qu'à l'aide des médicaments dont elle était toujours pourvue. Roper méprisait les crises d'euphorie qu'ils lui procuraient. On n'aurait su dire si elle était heureuse alors, ou simplement droguée. Mais aussi, pourquoi avait-il besoin d'admirer le magnifique équilibre de Camila ? Et le sien propre ?

Au retour de leur voyage de noces, tout semblait s'être bien passé pour Camila et António Clara. C'est le moment que choisit Roper pour évoquer son ancêtre, Thomas More, qui était capable de tout, sauf d'épouser une vierge. Dompter une vierge, avec ses robes bien boutonnées et sa petite tête de même, est une rude épreuve. Elle pleure si on lui mesure l'amour, comme s'il s'agissait d'une goutte de vitamine B. Elle pleure si l'amour s'épuise, s'estime lésée dans ses sentiments et dans son corps sublime. Elle a autant de sentiments que de cheveux, autant de cheveux que d'espérances. Comme elles encombrent la maison, ces espérances qui ne finissent jamais ! Elles sont comme une procession de fourmis, comme une nichée de souris. La vierge se pend au cou du jeune marié et le supplie : "j'attends de toi ceci, et encore cela. Ne me déçois pas, ne me mens pas." Or, l'une de ces choses n'exclut-elle pas l'autre ? Il avait bien raison, Thomas More, de ne pas vouloir d'une épouse pucelle dans son lit. Qu'un autre que lui la rode un peu d'abord, qu'il lui ôte de la bouche ses vaines paroles, qu'il en fasse une femme, en somme.

Camila était-elle devenue une femme ? C'était difficile à dire. Au premier dîner que donna le couple au Salto da Senhora, dîner qui réunit les amis d'António, chacun se sentit mal à l'aise. Vêtue d'une robe noire et parée de ses perles grises, dont elle répétait qu'elles étaient naturelles, Vanessa prit place à l'un des hauts bouts de la table, signifiant ainsi qu'elle se considérait également comme la maîtresse de maison. Camila n'y attacha aucune importance et s'assit elle-même n'importe où, se levant de table chaque fois qu'il le fallait, pour fermer la porte-fenêtre, ou pour poser sur la table les pâtisseries.

– Personne ici n'est capable de s'occuper de tout, fit-elle, restant debout afin de s'assurer que les bougies n'avaient pas besoin d'être mouchées. Tout est de mauvaise qualité, à présent.

On eût dit qu'elle s'adressait à quelqu'un qui ne faisait pas partie des convives. Surtout, il semblait inconcevable que, sortie depuis si peu de temps d'une économie mesquine, elle se montrât aussi présomptueuse. Mais Camila, simplement, donnait forme à une vie qu'elle n'avait pas connue, celle de sa mère, alors jeune mariée tout comme elle, et qui, pour une raison quelconque, avait renoncé à faire du théâtre. Pourquoi avait-elle agi ainsi, alors qu'elle témoignait de tant d'avidité ? Sans doute s'était-elle laissée submerger par des occupations vite devenues routinières. Camila se souvenait de sa mère en proie à des crises de fureur et de jalousie maladive, et cela lui apparaissait comme la conséquence d'un crime, le crime d'avoir étouffé en elle des sentiments si intimes qu'ils n'appartenaient qu'à elle, et qu'elle ne pouvait les partager sans les défigurer. Alors elle dit, elle, Camila :

– Je crois que je vais suivre les traces de ma mère, agir comme elle l'aurait fait si elle l'avait pu, si elle en avait eu la force et la valeur.

– Le joyau de la famille brille davantage en solitaire, dit António, et il y avait dans son ton un peu d'amertume, ou simplement cette jalousie aveugle qui fortifie la volonté des femmes jusque dans leur vertu. "Qu'il soit digne, ô combien, le personnage que ton amour m'impose de représenter parce qu'il ne voit en moi que de la grandeur d'âme". Paroles de Thomas More à son cher Erasme. Paroles aussi de Roper, reprises comme un toast à la fin du dîner. Roper aimait faire prévaloir l'amour des hommes parmi ses amis, et il s'employait en ce moment à tisser tant d'éloges autour d'António que cela devenait indiscret et même un peu indécent. Car nous vivons à une époque plus remplie que jamais de préjugés, et où aucun homme jouissant d'affaires prospères et d'une chaire respectable n'oserait plus écrire quelque chose d'analogue à ceci :

"Autant Pollux et Castor furent jadis de grands amis,"

"Autant, à mon avis, le sont Erasme et Gillis."

"Moret regrette d'être séparé par la distance d'amis auxquels l'amour l'unit."

Ces vers, Daniel Roper ne pouvait les dire que dans le cercle restreint de ses amis, sous peine d'être mal vu, taxé de libertin et, pire encore, d'insensé sur lequel on ne pouvait compter, capable de salir la bonne réputation de sa famille, à commencer par celle de son père, vieillard solitaire et difficile.

Quant à Celsa Adélaïde, elle nageait dans le bonheur : son Œillet Pourpre était à l'abri du mauvais sort. Il ne manquait plus que les enfants que lui donnerait bientôt Camila, des enfants qui éloigneraient les intrus. Car quel intérêt pourrait bien porter Vanessa à des gamins pleurnicheurs qui envahiraient chaque recoin de la maison avec leurs livres d'école et réclameraient de l'attention et des soins médicaux constants ? Les enfants, cela mangeait tout votre temps. Celsa rit doucement, pleine de gratitude en pensant à Taureau Bleu. Il l'avait toujours fait rire, avec ces idées qu'il avait et l'ironie dont il pimentait son enfance de petit pauvre. Combien de bleus n'avait-elle pas reçus en essayant de le défendre des coups de ceinture ! Taureau Bleu ne pleurait pas. Il semblait même se moquer de son père en fureur, qui perdait alors toute dignité, devenait grotesque avec sa bouche tordue et ses yeux injectés de sang. Il faisait penser à une caricature du mauvais larron, celui qui a renié le Christ en croix. Un mauvais larron, c'était ainsi que l'on traitait parfois un enfant qui avait perdu un soulier, ou qui était tombé dans une flaque de boue. L'insulte se faisait douce dans la bouche des mères, qui en usaient, certes, pour réprimander l'enfant, mais aussi pour le rapprocher de leur cœur. Celsa Adélaïde plaignait António Clara : lui n'avait jamais connu cette douce intimité où l'on pratique l'injure pour rire et la menace libératrice. Des jours et des jours d'une paisible passion, qui ne brûle pas mais caresse seulement. Pauvres, maudits par les voisins, châtiés par les maîtres d'école, Flórido et José Luciano, néanmoins, avaient été heureux. Elle leur rapportait, enveloppées dans son mouchoir d'une propreté douteuse, les noix vertes dont ils raffolaient. Elle se privait du pain le plus blanc, des morceaux de viande les plus tendres, parce qu'elle voulait les voir grandir sans ressentir de l'envie, de la frustration devant les festins des autres. Jamais ils ne souffraient de la faim, souvent même ils refusaient l'offrande d'une grappe de raisins, ou d'oranges qui tombaient à profusion lorsque c'était la saison. Grâce à leur mère, toujours proche d'eux et regrettant le temps où personne ne posait les yeux sur eux, ils ne manquaient de rien. Des années, bien des années plus tard, Camila se souviendrait de la scène la plus heureuse à laquelle il lui avait été donné d'assister : une voisine, de l'autre côté de la route, tenant dans ses bras un petit enfant posé sur le rebord de la fenêtre, lui donnait à manger. Elle lui donnait des pommes de terre, d'opulentes pommes de terre bordées d'une auréole farineuse très blanche, et qu'elle imbibait d'huile d'olive. L'aliment, le parfum acide de l'huile d'un vert presque clair, les petits bonds de jubilation de l'enfant qui, entre chaque bouchée, riait de pure allégresse, tout cela ne s'était jamais effacé de sa mémoire.

– Qui était cette femme ? demanderait-elle à Celsa, alors moribonde, et qui avait voulu la voir une dernière fois. Elle se mourait chez elle, et Taureau Bleu était sorti pour éviter Camila, qu'il avait tant aimée. Celsa disait avoir tout oublié du temps ancien où était apparu pour la première fois le nom de Taureau Bleu : sur une buvette à l'usage des charretiers et des voyageurs de la diligence, bâtie tout en haut de la montagne, là où les chiens de berger semblaient paître comme les brebis. Quelqu'un fuyant la justice, mais non un malfaiteur ordinaire, s'était réfugié là. Au-dessus de la porte, il y avait un écriteau avec ces mots : Taureau Bleu ; peut-être le souvenir d'une vie entière, passée entre plaines et chemins de Salvaterra. Taureau Bleu, ce nom faisait peut-être allusion à un noble exécuté au temps de l'attentat contre le roi Dom José. Celsa Adélaïde se souvenait de peu de choses, mais se souvenait tout de même. Les secrets, la peur, les prières des femmes rassemblées pour exorciser les mauvais présages apportés par le vent de la montagne. Camila trouvait Celsa d'une noblesse à laquelle ne manquait qu'un titre. La vieille femme ne faisait jamais mine de connaître ceux qui n'étaient ni prêtres ni docteurs. C'est pourquoi elle garda le silence lorsque Camila l'interrogea à propos de la femme qu'elle avait vue à sa fenêtre, un jour, en train de nourrir son enfant. Elle gardait également le silence sur bien d'autres choses. Sur ce qu'elle savait au sujet de Tofi, par exemple, qui n'était pas innocente au point de ne pas avoir connu l'amour avec un fils de prêtre.

– Ils sont intelligents, les fils de prêtre, fit-elle en riant. Et elle s'amusa à choisir un père pour Taureau Bleu et pour António Clara, son Œillet Pourpre, qui étaient frères mais ne le sauraient jamais.

Il y eut, pour le jeune couple et pour tous ceux qui l'approchaient, un temps d'espérance. Vanessa finit par comprendre que le mariage était un lien qu'elle ne pourrait jamais faire disparaître complètement. Même en mille ans, il ne disparaîtrait pas. Même si António et Camila se séparaient, ce qu'ils feraient plus tard, après d'atroces événements, même alors, ils seraient toujours mariés. Ils penseraient toujours l'un à l'autre, comme s'ils répondaient à un rendez-vous. Camila allait quitter la Senhora do Salto, se remarierait, aurait des enfants de son second mari, mais elle semblerait n'avoir jamais quitté ce lieu où l'on avait dressé la tente rayée de rose, où les invités avaient porté un toast au bonheur des jeunes mariés, et où le magnolia dressait vers le ciel ses fleurs merveilleuses. Vanessa ne put se contenter du rôle d'amie de la famille, une amitié qui, une fois épuisé le langage de la rivalité, de l'amour et de la haine, déclina peu à peu.

Une telle situation soulevait évidemment le problème d'un éventuel changement de coutumes alors que ne s'annonçait pas le moindre changement. Ce qu'il y avait, c'était le sentiment que le monde peut changer dès lors que changent les critères portés sur les actions humaines. Ce qu'une seule personne fait dans le moment présent n'a pas assez d'importance pour modifier notre opinion.

Une personne comme Camila causait des ravages chez les autres, aucun doute là-dessus. Quelque chose en elle d'immatériel, et que l'on ressentait comme hostile, déchaînait une volonté de détruire. Vanessa, par exemple, et c'est le meilleur exemple, s'efforçait de la soumettre à des épreuves révélatrices. En vain. Camila s'échappait toujours de l'événement que Vanessa s'évertuait à rendre saisissant. Ainsi la conquête du jeune mari : Vanessa elle-même finit par en trouver l'idée ridicule, puisque c'était comme jouer en connaissant les cartes l'une de l'autre ; même si se présentait toujours, au cours du jeu, une levée imprévisible parce qu'elle appartenait à un autre contexte. A force d'enchaîner les provocations, Vanessa devint ridicule. Quant à António, pris entre les deux femmes, il cherchait à préserver son identité masculine. Il abandonnait à Vanessa les commandes de la maison, et qui les aurait vus ensemble les eût pris pour un couple très uni. En réalité ils n'étaient que complices dans la tentative de maintenir Camila à l'intérieur d'une normalité où régneraient la jalousie et l'humiliation. Ils savaient que, si elle disparaissait de leurs vies, ils perdraient jusqu'au sentiment d'être quelque chose l'un pour l'autre. Leur état nerveux devenait de plus en plus vulnérable, et Daniel Roper lui-même n'échappait pas à cette dégradation.

Daniel Roper, parfaitement organisé dans sa vie intellectuelle et sexuelle, se détachait peu à peu du milieu social qui, au fond, le soutenait dans un certain dérèglement donnant son sens à la norme. Il se rendait de plus en plus souvent dans une maison qu'il possédait au bord de la mer, et s'y enfermait pour faire le grand ménage. Camila, qui allait le voir quelquefois, le trouvait toujours en train d'épousseter ou de polir un objet sans valeur. De plus en plus avare en matière de nourriture, il ne lui offrait que de vieux biscuits et des compotes dont elle retirait soigneusement les parties gâtées avec une lame de couteau. Il prenait très mal le fait que Camila ne souffrait pas de l'infidélité de son mari, et il lui faisait des sermons qui, venant de lui, si dédaigneux de la morale bourgeoise, ne manquaient pas de sel.

– Ce n'est pas que je me préoccupe de morale, tentait-il d'expliquer. Mais Vanessa est encore en âge d'avoir des enfants, et je ne serais pas étonné si elle en voulait un de votre mari.

C'était là une méchanceté gratuite, indigne d'un tel homme. Mais Camila se contentait de continuer à manger ses biscuits, les tapotant du bout des doigts pour en faire tomber les fils de moisissure. La maison se situait dans un lieu désert, mais où l'on commençait à construire des restaurants qui servaient du riz à la langouste, assaisonné de curry. Y voir entrer Roper, même en tant qu'invité, était chose impensable. Il s'interdisait à lui-même les plaisirs dispendieux, et les censurait chez les autres. Ce jour-là lui rendirent également visite les amis clandestins des deux Roper, des garçons solides, qui ne se piquaient pas de littérature et ne se réunissaient que pour parler de choses très ordinaires, de leurs professions et de leurs familles. A les observer, on se disait qu'ils prenaient la vie au sérieux, et qu'ils profitaient simplement de la présence de Daniel, le médecin, pour qu'il leur délivre des ordonnances. La façon dont il les écoutait et s'intéressait à leurs petits problèmes de santé et d'emploi emplissait Camila d'admiration. Pourtant, cette soumission de Roper à des garçons à moitié frustes, qu'il s'employait à dégrossir et à polir comme s'ils faisaient partie de ses objets d'utilisation courante, des lampes par exemple, avait quelque chose de pernicieux. L'érotisme, quand il pénètre par tous les pores, est plus dense que lorsqu'il ne s'exprime que par le sexe. Camila ne pouvait s'empêcher de ressentir de la sympathie pour ces garçons qui donnaient l'impression d'être sans défense, prêts à accepter n'importe quelle protection, parce qu'ils étaient paresseux et sans projets bien définis dans l'existence. Roper les conduisait vers un destin qu'ils accepteraient volontiers, du moment qu'il ne troublerait pas trop leur indolence. Daniel les mariait, courtisant lui-même les jeunes filles afin de les convaincre de l'excellence de leur choix, même si existaient par ailleurs des choses plus désirables, capables d'éveiller dans les cœurs une innocente inclination pour le mal. Lorsqu'elle les voyait tous rassemblés dans la maison autour de Roper, leurs motos noires, les phares allumés, devant la porte, Camila avait conscience d'une sorte de malice où baignaient leurs gestes les plus simples, comme cuisiner, ce qu'ils faisaient dans l'allégresse. Cuisiner ensemble, mélanger les divers ingrédients, se frôler parfois, dans une anticipation du plaisir festif d'un repas pris en commun, tout cela les enchantait. Elle se sentait un peu inopportune, mais ne pouvait s'empêcher de rester avec eux, tolérée, mais comme effacée par ces gens qui ne voulaient pas d'elle mais ne savaient trop s'ils y gagneraient à la renvoyer. Peut-être leur était-elle nécessaire, peut-être était-ce à travers elle qu'ils s'aimaient, qu'ils se rapprochaient les uns des autres, légers comme des plumes, avec une bonne humeur de tricheurs engagés dans le jeu des passions. Un jeu qui avait ses martyrs, ses phases de crime aussi. Parfois, subitement, un verre se brisait, de l'eau ou du vin se répandait, une sauce tournait, on se coupait un doigt, ou bien un torchon brûlait. Rien n'était accidentel, rien n'était prévu. Camila voyait les pieds se toucher, les genoux se rejoindre. Elle remarquait les sourires, les airs dépités, insatisfaits, les petites trahisons. C'était un jeu doux et imparable, mais qui pouvait devenir mortel. Il fallait pressentir le moment où le partenaire renoncerait, où il jetterait ses cartes sur la table, parce que la vie ne tenait plus qu'à un fil. Lorsque l'entente entre eux atteignit son apogée, Camila s'en alla. En sortant elle effleura les cheveux de l'un des garçons, et ce simple geste les affecta tous. Une onde de colère projeta le garçon contre le mur, dans une aimable connivence de tout le groupe. Ils auraient pu tout aussi bien tomber sur Roper à bras raccourcis et le tuer. Comme ça, tout simplement ? Mais oui, comme ça, tout simplement.

Quoi qu'il en soit, les Roper ne firent plus appel à Camila. Ils préféraient souffrir de son absence plutôt que se trouver à la merci de cette sorte de brutalité qui lui était propre et correspondait à une absence de sentiments, à une maestria dans un jeu de plus en plus étranger au langage.

Camila retournait au Salto da Senhora, où elle se trouvait face à Vanessa. Si celle-ci s'apercevait à temps de son retour, elle simulait, montait à son intention toute une petite comédie, sautant d'un bond du canapé comme si elle avait quelque chose à cacher.

– Je viens juste d'arriver, s'exclamait-elle, laissant à António le soin de préciser qu'elle était là depuis longtemps, qu'elle avait même dormi dans la maison. Elle allumait une cigarette, en tirait une bouffée, puis la donnait à António. Ainsi le thème général était exposé, la mise en scène parfaite, de sorte qu'aucun doute n'était possible. Et pourtant l'incertitude demeurait, et le doute persistait, furtif et monstrueux, à renaître de ses cendres.

Tout cela se passait à côté d'une autre réalité, celle de l'univers de Vanessa, surveillé par la police et dévoilé par les clients. Elle avait bien pensé renoncer aux affaires, mais elle n'avait pas suffisamment confiance en Taureau Bleu, qui était faible avec les femmes et se laissait prendre à leurs filets, surtout aux demandes d'argent. Si elle abandonnait tout entre ses mains, elle se retrouverait bientôt propriétaire d'une cave typique, où l'on chanterait le fado pour des touristes désargentés et enthousiastes que leur bronchite ferait tousser, soufflant ainsi la flamme de la bougie sur la table. La vieille idée de Taureau Bleu, celle qu'une femme soûle, du moment que ce n'est pas une alcoolique, pouvait être délicieuse, perdit tout intérêt dans le cas de Vanessa, qui buvait de moins en moins et se transformait en bourgeoise. Ses principes de dame de compagnie l'emportaient sur ceux de la prostituée, dont elle n'avait d'ailleurs pas la vocation. Ce qu'elle aimait, dans ce métier, c'était faire des affaires, fréquenter des femmes de mauvaise vie et écouter leurs mensonges romantiques. Aussi bien elle se fatiguait vite d'entendre toujours les mêmes histoires à l'eau de rose, débitées sans viser le moins du monde à la crédibilité, et pas même inédites. Elle était arrivée à un point où la richesse et une respectabilité de façade ne lui suffisaient plus : elle voulait aussi être la protagoniste d'une histoire émouvante. Princesse, elle eût épousé un prolétaire, ou publié ses souvenirs d'alcôve. Camila lui dit que tout, en ce bas monde, n'était que tromperies involontaires, et Vanessa se sentit exclue, ses pouvoirs menacés.

La période de turbulence d'après la Révolution était révolue, et des gens sans expérience de la vie en société tentaient de se couler dans les moules disponibles, qu'ils auraient trouvés étroits sans l'esprit de lucre envahissant l'horizon tout entier. Un esprit qui d'une certaine façon triomphait de la morale commune, pour laquelle la pauvreté est un moteur très puissant, que l'on avait utilisé pour la marche du prolétariat. Le vieux Keynes avait changé tout cela, avec son idée de favoriser la consommation, fortifiant ainsi l'emploi et augmentant les bénéfices de l'entreprise. On découvrit alors que les chemins menant à la richesse sont insondables et comprennent celui de la corruption, qui entra en vigueur comme un droit. De plus, avec la subite inflation des salaires, les gens s'inventèrent de nouvelles habitudes de dépenses, de confort, de mépris envers toute forme d'économie. Ils ne tardèrent pas à céder au phénomène de l'endettement bancaire et se livrèrent à un hédonisme effréné.

De façon quelque peu énigmatique, la fortune d'António Clara grandit à un point tel que l'on ne pouvait attribuer ce fait au seul rendement du domaine. Vanessa aurait eu son mot à dire à ce sujet. A mesure qu'elle abandonnait ses activités liées aux femmes et à l'alcool, elle en entreprenait d'autres, moins visibles. On pouvait comparer la *quinta* du Salto da Senhora aux calanques de certaines petites colonies où, longtemps après l'abolition de l'esclavage, on embarquait encore des esclaves à destination des harems d'Afrique du Nord. Ce trafic fut à l'origine de fortunes dépassant largement la moyenne des provinces portugaises, et elles étaient dépensées en conformité avec l'éducation de pauvres de leurs possesseurs. Né et élevé dans la médiocrité, un millionnaire ne sera jamais un véritable millionnaire. Ainsi António Clara, qui avait des habitudes d'un handicapé de la finance, comme disait Vanessa, et qui était allé jusqu'à épouser une jeune fille modeste, ne se libérerait jamais tout à fait d'une enfance où ils dépendaient, ses frères et lui, d'amis généreux et de parents absents, toujours en retard dans le règlement des pensions.

Vanessa devint sa maîtresse sporadique, et la fortune leur tenait lieu d'anneau nuptial. Camila ne lui donnant pas d'enfants, António lui attribua dans sa vie une place de plus en plus effacée.

Mais Camila, pendant ce temps, que faisait-elle, elle que l'on ne pouvait qualifier vraiment d'épouse abandonnée ? Pas question pour elle de se tourner vers sa famille, subjuguée par l'image d'un homme riche. Cet homme-là pouvait bien se livrer à la fornication et à toutes sortes d'extravagances, elle ne l'en respecterait sans doute que davantage. Considérée de toute manière par ses parents comme une oiselle chanceuse, Camila, si elle se plaignait, ne récolterait qu'une vague réprobation. Elle qui n'avait pas eu à lever le petit doigt pour être choisie, qu'elle se débrouille à présent avec ses problèmes, dont le plus aigu était sans conteste Vanessa, maîtresse reconnue. Sauf qu'elle n'était pas à proprement parler une maîtresse, plutôt une associée en matière d'affaires et de sentiments. Sans Camila, Vanessa ne pouvait jouir de sa chasse, de sa proie qui devait sans cesse chercher à s'échapper, car on n'atteignait le paroxysme du plaisir et de la cruauté qu'en l'obligeant à anticiper la poursuite. C'est-à-dire que Camila devait chercher un moyen de se mettre à l'abri avant même de se sentir menacée. Et alors que personne n'aurait juré qu'elle était réellement menacée. Car après tout, qui chercherait à la détruire, elle qui ne représentait rien, pas même une fortune qui pût inspirer l'envie ? De plus, l'écarter n'améliorerait même pas la situation pour António et Vanessa, les deux amants : leur alliance et tout ce qui en découlait dépendait de Camila. Camila "je-ne-sais-comment", comme persistait à l'appeler Roper lorsqu'il se sentait fatigué d'elle. Comment cela, *fatigué* ? Ils n'étaient pas des amis proches, ne se voyaient que rarement, le temps de prendre un thé accompagné de biscuits duveteux à force d'être moisis. On ne pouvait nier cependant qu'elle poussait les autres à l'action. Mais pourquoi, c'était un mystère.

Quand elle était petite, Camila désespérait sa mère sans raison apparente, si ce n'est qu'elle lisait beaucoup, ce que personne d'autre ne faisait à la maison. De provenances diverses, ces livres remplissaient une bibliothèque de bois noir, ou peint en noir, qui se trouvait dans la salle. Certains avaient appartenu à un prêtre à demi érudit, d'autres, d'anciens romans ornés d'illustrations en couleurs, contaient la vie d'héritières poursuivies par la fatalité. Tante Tofi s'y plongeait quelquefois ; ils la faisaient pleurer, et aussitôt éclater de rire, "car enfin, disait-elle, trop c'est trop, et c'est aussi une erreur".

Mais ce que Camila faisait le mieux, c'était répandre une atmosphère d'excitation qui contaminait tout le monde à la maison. Les femmes s'accusaient les unes les autres, les jeunes filles éveillaient toutes sortes de désirs, les hommes se lançaient dans des exploits absurdes : ils entreprenaient des travaux, ou s'absentaient, ou détournaient de l'argent, ou s'associaient à des individus qui étaient quasiment des malfaiteurs. Les bonnes devenaient indisciplinées et faisaient tout ce qui leur passait par la tête. Elles prenaient plaisir à asséner, une fois pour toutes, des vérités cruelles, et à appeler les choses par leur nom, sans plus attacher d'importance à leurs gages, ni aux ennuis qu'elles pouvaient s'attirer.

– Tout ça, c'est ta faute, à toi et à personne d'autre, disait la mère de Camila.

– A moi ? s'exclamait l'enfant, abasourdie. C'était pourtant la plus silencieuse des petites filles, qui ne provoquait jamais personne et se rangeait toujours du côté des faibles, sans pour autant se faire d'illusions sur eux. C'était comme si ces gens appartenaient à des civilisations culturellement retardées, et ils ne l'intéressaient pas vraiment. Toutefois, ils avaient un sens pour elle, un sens qui ne se trouvait contenu dans aucune doctrine. Camila comprit qu'elle approuvait l'action des autres, même les plus contraires aux convenances. L'éducation ne serait-elle pas un moyen de restreindre l'initiative ? C'était peut-être cela qui rendait les jeunes si agressifs, si blessants en paroles et aussi par des actes de plus en plus violents.

Le mariage d'António et de Camila ne laissait en rien présager la formation d'un couple classique, qui, après sa période sexuelle, entame une histoire professionnelle dépendant de l'érotique de groupe, puis s'engage dans une transfiguration à travers les enfants : leurs carrières, leurs amours, leurs erreurs aussi, plus ou moins divertissantes, ou vertigineuses et fatales. Quand il mourait, le couple n'était plus qu'une peau vide, dispendieuse pour la société, qui du reste le considère dans sa dernière version – celle d'un malade chronique – comme inutile. Car la maladie occupe alors la moitié de sa vie, et son rapport au monde se relâche, le condamnant à la solitude.

La solitude en tant que recherche amoureuse, Camila en avait fait l'expérience. Très jeune encore, à quinze ans tout au plus, elle avait découvert une chapelle abandonnée, à la lisière de la forêt appartenant au Salto da Senhora. Les fidèles avaient oublié ce lieu de dévotion où, naguère, allait prier un jeune homme de bonne famille. Il ne faisait que cela dans la vie, prier, et l'on disait que la marche de pierre devant l'autel portait en creux la marque de ses genoux. Camila entrait à l'aide d'une clef qu'elle s'était procurée, et elle restait longtemps assise sur un banc, sans nourrir de pensées élevées, tout entière abandonnée à son goût pour la solitude, qu'elle avait affiné peu à peu, au point qu'il représentait pour elle une sorte d'exercice mental. Cela rendit son système nerveux si fort qu'il ne réagissait plus en des circonstances que d'autres considéraient comme écrasantes. C'était comme un entraînement qui excluait que l'on pût penser à autre chose, et qui délivrait du désir que ce quelque chose arrive. Car le fait de penser à quelque chose implique la compréhension, l'espoir et le désir, et, en voie de conséquence, la souffrance. Camila se sentait singulièrement protégée et heureuse dans cet endroit où elle pouvait percevoir de nombreux sons : le vent, bien qu'imperceptible, qui faisait onduler la nappe d'autel ; le grignotement attendrissant des vers du bois. Il fallait de puissantes mandibules pour ronger ainsi les planches du parquet et les réduire en poussière. Combien fallait-il de générations de vrillettes pour venir à bout de ce processus alimentaire ? La terre se nourrit de sa ruine. Camila voyait tout s'animer autour d'elle, les araignées comptaient sur l'immobilité qui les poussait à se mouvoir, le sol s'affaissait petit à petit, les colonnes de l'autel laissaient tomber des particules dorées et commençaient à ressembler à des troncs d'arbres écorchés. Il y avait tant de beauté dans cette ruine, tant de beauté dans ce pouvoir de l'esprit des choses, fait de dissolution, mais non de renoncement !

Elle rentrait chez elle et trouvait Vanessa installée à sa place, en proie à une grande nervosité parce que Camila était sortie elle ne savait où. Son état mental s'aggravait. Il lui venait parfois des idées de meurtre, et elle se rendait compte qu'elle ne pouvait s'empêcher de penser sans cesse à Camila.

– Qu'a donc cette femme pour m'obséder ainsi ? Tantôt je l'imagine comme une reine, assise sur un canapé, la traîne de sa robe étalée sur le sol devant elle ; tantôt je n'ai qu'une envie : me débarrasser d'elle par n'importe quel moyen.

Taureau Bleu redoutait une bêtise de sa part, mais il admettait que les choses tournaient au ridicule. Il y avait d'un côté la masse des affaires, toujours plus dangereuses et émettant des signaux d'alarme ; de l'autre, cette petite bonne femme plongée dans le sens commun le plus traditionnel, et que rien ne semblait pouvoir impressionner.

– Tu ferais mieux de leur tourner le dos, à ces deux-là. Il ne laissera jamais sa femme.

– Et je ne veux pas non plus qu'il la laisse.

– Mais alors, qu'est-ce que tu veux ? Nous avons une connaissance trop générale du monde pour connaître des vérités comme celles que tu veux découvrir. A ton sujet et au sujet de Camila. Les différentes manières d'être n'entrent pas en compétition.

Il eût aimé la traiter d'idiote mais craignait de se voir chassé de sa vie. Il était au courant de toutes ses affaires, à présent, et il avait la haute main même sur les plus fidèles de ses gardes du corps, qui formaient une équipe bien entraînée. Ils aimaient leur travail, qui consistait à tenir les femmes partagées entre la crainte et la perspective d'une vie meilleure. Ils aimaient se croire porteurs d'un pouvoir dans cette société qui se grisait de mots. Ils ne se prenaient pas pour des malfaiteurs, plutôt pour des hommes engagés en vue d'opérations illégales, certes, mais ne touchant pas à l'image que se font les êtres d'eux-mêmes – affaires d'honneur ou de passion. Ils estimaient être des professionnels et méprisaient les délinquants juvéniles, victimes selon eux de leur immaturité, rien de plus. Vanessa les choisissait selon leur aptitude à ne jamais céder à une impulsion aveugle. Elle ne se rendait pas compte qu'elle-même obéissait alors à une impulsion aveugle.

Parce qu'elle se montrait très anxieuse sans pouvoir déterminer la cause de cette anxiété, le médecin lui prescrivit du repos, et Vanessa, ô surprise, lui obéit. Il faut dire qu'elle pleurait en cachette, qu'elle avait même perdu son goût pour l'exhibition, pour les achats d'objets de luxe et même pour les travaux entrepris dans sa maison. Nous n'avons encore rien dit de la maison de Vanessa ; au milieu d'habitations construites par les émigrants, pourtant elles-mêmes assez fantastiques, elle faisait un effet extraordinaire. Copiée sur diverses résidences d'acteurs de cinéma, mélangeant tous les styles, depuis celui du ranch mexicain jusqu'à la demeure à la Pickfair, la maison, avec ses piscines, perrons, escaliers monumentaux presque toujours déserts, était exténuante. Pour donner l'impression que la maison était habitée, Vanessa faisait allumer les lumières tous les soirs à six heures, été comme hiver. Elle avait dans son garage trois Ferrari rouges, mais en cela elle n'était pas originale, car nombre de petits industriels en avaient tout autant et commençaient une carrière de collectionneurs.

La maison se dressait sur une colline, comme les anciens bastions. Peut-être avait-on eu d'abord l'intention de prévoir un système de défense, et les murs bas, tout autour, faisaient d'excellents postes d'observation. Quoi qu'il en soit, elle ne donnait qu'une impression de luxe et, dans cette région de loisirs, perdait beaucoup de sa majesté. Elle disposait d'un grand terrain et d'une quantité de cheminées qui, en réalité, ne fonctionnaient jamais. Dans la maison, le feu était seulement suggéré par une flamme électrique d'un rouge sang.

En dépit de sa fortune et de ses coffres pleins de bijoux qu'elle ne prenait même pas la peine d'assurer, Vanessa, de jour en jour plus ambitieuse, ne rêvait qu'à une chose: qu'on la reconnût comme mécène. Le mécénat est le plus haut degré de l'échelle, pour une femme. Mais Taureau Bleu craignait les bavardages autour de ses affaires clandestines, car alors la presse s'en emparerait et déformerait les faits en les embellissant.

– Moi, je n'ai jamais aussi peur des journalistes que quand ils embellissent les choses, fit-il, très élégant dans ses cachemires et ses costumes en "super cent". Ces gens-là n'écrivent pas "un noir", mais "un homme de couleur". On voit tout de suite qu'ils ne veulent surtout pas d'ennuis, qu'ils ont peur d'être montrés du doigt et traités de racistes et de colonialistes. Ils ont de moins en moins de personnalité. Tu sais quoi, Vanessa? C'est grâce à nous, les méchants de l'histoire, que le sang continue à circuler dans les veines de tous ces anges de merde.

– Tu trouves que Camila est un ange? demanda Vanessa à voix haute, mais comme se parlant à elle-même.

– Quelle question! Tu crois aux anges, à présent?

– Pas aux anges de la tradition. Mais je pense qu'il y a des êtres qui apparaissent, par hasard, sans être envoyés, rien de tout ça. Il s'agit de mutants.

– Qu'est-ce que c'est que ça? s'exclama Taureau Bleu, presque fâché.

– Ce sont des créatures comme toi et moi, mais elles correspondent à une variante de la nature. Elles ont quelque chose de spécial. Camila est une mutante.

– Tu es malade.

– Je n'arrive pas à la faire souffrir.

– Tu deviens folle, je te dis.

Engagée en présence de Roper, cette conversation n'eût jamais sombré dans l'insignifiance. Se sentant directement concerné et traité lui-même de mutant, il eût exploré à fond la question. On ne pouvait dire de lui qu'il était incapable de souffrir : il souffrait mille morts des trahisons multiples des amis auxquels il vouait un sentiment de collégien. Mais il avait été conçu dans l'indignation de la chair, puisque son père n'aimait pas sa mère et ne lui portait que des sentiments cliniques, aseptiques. Cela se répercutait peut-être sur les enfants, et en faisait des esthètes, ce qui est un avatar du scepticisme. Roper eût donc accueilli avec enthousiasme cette idée des mutants. Au sujet de Camila, il continuait à dire que s'occuper d'elle ne valait pas la peine.

Cette déclaration tranquillisait pour un temps Vanessa, mais elle retombait bientôt dans des crises de mélancolie que n'atténuaient ni les amphétamines, ni aucun médicament. La souffrance est-elle si nécessaire à la relation d'un être humain avec un autre être humain ? Et le Christ est-il venu sur cette terre pour accomplir au moyen de la souffrance son alliance avec les hommes ?

– Dites-moi que j'ai raison et je ne vous poserai plus la moindre question.

Roper n'aimait pas parler de religion. Athée convaincu mais bien élevé, il ne tenait pas à blesser ses amis motocyclistes, qui avaient été baptisés et attachaient beaucoup d'importance à la tradition. Ils se mariaient à l'église, même s'ils donnaient à la cérémonie un caractère païen. Daniel Roper était presque convaincu de se trouver dans un monde ne correspondant pas à un seul système de références. Vanessa avait maintenant ses entrées chez lui comme une amie d'enfance, et il lui accordait l'attention qu'il réservait d'habitude aux princesses en exil à Paris. Que faisait chez lui cette patronne de bar, avec ses ongles vernis de noir ? C'est qu'il savait que, s'il refusait de la recevoir, disparaîtraient aussitôt les jeunes motards, qui semblaient venir de la planète Mars avec leurs chaînes et leurs blousons de cuir. La vérité n'était pas une ; la satisfaction apportée par une vérité se définissait selon la réalité du moment. Roper avait besoin de

Vanessa parce qu'elle rendait ses clients heureux ; et il avait besoin de ces garçons parce qu'en les comparant à lui, il donnait un sens à sa propre personne. En conséquence de quoi il faisait tout ce que voulait Vanessa. Et ce que voulait Vanessa, c'était éliminer Camila.

Il eût suffi de connaître les antécédents de Camila, son enfance dans sa maison familiale, pour prévoir la suite des événements. Comme on l'a dit, elle avait une sœur plus âgée qu'elle, Adoração, qui s'était mariée lorsque l'enfant avait six ou sept ans. L'influence qu'avait eue la petite sur les amours de sa sœur fut si perturbante qu'Adoração ne voulut plus jamais voir Camila, ne demanda plus jamais de ses nouvelles. Il suffisait à Camila d'apparaître sous le figuier qu'il y avait dans la cour pour que le fiancé se montrât tout à coup passionné, presque indécent dans ses manières. Comme si on lui avait jeté un sort, comme s'il avait bu un philtre d'amour. Bien sûr Adoração en profitait, mais elle ne pardonnait pas à sa sœur, dont elle voulait châtier l'innocence. Au reste, il ne s'agissait pas à proprement parler d'innocence, plutôt d'un désir innocent, que transmettait l'enfant. Adoração ne perdait pas une occasion de se plaindre d'elle et de la traiter de perverse. Seule tante Tofi, toute déséquilibrée qu'elle était, y comprenait quelque chose. Lorsque Camila eut quinze ans, Tofi se prit pour elle d'une telle passion qu'en contrecoup un élève de l'École militaire voulut l'épouser. Or, en plus d'être beaucoup plus âgée que lui, Tofi était handicapée ; elle souffrait d'une lésion cérébrale qui faisait d'elle, en somme, l'un de ces éléments qu'une famille supporte en expiation de ses péchés, et qui ont inspiré les chapitres les plus sinistres des romans de mœurs anglais. Chez tante Tofi, toutefois, il n'y avait rien de sinistre. Son intelligence qui sortait de l'ordinaire compensait un peu sa folie et l'empêcha d'épouser l'étudiant qui, au bout d'un an, se suicida. Comme il n'avait laissé aucun message pour expliquer la raison de son geste (il s'était étranglé dans la fermeture d'une porte-fenêtre), personne ne soupçonna un chagrin d'amour. Pourquoi donc aimait-il Tofi, elle qui s'était mise à rire en apprenant la fin macabre du jeune homme ? Ensuite elle appela Camila et lui attribua toute la responsabilité de l'affaire.

– Sans toi, jamais il ne se serait tué.
– Mais je le connaissais à peine !
– Ce n'est pas une raison. Tu es une perverse.

Joana, la mère, entendant cela, accourut pour calmer les esprits. Elle n'était pourtant pas loin de donner raison à sa sœur. En dépit de son physique de plus en plus séduisant, Camila exerçait une influence néfaste sur les gens. A l'annonce de son mariage avec António Clara, il ne manqua pas de personnes bien intentionnées pour prévenir ses parents de la présence, au Salto da Senhora, de Vanessa, et de ce qu'elle y représentait. Elle et António étaient inséparables, et cela n'allait pas changer. Bien qu'elle gardât le secret sur ses activités, chacun savait que c'était une femme dangereuse, acoquinée à des repris de justice de la pire espèce. Mais Joana pensait que sa fille ne devait manquer sous aucun prétexte un aussi beau mariage, et elle déclara que, une fois prévenue, elle était parfaitement capable de se tirer d'affaire.

– Personne, au bout du compte, ne sait qui est vraiment celle qui se trouve là-bas.

– Une bonne fille, dit Celsa Adélaïde, qui semblait enthousiaste. Son âme est pure comme la neige.

“Cette histoire de l'âme, c'est une chimère”, se serait exclamé, dans son style à la Witgenstein, Daniel Roper. Mais Roper n'assistait pas à la scène.

Tante Filomena – Tofi – mourut un jour de grand froid. Avant elle avaient succombé plusieurs autres personnes, de maladies bénignes, sans diagnostics précis. Camila et son mari se trouvaient alors dans un endroit lointain, mais elle s'éveilla en pleine nuit et vit dans l'obscurité un train qui passait, toutes ses voitures illuminées et vides. Toutes, sauf une, où voyageait tante Tofi. Camila reconnut aussitôt son profil aigu et ses cheveux rassemblés par un nœud lâche sur la nuque. Dans son esprit le rêve était si réel qu'elle se leva d'un bond, épouvantée, incapable de décider entre son imagination et la réalité. Mais tante Tofi était bel et bien morte, à ce moment-là. D'elle il ne restait, accrochée à un cintre dans son cabinet de toilette, que sa robe de chambre jaune. La robe était si vieille que Tofi elle-même en riait.

– Elle est indécente, disait-elle. Il faudra que j'y pense.

Cependant elle ne la changea jamais pour une autre, car ce vêtement représentait un peu de stabilité dans sa vie peuplée de signes simples, faite de résistance, et d'amours perturbées. Son intelligence la mettait à l'abri des sombres chimères de la folie.

Il y avait eu un certain nombre de fous dans la famille. C'est pourquoi la mère de Camila n'aimait pas son nom, Joana, qui évoquait la reine folle d'Espagne. Joana descendait par sa grand-mère de gens originaires des confins du Tras-Os-Montes dont on avait perdu la trace. Des gens aux traits fins, à la peau très blanche, de sang sefardi probablement, avec des yeux petits et ronds et une beauté singulière que, curieusement, on retrouve chez les saints du XVIe siècle.

Loyola lui-même montrait cette physionomie parfaite, mais il y joignait quelque chose de batailleur, dénué de douceur.

Les gens de Peleas de Abajo, d'où était issue Joana Fernandez del Campo (la grand-mère de Camila, et il est temps pour nous de nous pencher sur cette héraldique rustique), vivaient il y a longtemps sur ces plateaux qui, au dire des archéologues, formaient un paradis de lacs et de forêts où vivaient les tortues géantes. Camila se prit d'une telle affection pour ces tortues de Morales del Vino qu'elle eût aimé, si elle avait été de sang noble, les inclure dans son blason. Elle se disait parfois que, malgré l'appauvrissement de sa famille, elle l'emportait de beaucoup, dans le domaine du passé, sur son mari, devenu riche seulement par hasard. Lui venait alors, irrésistible, un désir de partir qui ne pouvait s'expliquer que par l'hérédité épileptique transmise par les membres les plus étranges de sa famille. Par ceux qui, sans raison, étaient allés se perdre dans les marais où l'once va boire l'eau croupie de l'Amazone. Qu'avaient-ils fait d'autre que regarder voler les aras bleus jusqu'à ce que la mort, comme une nuit qui tombe, les réunît aux cernes des arbres décapités?

Les signes simples donnaient à Camila une importance spéciale dans cette maison où Vanessa s'était emparée d'une place qu'elle-même ne voulait pas occuper entièrement. A chaque fois que Daniel Roper lui reprochait de permettre à Vanessa de s'insinuer dans la vie d'António Clara, Camila se prenait à penser; peut-être se préparait-elle inconsciemment une remplaçante? Un jour, à l'instar des membres fourvoyés de sa famille, elle aussi partirait, sans explications, mais avec une pléthore de bagages, car elle serait une voyageuse au long cours, et il lui faudrait se munir du nécessaire et du superflu. Plusieurs fois déjà, elle avait renoncé à fuir au tout dernier moment, parce que le cordonnier n'avait pas terminé le travail qu'elle lui avait commandé, ni même fixé une date pour le remettre.

– Il me faut ces bottines, senhor Tibúrcio. Il me les faut. Je suis pressée.

– Tout le monde est pressé, petite. N'allez pas vous énerver, c'est mauvais pour la vue.

Cette idée que l'exaspération abîmait la vue venait d'une sagesse très ancienne. Peut-être parce que la colère la voilait momentanément. Et peut-être Tibúrcio raisonnait-il ainsi tout en tirant sur son alène. Il habitait aux Quatre Chemins, un lieu lui-même incertain. Les cordonniers sont tous grands amateurs de contes et d'histoires, à cause sans doute de leur profession sédentaire. Parfois, Camila passait chez lui avec sa mère, et parfois aussi elles rataient la “camionnette”, c’est-à-dire l’autobus, et elles marchaient pour le rattraper à Sergude, ce qui du reste revenait meilleur marché. Joana était une épargnante chevronnée, méprisée pour cela par tante Tofi. Si celle-ci portait toujours sa vieille robe de chambre jaune, c’était par habitude, non par esprit d’économie.

– Senhor Tibúrcio, ne me trompez pas, finissez-moi ces bottines.

– Moi, vous tromper, vous n’y pensez pas, mademoiselle Camila !

Mais le vieux renard se disait qu’il abuserait volontiers cette petite si jolie et toute blanche, comme une fleur de jardin. Il était impertinent, aussi, au point parfois de rompre toutes relations avec ses clientes. Les motifs de ces querelles étaient minimes, mais ils prenaient des proportions de guerres de frontière. Tibúrcio envoyait deux fois la même facture, et comme on refusait de la lui payer, le ton montait et bientôt le ciel tombait sur les têtes. Joana, elle, ne discutait pas avec le cordonnier ; elle lui envoyait une petite commissionnaire que Tibúrcio écoutait, la tête penchée sur la semelle qu’il était en train de découper. Il prenait son temps avant d’engager les hostilités.

– Dites à votre maîtresse, finissait-il par déclarer, qu’en matière de facture, je ne reviens jamais sur ce que j’ai dit. Ce n’est pas un paradis fiscal, ici, n’allez pas croire.

La petite servante ne croyait rien, et elle s’en moquait bien. Son amoureux l’attendait quelque part, elle avait la tête dans les étoiles, non aux démêlés des patrons. Quant à Tibúrcio, une dent saillant sur sa lèvre et les yeux pleins de la fumée de sa cigarette, il demeurait sur ses positions. Tante Tofi trouvait déplacées ces constantes prises de bec avec le cordonnier.

– Tu sais ce que tu as? disait-elle à sa sœur. Tu manques de classe.

Ce qu’entendait Tofi par *manquer de classe* demeurait obscur. Elle parlait à coups de paraboles, de syllogismes, de confusions linguistiques, mais mettait parfois dans ses déductions une élégance extrême. Elle se lavait sans cesse les mains, comme lady Macbeth, dont elle partageait aussi l’orgueil et les visions macabres. Camila se demandait si Tofi n'avait pas hérité de temps très anciens, celui des tortues géantes, le désir de détruire qui de temps à autre s'emparait d'elle. Et elle s'attristait à l'idée de ne plus jamais la voir si un jour elle-même quittait la maison. Néanmoins Camila se trouvait loin de chez elle, en vacances dans la plaine du Pô, quand elle vit s'éloigner Tofi, unique passagère d'un train illuminé, et à ce moment-là, Tofi était morte. De quoi elle était morte, personne ne le savait.

Vanessa disait que l'on pouvait mourir d'insignifiance. Ce n'était sûrement pas le cas de tante Tofi, impériale en tous lieux, dans son bain, à table et au lit. Elle ne tolérait pour son usage personnel que les derniers draps de lin, le dernier édredon de plumes, les couverts en argent et, pour son bain, de l'eau presque bouillante, qui lui laissait la peau rouge et comme boursouflée. Le matin, elle apparaissait à la cuisine, dans sa robe de chambre jaune qui évoquait le pelage d'un chat, et elle réclamait son eau chaude.

– Bouillante, surtout.

Les miroirs se couvraient de buée, la vapeur laiteuse se condensait en larmes sur les *azulejos*. Tofi aimait sa soupe bouillante, son thé bouillant. Jamais elle ne buvait d'eau. Pour la voir se fâcher, il suffisait de l'appeler Filomena, un nom de femme de chambre d'après elle. Mais tante Filomena, Tofi, s'éloignait déjà dans le train qui l'emportait, à une vitesse incroyable, à travers la plaine du Pô.

Camila s'y trouvait en vacances avec António Clara, mais bientôt Vanessa les rejoignit, l'air d'une star, exigeant de descendre dans un hôtel somptueux. Elle jouait chaque nuit de grosses sommes, et António la soupçonnait de n'être venue là que pour rencontrer des représentants de la mafia de la drogue, bien qu'il n'y en eût pas trace. Elle était populaire parmi les hommes et le personnel de l'hôtel ; la prenant pour une prostituée, ils lui accordaient leur sympathie. Les parquets, dans les chambres, grinçaient comme des dents de damnés, et cela donnait à Camila des idées lugubres. Elle voulut partir, mais António vit dans ce souhait le désir de fuir Vanessa, qui le fascinait. Il n'était pas amoureux d'elle, mais excité à la pensée qu'on pût le prendre pour son amant.

Un soir, Camila avait revêtu un modèle de jersey blanc dont la ceinture était frangée de perles. A une table de jeu se trouvait Vanessa, en train de perdre beaucoup d'argent, et António voulut la convaincre de quitter la salle. Elle faisait ce qu'il lui demandait en général, mais ce soir-là elle agit avec lui comme avec un inconnu, et ne l'écouta même pas. Un homme, un responsable du casino, était en grande conversation, apparemment intime, avec elle, et cela emplit António d'une jalousie si violente qu'il eut envie de le tuer. Idée absurde, mais qui fonctionnait à la manière d'un signe simple. Une fois seul dans la chambre avec Camila, un désespoir de plus en plus grand le poussa à l'agresser de telle façon que la frange de sa ceinture se rompit, et que les perles s'éparpillèrent sur le sol.

– C'est ta faute, entièrement ta faute, lui lança António, crispé par la haine. Sans toi, elle ne serait jamais venue. Et pour quoi faire, dis-moi ? A peine arrivée, tu veux repartir. Tu n'arrêtes pas de me tourner en ridicule. Tu ne bois pas, tu ne fais que t'asseoir dans un coin, comme une nonne qui récite son chapelet. Ce n'est pas une ingénue que tu es, mais un véritable rabat-joie.

Camila se garda de répliquer, d'ailleurs elle n'était même pas révoltée. Elle savourait au contraire cette monstrueuse injustice, et, si elle avait de la peine, c'était pour sa ceinture en pièces. Comment y remédier ? Quant à António Clara, peut-être l'aimait-il après tout, même si, pour une personne intelligente à la manière européenne, la chose paraissait bien improbable.

– Que vient faire là-dedans la manière européenne ? lui demanderait Roper quand il la recevrait, un jeudi après-midi, jour qu'il consacrait aux femmes et à un brin de galanterie, donnant ainsi à ses vieilles bonnes la satisfaction de lui voir l'air hétérosexuel.

– Je voulais simplement dire que la réflexion n'a rien à voir avec le désir. Le désir est une manifestation de l'intelligence de la nature, il dispense d'avoir à cultiver les sentiments. Je ne sais pas si je me fais bien comprendre.

– Non, bien sûr que non, mais qu'est-ce que ça peut faire ? Prononcer le mot *sexe* vaut toutes les explications du monde. Rien n'effraie davantage que le mot *sexe*, c'est pourquoi on l'exorcise par le rire. Cependant les femmes feraient mieux de ne pas se mêler de ce qui ne les regarde pas.

Mais nous en étions au Val d'Aoste, où les miroirs, d'un cristal resplendissant, montraient combien Camila était jolie. Ces miroirs la rassuraient car eux, au moins, parlaient de ce qu'ils savaient, comme l'avait fait le miroir de la marâtre de Blanche-Neige. Ils savaient même que son mari l'avait battue, ce que personne, autrement, ne pouvait deviner. Vanessa, qui la vit justement dans un miroir, se leva d'un bond.

– Il vous a maltraitée? S'il a levé la main sur vous, je ne sais pas ce que je lui ferai! Quel imbécile, doublé d'une belle canaille!

Elle avait de ces impulsions, et manifestait alors pour Camila un amour profond, une sorte de dévotion qui la désarmait. Elle eût voulu voir la jeune femme rester toujours à la maison, afin de profiter à tout moment de sa présence. Il y avait encore, dans ce cœur souillé, un fond de retenue, de gêne. Elle ne voulait pas blesser Camila, et le faisait cependant, afin de se cacher à elle-même son admiration.

Pourquoi admirait-elle Camila? Cette situation durait depuis que la jeune fille, comme dans les miroirs de l'hôtel d'Aoste, se réfléchissait en chaque personne, ce qui provoquait une sollicitation extraordinaire, allant jusqu'à inspirer un désir de délinquance. Des appétits puissants, jamais décelés jusque-là, brisaient la croûte d'une intelligence qui se révélait superflue. Même dans son monde peuplé de vices et parlant un langage adéquat, une purification était donc encore possible pour Vanessa. On ne reconnaissait Camila qu'à des signes simples, comme les noms qui l'identifiaient sans pour autant permettre d'approcher la totalité de son être.

Il est vrai que Roper ne voulait rien avoir à faire avec Camila. Par sa seule présence, elle défigurait le monde où il avait mis tous ses espoirs: espoirs de plaisir, qui ne toléraient pas la moindre contradiction. Or, lorsque Camila arrivait à l'improviste, la contradiction s'installait dans la maison de l'Arrábida. Les jeunes motards ajustaient leur blouson sur leur poitrine, affirmant ainsi leur virile indépendance, et le moment ne tardait pas où ils lançaient à Roper de menues insultes amicales; les choses pouvaient aller jusqu'à la guerre déclarée: la vaisselle se brisait inopinément, les mots grossiers venaient à la bouche presque sans le vouloir. Roper savait que Camila exerçait sur ses visiteurs du soir une influence active, qu'ils n'hésiteraient pas à le renier, non vraiment par méchanceté, mais pour déposer les armes devant elle. Cependant, ils ne se rendaient pas sans tenter de se défendre. Elle, elle faisait semblant d'être morte, comme les animaux plus faibles quand ils sont attaqués. Toutefois, dans le côté droit (à moins que ce ne soit le gauche, je ne sais trop) de son cerveau, palpitait toujours un filament rouge, dangereux et pervers, de contradiction.

Ce fut lors de ce séjour dans le val d'Aoste que, pour la première et la dernière fois, Camila fit preuve d'incompatibilité avec un principe logique qu'on lui imposait : celui d'un plaisir dépassant, et de loin, le plaisir sexuel. António Clara ne tenait pas à coucher avec Vanessa ; ce qu'il voulait, c'était jouir de l'ambiguïté des passions. Aussi, Camila était l'ennemi à abattre. Il l'agressa férocement, et qui sait jusqu'où seraient allées les choses si Vanessa n'était pas partie le lendemain. Comprenant qu'un pas de plus pourrait mener à quelque chose d'irrémédiable, elle avait pris peur et prétexté son commerce, qu'elle mettait toujours en avant lorsqu'il lui fallait trouver une sortie de secours. Avant de partir, elle offrit une robe très chère à Camila, qui ne la porta jamais : elle n'aimait que le clinquant.

Laissé à lui-même, le couple sombra dans des divergences mesquines. Elle remarqua sa façon de manger, sa démarche légèrement claudicante, le ton aigre qu'il prenait pour parler des succès d'autrui, et son attitude envers le personnel : un jour trop familière, le lendemain pleine de morgue. De son côté, António la trouvait ridicule, avec ses jupes trop longues et ses cheveux mal coupés. Il n'y avait pas moyen de la rendre intéressante puisque, en présence d'un inconnu, elle ne parlait plus que par monosyllabes ; on lisait dans les yeux des domestiques qu'elle ne méritait pas de s'asseoir dans la grosse voiture tapissée de cuir rouge qu'il conduisait. Ils affichaient pour elle un amical mépris, et cela humiliait fort le jeune mari.

Tant que Vanessa était avec eux, tout cela se dissipait ; elle cautionnait le couple, avec sa formidable figure cosmopolite et une force sensuelle qui, à vrai dire, lui servait surtout de stratégie. Après son départ, António tomba dans une sorte d'accablement aggravé par toutes les imprécisions de la vie à deux. Camila, quant à elle, commença à développer la maladie de la solitude à laquelle elle était prédisposée. C'est une maladie qui prend l'aspect d'une résistance au monde ; ce fut la maladie des prophètes, qui ne consista pas, comme on l'a dit, en une constipation. La constipation est un symptôme. Elle exprime la sensibilité de celui qui refuse toute entente avec ses compagnons, qu'avec les meilleures raisons du monde il se délecte même à mépriser. Une personne comme Camila est souvent traitée de perverse. Tous ceux qui sont déçus, qui désirent s'émanciper des sentiments, sont traités de pervers. Alors que, simplement, leur tristesse est comme un lac qui les entoure de toutes parts, et qu'il leur est impossible de traverser pour rejoindre la terre des hommes. Un homme a connu cette tristesse, un homme qui n'est pas une fiction, qui n'a pas son origine dans une fiction, bien que la légende se soit emparée de lui : cet homme, c'est Sir Galaad, le chevalier. Sa tristesse est indéfinissable. Ce sont des êtres comme celui-là qui occupent l'esprit des femmes et représentent pour elles toutes les perfections.

Au cours de ses réunions littéraires, qui n'avaient rien à voir avec les rassemblements de ses amis motards, Daniel Roper proposait parfois le thème de la femme perpétuellement vierge, sublime dans la souffrance et la soumission, et qui représentait, suivant ses dires, la perversité la plus subtile et la plus grandiose. Elle a pour antithèse Lolita, petite fée de la promiscuité innocente.

– Car Lolita, n'allez pas me la traiter de perverse, s'il vous plaît, fit Roper, qui était en train de servir le thé dans des tasses d'un blanc pur, du modèle dit "Sagres", qu'il laissait toujours à moitié vides. Son sens de l'économie, rebaptisé par lui *raffinement*, lui interdisait de les remplir plus qu'à moitié. L'un d'entre vous a-t-il connu une Lolita ?

– Pas moi, en tout cas ! Je ne fréquente pas les gamines mal élevées, et Lolita, pour commencer, c'est une gamine mal élevée. Or, d'une mal élevée, on ne fera jamais une perverse. Même si une perverse, parfois, peut ressembler à une mal élevée. Le génie, lui, n'est jamais véritablement mal élevé, répondit l'autre Roper, qui ne participait presque jamais aux salons littéraires de son frère. C'était un homme de petite taille, capable de soutenir brillamment n'importe quelle conversation, avec un philosophe comme avec un boulanger. Il connaissait presque toutes les sortes de pains que l'on fabriquait au Portugal. Le pain de maïs, de blé, d'orge, et celui de graines mélangées. Le pain de mie, la gimblette, celui de son, le petit pain de gruau, pour ne citer que les plus anciens. La baguette et le gressin ne sont apparus que plus tard sur le marché. Quant à la couque, avec sa couronne de sucre, elle demeure une exception. Ce Roper-là s'y connaissait comme un docteur en pâtes et en levains. Dieu ! Il s'y connaissait en tant de choses ! S'y connaîtrait-il aussi en lolitas ?

– Une Lolita, reprit Daniel Roper qui ne voulait pas perdre un auditoire que son frère, parfois, lui enlevait, une Lolita ne peut apparaître que dans ce domaine kitsch qu'est une famille d'occasion, où la mère est divorcée et le père se trouve on ne sait où. La petite grandit vouée au sexe comme on l'est à un certain type d'alimentation, et elle ne distingue pas entre mettre sa main dans la culotte d'un garçon ou la plonger dans le sucrier. C'est une boulimique intégrale.

Camila s'amusait beaucoup à écouter toutes ces considérations. A présent qu'elle était mariée, on l'acceptait dans des conversations que naguère on eût jugées trop osées pour elle. C'était vraiment très divertissant d'assister aux leçons des Roper, si différentes de celles qu'elle avait connues en tant qu'étudiante. Camila n'avait pas terminé ses études : elles étaient trop fluctuantes et ne lui auraient servi à rien dans la vie. Plus tard elle avait épousé António Clara, qui ne supportait pas les femmes pédantes. Une femme devenait pédante lorsqu'elle atteignait à un niveau de vie supérieur, soutenait une thèse, ce genre de chose. Quoi qu'il en soit, la maison de l'Arrábida fut pour Camila un quai d'embarquement pour des régions qu'elle n'eût jamais fréquentées sans les Roper, sans leurs admirateurs, leurs acolytes, sans toutes sortes de gens que la société considérait comme pernicieux parce qu'elle ne faisait pas d'affaires avec eux, ne faisait même pas bonne figure. Les Roper, assurément, étaient de ces gens élégants et inaccessibles sur lesquels compte Porto pour ne pas être traité de provincial. Porto a toujours disposé de ces bénis des muses, qui faisaient de la musique ce que l'on peut faire avec elle : une religion exempte des Leçons des Ténèbres, où tout se passe porte à porte avec le Paradis, mais sans l'obligation de sacrifices au-dessous de la ceinture. De plus, pour novatrice et séditieuse qu'elle soit, la musique n'effraie pas comme une barricade. Porto aime la musique comme on aime les ordinateurs et la télévision – ils ont l'air modernes, mais sans aller jusqu'à donner le mauvais exemple.

Une fois épuisées les discussions sur Lolita, discussions émaillées par Roper de remarques qui portaient comme autant de flèches lancées contre les droits des femmes, Camila s'en retournait au Salto da Senhora, et c'était comme si elle sortait d'un repas plantureux. Si le *Banquet* de Platon lui venait alors à l'esprit, ce n'était pas par hasard : il s'agissait bien d'un banquet où l'on se servait à volonté, piquant çà et là un morceau friand, choisissant et savourant des merveilles de bon goût et d'intelligence. Lorsqu'elle arrivait à la maison, c'était pour y trouver Vanessa en train d'intriguer contre elle et d'inciter António à lui faire une scène de jalousie. Vanessa trouvait honteux qu'une fille aussi jeune fréquentât l'antre des Roper, dont on savait qu'ils avaient depuis belle lurette abjuré les bonnes intentions. Rien de plus cocasse que de voir cette femme d'argent, dont le commerce, parcourant toute la gamme du libertinage, s'étendait presque jusqu'en Algarve, encourager ainsi la jalousie d'un jeune mari qui, au fond, se moquait bien que sa femme fût infidèle ou non, du moment que nul n'en parlait. Camila, pour le moment, ne lui était pas infidèle, mais elle commençait à en accepter l'idée comme le prix à payer pour une citoyenneté dans un mariage heureux.

Jusqu'à ses douze ans, elle avait cru que ses parents formaient un ménage heureux. Joana passait son temps à gronder les servantes, et cela lui donnait une formidable sensation de force. Les personnes mécontentes de leurs choix ont besoin de s'entourer de petites provocations, comme insulter quelqu'un ou parler trop fort dans un endroit respectable, à l'église, par exemple. On reconnaissait en Joana une femme effrayée par un destin qu'elle était incapable de maîtriser, à cela qu'elle était toujours prête à "parler franc". Dans les sociétés immatures, ne pas mâcher ses mots est le propre de l'incompétence. Plus une personne est incompétente, plus elle se laisse aller à dire à chacun ses vérités. Mais cela ne sert à rien : le principe de l'incertitude veille à ce que ces soi-disant vérités n'atteignent ni les bons ni les mauvais.

Lorsque Camila, un beau jour, ressentit une profonde nostalgie pour un chapeau que lui avait offert sa grand-mère et dont elle croyait se souvenir à peine, elle comprit qu'elle était devenue adulte. Cela lui fit l'effet d'une punition, de quelque chose d'irrémédiable.

Sa famille jusque-là avait connu une relative abondance grâce aux prêts consentis par les usuriers. Mais ensuite, le père dut vendre des objets de valeur, des pendules et des bibelots installés depuis si longtemps sur les tables qu'on les avait presque oubliés. Un paquet enveloppé de papier journal sous le bras, l'air furtif, le père s'en allait à Porto. Tante Tofi, si par hasard elle le voyait sortir, lui demandait :

– Qu'emportes-tu là ?

Elle n'attendait pas la réponse, et il savait qu'il pouvait compter sur une indifférence comparable à l'amour. Elle ne l'accusait pas, lui portait seulement un mépris qui avait quelque chose de réconfortant. Il lui mangeait sa fortune, mais elle n'y attachait pas plus d'importance qu'à un enfant dévorant un gâteau sans vouloir le partager avec personne. Tante Tofi, la folle, se montrait ainsi plus mûre, plus sensée, que sa sœur Joana avec ses cris, ses évanouissements et ses accès de surmenage, qu'à présent on appelle *stress*.

Ce fut au temps de Joana que le stress fit son apparition au Portugal. Auparavant, il y avait à Porto la Maison Jaune – l'hôpital du comte Ferreira – où l'on enfermait les fous et leurs folies. Il y avait aussi les familles, où se développait parfois un germe contaminé par la syphilis, avec ses symptômes morbides, ses convulsions, ses crises d'épilepsie, ses dents de travers et ses caprices pouvant aller jusqu'aux limites de l'extravagance. C'était le cas de Tofi, que suivirent toute sa vie des démons familiers : l'un essuyait ses couverts à table, l'autre exigeait du thé bouillant et des bains si chauds que lorsqu'elle en sortait, Tofi avait l'air à moitié cuite. Qu'ajouter d'autre ? Eh bien, que de tous les membres de la famille, tante Tofi était le plus original, le plus fantastique. Elle s'emportait facilement, s'enfermait dans sa chambre et faisait semblant d'être morte. Il fallait lui parler avec une extrême déférence, et seule Celsa Adélaïde parvenait à la rejoindre dans cette circonvolution du cerveau où siège la sympathie humaine. Alors Tofi se dépouillait de tout en sa faveur, et se retrouvait pauvre dans sa robe de chambre en laine jaune râpée. Celsa ne disait rien de ces cadeaux à Joana.

Il y avait une chose, toutefois, que Tofi ne donnerait jamais : son édredon de plumes. Cette relique des temps opulents nourrissait son orgueil et le faisait briller.

Le jour du mariage de Camila, tante Tofi refusa d'assister à la cérémonie. Son imagination la lui montrait comme une farce ridicule, où viendraient en foule les parents de Simeão Albergaria, tous en gilet gris, avec leurs femmes coiffées de chapeaux à larges bords. Joana, qui n'avait plus de bijoux, enfila des gants de satin noir afin d'éviter d'exposer ses doigts privés de bagues. Tofi déclara qu'elle n'irait pas. Comme on avait déjà acheté sa robe, elle la coupa en morceaux, de sorte que plus personne ne l'ennuya. Elle était pour les guerres rapides, sans accords diplomatiques.

N'empêche qu'elle seule comprit que cette union n'était pas faite pour Camila. Elle trouvait António Clara stupide.

– Ce garçon est stupide, dit-elle de sa voix qui portait loin et faisait perdre contenance à ses interlocuteurs. Tofi ne faisait pas de gaffes : elle posait des diagnostics. Un jour, sa colère explosa comme un volcan et blessa Camila, que pourtant elle aimait bien :

– Tu permets à ton mari d'amener ses maîtresses chez toi et tu n'élèves même pas la voix, lui dit-elle.

Cependant, en présence de Vanessa, Tofi ne faisait pas mine de voir en elle la cause d'une situation humiliante pour Camila. C'était Daniel Roper qui se désolait, bien qu'il ne fût pas à proprement parler un défenseur des femmes. Tout le monde savait qu'elles n'entraient dans la maison de l'Arrábida que par faveur spéciale, lorsqu'elles possédaient un talent susceptible de donner du brillant aux réunions des Roper. A l'Arrábida, tout le monde adorait Camila, à commencer par les vieilles bonnes, qui voyaient en elle un alibi dans l'histoire secrète des Roper. Chacun s'attendrissait devant le courage de cette jeune femme, comparable à une Lady Godiva. Daniel surtout devenait hystérique à l'idée de tout ce qui pouvait la déshonorer.

– Vous ne savez donc pas vous défendre, ma petite ?

– Me défendre de quoi ?

Il s'empressait alors d'avancer l'argument éminemment romanesque selon lequel Vanessa pourrait avoir un enfant d'António Clara. Camila trouvait cela bien improbable, aussi fut-elle surprise lorsque, plus tard, Vanessa eut en effet un fils, mais de Taureau Bleu, ce qui était plus inquiétant encore. Les passions servent-elles l'espèce, ou sont-elles de simples turbulences destinées à faire évoluer les choses ? Camila s'intéressait à ces transformations qui, en réalité, n'avaient pas de sens, puisque la nature ne choisit pas. Vanessa ne représentait dans sa vie qu'une expérience. C'est l'expérience qui nous fait évoluer, et non nos choix. Camila ne pouvait parler ainsi avec personne au monde. La passion est une maladie que l'on se transmet les uns aux autres. Ah ! si seulement elle pouvait s'entretenir avec Freud ! "La maladie en elle-même n'est pas incurable, seules le sont les obligations individuelles et la position sociale", écrivait-il à Martha Bernays, au temps où il l'appelait encore sa douce bien-aimée. Mais il cherchait à la dominer plutôt qu'à la connaître. "Je ne te comprends pas", lui dit-il. Il l'accuse d'être "excessivement bonne" et, étrangement, Martha ne s'en formalise pas, alors que dans la bouche de cet homme, ce n'est pas vraiment un compliment. Martha Bernays, sa fiancée, est quasiment fascinée par Élise, qui ne s'embarrasse pas de pudeur et court après les hommes. Martha, elle, la douce Marty, est en voie de devenir une "chiffe molle", c'est-à-dire une bonne personne incapable de porter un jugement et de prendre parti. Freud ressemble à Roper, rien de moins, se dit Camila, et cette pensée la fit rire. Pour sauver la face, Freud assure que cette tendance, chez Martha, est le fruit de la compassion. Et il s'inquiète : "que se passe-t-il entre nous ?", exactement comme Roper lorsqu'il s'alarme de l'amitié entre Camila et Vanessa. Martha était si malheureuse qu'elle voulait quitter la maison. Qu'était-ce donc qui la rendait si malheureuse, et en même temps si indifférente aux préjugés du vieux Hambourg ? "Garde-toi pour moi saine et joyeuse, telle que moi seul peux t'imaginer", dit Freud.

– Quel amour ! s'exclama Camila, interrompant ainsi les réflexions de Roper, qui lui lança un regard exaspéré. Mes pensées m'ont entraînée très loin, s'excusa-t-elle, du côté de Vienne en Autriche, ou ailleurs.

– Que racontez-vous là? Penser seule, c'est comme voyager seule: toutes sortes d'aventures dangereuses peuvent vous arriver.

– Je sais bien. Disons plutôt que Freud avait très peur de ce genre de situation: une femme accompagnée d'une autre femme, sans homme à proximité, cela le plongeait dans l'anxiété. Deux jeunes filles voyageant seules ensemble, il y voyait une insurrection. "D'ici peu, vous commencerez à penser qu'il n'y a pas de raison de vous sentir seules simplement parce qu'il n'y a pas d'homme à vos côtés." Il a l'air de se moquer, en réalité il est très préoccupé.

– Je ne connais pas grand-chose à Freud. Les psychiatres, vous savez, Camila, sont des gens mal élevés; ils parlent brutalement de choses très délicates pour leurs patients. Des choses interdites, et ce n'est pas parce qu'on les amène de force au grand jour qu'elles cessent de l'être. Les malades (s'il s'agit vraiment de maladie, et non des refus d'un corps affamé) peuvent être pris par surprise, mais jamais trompés par l'annonciation de la guérison. La Vierge Marie n'a pas voulu être annoncée. Elle a réagi de la seule manière qui l'empêcherait de souffrir: "qu'il me soit fait selon votre volonté." Quelle réponse géniale!

– C'est vrai que l'aisance avec laquelle les femmes sautent par-dessus la souffrance est extraordinaire. Mais revenons au docteur Freud. Élise ne l'aimait pas, et elle avait ses raisons. Aussi s'employait-elle à lui enlever la petite princesse Martha qu'il séduisait sans se lasser, en usant même de sa pauvreté. Il est infaillible, l'homme qui séduit par sa pauvreté.

– J'en déduis, Camila, que vous n'avez pas été séduite: António Clara est très riche.

– Je n'ai pas été séduite, non, mais convaincue. La séduction dure moins longtemps que la conviction. Notre mariage, c'est pour la vie.

A ces mots, Roper éprouva un sentiment d'atroce jalousie, et dès lors il fit son possible pour causer du tort à Camila. Mais aussi, pourquoi était-elle à ce point invulnérable? Si jeune et si invulnérable! Il la verrait avec plaisir se mettre dans un mauvais pas, ce serait mieux que rien. Rien, elle montrait bien qu'elle n'était rien en acceptant l'annonciation de l'ange qui tournait autour d'elle, inlassablement, sur la pointe des pieds: "je t'annonce, Camila..." Elle faisait semblant d'être morte, sans rien dépenser de son patrimoine de jeunesse, d'intelligence et de fortune. Peut-être, un jour, l'ange se fatiguerait-il d'annoncer la bonne nouvelle, et la laisserait-il en paix.

– A propos de l'Annonciation, reprit Roper, on m'a dit à Jérusalem que Marie était une jeune fille riche. Le Jardin des Oliviers appartenait à sa famille, sinon Jésus n'y serait pas allé avec ses disciples. On m'a dit aussi là-bas que, lors du miracle des pains et des poissons, on aurait fait acheter de la nourriture pour tous ces gens. Or, on peut difficilement attendre un Messie riche. Vous-même, tout à l'heure, vous assuriez que celui qui séduit par la pauvreté est infaillible.

– C'est en effet ce que je pense.

– C'est ce que vous pensez? Vous êtes sincère?

– Je suis sincère. Mais je ne peux pas, comme certaines, m'enthousiasmer longtemps pour quelque chose. La sincérité, c'est un enthousiasme passager.

Roper savait que Camila était un ornement dans sa vie, comme un objet précieux d'or et d'argent. Il jalousait d'avance celui qui chercherait à la lui enlever, comme Freud jalousait Élise, l'amie de Martha, sa fiancée. La seule chose que Roper désirait, c'était de voir Camila quitter António Clara, même en emportant la moitié de sa fortune, et s'en aller vivre seule. Mais son enthousiasme à cette idée ne durait guère: bientôt il entendait les motards entrer dans son jardin sur leurs bruyants engins, et il les appréciait au point d'arrêter la musique de Mahler qu'il aimait tant. Il tentait d'ailleurs de faire de Porto un pendant de Vienne, la Vienne d'une apocalypse qui allait à la rencontre de ses crises sexuelles. De temps en temps, il rentrait à la maison avec quelques côtes cassées, conséquence d'une aventure qui avait mal tourné. Camila ne lui posait aucune question, et elle détestait les réflexions qu'António tenait prêtes pour ces occasions:

– Il a reçu une bonne raclée, voilà tout. Je ne vais pas pleurer là-dessus, ce seraient des larmes de crocodile.

Elle le détestait pour cela, et son cœur s'endurcissait. Peut-être Vanessa était-elle responsable du fier-à-bras qu'était devenu

António. Car elle lui inculquait les principes virils appropriés à son commerce, aux lupanars et à leur clientèle. Un homme se devait d'être macho et d'aimer les femmes sans restrictions. Alors que le sexe est la chose la plus ambiguë qui soit, António était en train de devenir sectaire en ce domaine. Si seulement les hommes ne riaient pas autant de ces choses ! Qui prétendent-ils tromper ?

A voir Vanessa sur le balcon du Salto da Senhora, en pyjama de soie blanche et sandales de lézard, on pensait se trouver devant un chef-d'œuvre de bon goût et, forcément, devant une femme sérieuse.

Il faut souligner que la présence de Camila donna à Vanessa la mesure de ce qu'elle-même était réellement. Les grandes envies font naître les grandes occasions. Sans Camila, qu'elle s'efforçait de tourmenter par toutes sortes de mensonges et aussi par quelques vérités, Vanessa ne serait jamais sortie de son entreprise de prostitution, et elle eût continué à recruter des femmes qu'elle ne pouvait proclamer princesses russes, puisqu'elle ne se trouvait ni à Paris ni en 1920. C'étaient de simples campagnardes n'ayant fréquenté que l'école primaire, et qui ne savaient pas que les *Lusíadas* étaient un poème épique, et non, comme elles le croyaient, une bande dessinée mal construite. Le gros de la troupe de Vanessa se composait de filles à la taille élevée et aux grands pieds, rescapées de l'aventure des *passerelles**, pleines de faims spécifiques et rêvant de pouvoir manger un jour tout ce dont elles auraient envie, puis d'essuyer avec un morceau de pain la sauce dans leur assiette. Elles passaient sans cesse la main dans leurs cheveux, d'un geste qu'elles voulaient sensuel mais qui exaspérait Vanessa.

– Écoute, ma fille : c'est la mode de sortir les cheveux en bataille, je sais. Mais inutile d'insister sur ce qui en est la cause ; on est censé croire que c'est le vent ou l'amour, et non tes mains, qui ressemblent à des bottes d'asperges.

Elle pouvait être si agressive que les filles la craignaient et qu'elles lui donnaient des noms d'oiseaux. Elles l'appelaient même "la vieille", alors qu'elle n'avait que trente-six ans.

* Les mots en italique suivis d'un astérisque sont en français dans le texte.

“La vieille est arrivée ?” demandaient-elles. Parfois Vanessa les entendait, mais passait devant elles sans un mot ; cela faisait froid dans le dos, ce silence aimable où l’on pouvait supposer toutes les ruminations de la vengeance. Mais Vanessa n’était pas rancunière, et bientôt elle les régalait d’une prime, d’une robe ou d’un parfum cher. Elle aimait les voir jolies et heureuses.

– Rien de plus triste qu’une putain triste, disait-elle.

Si cependant il lui arrivait de s’inquiéter en s’entendant traiter de vieille, c’était seulement parce que la venue de l’âge lui ôtait tout espoir de maternité.

– Je resterai là, comme une vieille chaussette, riche mais seule. Les hommes me laisseront tomber à la première ride, celle qui donne de la noblesse au dernier baiser, après, c’est fini. Un fils, c’est un fils, même s’il nous fuit, il nous appartient.

– Tu ne seras jamais vieille, dit Taureau Bleu, distrait, tout en buvant sa bière glacée. C’était toujours un gamin. Il faisait un peu de sport, mais pas beaucoup, car les muscles trop sollicités abîment la ligne. Ses yeux presque verts rendaient folles les femmes ignorant que les beaux yeux ne sont pas l’apanage du sexe fort.

En réalité, le souci qu’elle se faisait de la vieillesse n’était pas une priorité chez Vanessa. Il l’assaillait seulement, comme un coup de poignard, lorsqu’elle s’imaginait seule dans la maison qu’elle se faisait construire, telle une arche de Noé prête à prendre le large dès qu’arriverait le déluge. Elle craignait le déluge, que ce fût sous la forme d’une maladie, ou d’une faillite à cause du fisc, ou de la police, qui ne lui laissait pas l’illusion d’une complète impunité.

De temps à autre, l’idée lui venait d’adopter un enfant, mais, sachant combien d’ennuis en découleraient, elle ne pouvait s’y décider. Sa malice la jetait dans la délinquance, même si c’était par simple forfanterie, comme dans le cas de Taureau Bleu – qui dans les situations difficiles se tournait vers Vanessa, sa protectrice – s’il perdait au jeu, s’il avait un accident de voiture, s’il était menacé à cause d’une agression sexuelle ou d’une simple fraude. Le seul fait de l’avoir pour soutien aiguisait son appétit de délinquance. Vanessa payait ses cautions, et il savait que, grâce à elle, jamais il ne dormirait en prison ni sous les ponts, que jamais on ne lirait son nom dans les journaux.

– Mieux vaut être un criminel pour de bon qu'en avoir la réputation, disait Vanessa avec ce cynisme quasi érudit qu'abominait Roper. Celui-ci avait sa propre forme de délinquance, qui contrariait les règles d'une société de laquelle il ne souhaitait pas se détacher. Aussi y joignait-il la morale un peu fastidieuse du "comme il faut", où les passions cependant l'emportaient, en tant que droits de l'homme. Pour lui, Vanessa était une simple hors-la-loi, et Taureau Bleu, un voleur par vocation.

– Voilà José Luciano qui arrive, cachez l'argenterie, disait-il. Mais il ne lui fermait pas sa porte : Taureau Bleu était si beau garçon, il mettait tant de gaieté dans la maison, avec son rire chantant ! Quant à Vanessa, il ne savait comment la situer, lors des thés qu'il donnait et qu'elle trouvait pingres.

– Que voulez-vous ? s'exclamait Roper. Je ne sais pas gagner de l'argent, je sais seulement ne pas le dépenser.

Elle goûtait les biscuits et disait, avec son rire dévastateur :

– Ce sont des biscuits pour chiens ! Les Portugais ont vraiment des goûts bizarres.

Mais les temps avaient changé. A présent, l'appétit s'ouvrait à la vue de mets appétissants. La publicité, à la télévision, contribuait beaucoup à répandre la mode – non pas le désir –, de choses exotiques, que l'on supposait conformes aux goûts bourgeois. Le caviar et le champagne devenaient accessibles aux bourses modestes, et les batteries de cuisine prenaient des allures de pièces d'orfèvrerie. Pourtant, personne ne cuisinait plus. Mais Vanessa était de ces femmes qui savent encore distinguer un faux Chanel d'un Chanel authentique. On ne disait pas d'elle qu'elle gagnait de l'argent, mais qu'elle *faisait* de l'argent. Elle allait toujours flanquée d'une escorte, comme on l'était autrefois d'un couple de lévriers russes. Cependant, rien de tout cela ne comptait plus pour elle, parce qu'elle était devenue jalouse de Camila.

Elle ne l'aimait pas, comme son obsession aurait pu le faire croire, mais elle jalousait démesurément cette fille silencieuse et presque absente, que son mari présentait comme une parente qu'il aurait recueillie, et non comme sa femme. Il en avait un peu honte, en quelque sorte. Cela mettait Vanessa hors d'elle, et elle entrait en scène toutes griffes dehors, comme disait António Clara.

– Qu'est-ce que j'ai fait de mal ? se plaignait-il. J'ai seulement dit que l'on dirait un petit oiseau venu de l'Angola, qui ne mange pas, ne boit pas, ne salit pas sa cage. Quel mal y a-t-il à cela ? Approche, Camila, et dis-nous si je t'ai offensée.

– Non, dit Camila. Ça m'est égal.

– Ça lui est égal. Tu entends, Vanessa ?

Le misérable, pensa celle-ci. Et d'un geste brusque, elle tirait sur son collier comme on tire sur une chaîne de forçat. Comment se pouvait-il que Camila vécût avec cet imbécile, qui répétait toujours les mêmes choses pour faire de l'esprit et se moquait bien d'humilier quelqu'un, du moment qu'il avait la certitude qu'on ne lui rendrait pas la pareille ? Vanessa avait une furieuse envie de lui voler sa femme comme on lui volerait son portefeuille. C'était tout ce qu'il méritait.

Sur ces entrefaites, Daniel Roper mourut. Il mourut d'une crise cardiaque, seul et pleinement conscient qu'il était en train d'affronter la mort. Cela se passa dans la solitude de sa maison de vacances, alors qu'il n'y avait plus personne, et que même le restaurant au bord de la rivière avait fermé. Vanessa et Taureau Bleu y étaient souvent allés manger, et ils voyaient s'élever une volée de mouches de la table de cuisine quand ils ouvraient la porte de service. C'était une vision sordide, mais si vite envolée qu'elle restait dans la mémoire comme un rêve.

Lorsqu'on le trouva, Roper était nu dans la douche, et sur les vitres battait la pluie diluvienne du pesant automne qui commençait. Vanessa en fut très impressionnée, d'autant qu'António, lui, n'en fit aucun cas. Il était si égoïste que pour lui les malheurs d'autrui étaient irréels. Mais Camila pleura, et c'est habillée de noir des pieds à la tête qu'elle assista à l'enterrement. Non par souci de porter le deuil, mais parce qu'elle avait toujours vu Daniel Roper vêtu de noir, avec ses fameux costumes taillés dans une popeline qui brillait comme la carapace d'un insecte.

L'enterrement ne fut suivi que par une dizaine de personnes, les domestiques surtout, et quelques familiers. Les joyeux motards brillaient par leur absence, ainsi que les fleurs. Roper aurait demandé que l'on se gardât de dévaster les jardins, où justement les camélias étaient en pleine floraison. Quand donc avait-il fait cette demande ? Récemment, cela voudrait dire qu'il sentait la mort venir. A moins qu'il n'eût simplement mis en pratique l'un de ses principes d'économie. Ce qui est sûr, c'est qu'avec la mort de Roper disparaissait à Porto tout un cycle culturel. Finies, les discussions sur Thomas More, lequel, selon Roper, avait annoncé les guerres du XXIe siècle, lorsque prendrait fin le complexe politico-religieux et que naîtrait un mysticisme qui servirait de fléau à la balance du pouvoir. L'orgueil de ce descendant direct d'une fille de Thomas More disparut en même temps que lui dans le mausolée des Roper, sorte de chapelle funéraire avec des flambeaux d'argent massif qui furent bientôt dérobés, ainsi que les nappes de lin et les vases de cristal. Bâtie sur un terrain rocheux, la maison de l'Arrábida ressemblait à un bateau échoué (c'est pourquoi Roper la baptisa *Old Barge* – vieille barque – du nom de la maison de Thomas More, au bord de la Tamise). De là, on voyait l'embouchure du Douro avec d'un côté le quartier des pêcheurs de l'Afurrada, et de l'autre la belle ligne des palmiers de la Cantareira.

Si les enterrements sont souvent exploités au cinéma pour leur bel effet scénique, la réalité peut être mesquine, sans acteurs intéressants. Les figurants se dispersent rapidement, afin d'échapper à l'inhumation proprement dite, et si un orateur se manifeste, ses paroles se perdent dans le vent, et personne ne les entend. Tout a un petit air de fin de marché, et l'on se dirige vers la sortie d'un pas plus léger que pour entrer. Ce fut dans ce cimetière que Vanessa se vit morte, allongée dans un cercueil tapissé de satin, sans la présence d'un ami pour s'émouvoir, d'un fils pour la pleurer.

– Avoir un fils, c'est tout avoir, disait Celsa Adélaïde. Ils pouvaient bien être les pires canailles du monde, cela ne la dérangeait pas. Leurs larmes, quand elle mourrait, vaudraient de l'or, de l'encens et de la myrrhe. Tout le reste était secondaire.

Celsa, toutefois, n'était pas près de rendre l'âme. Elle entrait et sortait par les innombrables portes du Salto da Senhora, et personne n'était capable de la situer. Elle aimait se tenir dans la lingerie, d'où l'on voyait une bonne partie de Régua. Avec une paire de jumelles on pouvait même, autrefois, distinguer les passants à l'entrée de la ville, et les reconnaître à leur démarche. A présent, ce n'était plus possible. Les voitures masquaient la route, et il n'était plus question d'évaluer le temps mis par les commissionnaires avec leur petit sac de tissu rayé où elles mettaient le courrier à poster.

Au temps de Joana, au temps de sa jeunesse, on pouvait encore marcher sur les routes sans risquer autre chose que soulever des rouleaux de poussière qui retombaient sur la vigne, protégeant les fleurs. Il y avait encore des kermesses et des tombolas. Les crimes étaient rares, et personnalisés. On tuait par jalousie, par avarice, par volonté de rédemption aussi, s'il y avait eu viol ou des actes contre nature. Puis le crime changea de visage, se fit plus spéculatif, devint un fait de société. La drogue créa une excitation sans intention barbare, quelque chose de purement chimique. Plus besoins de mobiles, seulement de conditions rassemblées. Le raisonnement reculait devant la loi, qui tolérait une conspiration anarchique. Les droits de l'homme rejetaient dans la clandestinité l'intervention de l'individu.

Avec la fermeture de la maison de l'Arrábida – l'*Old Barge* –, prenait fin un moment de l'histoire de Porto, disparaissaient les poches de culture où l'on imaginait des attentats contre des hommes d'État, des philosophes ou des hommes d'Église. La grande musique pâtit également d'une vague de goûts plus faciles, où les jeunes virent une libération de toutes les contraintes. Le nombre toujours plus grand d'élèves engendra une compétition effrénée et la nécessité d'un curriculum, afin d'abréger l'analyse des mérites. Le domaine de Vanessa s'étendit, se professionnalisa, bénéficia même des faveurs du législateur. On ne distinguait plus une pute d'une étudiante, du moment que la première avait fait des études et qu'elle savait gérer son budget. La ligne de partage entre ce qui était inadmissible et ce qui était acceptable s'estompa. Exiger quelque chose, ce n'était pas démocratique, aussi la société souffrait-elle d'un collapsus, et le jugement de Dieu était remis en cause.

Les premiers temps de son mariage, Camila allait encore de temps en temps dans la chapelle de la forêt, prenant la clef sous la pierre descellée d'une marche. Mais par la suite sa vie changea, et elle entra dans une phase de relations avec des personnes dont les noms avaient pour elle une saveur mythique. Dans sa famille, la routine incluait une vénération pour le succès, dont l'on héritait au moins jusqu'à la quatrième génération. Le prestige de ces gens offusquait les ambitions plus obscures que l'on pouvait avoir. Camila abhorrait cette servilité proche de la superstition. On permettait à ces gens-là beaucoup de choses qui, à elle, étaient interdites, user d'expressions peu académiques, par exemple, ou porter des vêtements de marque si inaccessibles qu'ils en paraissaient extravagants. Camila se fût rendue ridicule en rêvant à d'autres modèles que ceux qui étaient prévus pour des femmes simples, travailleuses, les fameux modèles "portables". N'empêche qu'elle rêvait. Son mariage avec António Clara n'avait pas mis fin à ses rêves. Ce que l'on pouvait appeler l'infidélité de son mari ne la blessait pas. "C'est passager, j'aurai bientôt d'autres occasions, et nous nous séparerons", pensait-elle. Le mariage, ce n'était plus pour la vie entière et, en tant que formalité, il comptait à peine. Vanessa ne la dérangeait pas, le sentiment de rivalité disparaissait pour être remplacé par le désir d'être responsable de sa propre histoire. L'histoire d'une femme n'était plus divisée en épisodes qui étouffaient l'invention et la prise de risque. Vanessa admirait la persévérance que mettait Camila dans le bonheur, sans que cela eût à voir avec le sacrifice.

– Pourquoi vous laissez-vous humilier? disait-elle. António ne manque pas une occasion de démontrer que vous ne le méritez pas. Je ne supporte pas cela. Vous vous laissez violer comme si c'était sans importance.

– Ne prenez pas les choses aussi à cœur. Il ne se passe rien de terrible. Il y a des jours bons et d'autres mauvais, voilà tout.

– Seriez-vous par hasard une esclave?

– En quelque sorte, oui. Mais votre pouvoir à tous est transitoire. Vous n'avez pas atteint le premier degré de l'intelligence: la bonté. Vous n'y êtes pas arrivés encore, et il nous faut vivre en nous en accommodant. Moi, je vis dans un champ entouré de fils de fer, de murs, de toutes les menaces possibles. On peut m'agresser, m'assassiner simplement parce que je fais ceci ou cela. Parce que je dis des choses qui ne peuvent l'être qu'à un moment donné. Tout dépend de l'intuition, de la chance, d'un peu d'expérience et de calcul, de personnalité aussi. Mais une personnalité vague, sans rapport avec la psychologie, plutôt avec le domaine scientifique. Je vois bien que vous m'aimez, je vous en suis très reconnaissante. Ne vous gênez pas pour m'agresser avec votre amour. Pour me fouetter jusqu'au sang.

– Jamais je ne ferais une chose pareille ! protesta Vanessa. Elle était stupéfaite, ses yeux lui brûlaient. Pour qui me prenez-vous ? Pour une gardienne de prison ?

– Si vous ne l'étiez pas, vous ne vous préoccuperiez pas tant de votre pouvoir. Du pouvoir, toujours plus de pouvoir. Sur vos putes, vos clients, vos jeux trafiqués de façon à vous donner plus de bénéfices, sur le plaisir, sur tout. Le pouvoir est en train d'affecter tout le monde, la terre entière. Mourir est la seule façon d'y échapper.

– Vous êtes une névrosée. Toute votre famille est névrosée. C'est héréditaire.

– Cela s'arrangera. Ce que je veux vous dire, Vanessa, c'est de ne pas compter sur moi. Je ne cherche pas le pouvoir. Couchez avec António, entrez dans la maison, sortez, vous ne me déshonorez pas, vous ne m'atteignez pas. L'amour que je ressens pour les êtres n'est pas réciproque. C'est une manie que j'ai, comme un défaut sur une porcelaine mal venue. Je n'ai pas de classe, c'est tout, et ça suffit. Autre chose que je veux vous dire (ne me regardez pas ainsi, vous m'ôtez tout courage), c'est que, tous, vous passez votre temps à parler de problèmes, mais que vous n'êtes pas capables d'en inventer un seul. Moi, je consacre ma vie à en inventer de toutes sortes. C'est comme une impulsion qui me vient de je ne sais où.

– C'est vous qui êtes un problème, Camila, pour tous ceux qui vous approchent. Pour votre mari, votre père, votre mère. Je n'ai jamais vu une telle absence de sentiments.

Entendre Vanessa parler de sentiments, c'était piquant. Ceux qu'elle possédait étaient sans doute adaptés à sa personnalité vorace, mais alanguie aussi dès qu'il s'agissait de se décorer elle-même de l'ordre des grandes bienfaitrices. Elle payait d'innombrables cotisations, même à des clubs sportifs, et elle contribuait pour de grosses sommes aux besoins des hôpitaux et des foyers pour vieillards. Elle se sentait poussée à se racheter, à effacer les traces de la punaise qu'elle était, qui suçait le sang de la société de plaisir. Au fond, elle utilisait l'excuse habituelle du délinquant par vocation lorsque, vers la fin de sa jeunesse, elle invoquait les vicissitudes de l'existence, la misère, l'abandon, l'enfant qu'elle avait été, séduite par un adulte, le père, un voisin, n'importe qui.

Devenue riche, elle apporta à son histoire quelques retouches. Rien ne devait transpirer de sa vie, sinon ce qui concernait les affaires et ses relations avec des hommes importants. Les femmes la tenaient à distance, se réservant le droit de la recevoir si par hasard elle se mettait à investir dans la vertu. Mais sa longue et crapuleuse expérience l'empêchait de dédommager la société en faisant le sacrifice de ses appétits. Et puis, où iraient les hommes en quête d'un refuge qui les consolerait des petites turpitudes de leurs foyers ? Leurs filles qui grandissaient et se mettaient à les critiquer, les épouses qui réclamaient toujours quelque chose. Comme si le mariage n'était pas un jeu comportant des règles fondamentales ainsi qu'une participation au monde empirique.

Vanessa commençait à se demander si Camila, qui avait un père joueur, ne se représentait pas la vie comme un jeu, sans se soucier de savoir si cette représentation était valable ou non. L'amour de Vanessa pour elle grandissait en même temps que son obsession à vouloir la comprendre. Elle découvrit que répandre le bruit que Camila était socialement incorrecte, qu'elle entretenait avec les Roper des relations qui l'introduisaient dans la politique de gauche, soulageait un peu son anxiété. Les Roper fréquentaient en effet des gens qui, sans se considérer eux-mêmes comme membres d'un parti, faisaient preuve d'extravagance dans leurs projets de réforme de la société. Les Roper et quelques-uns de leurs meilleurs amis, souffrant d'une certaine dissonance dans leurs mœurs, s'affichaient avec un parti jugé indésirable, dans le seul but de réduire leur propre dissonance, qui, elle, n'avait rien de politique. Camila ne s'apercevait même pas qu'ils recevaient des personnes s'entendant entre elles au point de se trouver une mutuelle justification.

La rumeur colportée par Vanessa porta bien quelques fruits, mais Camila était jeune et elle était femme, deux facteurs défavorables à son introduction dans la liste des personnes dangereuses. La théorie de Vanessa se révélant invérifiable, on pouvait la dédaigner, comme une sorte de résidu de la pensée. En politique, faire d'une pensée un résidu est une erreur fatale. Tout doit être mis à profit.

La rumeur, néanmoins, ne rejoignit jamais sa base ; elle demeura détachée, comme un câble de haute tension où ne passe plus l'énergie suffisante pour qu'il soit mortifère. Plus tard, Camila rencontrerait quelqu'un qui lui expliquerait à quel point cette rumeur l'avait rendue vulnérable, quand bien même on ne l'eût jamais vérifiée.

– S'ils l'avaient pu, ils vous auraient tuée, lui dirait-on.

Ces paroles effrayèrent Camila et la renvoyèrent au temps du Salto da Senhora, lorsque Vanessa s'y trouvait et cherchait à éliminer toute ambiguïté concernant Camila. Jusqu'à quel point, alors, n'avait-on pas frôlé le crime ? Seul le crime supprime les ambiguïtés. Cela la fit se souvenir de bien des choses auxquelles à l'époque elle n'avait pas prêté attention. La vie que menait Celsa Adélaïde dans sa famille, par exemple. Elle apparaissait souvent couverte de plaies et de bleus, au point de devoir aller à l'hôpital. Un jour, Rutinha l'avait même emmenée à Porto, pour la montrer à un orthopédiste.

– Je suis tombée dans un escalier, affirma Celsa. Elle avait un bras cassé, et le médecin rit de bon cœur.

– Ce ne serait pas plutôt votre mari qui vous a battue ?

Une complicité un peu futile s'instaura alors entre Rutinha et le médecin ; tous deux étaient jeunes et profitaient de l'occasion pour flirter, aux dépens des malheurs conjugaux de Celsa Adélaïde. Que le bras cassé de Celsa servît les désirs érotiques de la jolie Rutinha et du médecin, c'était assez cruel. Mais qui parle de cruauté ? Celsa se remit rapidement et continua à apprécier la bonne amitié de Rutinha, et à détester chaque jour davantage son mari, auquel elle donna bientôt un nouvel enfant. De telles ambiguïtés ne peuvent se résoudre que par le crime ; heureusement, les fortes tendances religieuses de Celsa la mettaient à l'abri d'un tel dénouement.

Si la propriété du Salto da Senhora – le Saut de la Dame –, portait ce nom, c'est qu'un bruit courait à son sujet. On disait (ou plutôt on ne disait plus, car une rumeur sans preuve à l'appui ne se transforme même pas en légende : elle se réduit au vestige d'une dissonance qu'un excès d'information risquerait d'accentuer) que cette Senhora avait été une dame malheureuse qui s'était jetée du haut de la tonnelle, au fond de la *quinta.* Sauf qu'en ce temps-là il n'y avait pas de tonnelle : la femme s'était précipitée dans un abîme surplombant une carrière. On ignore la raison de ce drame, il s'en produisait du reste assez souvent de semblables. L'ennui et la dépression poussaient les jeunes femmes à de telles extrémités. Il suffisait parfois d'une contrariété amoureuse pour leur faire prendre une aussi radicale décision. Le Salto da Senhora demeura l'emblème d'un esprit qu'une personne comme Celsa ne se gênait pas pour qualifier de mauvais. A un certain moment, Camila se demanda si Vanessa ne serait pas elle-même un esprit mauvais. Elle allait et venait en pleine impunité, sans rien contrôler de son comportement. Plus elle cherchait à pénétrer le secret de la maturité de Camila, plus elle s'enfonçait dans l'inconnu. Elle ignorait, au fond, qui était réellement Camila, et à quoi l'on pouvait s'attendre de sa part. Il y eut un temps où Vanessa se persuada que la jeune femme avait élaboré un plan pour la perdre, et qu'elle ne pourrait y échapper. Ce qu'elle refusait d'admettre, c'est que Camila la considérait comme archaïque, comme si les séparaient de nombreuses années de maturation. Le problème, selon Camila, c'était que l'érotisme se manifestait par la violence, qu'il occupait tous les mécanismes de la société, du pouvoir et de la politique. Le programme de l'érotisme, c'est le pouvoir ; son mécanisme, la violence. Le bras cassé de Celsa en disait quelque chose.

Celsa n'était pas bonne au sens moral du terme, mais elle savait produire des anticorps dans une personnalité qui, sans sa foi chrétienne, eût été insupportable. Pour rien au monde elle n'eût manqué la messe du matin. Elle laissait son mari, encore ivre, seul dans le lit conjugal ; quand il s'éveillait et ne la voyait pas à ses côtés, il proférait les pires menaces, celle de la tuer, par exemple, et de transporter son corps dans une hotte après lui avoir, de sang-froid, brisé les jambes, afin de l'y faire entrer. Après quoi il la coucherait sur les rails, pour faire croire à un accident. Le cas s'était déjà produit, on en avait beaucoup parlé. Celsa éprouvait une grande admiration pour ce criminel, qui avait l'air d'un homme ordinaire, sans défauts majeurs. Elle l'admirait de ne pas avoir révélé le nom de sa maîtresse, bien qu'on l'eût frappé à grands coups du tuyau qui servait à transvaser le vin. On entendait ses hurlements depuis la route. Elle dit à Rutinha :

– Celui-là, c'est un homme pour de vrai, il trouvera toujours quelqu'un pour l'aimer.

– Tu voudrais d'un homme pareil ?

– Bah ! Les temps sont mauvais, fit Celsa. Et, prenant un air distrait, elle mit fin à la conversation. Rutinha était persuadée qu'elle était la proie de mystérieuses impulsions, pouvant la mener on ne savait où. Mais elle recevait les sacrements avec la plus grande dévotion et récitait le rosaire comme si elle suivait réellement la Passion du Christ. Et elle pleurait. Toute sa vie elle porta un vieux châle qui ne descendait pas jusqu'à sa taille, qu'elle avait fort mince.

– Ah ! si je pouvais avoir ta silhouette, Celsa ! Moi, à chaque enfant, je prends je ne sais combien de kilos, je vais devenir une vraie bonbonne. C'est de famille. Ma tante Constança était si grosse que ses filles ne lui présentaient jamais un garçon avant qu'il n'y eût entre eux promesse de mariage. Elles avaient trop peur de le voir fuir, épouvanté.

Celsa riait aux éclats. Cet instant de bonheur était dans sa vie comme un rayon de soleil. Elle se contentait de peu, mais il lui fallait sa part de rêves. Si on lui ôtait le rêve, elle serait capable de faire comme la Dame : se fracasser la tête au fond de la carrière.

A présent il y avait une tonnelle sur les lieux du Saut de la Dame. C'était là que se retrouvaient António et Camila, au temps de leurs fiançailles. De là on voyait la vallée tout entière, les montagnes avec leurs villages et une chapelle dédiée à la fertilité. Camila se disait qu'elle n'aurait jamais d'enfants avec António Clara, que du reste elle ne s'adonnerait pour cela à aucune magie. Elle pensait d'ailleurs que le sexe lui-même était un acte de magie. Or, si nous intervenons dans un acte de magie avec nos idées héritées de notre milieu, de notre éducation, d'une analyse intellectuelle même favorable, la magie n'a pas lieu. Une amie de Camila, que les diagnostics les plus sérieux et les plus compétents avaient déclarée stérile, tomba cependant enceinte parce qu'elle avait franchi une sorte de frontière d'avec l'humain. Elle avait cessé d'aimer son mari, de sorte que celui-ci l'avait possédée dans un état de consécration à l'amour absolu.

Celsa était persuadée que ses fils lui avaient été concédés par un pouvoir surnaturel, et que le mâle ne servait qu'à rendre vraisemblable cette forme de miracle. Cinquante pour cent des femmes consentent de bon gré à ces manœuvres de la procréation, mais voient dans leur enfant le résultat d'un accord passé avec la magie, ou, mieux, avec le divin. Pour explicite que soit le sexe, les femmes lui opposent leur croyance en une stratégie mettant en cause la nature et ses ressources insondables.

On ne mesura pas aussitôt les conséquences de la mort de Roper, mais Camila se sentit moins protégée. La maison de l'Arrábida avait été pour elle un refuge, et tout ce qui s'y passait, les réunions comme les conversations les plus singulières, tenait pour ainsi dire António Clara en respect. Craignant de voir son comportement rendu public, il n'osait pas maltraiter Camila. De même pour Vanessa, qui s'efforçait de maintenir de bonnes relations avec elle. Pourtant, alors que tout semblait aller bien, brusquement s'abattait sur la jeune femme tout un essaim de machinations perfides. La paix, il est vrai, ne favorisait pas l'étrange alliance entre Vanessa et António Clara. Ils ne s'entendaient bien, apparemment, qu'au détriment de Camila, en faisant d'elle leur souffre-douleur. Que pouvait-elle faire ? Si elle abordait devant sa mère la question de ses souffrances, qui n'étaient plus seulement morales, et qu'elle cherchait auprès d'elle un réconfort, celle-ci ne cachait pas qu'elle ne voulait rien savoir.

– Tu as voulu te marier, te voilà mariée à présent. Ton mari est un bon garçon, qui ne te laisse manquer de rien. C'est toi qui ne lui donnes pas d'enfants, et c'est déjà beau qu'il ne s'en montre pas mécontent.

Camila se taisait. Seul Roper aurait pu s'introduire dans ce gouffre de perfidies. Mais, même ainsi, il n'aurait eu aucune certitude. Tout ce qui touche au sexe profite de l'ambiguïté. Il n'y a pas de logique dans le domaine du sexe. Camila savait qu'elle était maltraitée et que les sévices iraient croissant jusqu'à laisser transparaître une incitation au plaisir qui contaminerait tout le monde à la maison, domestiques, amis, et même Celsa, qui déjà se mettait à éviter Camila. Elle la voyait dépérir, car on lui mesurait la nourriture à présent, ou bien on la lui servait à des heures impossibles. Il était souvent deux heures du matin quand on l'appelait pour le dîner. Elle descendait et trouvait Vanessa soûle ; António s'emportait si sa femme retournait dans sa chambre. Vanessa devait le dissuader d'enfoncer la porte à coups de pied. Camila s'enfermait à clef, mais cela aussi on le lui interdit, et la serrure fut arrachée. C'était Vanessa qui allait lui porter un bol de bouillon et qui la consolait.

– Nous devons faire très attention à lui. Il ne va pas bien du tout, il faut faire attention.

C'était elle, pourtant, qui lui apportait de la drogue et qui intriguait en disant que la jeune femme passait de mystérieux coups de fil. António lui supprima l'accès aux téléphones et lui reprit les clefs de la voiture qu'elle conduisait. Camila était prisonnière, mais une prisonnière qui jouissait encore de quelques privilèges. On lui permettait de lire et de regarder la télévision.

– Je ne tiens pas à ce que tu deviennes stupide. Je m'intéresse à ta biographie.

Camila se demandait si son mari ne cherchait pas simplement à créer une atmosphère de mépris qui le convaincrait de sa supériorité. Il usait, dans les circonstances les plus inattendues, d'un langage élevé, et même scientifique. Ce qui peut nous surprendre, c'est que Camila n'ait pas, au commencement du moins, coupé court à cet état de choses en usant de l'attitude ferme que craignait son mari et en exigeant, et même en imposant, le départ de Vanessa. Mais le souhaitait-elle vraiment ? Ne se laissait-elle pas amollir par le facteur érotique, assez puissant et persuasif pour la rendre complice de sa propre humiliation ? Adoração, sa sœur aînée, vint lui rendre visite, et fut impressionnée. Échappant toutefois à la contagion, elle lui conseilla de quitter António Clara.

– Demande le divorce. C'est la meilleure chose que tu puisses faire. Prends les choses par le commencement et tu verras, ce n'est pas difficile.

Mais en disant cela, elle ne tenait pas compte de l'inertie de sa sœur. Celle-ci la regarda avec reconnaissance, mais dans cette reconnaissance, il y avait le désir implicite de la voir disparaître de sa vie. Adoração était pour elle une étrangère, avec ses cheveux blancs et sa robe mal coupée. Moi, jamais je ne mettrais une robe pareille! pensait Camila. Elle s'était fait un retranchement de ses privilèges, et elle n'imaginait pas user encore d'objets ou de vêtements sans style, porter du linge qui ne fût pas en fibres naturelles, ou boire son thé dans autre chose que de la porcelaine de Spode. En peu de temps, elle avait jeté par-dessus bord toutes les habitudes de sa famille, les assiettes de faïence grossières, ou si vieilles qu'elles avaient l'air grossièrement coloriées, le papier journal que découpait tante Tofi, et qui servait de papier hygiénique. Ses armoires à elle étaient pleines de manteaux de luxe doublés de soie vaporeuse ou épiscopale, de vêtements où brillaient des broderies de perles et de nacre, de chaussures de toutes sortes dont la moindre paire valait le salaire de n'importe quel employé. Elle avait perdu le compte de ses bijoux, de ses sacs, de ses *foulards**. Elle buvait du champagne à n'importe quelle heure du jour et de la nuit, et elle allait à Paris voir les défilés de mode. Toutes ces dépenses, approuvées par Vanessa et que n'allait donc pas contredire António, étaient couvertes non seulement par la vente du "bénéfice" (le vin qualifié pour le traitement du vin doux), mais aussi par l'argent de Vanessa. Celle-ci versait pour la maison de grosses sommes lorsque se révélait un découvert bancaire. Si Camila avait envie de changer de voiture, Vanessa courait les stands d'exposition, ou commandait le modèle dont elle rêvait. Elle la couvrait de cadeaux, de caresses, de compliments. Ce qui ne l'empêchait pas de flatter António Clara, et même de l'approuver lorsqu'il offensait ou injuriait sa femme. Elle entendait Camila pleurer, mais n'accourait pas pour la consoler. Elle savait trop que, si elle montrait si peu que ce fût de réprobation pour la façon dont il traitait sa femme, il en prendrait ombrage et la prierait de quitter les lieux. Quoique, à vrai dire, une telle attitude lui serait de moins en moins facile, étant donné les sommes élevées qu'il lui devait.

– Je suis ici pour vous défendre, disait-elle à Camila. Mais, dans la minute qui suivait, elle sortait avec António, dans un tourbillon de rires et de séduction destiné surtout à faire bien comprendre qu'ils étaient intimes, tous les deux, et que la patronne, à la maison, c'était elle. Mais les apparences ne coïncident pas toujours avec la réalité. Camila elle-même n'eût pas juré qu'ils étaient amants. Et son doute à ce sujet était si fort, si grande son obsession, qu'elle finit par être la proie d'hallucinations. Elle les voyait s'avancer vers elle en se tenant la main et en souriant d'un sourire de tranquille défi. Or, à cette heure-là, António se trouvait à Porto et Vanessa était allée à Vila Real afin de se rendre à une convocation du tribunal. Car elle était toujours engagée dans des litiges et des procès, et témoins et avocats se pressaient autour d'elle. Elle connaissait bien la loi, et savait comment s'y prendre pour échapper au fisc.

– Je n'ai pas été là de l'après-midi, disait-elle.

– Je vous ai vue, Vanessa. Vous portiez votre manteau de tricot bleu clair, celui dont vous dites qu'il fait trop layette.

– Je vois très bien de quel manteau vous parlez, mais je l'ai lavé, et il est feutré. Il y a des siècles que je ne le porte plus.

C'était la vérité. Vanessa exhibait le manteau, qui servait de coussin aux chiens qu'elle avait amenés avec elle et qui ne la quittaient pas d'une semelle. Des chiens stupides, toujours en train de sauter, avec une langue rouge qui s'agitait comme un drapeau dans le vent. Camila cherchait auprès d'eux un peu de réconfort, un avertissement, un petit signe quelconque. Les petits signes, c'était sa vie à présent, l'accompagnement qui convenait au délire où elle s'enfonçait. Et tout cela, pourquoi? Les temps heureux où António ne se faisait pas remarquer dans la maison, où il était comme un frère, affectueux et fier, ces temps-là étaient passés. Maintenant, elle ne pouvait plus le dissocier de ses angoisses, il était comme une pierre au fond de son cœur, empêchant le sang de circuler et de recevoir l'oxygène. Sûrement, si elle s'ouvrait une veine, il en sortirait un sang noir comme du charbon. Elle sombrait fréquemment dans d'horribles rêveries qui lui montraient la mort comme acceptable et même désirable, telle une bonne mère aux bras accueillants. Je me tue, et tout est résolu, pensait-elle. Dans le parfum des glycines elle retrouvait celui de Vanessa, et l'aversion lui tirait des larmes d'une suavissime tendresse. D'autres solutions, parfois, lui venaient à l'esprit, la mort de Vanessa, par exemple. Ou celle d'António Clara. Mais l'une comme l'autre lui semblait une horrible façon de se libérer. Et si quelqu'un se risquait, comme l'avait fait sa sœur, à suggérer que son cas relevait de la médecine, Camila pensait qu'il se situait en réalité par-delà la psychologie, et que, s'il était possible de l'affronter, personne n'arriverait jamais à pénétrer son mystère. De sorte que tout lui paraissait vain et sans solution possible. Pourquoi fallait-il que lui arrive, à elle, une chose aussi vaine ?

A présent António se rendait compte qu'il ne pouvait se passer de Camila. Qu'elle était sa vie, qu'il lui fallait l'écorcher vivante, lui enlever la peau, lambeau par lambeau, pour jouir de son propre champ de plaisir et déployer toutes les facettes de sa personnalité. Camila ne répondant pas comme il le souhaitait à ses provocations, il s'en irritait. La femme hallucinée et ardente qu'il avait connue devenait cauteleuse. Puis elle commença à présenter des symptômes de phénomènes suprasensoriels. Elle savait qu'il allait pleuvoir, même par une journée limpide ; les chats la recherchaient, et, bien que la saison du rut fût passée, ils se montraient agités et sexuellement disponibles, se roulant sur le sol comme si les personnes présentes pouvaient les satisfaire. Camila était persuadée que quelque chose était en train d'arriver, non seulement à elle, mais à tout ce qui entrait en contact avec elle. Le fait d'avoir été choisie comme victime par ces deux amants simulés libérait une effroyable énergie. Du reste, l'un des points les plus exigeants de sa recherche de la vérité consistait à savoir si António et Vanessa étaient ou non amants. A certains critères, on pouvait penser qu'ils ne l'étaient pas. Malgré cela, ne rien connaître de leur méthode, de leurs lieux de rencontre, de la motivation de leur amour emplissait Camila de désespoir. Et elle ne dédaignait pas de les espionner, à la recherche d'indices, de symptômes capables d'éclairer l'ensemble des analyses qu'elle avait rassemblées, petit à petit, comme on rassemble dans sa main l'éventail d'un jeu de cartes. Le jeu, le meilleur du jeu, consiste à imaginer la main de son partenaire, à recueillir ses plus petits gestes, ses plus légères expressions, comme autant de signes à combiner pour faire une levée. Malheureusement, dans le cas de Camila, ses sentiments et ses émotions trop fortes troublaient son raisonnement, et elle ne tardait pas à perdre la partie.

A d'autres moments, après une longue réflexion fondée sur une théorie de l'apprentissage amoureux, elle arrivait à la conclusion qu'António et Vanessa étaient simplement des rivaux dans un domaine qu'elle ignorait. Peut-être tout n'était-il pas affaire de psychologie, peut-être y avait-il, au fond de l'âme humaine, des puits d'ombre impossibles à explorer. Si personne ne parlait de leurs amours, c'était simplement qu'elles n'existaient pas. Mais alors, que cherchait-elle à découvrir ? Pas seulement s'ils dormaient ensemble, s'ils se complétaient dans le plaisir et l'éducation de leurs corps. Non, mais quelque chose qui avait un rapport avec le bonheur. Elle voulait savoir s'ils avaient atteint le point névralgique du bonheur. Voilà ce qui la rendait folle d'anxiété, la raison pour laquelle elle se prêtait à tous leurs sévices, à leurs dérèglements mentaux, à leurs sessions sauvages, qui avaient pour but de lui nuire par-delà la cruauté physique. C'était Vanessa qui lançait António dans les pires désordres moraux, destinés à briser toute résistance chez Camila. Elle n'y gagnait qu'une souffrance qui lui faisait vomir tripes et boyaux. Et elle recommençait, tout en se lassant de ce processus de viol – une façon, surtout, de se dégager des faits pour ne s'occuper que de leur résidu, de ce qui valait la peine d'être déchiffré. En ces circonstances, peu importait à Camila qu'ils fussent ou non amants, ni de savoir s'ils couchaient ensemble ou non dans les chambres inoccupées où elle espérait trouver des vestiges de l'acte sexuel, de leurs effusions et du commerce des corps – cheveux, odeurs, taches et sueurs. Ce qui l'intéressait, c'était autre chose, une étude historique jusque-là jamais abordée : celle de l'âme des événements, qui a des trillions d'années, qui est inexpugnable et indivisible du moindre fragment de peau, d'os, de cartilage, de chair. Même mort, durant quelque temps, l'événement, la motivation du pouvoir, se trouvait là.

Les menus signes de ce qui arrivait vraiment à l'être humain et permettait son évolution étaient incontestablement cruels. En tant que dénonciatrice de cet événement, Camila ne pouvait y échapper. Elle était à la fois la victime et l'occasion d'une transformation que quelqu'un allait devoir assumer. C'était un combat qui s'engageait, et Vanessa savait qu'il la concernait, elle, qu'il concernait sa personnalité triomphante, sa richesse, sa force, son iniquité et son incohérence. Rien dans cette affaire ne lui inspirait de remords, mais un amour luciférien qu'elle ne savait comment gérer. Camila l'effrayait, ce qui n'était pas le cas d'António, simple objet de son énergie. Si Camila se débattait, ils y prenaient plaisir tous les deux ; si elle demeurait immobile, alors la malice s'exacerbait dans leurs cœurs. Autour d'elle se creusait toujours davantage le vide. Elle ne pouvait plus compter sur Celsa, qui craignait d'éventuelles représailles de la part de cette Vanessa, parvenue plus haut qu'elle ne l'avait prévu. Mais la position de son fils l'émerveillait. Finalement, les gens du Taureau Bleu, taverniers depuis le XVIIIe siècle et receleurs pour le compte des bandits qui attaquaient la diligence de Mesão Frio, pouvaient aller la tête haute et signer de leur nom en toutes lettres. Elle, Celsa, qui n'avait eu pour remède à sa colère que la messe du matin et une émouvante alliance avec le Seigneur de Miséricorde, avait su élever son fils au rang de propriétaire : un mirage pour un ouvrier de la vigne comme l'était son homme, pour celui "qui secoue ses chaussettes en se couchant", selon l'expression utilisée pour identifier le miséreux dans une file de mendiants. Celsa n'avait pas le pouvoir d'intervenir. Du reste, elle n'était redevable de faveurs qu'à Rutinha et à personne d'autre. Camila, cette fille si belle mais qui faisait preuve d'une sorte de vanité amicale, la pire de toutes, ne lui était rien. Peut-être, après tout, n'était-elle pas une victime injustement maltraitée et immolée, peut-être méritait-elle les détestables moments qu'on lui faisait passer. Quoi qu'il en soit, elle, Celsa, ne voulait rien savoir ; d'ailleurs elle n'avait plus personne pour l'informer. Les gens de Vanessa, les bonnes de Vanessa, avaient envahi la maison du Salto, ainsi que ses gardes et ses chiens. D'élégants dobermans dont elle seule se faisait obéir en leur lançant des ordres brefs d'une voix rauque.

A présent il n'y avait plus dans la maison que des femmes à la solde de Vanessa. Des femmes mûres, prostituées en fin de carrière, fidèles mais craintives, avides mais qu'un regard de Vanessa faisait trembler. Elles savaient qu'elles pouvaient finir au bord d'une route, être renversées par un camion, ou avoir les doigts brisés si jamais on les prenait à voler.

Camila était un objet de luxe que l'on parait des soies les plus chères, mais il lui était interdit de sortir sinon pour rendre visite à sa famille, et toujours accompagnée d'un garçon aux cheveux attachés sur la nuque par un ruban. Cela lui donnait un air ambigu et, peut-être pour cette raison, effrayant. De plus, comme il singeait les nouveaux malfrats du cinéma, il était aussi un peu ridicule.

Après la mort de Tofi, qui suivit d'un an le mariage de Camila, celle-ci n'eut plus envie de revoir sa famille. Adoração vivait dans une ville de province, et elle était tellement plus âgée que sa sœur que l'on ne pouvait guère les dire proches l'une de l'autre. Après lui avoir donné le conseil, surprenant de sa part, de divorcer, elle disparut de sa vie. Camila ne recevait à Noël qu'une carte postale accompagnée de photographies récentes de ses neveux, des petits enfants grassouillets et visiblement gâtés. Il y avait de l'angoisse, désormais, dans la manière dont on traitait les enfants, dont on cherchait en eux un remède à ses propres désillusions. Camila pouvait se féliciter du traitement que lui avait réservé sa mère, un traitement très fantasque ; bien que fière de sa fille, elle se révélait incapable de le lui montrer, et s'ingéniait au contraire à la persuader qu'elle était insignifiante et le resterait toute sa vie. Le mariage de Camila avec António Clara mit fin au confortable mépris qu'elle lui témoignait. Dorénavant, elle la recevait avec cérémonie, et l'on voyait qu'elle prenait mal le fait d'avoir réalisé "une bonne affaire", comme disait le père, dans un langage d'homme pratique qui ne lui convenait nullement.

C'était son père qui manquait à Camila. Il y avait toutefois un peu de mise en scène dans cette mémoire vouée au père, au père Borges, joyeux ou taciturne selon que le jeu lui avait été favorable ou non. Camila avait honte de se montrer aussi exigeante envers ceux qu'elle avait l'obligation d'aimer ; c'est pourquoi elle cherchait à épargner son père, qui au bout du compte était quasiment invisible dans sa vie. Il apparaissait et disparaissait comme le chat d'Alice au Pays des Merveilles. Par plaisanterie, elle l'appelait le Père des Merveilles. Parce qu'il se lançait toujours dans des affaires manquées, qu'il poursuivait sans se lasser la fortune, qu'il aspirait à des bénéfices faciles. Dès le début il considéra Vanessa d'un œil plein d'espoir : même en sachant pertinemment qu'il ne lui servirait à rien, elle pouvait lui manifester un intérêt quelconque. Il entra dans la saga du wolfram, et perdit ; de même dans le trafic du caroube, des pommes de terre, du vin et des antiquités, du bois, de tout, enfin, ce qui se présentait. Toujours flanqué d'associés qui le volaient, toujours piqué par l'aiguillon du jeu à chaque pas qu'il faisait. Si par hasard il avait quelque argent de reste, il emmenait Camila à Porto et lui achetait des vêtements chers. En voyant cela, la mère, Joana, se rebiffait. Elle était jalouse, à moins que le bonheur, le sien comme celui des autres, ne lui parût de mauvais augure sur cette terre.

– Je ne sais pas pourquoi tu achètes tout ça.

Ça, c'était un parfum, ou des gants. Joana récriminait sans cesse, elle n'avait pas son pareil pour gâcher un cadeau. Un jour, elle alla chercher son mari à l'hôtel Aliança, et on la traita comme une fille de joie.

– Nous ne voulons pas de ça ici, lui dirent-ils. Et ils ne la laissèrent pas monter dans la chambre. Elle repartit par le premier train, en pleurs et ruminant des idées de vengeance que jamais elle ne mettrait en pratique. Elle était trop bien élevée pour cela. Son éducation raffinée l'avait persuadée de sa différence. Lorsqu'elle renvoyait injustement une servante, elle disait qu'il lui arrivait d'être obligée de la mettre à la porte. C'est pourquoi elle dit à Camila de bien réfléchir avant qu'il ne lui arrive quelque chose de mal.

Et Camila, de son côté, se demanda si toutes les choses terribles qu'elle était en train de vivre lui arrivaient, tout bonnement, ou si elle y avait sa part de responsabilité, et même de culpabilité.

6. DES TACHES SUR LE SOLEIL

Nul n'avait, comme Filomena, la tante de Camila, un tel penchant pour la philosophie. A cause des attaques d'épilepsie dont elle avait souffert, enfant, sa raison trébuchait : c'était elle néanmoins qui avait l'esprit le plus pénétrant, le plus prompt à discerner la vérité dans les circonstances difficiles. Son côté malin la rendait perspicace. Elle aimait monter des scènes de catastrophe et, au cours de ses accès furibonds, mettait tout sens dessus dessous dans la maison. Seule Celsa Adélaïde, familière des anges et des démons, avait sur elle quelque pouvoir. Filomena, quand elle recevait un blâme ou une punition, avait coutume de dire que le soleil aussi a des taches, et que cela ne l'empêche pas de briller.

Le jour vint cependant où ses airs de jubilation, sa manie de jouer sans cesse et à tout le monde des tours pendables, d'aller, d'un pas traînant et en versant du sang par tous les orifices de son corps, comme disait Celsa, s'enfermer dans sa chambre pour faire semblant d'être morte, le jour vint où tout cela prit fin. Ce fut comme une conversion subite, qui, si elle avait été d'ordre mystique, aurait fait de Tofi une sainte. Mais comme elle n'était pas portée sur les gloires de l'âme, qu'elle se moquait même des clercs et de leurs acolytes, cette conversion prit une autre tournure. Tofi devint muette, silencieuse au point qu'on l'entendait respirer. Elle ne répondait même plus à Joana, qui pourtant ne se privait pas de la provoquer, car la guerre détourne de l'incertitude. Joana avait besoin de sa sœur pour se persuader qu'elle possédait un meilleur jugement, et pour en jouir. Elle alla jusqu'à autoriser les servantes à humilier Filomena, et celles-ci se vengèrent de leur propre sujétion en l'attaquant sans vergogne. Celsa Adélaïde, qui après avoir perdu sa position privilégiée au Salto da Senhora s'était rendue nécessaire dans la maison de Joana, une maison de moyenne importance mais où l'on observait fidèlement les coutumes, défendait parfois Filomena. Comme une guitare désaccordée, celle-ci ne chantait plus avec autant de brio la cantate du diable. Elle se montrait apathique, toujours de l'avis de son interlocuteur. Elle semblait n'avoir peur que d'une seule personne : Camila Clara. La raison pour laquelle la jeune femme lui inspirait une telle frayeur demeurait obscure, mais Celsa se demandait s'il n'y avait pas entre elles un traité de paix qui ne serait pas de ce monde. Quant à Vanessa, Tofi semblait ne même pas connaître son existence. Tandis que Joana, voyant en Vanessa une menace, prévenait sa fille de se méfier des femmes dévergondées, pour ne pas dire perdues, tante Tofi souriait doucement, ou bien disait :

– Que sais-tu, toi, de ces choses-là ?

Et il est vrai qu'entrer avec autant de désinvolture dans le monde des sens, où l'on ne gaspille pas la plus petite miette de passion susceptible de réconforter aux jours de souffrance, était pure folie. Il n'est pire fou que celui qui croit avoir de l'expérience, alors que tout ce qu'il possède, c'est la déduction que permettent les lois. Plus prudente se montra tante Tofi, qui soudain se rendit compte qu'elle ne savait rien, et que du reste elle ne voulait rien savoir. Elle se prépara à mourir dès l'instant où elle comprit qu'elle ne pourrait pas connaître l'amour romantique, celui qui est décrit dans les livres et associé à l'ordre des choses. L'ordre des choses n'existait pas. Ses derniers jours, Tofi les passa dans son lit, et pourtant elle ne souffrait d'aucune maladie. Entre ses doigts elle égrenait son chapelet noir, sans que ce geste s'accompagnât de la moindre oraison.

– Vous êtes en train de prier ? lui demanda Celsa.

– Non. Je ne prie pas.

– Pourquoi alors ce chapelet ?

– Je ne sais pas. Elle rit tout bas : Si je prenais un chiffon à poussière et que je le secouais, ça aurait le même effet.

A ces mots, Celsa comprit que tante Tofi était au seuil de la mort, qu'elle jouissait déjà de la confiance de Dieu et de toute la Cour Céleste. Il valait mieux la laisser partir sans se mêler de rien. Camila se trouvait alors dans le Val d'Aoste, et une nuit elle vit passer tante Tofi, seule voyageuse dans un train vide. Elle allait tranquille, comme si elle connaissait son destin et ne voulait rien y changer. Elle mourut pendant ce séjour de Camila à l'étranger. Peut-être même avait-elle profité de cette absence pour mourir, autrement elle n'en aurait pas eu la force. Elle avait peur de Camila parce que celle-ci s'était précipitée au plus profond de son cœur, un lieu qui n'est pas fait pour être habité, ni même connu. Mais à vrai dire, qu'une personne à l'esprit dérangé, comme tante Tofi, ait pu approcher d'aussi près des choses indicibles, devant lesquelles même la raison s'efface, est-ce si surprenant ?

Chaque jour, tante Tofi s'informait de Camila et demandait si elle avait envoyé de ses nouvelles. Elle était si faible qu'elle ne pouvait que balbutier : "Lettres... Lettres..." Lorsqu'on lui dit que Camila était sur le chemin du retour, Tofi mourut. Comme si elle refermait une grille derrière elle et s'en allait tout en épluchant une orange, comme elle faisait quand elle se promenait dans l'orangeraie. Elle n'avait rien fait de sa vie, absolument rien, sinon taquiner les gens et chercher querelle à tout le monde à la maison, soit parce que son thé n'était pas assez bouillant, l'eau de son bain pas assez chaude, ou pour ceci, ou pour cela.

– Je n'ai jamais vu une dame aussi exigeante, disait Celsa, dans un accès d'admiration subalterne. Elle admirait Filomena d'être capable de s'en tenir fermement à ce qu'elle demandait, sans se soucier de rien donner en échange, sans avoir de remords pour son égoïsme. Ils étaient pour elle et rien que pour elle, les meilleurs draps de lin, qu'on lui changeait un jour sur deux. Elle ressemblait à cette princesse si délicate qu'elle sentait la présence d'un petit pois sous vingt matelas de plumes. On se souviendrait toujours d'elle, de ses omelettes, de ses bouillons de poule, de sa façon tonitruante de se moucher après avoir fini de manger, de ses regards furibonds, dus à l'on ne savait quelle offense de lèse-majesté. Elle essuyait ses couverts et son assiette avec sa serviette, et elle avait peur de la flamme des bougies. De retour à la cuisine, les servantes se moquaient d'elle. Tante Tofi était comme une souveraine en exil, indignée, et qui aurait perdu dans la fuite sa cassette de bijoux.

Comment se faisait-il qu'une femme aussi diminuée, mauvaise et capricieuse, ait eu conscience de cette chose vacillant parfois sur le chemin des êtres, cette chose que peut-être l'empereur Adrien a rencontrée par hasard, et qu'il a appelée âme légère, malheureuse et informe ? Ce ne sont pas ses mots exacts, mais qu'importe ?

La maison de Joana était en ruines. Bien que sa fille eût proposé de payer elle-même les travaux nécessaires, Joana continuait à afficher sa mauvaise humeur.

– Garde donc ton argent pour tes petits plaisirs.

Elle n'aimait pas les cadeaux, mais gardait rancune à ceux qui ne lui en faisaient pas. Ensuite, elle les offrait elle-même à une autre personne, à Celsa, par exemple, qui savait tirer parti de ces fougueux élans de l'orgueil. Du reste, l'orgueil, c'était la caractéristique, l'emblème, presque, des gens du Douro. Les mendiants étaient orgueilleux, les intendants arrogants, les travailleurs quasi fanatiques de leur liberté. Leur épine dorsale pouvait se rompre, ils ne la pliaient pas. S'il est un lieu où l'on peut être ignorant sans être niais, c'est bien le Douro. Les légendes n'y prennent pas racine, d'ailleurs on n'y a pas le goût des histoires. Le Douro n'est que roches escarpées, dur travail quotidien, pluies torrentielles, boues argileuses, soleil à fissurer la terre, vent à écheveler les vignes, et qui soulève une poussière aveuglante comme l'haleine d'un dragon. Le Douro n'est pas un nid de poètes comme on peut le dire d'autres lieux, d'autres provinces et d'autres chemins plus fréquentés. Mais personne au monde n'aime la terre comme l'homme du Douro qui, même déçu par elle, la garde enlacée à lui comme vrille à son support. C'est un amour aveugle, puisqu'il n'a pas besoin de récompense, ni de beauté pour le tenir en éveil, ni de bénéfice pour le justifier. Il renaît à chaque agression du climat, à chaque mauvais coup du sort, à chaque mort d'homme dans la montagne. Le Douro n'a pas d'histoire, du moins pas du genre que l'on fabrique durant les veillées, puisque dans le Douro il n'y a pas de veillées, il n'y a que le sommeil qui s'abat comme une charge de cavaliers, ceux de l'Apocalypse, en moins théâtral seulement, et moins fantastique. Le Douro est tout sauf mesquin. On s'y déteste avec une sincérité affectant toutes les fibres de l'être. Le boutiquier dont je vous ai déjà parlé, celui qui tenait un commerce d'articles pour la vigne et pour l'usage domestique, était le type le plus accompli qu'ait jamais donné le Douro. Il fallait le voir commenter les nouvelles, tenir séance comme si sa boutique était le Parlement et se lancer dans les anecdotes avec beaucoup d'imagination et de brio. Ce n'était pas lui, toutefois, qui aurait monté une Rossinante pour aller combattre les moulins à vent. Il riait, mais sans y mettre d'ironie. Il aimait se payer une pinte de bon sang, comme on dit, car après tout, le monde est une course d'imbéciles qui vont pieds nus, et qui ont bien besoin de conseils. Cependant, il y avait en lui tant de compassion, lorsque soudain il se souvenait de la condition humaine, que l'on se recueillait dans sa boutique comme dans une église, sans rien trouver à ajouter. C'était un vieux fripon, mais honnête à sa manière, un bon mari aussi qui, sans être fidèle pour autant, se montrait plein d'attentions à l'égard de sa moitié, une pauvre malade, imaginaire ou non.

– Quelle différence cela fait-il, qu'elle soit malade ou non, si elle souffre ?

Et il appliquait une tape sur une mouche, trop légère pour la tuer. Que savait-il, le nouveau propriétaire du Salto da Senhora, de tous ces gens ? Il avait beau être un descendant des Taureau Bleu (ce qui du reste ne fut jamais prouvé), jamais il ne pourrait entrer du bon pied sur cette terre dont il connaissait les fruits, mais non le travail et la misère. C'était un arriviste, un transplanté, ignorant des circonstances merveilleuses qui l'avaient fait patron du Salto da Senhora. Le vieil Albergaria – pas si vieux que cela du reste – avait laissé la volonté écrite qu'après sa mort on promenât son cercueil aux quatre coins de la propriété. Non qu'il y eût été heureux. Mais on n'a pas besoin d'être heureux pour aimer les choses de ce monde. On l'avait normalement respecté, honnêtement détesté aussi, parce qu'il usait de son pouvoir pour satisfaire ses désirs et soumettre les volontés. Rien qui ne concernât la vigne, cependant. Le vieil Albergaria aimait voir les jours se suivre et se ressembler, il aimait les voir commencer toujours de la même manière, par le crépitement des sarments que l'on allumait pour les braseros. A cette heure-là, il y avait encore sur les feuilles du givre qui fondait lentement, en grosses larmes visqueuses. Rien ne changeait jamais. Les fêtes, les jours fériés se succédaient, les cloches sonnaient le glas, la petite ville s'enfonçait dans le froid de l'hiver, et le brouillard avait l'air d'un drap que l'on aurait oublié sous le serein. L'heure la meilleure, c'était celle de la tombée du soir, quand s'allumaient les lumières blêmes et qu'aboyaient les chiens, repus de soupe aigre. Dans la cuisine entrait l'intendant, père d'une fille infirme. Sous le masque retroussé de la petite, on découvrait un joli visage abîmé par l'explosion d'un bidon de pétrole. Elle prenait grand soin de ses magnifiques cheveux : elle n'avait pas, à vrai dire, d'autre beauté à laquelle prendre soin.

– Qu'est-elle devenue, Celsa ? demanda Camila. Elle était si sérieuse, si présomptueuse !

– Fille sérieuse brigue un riche mariage. (C'était là un dicton populaire comme Celsa en connaissait beaucoup.) Elle est allée en Suisse, et elle s'est mariée.

– Quel choc pour celui qui l'a dévoilée !

– Fille laide devient jolie, avec un sac sur la tête.

Et Celsa Adélaïde se mit à rire, elle qui n'avait jamais eu grand souci à se faire pour sa beauté, en dépit de ses taches de rousseur et de ses cheveux clairsemés. Elle était au courant de presque toutes les nouvelles, en amenait certaines, en remmenait d'autres. Comme si tout arrivait le même jour, sans chapitres, si l'on peut dire, pour marquer la succession des faits. Les crimes étaient rapides, les procès demeuraient inconnus du public. Ainsi, une nuit, on tua Manuela, et sa maison en porta les stigmates : plus personne ne voulut l'habiter, et elle tomba en ruine peu à peu. Ce fut là un cas, non une tragédie. Manuela était comme une chatte sauvage. Toujours le poil hérissé, toujours prête à griffer. Jusqu'au soir où, voulant en avoir le cœur net, elle suivit son mari pour voir s'il la trompait. Elle le suivit, et le vit avec sa poule.

– Avec qui, Celsa ?

– Avec l'autre. Personne ne doit mettre le nez entre mari et femme, mais entre mari et maîtresse, pas même un œil. Ils l'ont tuée, et fourrée dans un panier à vendange. Combien de fois j'ai pensé qu'il pourrait m'arriver la même chose !

– Ton mari n'est pas si méchant.

– Mais les heures de passion sont des heures d'injustice. Une brave épouse dans le lit d'un homme brûlant de désir vaut moins qu'un bouillon réchauffé : on le jette, et on s'en fait un autre. Manuela a laissé trois enfants qui tenaient ensemble dans le même panier.

– Arrête de parler de paniers, ça me fait peur.

– Et quand allez-vous vous marier, mademoiselle Camila ? demanda Celsa, profitant d'une pause dans la conversation.

– Quand j'aurai fini mes études. D'abord les études, ensuite le mariage ; la vie n'est plus comme autrefois.

– Vous savez, votre mari ne va pas vous faire réciter la table de multiplication ! Mais vous avez raison. Les temps ont changé, et un joyau de famille qui ne fait que manger, plus personne n'en veut.

– Eh non… Chacun doit travailler, à présent.

– Bah ! Rien de tel que la pauvreté pour mener une bonne vie. Une pension par-ci, une Caisse par-là… On se retrouve avec le téléphone sur sa table de nuit. Les riches, je ne les envie pas. On bavarde beaucoup sur eux, on ne les respecte pas. Mais épouser un riche, ça, c'est une chance.

Joana venait voir ce qui se passait de temps en temps. Elle craignait que l'on ne détournât sa fille du droit chemin, et elle n'avait pas trop confiance en Celsa, qu'elle tenait pour une hypocrite, prompte à en faire accroire.

– Ah ! disait justement celle-ci, si j'avais un fils riche, mademoiselle Camila, je vous le donnerais de bon cœur.

– Oui, s'interposa la mère. Mais le riche est déjà marié, et l'autre n'est ni riche, ni marié, ni rien.

Camila pensa alors à Taureau Bleu qui, enfant, accompagnait sa mère de maison en maison, et qui était le plus joli petit garçon qu'elle eût jamais vu. Il inventait pour elle des devinettes, essayant innocemment de la séduire. C'était un homme, à présent, et il avait toujours l'air aussi courtois et mauvais sujet avec les femmes. Un gigolo fini, disait Roper. Ce à quoi Taureau Bleu eût aimé répliquer :

– Apprenez, docteur, que pour être gigolo, il faut avoir du caractère.

Camila prenait moins de plaisir qu'elle ne l'aurait cru à la présence de Taureau Bleu. Elle l'aimait bien, mais il ne figurait pas non plus pour elle le héros des Hauts de Hurlevent. Elle pouvait se passer de lui, et ne se lancerait certainement pas à sa recherche sous la pluie. Mais les sentiments nous jouent des tours ; ils sont comme des farfadets, les sentiments, endiablés, faits pour ainsi dire de courants électriques. Il y avait chez Joana une jeune servante, une cuisinière, qui assurait être faite d'électricité. Et c'est vrai qu'elle avait les cuisses chaudes. Le frère de Camila, qui pourtant à l'ouverture de la chasse ne voulait entendre parler de rien d'autre, préférait manquer le passage des canards sauvages plutôt que s'éloigner d'elle. Ces grandes maisons délabrées offrent des lieux érotiques de premier choix. Ce ne sont partout que vieux matelas, chambres abandonnées, portes que personne n'a l'idée d'ouvrir, et qui, si elles ferment mal, peuvent passer pour verrouillées : autant de chemins à disposition vers le septième ciel ! Mais les choses avaient changé. Le langage, à présent, était certes libéré, mais également plus imprécis. Les amies de Camila, étudiantes en ceci ou en cela, portaient un diaphragme, mais se faisaient de l'amour une idée personnelle : elles y croyaient trop, ce qui est la même chose que ne pas y croire du tout. En chaque nouvel ami, elles ne voyaient pas la ressemblance avec l'amant que seules avaient connu jusque-là les femmes mariées : un parfait vaurien. Le parfait vaurien – et Taureau Bleu en était un bon exemple –, c'était un mélange de don Juan Tenório et de chevalier d'industrie, concubin d'une femme plus âgée et atrabilaire ; de celles qui portent au cou la base de cinquante années de maquillage, et dont les doigts tremblent sous l'effet d'un début de Parkinson. Don Juan n'aurait pas existé sans les vieilles dames qui lui faisaient de profitables absences. Rendre profitable l'absence de quelqu'un, c'est dire du bien de lui derrière son dos, chose rarissime, et importante pour qui cherche à se faire une légende. Plus importante qu'une bonne généalogie.

Taureau Bleu était l'un de ces garçons chanceux qui retombent toujours sur leurs pieds pour la seule raison qu'ils ne prennent rien au sérieux. De plus, ils sont contents du visage qu'ils ont, et donc ont parcouru la moitié du chemin pour l'être de toutes leurs actions. Jamais ils ne disent : "J'ai fait une bêtise", mais : "Il m'est arrivé une sale histoire." En dépit de leur dossier plein de fraudes et de filouteries, ils inspirent presque de l'idolâtrie. Et si un jour, malgré tout, on les arrête, pas question pour eux de rejoindre les criminels ordinaires, car les suit partout une espèce de certificat de caste où figurent tous leurs témoins et leurs avocats. Ils appartiennent à une élite, et des personnes comme Vanessa ne les laisseront jamais sombrer, ni se perdre, ni se damner. Ils font partie des taches sur le soleil; ils ne brillent pas par eux-mêmes, mais ils appartiennent au soleil.

Certaines personnes, dont on pense ne pouvoir dire grand-chose, deviennent néanmoins légendaires. C'est le cas de Don Juan lui-même, simple gentilhomme de Séville, où les pâturages de ses prouesses amoureuses étaient sans doute plus verts que nulle part ailleurs. Ce sont les femmes qui ont fait sa réputation, et si quelqu'un, comme on l'affirme, y a spécialement contribué, cela demeure une énigme.

Nous avons fait peu de cas, jusqu'ici, des origines de Camila, dont les ancêtres exploitaient une propriété dans cet Alto-Corgo où s'était illustrée Camila Viterbina, une femme énergique, une virago en somme, qui, grâce à son opulente nature de joueuse de brisque et à sa prudence en affaires, l'avait emporté sur le ban et l'arrière-ban de tout le Douro, vignerons et tonneliers. Sa maison portait blason et disposait d'assez de baraques pour loger deux cents hommes. Une baraque, dans le Douro, c'était une sorte de *senzala*, un dortoir pour le temps des vendanges. Chacune comportait des estrades où l'on étendait de la paille et, pour se protéger du froid, des couvertures tissées de chiffons et d'étoupe. Cette aïeule légendaire, apparentée aux Cardias, aux Vasconcellos et aux Silvas Cosens, avait fait parler d'elle parce qu'elle abritait des bandits, et parce qu'elle était dure avec ses petits-enfants et tendre avec ses chats. Sur ceux-ci elle pouvait en effet répandre des trésors d'affection sans risquer de les voir devenir capricieux. Mais pour ses petits-enfants, elle était autrement exigeante.

– Peu m'importe d'être impopulaire, du moment que j'en fais des hommes, et non des petits chats. De toute manière, à vieillard riche, tout est permis.

Son mari, un homme de haute taille, toujours vêtu du long manteau des montagnards, parcourait ses *quintas* à cheval, à seule fin, disaient ses gens, de compter ses olives. Il était en effet d'une avarice si sordide qu'il estimait qu'une demi-sardine devait suffire à deux femmes.

Rien de surprenant, dans ces conditions, que Joana ait eu l'esprit façonné par cette grandeur inhospitalière du Douro, où, lorsqu'il y avait de l'argent, on se laissait aller à des folies, et l'on créait des parcs plantés de catalpas, de cèdres du Liban, de lauriers-tins et de fougères arborescentes. Rien d'étonnant non plus à ce que, mariée à un homme à demi citadin et dépensier par-dessus le marché, elle ait gardé de cette région des souvenirs grandioses, les repas de seize plats, par exemple. Elle qui connaissait par leur nom et leur saveur toutes les variétés du raisin portugais, depuis l'alvarelhão jusqu'à la malvoisie, depuis le moscatel jusqu'au "cul de brebis" et au "doigt de la dame", s'enfonça peu à peu dans la pauvreté sans jamais abandonner l'image de la grande *quinta* de bardeaux, avec, au fond, l'église, tel un calvaire perdu parmi les chênes d'Amérique. Les premières conversations entre Daniel Roper et Camila portèrent sur cet ancien Douro. Il disait être parent des Cabel Roope, les premiers à avoir produit du vin de Porto, bien avant que celui-ci eût acquis une renommée mondiale. Ce en quoi il se trompait puisqu'en 1582 déjà, Pedro Correia de Vila Real produisait soixante-dix almudes de vin liquoreux dans sa *quinta* de Eira Verda. On pouvait légitimement s'enorgueillir d'une telle parenté dans le Douro, de celle des Correia également, aussi nombreux qu'excentriques, et, même pauvres, menant grand train. Il y avait de tout, parmi ces gens du Douro : des mariniers coiffés de leur bonnet rouge et constructeurs des bateaux *rabelos* – ces barques typiques du Douro –, qui emmènent jusque dans l'autre monde le bruit des marteaux sur les coques ; des charretiers, de ceux que cite le marquis de Pombal dans son Décret ; des médecins, qui, franchissant ravins et raidillons sous l'ombre chiche des oliviers, allaient recevoir le vomi du tuberculeux ou l'enfant né sous un abri de pierres. Dans les vieux bois de châtaigniers comme il y en avait encore au Salto da Senhora, allaient se poster les sentinelles des bandits de grand chemin, armés d'une arquebuse et d'un couteau andalou qu'ils aiguisaient sur la semelle de leurs bottes.

Le premier accord entre Roper et Camila se fit à propos de ce Douro, de ses richesses, de sa décadence, de ses habitants, de ses crimes et de ses saints mystérieux, comme Heitor de Loureiro, dont personne ne savait pourquoi il s'était retiré du monde afin de devenir un saint. Camila aimait lui rendre visite et passer l'après-midi dans sa chapelle solitaire, sur la route du Salto da Senhora. Elle savait où trouver la clef, sous une pierre, et elle entrait, pleine de respect et aussi d'un peu de crainte, en voyant luire dans le clair-obscur les chandeliers de laiton. Elle-même faisait partie de ce Douro ténébreux, noble, regorgeant de *quintas* édifiées avec ténacité, arrachées aux entrailles de schiste et de terre sèche, de ce Douro soustrait au phylloxéra, planté de vergers et de cyprès ; Mossul, Torre, Santa Ana, Frades, Rede et Esteveiro, tous lieux chargés d'histoire, de péchés, de souvenirs brefs et de vin, encore et toujours le vin, qui stagne en flaques sur le sol des chais, qui s'égoutte, s'infiltre, pénètre les murs et, certains jours, semble sourdre de l'au-delà comme pour annoncer une autre Cène du Christ, plus glorieuse et plus prometteuse.

– La fortune change notre apparence, disait Roper en parlant d'António Clara, alors déjà riche héritier. Le Douro lui-même connaît cette métamorphose de l'apparence. Il est galant parfois, et parfois dur et funeste. Il charrie dans son sang toutes sortes d'agressions du climat, une grande aversion pour le monde des contrats, beaucoup de hauts et de bas en matière de bénéfices. Mais, comme disait aussi Roper :

– Jolis yeux empêchent de vieillir.

Les yeux du Douro, ce sont la verdoyante vallée de l'Alegria, le versant de Boa Vista, et les vieux oliviers couleur de cendre ondulant sur l'amphithéâtre qui domine le fleuve entre les rochers.

Il est rare de rencontrer un être possédant autant que Daniel Roper une fine intelligence des coutumes et des habitants de sa région. Coutumes que n'ont enregistrées ni les ethnologues ni les paysagistes, mais qui sont comme la préhistoire d'un sentiment commun, celui de la parcimonie. Il disait :

– La bourgeoise du Douro, quand elle rentre de la messe, ou de ses courses, ou d'une visite, se change des pieds à la tête. Celle de la capitale, qui vient ici à la saison des vendanges faire ses confitures et préparer les envois de raisins pour ses amis, porte, dans sa cuisine comme dans les rues de Cascais, la même jolie veste de tricot. “La petite robe toute simple et son cardigan” représente pour elle un uniforme de bon ton. Mais dans le Douro c'est plutôt le tablier, avec sa poche trouée par le poids des clefs.

Camila aimait qu'il lui tînt ces propos : c'était comme raviver un tableau aux couleurs passées. Joana était bien la provinciale qui changeait de tenue pour aller donner ses ordres au régisseur. Et Tofi, la citadine qui ne renonçait ni à sa poudre de riz, ni à ses boucles d'oreilles en diamants ; non plus qu'à son bain chaud ni à son thé noir servi à heure fixe. Elle savait si on avait utilisé de l'eau non bouillante, car en ce cas, une auréole blanche se formait à la surface du liquide. Elle renvoyait ce thé, quand elle ne le jetait pas. Et les deux sœurs se lançaient alors à grands cris dans l'inventaire de leurs divergences. Celsa Adélaïde, si elle entrait à ce moment-là par la porte de la cuisine, s'efforçait de ne faire aucun bruit, comme dans une salle de spectacle après le début de la représentation. Elle laissait paraître son admiration pour les actrices, et peu s'en fallait, pensait Camila, qu'elle ne les applaudît. Craignant un peu, comme un spectateur retardataire, de se faire remarquer, elle restait rigoureusement immobile. Mais on voyait, à une lueur dans son regard goguenard, tout l'intérêt qu'elle portait au dialogue, à la scène, au personnage de Tofi dans son déshabillé de dentelles, qui avait plutôt l'air d'un ornement sacerdotal. Camila avait du mal à arracher Celsa à cette stupeur extasiée. Elle l'appelait :

– Celsa ! Ho ! Celsa Adélaïde !

Et Celsa la suivait le long du couloir intérieur recouvert d'un chemin de sparterie usé, et qui recevait d'un œil-de-bœuf une lumière que l'on eût dit réticente.

– Excusez-moi, petite, j'écoutais votre mère…

Mais elle n'avouait pas tout le plaisir qu'elle avait pris à écouter la furieuse interprétation de Joana défendant ses noms de Borges et Coutinho et Cardias. La mère de Camila avait incontestablement un don pour le théâtre. C'était un plaisir de l'entendre, même si c'en était un moindre de la supporter. Et Tofi, avec ses dents en avant, faisait, hors d'elle, le contrepoint et donnait la réplique, sans cesser un instant d'admirer sa sœur. Au-dessus de leurs têtes oscillaient les crochets auxquels on suspendait la viande à fumer. Les servantes s'éclipsaient, le régisseur pivotait sur un pied et renonçait à entrer. Les chats balayaient le sol dans leur fuite. Et, comme des lampions, brillaient les tasses de fer blanc des ouvriers sur les étagères garnies, en guise de rideaux, de papier journal découpé, à la chinoise. Plus tard, beaucoup plus tard, lorsque auraient pris fin les aberrantes péripéties de son mariage et qu'elle prendrait un autre chemin, Camila se souviendrait de cette activité théâtrale, avec, en scène, sa mère et la sœur de sa mère, et elle comprendrait que toutes deux atteignaient à ces moments-là l'apogée de leur veine artistique. Et elle aurait de la peine pour Joana, si mortifiée dans la vie quotidienne, alors qu'elle avait l'âme d'une Célimène et le regard fulgurant d'une Didon. Elle comprendrait aussi l'accueil que lui réservait sa mère lorsqu'elle rentrait de faire des courses à Porto (c'était l'époque où l'on préparait son trousseau) : en cachant le sentiment radieux qui jaillissait de son cœur à retrouver sa fille toute proche de ses bras, des bras que pourtant elle se gardait de lui ouvrir. C'est qu'il y a de nombreuses façons d'aimer, autant que d'étoiles dans le ciel, en exagérant un peu. Mais elles sont nombreuses. Les unes, si timides qu'on les prend pour de l'indifférence ; les autres, si rudes qu'elles refroidissent le feu. Néanmoins, tout est amour, même dépouillé de ses signes. Qui l'ignore va démuni par le monde, sans connaître les harmonies qui, souvent, naissent des contradictions.

De cette époque, la personne dont Camila se souvenait le mieux, et qu'elle revoyait dans l'encadrement de la porte de la cuisine, c'était Celsa, la grande abonnée du théâtre. Parfois même, elle se demandait si la mère de Taureau Bleu ne venait pas rien que pour cela, pour être présente, regarder, ne rien perdre de la représentation que donnaient les deux sœurs. Celles-ci se provoquaient, simulant un discours plein de moralité et de grandeur. Reines toutes deux, elles s'efforçaient de se destituer l'une l'autre. Ainsi Teresa et Urraca au palais de Lanhoso, à la cour de Galice, sur la place et dans la cathédrale de Zamora. Leurs cris étaient longs, comme ceux des mouettes. Leurs mains brandissaient cuillères ou lavettes d'étoupe. Et, pendant ce temps-là, assise devant la fenêtre, la servante Marina hachait le chou du *caldo verde*, calmement, comme si elle priait, et il y avait quelque chose de sublime dans son visage incliné.

Il manquait toutefois, dans cette maison où l'on ne voyait les hommes que rarement, l'un parce que le jeu lui endurcissait le cœur, l'autre, le jeune Borges et Cardias, parce que les études le retenaient en ville et la chasse à la campagne, il manquait, dis-je, un arbitre. L'homme tient ce rôle auprès des femmes. Il excite, et, en excitant, révèle la nécessité de la modération. Il s'émeut, et, dans son émotion, partage jalousies, tristesses, réconciliations et pactes. Une famille, c'est une société en miniature. Il y a des lois que l'on approuve, d'autres que l'on rejette ; il y a des fêtes pour les vivants et des fêtes pour les morts ; des commémorations, des expériences désordonnées, des vices paisibles qui durent toute une vie, et des violences, cachées ou manifestes ; des classes qui se battent entre elles, des promotions de cultures, des ruines de l'âme, des désirs que seule la mort peut éteindre, des convoitises que même un héritage ne peut combler, des fautes qui décident de changements. Certains mouvements des générations sont destinés à ne jamais être enregistrés ni compris. Ici, une séduction mineure pour appétit muselé. Là, un larron par occasion, une spoliation par mauvais usage du droit, un peu de compassion de la part d'une autorité satisfaite. Larmes, crêpes de deuil, gants dépareillés, vieux souliers, collections de cartes postales, livres que plus personne ne lira jamais, vaisselle ayant servi à un moribond, objets que l'on jette, et qui avaient, un jour, été reçus avec amour. Cet amour de famille, où entrent une goutte d'orgueil et une autre de fiel, et dont Joana Borges Cardia savait si bien user dans ses grandes scènes tragiques.

Ce ne fut que très tard, trop tard, alors que Camila, remariée, n'était plus Camila Clara, qu'elle comprit vraiment ce qui s'était passé entre elle et sa mère. Leur amour était si malheureux, si difficile, que l'on n'en remarquait que la honte. Or Camila ne voulait pas avoir honte de l'amour de sa mère, qui était profond, grave, accusateur aussi, comme tout grand amour ici-bas.

Son frère, qui à l'époque de la chasse sillonnait la région avec ses amis – plus que des amis, des compagnons avec qui l'on partage les recherches et la fièvre de la poursuite, des gens de toutes conditions et de tous âges –, en ramenait parfois l'un ou l'autre à la maison, et Camila, aussitôt, en tombait amoureuse. Ce fut le cas lorsqu'elle vit arriver Ferreira, du village de Monsul, qui avait dix-huit ans, alors qu'elle en avait treize. Un vent léger agitait ce jour-là les plumes blanches, à l'entrée de la *quinta*. Le garçon s'appelait Vicente, et il venait d'une famille de tonneliers enrichis devenus exportateurs de vins. Il portait en bandoulière son fusil à deux coups, et une besace frangée d'antilope lui battait la jambe. Elle le regarda approcher comme elle eût regardé le plus inconnu des voyageurs, et son cœur y gagna d'un coup l'intelligence de cent volumes de poésie. Elle aimait les inconnus. Des gens dépourvus d'histoire, un peu vagues, et agréablement auréolés de mystère. Aussi, lorsque son frère lui présenta Vicente comme son condisciple à Porto et, avant cela, au lycée de Lamego, Camila éprouva une grande déception. Elle le traita avec acrimonie : seuls les inconnus avaient droit à un bon accueil. Mais Vicente, du village de Monsul et d'une famille dont les fils allaient encore étudier à Gand, se logeant dans la Bernardstraat avec leurs oncles et leurs cousins, d'élégants songe-creux aux mouchoirs parfumés au "chardon d'Écosse", Vicente, lui, ne l'oublia jamais. Elle était assise avec sur les genoux le fils d'Adoração auquel elle faisait manger de la banane écrasée, une écœurante mixture, à vrai dire. La mère de Vicente était une Belge du nom d'Aranghy, mais cela ne frappa pas l'imagination de Camila : ce n'était pas un inconnu, voilà tout. C'est pourquoi Vicente Osório, de Monsul, ne pouvait espérer d'elle la moindre sympathie, ni demeurer le moins du monde dans son souvenir.

Lorsque vint son temps d'étudiante, bientôt interrompu par une crise d'anorexie, Camila se sentit très seule dans la *quinta* menaçant ruine, et où elle ne recevait que de rares amies. Elle perdit sa fascination pour l'inconnu, d'autant qu'il n'intéressait plus les nouveaux romantiques. A présent, on était tous très proches les uns des autres, tous intimes, et personne n'attendait plus cet être extraordinaire dont la silhouette se découpait au loin, comme amenée par une pensée qui sillonnerait l'espace. L'inconnu n'existait plus.

L'héritage d'Albergaria enfin tombé entre les mains d'António Clara, surgit tout un essaim de jeunes femmes attirées par l'odeur de l'argent, qui se propage, comme chacun sait, aussi rapidement que celle du poisson frit. Grandes ou petites, ignorantes ou candidates à un poste de ministre, elles ne lui demandaient pas de l'amour, elles lui demandaient audience. Il sut ce que c'est qu'être adulé par les mères, fêté par les tantes, assiégé par toutes sortes de conseillers des familles, depuis le curé de la paroisse jusqu'au médecin et au notaire. António Clara devint pour un temps une véritable vedette du mariage, cette institution cruciale qu'appuyaient une quarantaine d'escadrons n'occupant pas toujours une place dans la politique, mais en relation avec la banque internationale, et dirigeant la presse et l'opinion à travers un clavier de mots d'ordre et de phrases toutes faites. Généralement autodidactes, ils savaient s'entourer des petits génies du marché, usaient du téléphone pour faire et défaire les crises, et autorisaient les grandes opérations de sang et de pétrole. On ne se servait plus d'argent liquide : on disposait d'un crédit bancaire. Ce n'était plus le nom qui donnait du pouvoir, mais le *lobby* auquel on appartenait. António Clara n'était qu'un ver de terre se tortillant dans la poussière, mais on comptait sur lui pour donner du lustre à une société qui se voulait arrimée à ses idées, à ses solutions, et même à ses incapacités, aussi indispensables que les compétences.

En réalité, António ne commit pas d'erreur quand il épousa Camila : il commit un abus de personnalité. Elle était le prototype de la jeune femme qui cuisine pour son mari, lui donne trois enfants en bonne santé, et plus tard se révèle un monstre d'égoïsme et de sensualité. Personne ne pouvait lui reprocher son choix, et, s'il n'y avait eu Vanessa, leur vie aurait été aussi banale et heureuse que ce que l'on pouvait attendre d'un couple sans intérêt. Mais Vanessa bouleversa la donne. D'une certaine manière, ce fut bénéfique pour Camila, qui se vit dépouillée d'un coup d'une éducation obsolète et d'une notion trop superficielle de l'être humain. Contrairement à ce qu'on lui avait dit et répété, on ne peut pas se fier à l'être humain. Dès le premier instant, il montre ses entrailles comme s'il montrait une mine de wolfram, celle, par exemple, que possédait le père de Camila à Arouca. Elle ne valait rien, mais déroulait des kilomètres de veines explorées, de gisements épuisés qui éveillaient toujours les convoitises même s'ils n'étaient plus cotés en Bourse. Les êtres sont imprévisibles et sourds à la morale dès que s'empare d'eux la voix de la déraison, de toutes la plus irrésistible et la plus persuasive. Ce qui s'accomplit dans le monde par la voix de la déraison va infiniment plus loin que ce qui s'accomplit grâce à la bonne volonté et à la justice.

Ce qui arrivait au Salto da Senhora, ou qui était sur le point d'y arriver, échappait à toute analyse psychologique. Du reste, la psychologie elle-même échappe à la routine psychologique où l'on voudrait la confiner.

Si nous voulons voir en Vanessa une femme prise de passion pour António Clara, ce qui semblerait assez cohérent, nous ne pouvons que constater qu'elle ne se conduisait pas comme telle. Elle ne cherchait pas à éloigner Camila, et même, elle se dérobait lorsque António faisait des projets pour un avenir rien qu'à eux deux. Toute solution proposée à la situation qui s'était créée lui déplaisait. En principe, elle protégeait Camila, mais pouvait se montrer soudain indifférente aux mauvais traitements dont elle était l'objet. N'importe laquelle des femmes attachées à son service avait le droit d'entrer dans la chambre de Camila, alors même que la jeune femme y était présente, et de fouiller dans ses tiroirs.

– Que cherches-tu ?

– Rien. Je voulais seulement voir à quoi ressemble le linge de dessous d'une dame. Quel tas de vieilleries ! On ne porte plus ça depuis longtemps. Qui vous a cousu ces horreurs ?

– Ce ne sont pas des horreurs. Tu ne comprends pas. Tout est cousu à la main. Les nervures, les incrustations de dentelles, tout est fait main.

– Et pourquoi ça ? Elles ne sont pas plus belles pour autant.

– Peut-être que non.

Camila s'assit au bord du lit et revit en imagination la brodeuse toute courbée, comme si elle s'apprêtait à recevoir la communion, mais qui s'appliquait simplement à faire des roulottés, le fin du fin en matière d'ourlet. On eût dit le rituel d'une religion, ces plumetis, ce passé plat, ces incrustations de dentelle, ces jours si arachnéens qu'à les broder on y perdait la vue. Oui, au fond, pour quoi faire ? Camila ne savait que dire. L'autre, de toute façon, n'attendait pas de réponse. Elle tournait et retournait les pièces de lingerie, et la soie coulait comme de l'eau entre ses mains aux ongles vernis de noir. Puis elle sortit de la chambre, en chantonnant et en titubant un peu, car elle était toujours plus ou moins sous l'emprise de la coca. Vanessa maintenait ainsi ses femmes à sa dévotion, plus fidèles que si elle les domptait à coups de fouet comme dans les cirques.

– Comment fait-on pour dresser les colombes ? demandait en riant Vanessa, moulée dans un costume doré qui lui donnait bel et bien l'air d'une dompteuse. Elle se disait que, sans doute, elles picoraient un peu de hachisch, pour être aussi obéissantes et ne jamais se tromper de pigeonnier.

– Cette Vanessa, disait Roper, c'est une édition de poche des *Liaisons dangereuses.*

Camila cependant méditait sur la pérennité de ces mises en condition, et elle se demandait combien de temps durerait l'obéissance à Vanessa de cette fille qui s'amusait à bouleverser ses tiroirs. Elle était née pour être grosse, cela se voyait tout de suite, grosse et suante, avec des rides précoces sous les yeux.

– Une chemise faite par une chemisière de luxe, c'est autre chose, lui avait aussi expliqué Camila. Je ne parle pas d'une couturière, mais d'un autre genre d'ouvrière. Quelqu'un capable de reprendre les brins de soie après que l'on a arrêté un pli, une pince, que sais-je. Il faut une vue perçante pour enfiler ces deux bouts de fil, puis les faire passer à l'intérieur de la couture. Tu comprends de quoi il s'agit ?

– Ma foi, non. Tout ça, c'est des histoires de pédé.

– Ainsi tu ne comprends pas, malheureuse ?

– Je ne suis pas une malheureuse !

– Qu'es-tu d'autre ? As-tu jamais essayé un soutien-gorge dans un salon d'essayage, et la première de l'atelier entre pour placer les épingles, et elle a les doigts froids comme de la glace. Elle dit : "excusez-moi, j'ai les doigts froids comme de la glace." Et ce n'est pas exact. Ils sont chauds, au contraire, chauds et un peu rugueux, à cause des aiguilles. Et toi tu ne dis rien, et les bretelles remontent tes seins qui semblent plus ronds et sentent bon le talc parfumé. Elle t'admire. Si elle ne t'admirait pas, elle ne passerait pas autant d'heures la tête inclinée, comme si elle priait, par-dessus la toile de Cambrai et le satin blanc des fiancées. Tu as déjà été fiancée ?

– Non, fit l'autre embarrassée, projetée d'un coup dans son village, où ce qu'il y avait de mieux, c'était la floraison des mimosas. Sa mère criait sans cesse après elle, la commandait, et les matelas étaient de paille dure et froide. Car il faisait froid, si froid ! Un froid dont on eût dit qu'il ne passait jamais, pas même l'été, mais qu'il guettait du fond des puits l'instant où les premiers raisins prendraient couleur, pour, aussitôt, sauter dehors.

– Une fiancée, sais-tu seulement ce que c'est ? Les hommes la regardent, et au fond d'eux-mêmes ils se signent, ils se signent et ils pleurent. Même Taureau Bleu a pleuré quand il m'a vue en robe de mariée ; et j'ai pensé que cela valait la peine d'être vierge, de n'avoir jamais servi, de croiser les bras pour cacher sa nudité.

Les yeux de l'autre étaient pleins de larmes, et elle semblait avoir perdu ses forces. C'était donc ainsi que l'on dressait les colombes, d'un léger frémissement des cils que personne n'entendait. Et c'était ainsi qu'elle dompterait Vanessa. Cela prendrait peut-être du temps, peut-être que surviendraient des choses qui auraient l'air laborieusement tissées par le destin, mais qui, en réalité, seraient aussi naturelles que le dégel au pôle Nord – une conséquence d'insistants mouvements dans les profondeurs. Toujours est-il que cette fille qui la servait disparut un beau jour. Elle devenait bizarre, ne mangeait plus, et cachait des objets qu'elle disait ensuite avoir retrouvés dans un autre endroit de la maison. Vanessa dit :

– Bon débarras. Je n'ai pas de temps à perdre avec la psychologie. Qu'elle retourne au travail et divertisse les hommes.

Ainsi la fille retourna à la prostitution, qu'elle s'efforçait de faire prendre pour un travail de dame de compagnie. Elle avait même un amoureux, et mettait de l'argent de côté pour se marier.

– Toi, te marier ? s'exclama Vanessa. Ces romantiques ribaudes la mettaient en joie, et elle les provoquait pour le simple plaisir de les écouter. Elles étaient complètement *déboussolées* et, sans Taureau Bleu qui les maintenait dans une stricte discipline, elles auraient mal fini. Il ne convient pas de vanter ici les mérites du souteneur, mais il est certain qu'en est responsable la petite prostituée sans envergure, chez qui toutes les limites, religieuses et familiales, sont effacées. Elles deviennent, comme disait Vanessa, de véritables méduses, sans forme définie, ce qui n'est pas bon non plus pour le commerce. Le souteneur leur dresse des barrières, les tranquillise en usant envers elles de tout un registre entre amoureux et protecteur. Sans lui, elles ne peuvent survivre.

La fille en question voulut échapper à la règle, et voyez ce qui lui arriva.

Comme elle désirait se marier, elle fréquentait un garçon qui était aide-maçon. Ils se retrouvaient chez ses parents à elle, avec qui elle gardait des relations. Sa mère s'efforçait de sauver les apparences, et elle l'envoyait aux champs couper de l'herbe pour les lapins. C'était là un travail léger, normalement réservé aux enfants avant leur embauche à la fabrique de chaussures. Un travail agréable aussi, qui exigeait seulement de savoir manier la faucille et d'éviter de couper des herbes dangereuses, la langue-de-bœuf, entre autres. La fille allait à la rencontre de son amoureux, et tous deux passaient la nuit dans un moulin abandonné. Ils emportaient une collation de hamburgers et de Coca-Cola, échafaudaient des projets pour l'avenir, et se sentaient heureux. Mais, une fois sortie du moulin, elle retournait au bordel, sans manifester le moindre désir de changer de vie. Un jour que le garçon la poussait à choisir une date pour leur mariage, elle se montra particulièrement réticente. Depuis son départ du Salto da Senhora, elle était de plus en plus bizarre.

– Je ne veux pas me marier.

– Qu'est-ce que tu veux, alors ? Ce n'est pas une vie que tu mènes. Tu seras vieille en moins de deux, et plus personne ne voudra de toi.

– Ça m'est égal, fit-elle. Elle avait des yeux bleus striés de noir, et des cils également noirs. Si le bon Dieu voulait m'emmener, ce serait le mieux qui pourrait m'arriver. Me marier, moi je veux bien, mais en robe blanche, comme une fiancée.

– Bien sûr, tu te marieras en robe blanche, pourquoi pas ?

– Et avec un chapeau blanc. C'est la mode, à présent, un chapeau blanc. Mais tout ça ne me dit rien.

– Mais qu'est-ce que tu veux, à la fin ?

– Je n'en sais rien.

Ils échangeaient mille baisers et s'endormaient emmêlés l'un à l'autre, comme des petits chats. Puis ils sortaient du moulin sans se cacher de personne, d'ailleurs personne ne faisait attention à eux. Les coutumes avaient changé. Chacun à présent faisait ce qu'il voulait. On était parvenu à ce consensus d'un commun accord, mais parfois se brisait l'harmonie, et alors on se rendait justice à soi-même. Non que ce fût le cas de la fille: son amoureux ne voulut ni se faire justice, ni lui donner une leçon, non, rien de tout cela. Il était seulement très déprimé, et il la tua pour en finir avec une situation ambiguë et désolante. Il l'étrangla, puis la déposa au sommet de la meule du moulin, la recouvrant de son blouson qui était neuf, il venait de l'acheter. Quand on lui demanda pourquoi diable il avait mis la fille tout en haut de la meule de pierre, il répondit simplement qu'il avait eu trop de peine en la voyant sur le sol.

– J'ai eu de la peine, tant de peine! Ce sont les animaux qui meurent par terre, et je ne voulais pas qu'elle ressemble à un animal.

– Tu l'as tuée par jalousie.

– Non. Je n'étais pas tellement jaloux. Mais cette vie ne menait à rien. J'ai beaucoup réfléchi à la meilleure manière de m'y prendre. Je ne voulais pas manquer de respect au village, aussi je pensais aller la tuer à Vila Real. J'ai même demandé de l'argent pour le bus, mais j'en ai dépensé une partie, et après je n'avais plus assez. Je ne pouvais pas en demander davantage, le patron n'aime pas que l'on emprunte sur la paye. Alors je l'ai tuée ici.

– Tu as des remords?

– C'était une bonne petite, j'aurais pu l'épouser. Mais des remords, non, je n'en ai pas.

La mort de la fille valut quelques ennuis à Vanessa, qui se répandit en lamentations sur ses femmes: elles manquaient d'ambition, c'étaient de grosses mollasses, elles auraient mieux fait de se consacrer aux études. Et elle accusait Taureau Bleu de ne pas savoir les tenir. Celui-ci, écœuré, ne répliquait rien. Il ne supportait pas la vie qu'elle menait, ni chair ni poisson, depuis qu'elle avait ses entrées au Salto da Senhora et qu'elle allait jusqu'à orner sa chevelure de fleurs qu'elle cueillait de ses propres mains.

– Elle passe son temps à regarder des films à l'eau de rose, comme *Musique au Cœur.* Un de ces jours, je fiche le camp, et qu'elle se débrouille.

Mais il ne songeait pas sérieusement à abandonner le navire où il avait mis toutes ses économies et tous ses souvenirs. Et il espérait que le vent tournerait, qu'il pourrait aller, avec Vanessa, s'installer à San Remo et y mener une vie de vieilles crapules dans l'un de ces hôtels sans ostentation où l'on traite le personnel sur un pied d'égalité. Taureau Bleu n'aimait pas le trop grand luxe. Il disait que cela ne sert qu'à jeter la suspicion sur les gens et à détruire une réputation. De temps à autre refaisait surface dans son esprit l'éducation de sa mère, Celsa Adélaïde, qui lui avait enseigné le catéchisme dès l'âge de cinq ans et raconté des histoires du petit Jésus comme s'il s'agissait d'un gamin du village. En fouillant sa mémoire, il retrouvait celle de l'Enfant jouant dans la rue avec de la terre glaise, modelant un oiseau et lui insufflant la vie : l'oiseau s'envolait. Le cœur de Taureau Bleu, pourtant blindé, s'apaisait à l'évocation de ces souvenirs. Peut-être, quand il serait vieux, achèverait-il sa vie sur ces histoires de Celsa Adélaïde, si paresseuse qu'elle mettait une demi-journée pour aller jeter une lettre à la boîte.

Ce n'était donc pas par hasard que la fille avait cessé d'apparaître au Salto da Senhora : elle était morte, tuée par son amoureux, un jour de congé. Mais auparavant, c'étaient ses conversations avec Camila qui l'avaient plongée dans une profonde tristesse ; des conversations sans rien de remarquable pourtant, qui tournaient autour des couturières et des trousseaux comme il en existait autrefois et comme Camila avait encore la chance d'en posséder. Mais la fille avait été submergée par un sentiment d'impuissance à se voir exclue d'un monde à la fois intensément attirant et cruellement inaccessible, un monde finalement sorti tout droit de l'imagination de Camila. La même chose arrivait, sur un autre registre, à Vanessa, obligée de rester à la porte parce qu'elle ne possédait pas la parole magique permettant de pénétrer sur cette terre absurde, où la mort et l'amour étaient des chimères ne survenant que pour donner aux êtres l'éternité.

En attendant, le meilleur moyen d'empêcher Camila de se propager comme le phylloxéra, c'était de la tenir à l'écart, avec une pierre au cou, de préférence. En fait, Vanessa retirait un certain apaisement à la maltraiter et à l'empêcher de recevoir l'amour auquel elle avait droit. Mais un être humain a-t-il jamais droit à l'amour? L'amour, n'est-ce pas une invention de sociétés prétendant survivre grâce au plus grand nombre possible de pôles d'attraction? La mystique renforce l'unité du corps social. Ceux dont l'innocence vit dans une foi dénuée de supports mystiques sont jugés dangereux, tôt ou tard.

On peut supposer que Camila, à cause de son immobilité et surtout de sa nature, qui excluait toute alliance avec les autres, que ce fût en matière d'opinions, d'erreurs ou de commisération, que Camila, donc, déclenchait une sorte d'orgie du mal. C'était dans l'orgie du mal qu'elle s'enlisait, et seuls les sentiments fanatiques de Vanessa retardaient sa perdition. Des sentiments lucifériens, que Vanessa elle-même était incapable de contrôler. Elle pouvait, dans un même instant, afficher son droit de propriété sur António Clara, et d'autre part, l'empêcher de se séparer de Camila. La dernière chose qu'elle souhaitait d'ailleurs, c'était que se défît ce nœud infernal, où chacun souffrait, et où personne ne gagnait rien. Ni plaisir, ni sagesse, rien. Une fois libérés de cet envoûtement, tous enfouiraient au fond de leur mémoire ces épisodes de viols, ces plans de séduction comme il y en eut réellement au Salto, et sur une grande échelle. L'échelle de Satan, sans chercher à dramatiser.

Jour après jour, après une indéniable période de réconciliation, Vanessa inventait une nouvelle manière de persécuter Camila. De sorte que celle-ci, sachant fort bien par ailleurs que toute solution susceptible de lui rendre la paix générerait d'autres souffrances, se tenait constamment sur ses gardes. Pas un instant Vanessa n'envisagea de se passer d'elle, et elle allait jusqu'à rêver de la mort d'António Clara, qui lui permettrait de jouir d'une parfaite alliance avec Camila. Comme deux sœurs, dans un paysage qui ne serait pas de ce monde. Oui, mais dans ce cas, la jeune femme serait libre. Vanessa ne pouvait donc que récidiver dans l'envie. Car le mal envie le bien et sa grâce indestructible. Et l'histoire du combat de Jacob et de l'ange appartient à une grande époque de la sagesse humaine.

L'une de ses trouvailles consista à faire venir au Salto da Senhora, pour y jouer le rôle de servantes, les plus belles femmes de son escadron. Elle leur offrit un salaire si élevé qu'il leur était difficile de refuser. De toute manière, un ordre de

Vanessa les jetait dans un tel émoi qu'il n'était pas question pour elles de refuser. Parmi ces femmes, l'une avait été au service de Joana, du moins Camila crut la reconnaître. La beauté singulière de la petite, son insolence, qui la poussait à dédaigner la maison et son train modeste, firent que Joana la congédia au bout de quinze jours. Elle n'échappa pas aux recruteurs de Taureau Bleu : ils l'emmenèrent dans les bars de Vanessa, où elle acquit bientôt une réputation de bonne conductrice des désirs, même de ceux que les hommes se gardent de révéler, mais qui affleurent pourtant les institutions les plus sacrées.

Au Salto da Senhora, cette fille trop belle devait permettre à Vanessa de renforcer ses droits sur António Clara. Les grandes favorites savent fort bien le moment où il convient d'agir pour assurer la continuation de leur règne, et prévenir, en leur faisant découvrir des émotions nouvelles, la lassitude de leurs amants. En l'occurrence, toutefois, le but recherché était d'offenser publiquement Camila : ce plaisir-là est toujours plus vif que celui du sexe. Si Camila ne réagit pas, elle ne pardonna pas non plus. Elle se souvenait de ce que lui avait dit un jour Daniel Roper :

– Ne partez pas du principe que vous êtes invincible. Celui qui se soumet est plus fort que le vainqueur de la bataille.

S'il était encore en vie, il saurait me conseiller, pensait Camila, sans grande conviction d'ailleurs : en d'autres occasions, Roper avait toujours pris le parti d'António Clara, peut-être parce qu'elle-même lui inspirait une sorte de réprobation. Les femmes l'indignaient, c'était plus fort que lui. Restait, bien sûr, Torcato Roper, mais il avait mis fin définitivement aux réunions de l'Arrábida, et se consacrait à la criminologie. Non comme à un passe-temps, mais de manière académique. Il enquêtait dans les prisons, et ce qu'il écrivait ensuite n'était qu'un tissu de mensonges tissé par les prisonniers. De quoi imprimer des choses d'une grande banalité, qui serviraient l'opinion de masse. Torcato n'avait même pas conscience de tenir le rôle du fou dans un zoo de délinquants. Un petit délinquant ment toujours, c'est une question de persévérance envers sa propre vérité, mélange de vanité puérile et de défense systématique. Un grand hors-la-loi, lui, ne ment pas, ou alors autrement, sans couardise ni trivialité, avec une pointe d'ironie qui le met au-dessus de la bêtise criminelle. Ce que Torcato écrivait, et qui donnait du monde du crime une impression révoltante, en grande partie était faux. La plupart du temps, les petits délinquants sont des personnes d'intelligence moyenne, commençant leur carrière dans des quartiers qui ne sont pas véritablement déshérités ; mais le luxe y est du domaine du mirage. Pas de femmes bien habillées ni de belles voitures, et les salaires permettent à peine de rembourser les menues dettes, certainement pas de payer l'avortement des petites amies ; cela inflige une vexation plus grande qu'on ne le croit. Et, naturellement, ils mentent. Vue à travers les confessions des prisonniers, qui manipulent leurs enquêteurs de manière à se rendre eux-mêmes intéressants et à obtenir d'eux une certaine familiarité, la prison est un lieu au bout du compte monotone, ce serait même presque scandaleux. Mais à des personnes comme Torcato Roper, il fallait des histoires de sexe et de vengeance ; si elles ne correspondaient pas au quotidien des prisons, c'étaient en tout cas celles qu'il voulait entendre. Les prisonniers savaient comment le faire haleter d'excitation et de peur et, si Torcato s'était souvenu de son temps de collégien, il aurait retrouvé là un peu la même atmosphère, où une plaisanterie peut déclencher un massacre.

Les rares grands criminels ne vivent pas assez longtemps, en général, pour faire date dans l'histoire. Ils se pendent avec leurs lacets, ce qui constitue déjà une nouvelle assez typique, à moins que ne les dévore l'oubli, ou une mélancolie au fond de laquelle même un conflit n'est pas le bienvenu. On naît criminel, on devient délinquant par le fait de la société. Au fond de son horreur, chacun d'eux a sa beauté.

Voici ce qui empêchait Camila de leur tirer à tous sa révérence, ou même de s'en aller sans faire ses adieux ; c'était toujours la même scène, elle en avait conscience : elle se levait de table d'un tel élan que le plus naturel eût été pour elle de quitter la maison, mais cela n'arrivait jamais. Elle se rappelait alors qu'elle avait une paire de souliers chez le cordonnier, qu'ils lui feraient défaut et qu'elle ferait mieux d'attendre. Elle allait le trouver :

– Senhor José, mes souliers, j'en ai besoin.

– Je m'en occupe, disait cet homme fertile en expédients et que Joana ne pouvait souffrir. Entre elle et le senhor José, il y avait une grave mésentente. Quelle en était la raison ? Quelle conférence de Yalta, quel traité de Genève avaient signé les deux parties ? Joana, en tout cas, le détestait, ainsi que tous ceux qui le défendaient.

Pourquoi tant d'agressivité entre les êtres ? Comment se faisait-il qu'une fille comme Camila fût une telle cause de discorde, soulevât une telle fureur, distribuée alentour à profusion, comme une brassée de roses ? Les astres étaient de nouveau contre elle. Par les nuits d'été, elle gravissait le sentier se faufilant entre les vignes, et elle voyait le ciel noir qui semblait retenir les étoiles. L'une d'elles était son étoile, l'étoile de Camila, que l'on disait éteinte, et qui pourtant brillait d'un éclat terrifiant. “Se pourrait-il que je sois morte, et que néanmoins je brille de toute la lumière que j'ai lancée à travers l'espace ?” Et António Clara, Vanessa, Celsa Adélaïde, tous sentaient que l'éternité leur était dérobée par la main de cette enfant cruelle et chimérique.

Un jour, Vanessa introduisit une nouveauté au Salto da Senhora : des films pornographiques. Appelée au salon pour les voir, Camila trouvait toujours un prétexte pour s'en abstenir, et Vanessa la déclarait hypocrite. António essayait bien d'intervenir, mais se trouvait alors face à une Vanessa que son dessein de détruire la jeune femme rendait hystérique. Les filles qu'elle introduisait dans la maison pour servir Camila et surtout l'espionner, rendaient chacune à son tour leur tablier en arguant de problèmes de santé, et Vanessa, pour éviter les ennuis, les laissait partir, d'autant qu'António commençait à donner des signes d'impatience. Ses amis l'interrogeaient de plus en plus souvent à propos de sa femme, qui ne l'accompagnait jamais et dont on disait des choses extravagantes.

– Tout va bien. C'est seulement qu'elle n'aime pas sortir, et je ne l'y oblige pas, déclarait-il. A un moment donné, Vanessa et lui crurent que Camila était enceinte, et ils se sentirent pleins d'appréhension. Un petit enfant marquerait le retour à une vie normale et, surtout, Camila devrait se soumettre à des soins médicaux qui lui permettraient de leur échapper, d'une manière ou d'une autre. Cependant cette crainte se révéla sans fondement. Si Roper était encore en vie, pensait Camila, il la tirerait de là, car il avait dans sa manche des gens influents, et Vanessa ne pouvait s'offrir le luxe de tomber en disgrâce auprès des autorités. A cause de son commerce, elle manipulait des sommes importantes, et devait tenir ses écritures et leurs aspects secrets avec beaucoup de rigueur. Elle ramenait chez elle les papiers les plus importants qu'elle rangeait, sans se soucier beaucoup de sécurité, dans des tiroirs parfois dépourvus de clef. Elle disait que ces choses-là n'intéressaient personne, et que, de toute façon, tout était en langage chiffré, avec des noms d'emprunt. N'empêche qu'une certaine idylle, où elle n'avait voulu voir qu'une aventure dans le domaine idéologique, l'avait mêlée à une affaire policière, cinq ou six ans auparavant. Sans compter que la beauté est bonne conductrice de la subversion. Plus âgée, elle aurait pu avoir des contacts avec des hommes de la Résistance française, ou avec les espionnes des ambassades, des femmes d'une grande agilité mentale, qui se retiraient en Algarve avec leurs économies et un esprit véritablement cynique, sinon patriotique. Elles avaient fui à bicyclette à travers l'Europe, au moment de l'invasion allemande, et elles appartenaient au corps d'espionnage le plus distingué et le plus intellectuel qui fût en ce temps-là, remplacé plus tard par les blancs-becs des ordinateurs et des vidéocassettes. Pourquoi est-ce que je dis cela ? Parce qu'il y a des personnes nées pour un parcours clandestin exigeant un talent au-dessus de l'ordinaire ; Vanessa possédait cette sorte de talent, qui menaçait de la faire tomber de Charybde en Scylla, de la délinquance de droit commun en crime d'État. Mais ses rêves, ses relations, son goût du danger, tout cela fut submergé par une fondamentale quête d'argent. Elle négligeait ses paiements, et on la surprenait de plus en plus souvent à violer un contrat. Elle était riche, riche au point qu'entendant un jour Roper raconter que la Dame aux Camélias n'avait chez elle que des objets en or ou en argent, elle voulut l'imiter. Les robinets de sa salle de bains étaient en or, et les encadrements de ses miroirs en cristal de Murano. Du reste, elle avait fait venir de là-bas des pièces rares, ainsi que des maîtres verriers pour lui fabriquer des cendriers qui étaient le moulage de sa propre main. Elle commanda des portraits où elle figurait chacune des quatre saisons, et en cet honneur fit réaliser des vêtements par des couturiers spécialisés dans le *flou* et dans la fourrure. Vanessa pensa même recourir à la chirurgie esthétique, mais craignit de défigurer ce qui chez elle était parfait et formait de plaisantes et délicieuses combinaisons de couleurs et d'expressions. Camila ne pouvait s'empêcher de l'admirer, malgré l'assujettissement où elle la mettait. Et elle se disait que si un jour elle arrivait à ne plus voir en cette femme un opulent chef-d'œuvre de la nature, son esclavage prendrait fin aussitôt. Mais ce jour semblait ne devoir arriver jamais.

Un après-midi, Taureau Bleu la croisa dans l'un de ces étroits couloirs qu'il y avait dans la maison, et qui semblaient n'aller nulle part ; il lui dit rapidement qu'elle devait partir, car l'attendaient de gros ennuis. Il semblait ne rien savoir de la situation réelle de Camila.

– Je ne sais pas si l'on vous tient au courant, mais les choses vont mal, très mal.

Il avait l'air plus négligé qu'autrefois, et Camila crut voir qu'il avait perdu son regard plein d'une libidineuse annonciation. Cela le rendait plus sympathique, lui donnait l'air un peu timide.

– Je crois qu'il vaut mieux que ce soit António qui m'en parle.

– António ne sait pas ce qui se passe. Moi-même, je ne sais pas tout. Mais je serais désolé de vous voir compromise.

Elle se dit que, compromise, elle l'était déjà, que, de quelque côté qu'elle se tournât, elle ne voyait pas d'issue. Ce couloir étroit, sur lequel donnait le cagibi du linge sale, était à l'image de sa vie. Le plus difficile à comprendre, c'était qu'elle aimerait tenir le rôle de Vanessa. Néanmoins, tout ce qu'elle imaginait de la vie de cette femme n'était en grande partie qu'inventions et chimères. La cruauté de Vanessa, c'était sa propre cruauté, les histoires choquantes qui la concernaient ne l'étaient que par rapport à sa propre ignorance. Chaque monde a son horreur particulière. Elle se souvenait d'une mésaventure extraordinaire alors qu'elle avait treize ans. Son père l'emmena au cinéma à Porto, et, chose incroyable, l'accompagna dans la salle, sacrifiant ainsi deux ou trois heures de jeu. Dans le fauteuil voisin vint s'asseoir un homme d'âge moyen et de belle prestance. Tout le temps que dura le film, cet homme laissa pendre son bras le long du fauteuil, et parvint ainsi à toucher les jambes de Camila. Elle sentit ses mains chaudes, connut la taille de ses ongles et leur épaisseur. Elle crut d'abord qu'il n'avait pas conscience de ce qu'il faisait, que c'était par hasard, en cherchant une position plus confortable, qu'il avait rencontré ses jambes. Mais il devint bientôt évident que le hasard n'y était pour rien, que ce que l'homme cherchait, c'était le contact avec la peau fine et soyeuse de la petite.

– Je veux changer de place, dit-elle. Son père ne répondit pas. Qu'il ne l'eût pas entendue était invraisemblable, pourtant elle répéta : "Je veux m'asseoir ailleurs." En réponse, le même silence, et toujours la main de l'homme explorant l'intime chaleur de ses jambes, qu'elle gardait serrées au point que les genoux lui faisaient mal. Tout le temps que dura la projection, il attaqua et elle se défendit. Juste avant l'entracte, l'homme se leva et s'en alla. Cependant, alors que Camila pensait ne plus avoir à craindre son agresseur, et que la salle, de nouveau, plongeait dans l'obscurité, il revint. Elle se leva et, sans donner d'explication à son père, alla s'installer à une autre place. Il lui fallut du courage, car elle n'était pas sûre que l'homme eût agi intentionnellement. Il lui en coûtait même de le croire : peut-être n'interprétait-elle pas correctement la situation, peut-être n'y avait-il là rien d'obscène. Ce fut seulement à la sortie, quand elle vit son père lancer à un inconnu un regard qui se voulait aussi neutre que celui de n'importe quel spectateur au milieu d'une foule anonyme, mais qui était de connivence, qu'elle comprit ce qui s'était passé. Son père l'avait vendue, livrée en paiement d'une dette de jeu aux caresses de cet homme. Pour un peu, s'il n'avait pas redouté le regard perçant du vieux portier, il la lui aurait remise dans sa chambre d'hôtel ; s'il n'avait pas craint, surtout, Camila elle-même, implacable sous sa jolie peau "couleur de fromage", comme disait son frère pour la taquiner gentiment. Ces choses-là arrivent. A la maison, dans la rue, dans les endroits les plus sélects, sous le regard des vénérables et augustes mères et aïeules. Cela ne valait pas la peine d'en parler. Camila se trouvait toujours dans l'étroit couloir, sa poitrine contre celle de Taureau Bleu, et elle se disait qu'elle l'aimait peut-être à cause de ce mélange d'innocence et de sottise, et parce qu'il prenait plaisir, sans odieux faux-fuyants, à son rôle de pourvoyeur de femmes. C'était comme un emploi au zoo, et Taureau Bleu était dévoué à son petit troupeau, faisait son possible pour le maintenir en bonne santé. Elle lui donna un léger baiser et le félicita d'avoir coupé ses favoris.

– De toute manière, dit-il, ça ne se fait plus. Pas plus que les chaînes en or et les boucles dans des oreilles percées.

– C'est une mode minimaliste qui se prépare. Tu crois que je devrais me faire raser le crâne ?

– Seigneur, non !

– Je vais y penser.

On aurait pu croire qu'elle répondait à ce qu'il lui avait dit d'abord, à ses ténébreux avertissements sur ce qui allait arriver. Mais non. C'était uniquement à la fameuse coupe de cheveux qu'elle songeait. Elle sortit du couloir, non sans avoir glissé sur le manteau de cuir du jeune homme, et demeura un instant indécise quant à la direction qu'elle devait prendre : après trois ans de mariage, elle ne connaissait pas encore très bien la maison. A moins qu'elle ne voulût pas la connaître.

Nous n'irons pas jusqu'à dire que ce temps fut tout entier de désespoir et de guerre entre des êtres qui s'aimaient mais trébuchaient sur l'expression de leur amour. Il y eut de bons moments, où l'horreur restait en coulisse. Vanessa passait la plus grande partie de son temps dans le salon de l'entrée, qui ouvrait directement sur l'escalier extérieur. Les chiens la rejoignaient partout où elle se trouvait, avec leurs grosses pattes mouillées ou souillées de terre, aussi évitait-elle de leur donner accès aux autres salons, qui étaient en tout au nombre de quatre, comme il est d'usage dans les manoirs du Douro. Les plafonds bas et les alcôves, qui protègent des hivers glacés du Douro, appartiennent au tracé de la maison de cette région, où le *fidalgo* se sent toujours un peu en exil. Le Salto da Senhora n'échappait pas à la règle. Six générations de vignerons avaient laissé leurs marques dans les salons aux faux airs de sacristies et dans les cuisines où brillait une batterie de casseroles de cuivre, polies avec du sel et du vinaigre afin de lutter contre le vert-de-gris. Un ou deux calorifères, pas plus, dans les salons : on luttait contre le froid avec des braseros et des chaufferettes. Des placards dans les murs, aux fenêtres, des rideaux de dentelle, si toutefois il y en avait. Des oratoires d'une valeur inestimable, ou ornés de sculptures plus simples, mais de bois sombre, avec des filets d'or qui brillaient à la flamme des bougies de cire. Des parquets usés à force d'être frottés, peu de tapis, des meubles d'acajou, des sofas de jacaranda, un voltaire de velours râpé à l'intention des vieux qui se prenaient pour des lettrés. C'était dans le salon de devant que l'on recevait le gérant et les goûteurs de vins ; et aussi la visite pascale, menée par un acolyte secouant fort la clochette, afin d'annoncer son arrivée. Entraient alors la bannière, la croix ornée de rubans et une nuée d'enfants qui semblaient porter des vêtements d'emprunt et regardaient, avec une stupéfaction aussi solennelle que l'était l'occasion, les plafonds en auge et les mille et une choses inconnues et ébréchées posées sur les consoles, comme ces soldats privés de leur fusil et contant fleurette à une Arlésienne. De curieuses figurines, qui semblaient échappées d'un conte anglais, des œufs ouverts, censés contenir des épingles. L'Europe de l'imagination laborieuse, de l'artisanat en bimbeloterie, de l'inspiration pour magasins de jouets, était représentée dans ces petits sujets de porcelaine plus ou moins endommagés par deux siècles de nettoyages et d'héritages. Ce salon-là était un peu celui des épaves ; il faisait suite à celui des photographies et à un autre réservé aux grandes occasions comme les mariages, célébrés le soir, avec une mariée en robe gris perle. Les enjolivements, les ornements ne comptaient guère dans ce Douro qui mettait tout son luxe dans les diverses races de raisins : la Touriga, le Sousão, la Tinta Francisca. Son parfum, c'était celui des *vintages*, non de l'essence de violettes. Et les vins clairets, dans leurs verres qui étaient rarement en cristal de marque, remplaçaient toutes les scintillations urbaines des étoffes et de la mode. Les anciens Albergaria, qui possédaient des vignes dans des villages lointains projetés en un douteux équilibre au-dessus des ravins, des rangées de vignes et des terres retournées à la houe, ne s'étaient guère souciés de décorer leur maison. Un piano, l'éternel oratoire et une serre où cultiver des capillaires leur avaient suffi. Vanessa affichait un grossier dédain pour ce modeste ameublement, lui opposant ses propres collections de canettes de bière, d'autos miniatures et de poupées Barbie. Mais elle ressentait un certain respect pour le Salto da Senhora, dont le premier salon, qu'assombrissait le porche en haut de l'escalier, lui ménageait un confort dont elle ne pouvait plus se passer. Combien de conversations avait-elle eues là avec Camila, tout en la regardant tourner distraitement la cuillère dans sa tasse de thé ! Camila parlait des maisons comme de personnes vivantes, non de celle-ci, mais de la sienne propre et de celle des Roper, où elle avait connu des gens exceptionnels : la famille de Blaise Cendrars, les maîtresses infidèles de grands créateurs, de poètes et de dramaturges ; des musiciens célèbres, des princesses qui avaient vécu au Kremlin et dont les parents étaient morts, noyés dans le lac du jardin par les Bolcheviks ; des espions pour lesquels le danger répondait à un insatiable désir, prenait les traits inexprimables de la liberté. Tous gens cultivés, élégants dans leur quasi-pauvreté d'artistes que la guerre avait privés d'emploi.

– Ils étaient beaux ?

– Comment cela, beaux ? Non, ils étaient laids, la plupart du temps. A croire que c'est une règle générale, que l'on se mette, avec l'âge, à ressembler à de vieux arbres. Une sorte de camouflage, peut-être. Mais leur laideur avait à mes yeux de la noblesse. La beauté, c'est bon pour les laquais ; tous ceux qui veulent servir un maître et cirer ses chaussures tiennent à être beaux. Professionnellement beaux, décoratifs, avec un nez du modèle numéro 5, comme le parfum de Chanel.

– Qu'est-ce qu'un nez numéro 5 ?

– Celui avec lequel on peut donner un baiser sans en avoir l'air. Comme si on disait : "on nous appelle pour le déjeuner, je crois, je sens l'odeur des poivrons grillés."

L'une des cruautés de Vanessa envers Camila, c'était de lui offrir une nourriture trop salée, puis de lui refuser la moindre goutte d'eau. Elle procédait ainsi, le soir, avec ses chiens, qui, fous de soif, parcouraient la *quinta* la nuit durant, agissant ainsi en bons gardiens. Ces moments atroces, Camila ne les oublierait jamais. Lorsque Vanessa s'apercevait que la jeune femme avait de l'esprit, elle prenait cela pour une offense personnelle, et s'arrangeait pour lui appliquer en retour l'une de ses nombreuses idées perverses. La société est ainsi, en général : elle supporte mal la vivacité et la liberté d'esprit du génie, et s'efforce de lui rendre la vie amère. Dans l'idée de génie, on voit peut-être un sentiment mouvant, qui ne se fixe sur rien et s'apparente à l'ingratitude. Cette idée est fort mal reçue par une société s'efforçant de promulguer des lois destinées à la défendre contre sa propre inimitié envers les autres.

Aimer son prochain est chose difficile, aussi difficile que produire une rose bleue. Mais celui qui ne pense pas à aimer son prochain, on le considère comme un ennemi, alors qu'il est tout bonnement un fin psychologue, quelqu'un qui se penche sur le mystère des autres, au lieu d'accepter les effrayantes vérités qu'ils nous assènent.

Ce genre de pensées, dont on discutait passionnément chez les Roper, n'avait aucune chance de s'imposer ici. Vanessa finissait toujours par se trouver offensée, et António prenait aussitôt son parti.

– Je ne comprends rien à ce que tu racontes, d'ailleurs personne n'y comprend rien, disait-il, furibond. Mais ce qui, en réalité, était difficile à comprendre, c'était à quel point son empressement à satisfaire Vanessa pouvait le rendre stupide. Autrefois, au cours des réunions chez Daniel Roper (il disait toujours Pedro Daniel, de façon un peu solennelle, pour dissimuler son ignorance), il s'ennuyait, mais sans montrer d'irritation. A présent, il se plaisait à agresser Camila, se montrant ainsi, croyait-il, maître de la situation. Celle-ci s'était accoutumée à ce malentendu, et elle continuait, imperturbable, à développer les arguments qui le désespéraient tant. Sa conception du jeu consistait à adopter une théorie, et à l'éprouver jusqu'au moment de voir si elle fonctionnait. Par exemple, parlant de Rutinha :

– Je crois qu'elle va venir nous voir à Noël, disait-elle, comme si la nouvelle lui était venue en songe. En réalité, cette soi-disant nouvelle n'était qu'un faux bruit qu'elle lançait, et qui correspondait aux profondes appréhensions nourries à la fois par António et par Vanessa. Elle essayait de comprendre pourquoi António craignait tant une visite de Rutinha, pourquoi, à cette simple idée, il réagissait avec autant d'anxiété. Il téléphonait quotidiennement à ses frères, et ceux-ci lui affirmaient que cette nouvelle était sans fondement. Jusqu'au jour où leur mère annonça sa visite pour la Noël.

– Comment le savais-tu ? demanda-t-il à Camila. Celle-ci appelait ce genre de petit succès "faire une levée". Elle laissa entendre qu'elle savait encore bien d'autres choses, et António perdit un peu plus de son sang-froid ; ruminant sur tout cela, il se mit à la craindre. Faisait-il bien ou mal en la punissant ? C'était, il en était convaincu, une mauvaise femme, mais elle ne s'était jamais rendue coupable de rien que l'on pût prouver.

– Non, elle n'est pas mauvaise, dit Vanessa, seulement un peu lunatique. Il y a des fous dans sa famille, souviens-toi. Nous lui avons prêté trop d'attention, là est le mal. J'avoue que c'est mon cas.

– Moi, je ne fais pas du tout attention à elle.

– Si par là tu veux dire que tu ne couches pas avec elle, je te désapprouve totalement. C'est ta femme, ne l'oublie pas.

– J'ai cru que c'était hors de question.

– Ce n'est pas du tout hors de question. Certes non.

Vanessa le grondait avec beaucoup de conviction, ce qui voulait dire qu'elle ne tenait pas à se distinguer de l'opinion de la majorité. Puisqu'il était marié à Camila, il devait se conformer aux règles du mariage. Ce n'était qu'ainsi que Vanessa pourrait être sa maîtresse en titre, que tout le monde la reconnaîtrait comme telle. Tandis que s'il dédaignait Camila, elle, Vanessa, ne serait rien dans cette maison, rien qu'une figurante, moins qu'une voyageuse dans une salle d'attente, un lieu généralement sordide.

– Si tu me dis que tu n'en as pas envie, tu me mets dans une situation fort embarrassante.

– Quelle situation ?

– Eh bien, tout simplement : qu'est-ce que je fais ici ?

– En tout cas, tu ne peux pas me traiter comme un cobaye, voilà ce que je sais.

Elle sourit, car António, finalement, avait mis le doigt sur le point sensible : il lui fallait se prêter à tout ce que Vanessa voulait imposer en-dehors d'un comportement considéré comme normal. Et il était devenu normal, lorsque Camila réagissait avec modération aux pires attaques, que Vanessa éclatât en fureur, crachât des flammes comme un dragon. Commençait alors une période de sévices qu'elle ne pouvait plus contrôler. A António Clara le rôle du tortionnaire, à elle celui de la consolatrice.

– Il ne voulait pas aller aussi loin. Mais aussi, tu ne fais rien pour contrôler la situation. Tu aimes t'opposer aux gens, d'une manière ou d'une autre, et voir si tu fais quelque découverte. On peut se demander laquelle ! Un grain de riz dans la barbe du Père Éternel ? Mais António ne comprend pas, et voilà le résultat : une ecchymose sur cette jolie peau.

Camila devenait si maigre qu'aucun de ses vêtements ne lui allait plus et qu'elle demanda à pouvoir sortir pour en acheter d'autres. Chose étrange, Vanessa intercéda en sa faveur, et Camila partit seule. Mais, certaine qu'on la suivrait, elle laissa sa voiture dans un chemin à l'écart et prit le train dans une gare où il y avait peu de trafic. Durant le voyage jusqu'à Porto, elle ne vit personne de suspect. Mais, pour la première fois, elle s'apercevait que ses vêtements ne convenaient pas pour les transports en commun, que son élégance éveillait une méfiance quasi immédiate. Elle était naturellement aimable et sociable, mais on prenait cela pour une manifestation de supériorité, une manière, à la tsarine, de traiter le moujik.

Elle se sentait bien, assise dans ce train qui longeait le fleuve immobile et sombre, et sa liberté soudaine l'émut jusqu'aux larmes. Elle se dit que si elle avait emporté son passeport, elle ne serait plus jamais revenue à la maison. Tout se passait comme lorsqu'elle était petite, que l'idée lui venait de s'enfuir, mais que quelque chose la retenait, une paire de souliers chez le cordonnier, ou toute autre raison aussi insignifiante qui lui permettait d'ajourner sa décision. Le miroir, dans son compartiment d'un modèle ancien, lui renvoyait l'image de la femme en laquelle elle s'était transformée. Son fin visage, ses grands yeux clairs, portaient la marque d'un dur apprentissage, encore aggravé par un côté de sa personnalité qui n'était pas entièrement noble. Auraient-ils eu raison de vouloir extraire de son âme la vérité ? Mais alors, les supplices infligés correspondaient simplement aux travaux pratiques d'une analyse. Elle en ressentit une joie démesurée, qui dut se refléter sur son visage, car un homme chauve, en train de lire un journal, passa plusieurs fois la main sur son crâne, comme pour remettre en ordre une chevelure inexistante.

Camila était devenue une femme de haute taille, singulière, ne portant aucun bijou, ce qui attirait l'attention car elle n'était pas supposée agir ainsi. Ses colliers de perles et ses boucles d'oreilles en brillants, que lui offrait Vanessa pour Noël, avaient l'air obsolètes. De même que son vison "diamant noir", une relique que Vanessa avait voulu lui prêter lors de l'enterrement de Tofi ; Tofi qu'elle avait vue s'éloigner, emportée dans un wagon tout illuminé. Et si, dans ce compartiment vide, elle était morte, elle aussi ? L'homme chauve était toujours là. Sans doute participaient-ils tous deux à une même aventure, qui s'achèverait à la gare de São Bento.

Jamais elle n'aurait imaginé qu'il s'agissait d'une gare aussi monumentale, d'une beauté aussi particulière, comme une cathédrale. C'était là que les fils de Celsa Adélaïde avaient inauguré leur carrière d'aigrefins. Mais Flórido s'était vite repenti et précipité dans le mariage avec une héritière disgracieuse et affligée de tics moraux. Le destin de José Luciano, Taureau Bleu, lui semblait supérieur. Un garçon souriant et bien mis s'approcha, et lui demanda si elle désirait de l'aide.

– Non, merci, je n'ai pas de bagages, fit-elle en lui rendant son sourire. C'était peut-être un employé de Vanessa, elle en avait de toutes sortes. Elle se dirigea vers la sortie, et la ville l'accueillit à bras ouverts ; le soleil d'avril, doux et clair, était au mieux de sa chaleur, et dans les parterres les pensées ouvraient leurs yeux de velours. Les bruits de la ville, avec du haut des tours toutes les cloches sonnant midi, éveillèrent en elle la même émotion que chez un spectateur l'instant où le rideau se lève. L'envie lui vint, soudaine, de rencontrer quelqu'un qu'elle ne voyait plus depuis longtemps, Daniel Roper, par exemple, qui dissertait si bien sur Thomas More, son prétendu aïeul. Mais Roper était mort. Elle en ressentit une grande peine, plus grande qu'en apprenant sa mort. António Clara disait toujours qu'elle congelait ses émotions pour, un jour, les retirer de la glace, prêtes à être consommées, aussi fraîches qu'auparavant. Elle pensa à ses beaux-frères, les Mattos Albergaria, de la Ramada Alta. Comment s'appelaient-ils déjà ? Elle oubliait parfois les notions les plus familières, les noms propres surtout. C'était peut-être une tare. Simão et Tiago ? Elle se dit que n'importe quel passant dans la rue devait être mieux informé qu'elle.

Simão et Tiago étaient absents de chez eux. En un sens, elle en fut soulagée. Ils ne se montraient pas hostiles, loin de là, mais l'étaient cependant. Ils n'aimaient pas António Clara, le moins intelligent d'eux trois, et celui qui avait eu le plus de chance. Elle fit quelques achats, mais, se souvenant des choses que Vanessa lui avait rapportées de Milan, s'en repentit aussitôt. Je suis une otage de luxe, pensa-t-elle, non sans un certain orgueil. Se pouvait-il qu'elle fût aussi dégénérée ?

Tout à coup lui revint en mémoire la maison de l'Arrábida, où vivait toujours Alzira, la vielle bonne diabétique et à demi aveugle. Alzira la reconnut et la fit entrer pour lui présenter ses chats, Farouk et Mahler, ce dernier datant du temps de Roper, à en juger d'après son nom. Elle resta là jusqu'à l'heure de son train, toute seule, à lire un livre qui ne l'intéressait pas et à désirer anxieusement retrouver sa prison. Le jardin lui parut à l'abandon ; entretenir un jardin revenait très cher à présent. Elle pensait comme une femme riche, et elle eût été capable de déclarer, comme le faisait Rutinha :

– Des dettes dignes de ce nom, seulement à partir de cent contos. Ce à quoi Tofi eût répondu :

– En voilà une qui veut péter plus haut qu'elle n'a le derrière ! Certaines choses, elle seule pouvait les dire. Camila ressentit une grande nostalgie.

7. CRIME ET PERSONNALITÉ

A son retour, Camila trouva la maison dans une telle agitation que nul ne se rendit compte de sa présence. Les bonnes – que l'on qualifiait à présent d'employées –, couraient de tous côtés, affolées. C'est que la police avait fait irruption, et qu'elle interrogeait tout le monde avec un visage fermé qui donnait le frisson. Les enquêteurs tinrent même à convoquer Camila, mais plus par curiosité qu'à cause d'une dénonciation, et ils la renvoyèrent aussitôt. Fatiguée, la jeune femme alla s'allonger dans sa chambre. Il n'y avait plus au salon que son mari, Vanessa et quelques inconnus. Ils parlèrent à voix basse une bonne partie de la nuit, jusqu'à ce qu'António perdît son sang-froid et demandât qu'on le laissât seul. Même Vanessa s'en alla avec ses gens, et la maison, tout à coup, tomba dans le silence. Le jeune homme alla retrouver sa femme, mais la regarda comme s'il ne la voyait pas.

– Tu es allée te promener ?

– Je suis allée faire des courses. Je ne suis pas une prisonnière, que je sache ?

– Ne dis jamais : fontaine, je ne boirai pas de ton eau.

Ne se sentant pas d'humeur à discuter, il sortit de la chambre et la laissa seule, non sans avoir d'abord ôté sa veste et enfilé le peignoir de soie qui, disait Camila, le faisait ressembler, avec sa maigreur et sa démarche claudicante, à un fantoche. Taureau Bleu arriva un peu plus tard, et elle les entendit parler, tous les deux, sur un mode peu amical. Ensuite elle ne distingua plus que de la musique ; António disait toujours que la musique le calmait, d'autant qu'il l'accompagnait sans doute d'un peu de cocaïne.

Il en alla ainsi deux ou trois jours durant, et Camila faisait tout ce qu'elle voulait. Personne ne lui prêtant attention, elle se déplaçait comme elle l'entendait. Même les chiens semblaient l'ignorer. Elle apprit plus tard que Vanessa les avait emmenés dans la Ferrari bleu et noir qui les contenait à peine. Cette intempestive liberté la déconcertait, et elle se dit qu'elle ne pourrait pas la supporter longtemps. La violence, rarement maîtrisée, de son mari, le mauvais esprit de Vanessa, qui la suivait partout en inventant mille manières de la faire souffrir, lui manquaient. La maison était devenue silencieuse et calme, mais la jeune femme sentait peser sur elle une sorte de machination à laquelle elle-même ne désirait pas échapper. Emportée par la passion, elle aspirait à être incluse dans le danger que couraient les siens, et, au risque d'être jugée importune, elle se lança à la recherche de son mari pour lui crier son amour. Ce n'était malheureusement pas ce qu'il avait envie d'entendre à ce moment-là, aussi la mit-il gentiment à la porte. Les employés de Vanessa firent semblant de ne s'apercevoir de rien, mais eurent assez de présence d'esprit pour apprécier le charme de Camila, si jolie dans sa robe de satin brodé qui ondulait, découvrant ses jambes nues. Plus tard, dans la chambre, souffrant de se sentir tenue à l'écart, elle demanda à António :

– Qu'est-ce que c'est que cette foutue histoire ?

– Il y a des mots qu'une dame ne doit pas prononcer, se contenta-t-il de répondre.

Elle éclata de rire, et c'était comme si son rire ne devait jamais s'arrêter. António sortit, la laissant seule. C'est ainsi qu'il se débarrassait d'elle : en usant de la patience que l'on a envers les folles. Camila prenait des amphétamines comme son père buvait du café, pour supporter la dépression. Mais Joana, elle, n'allait jamais au-delà de l'aspirine, et ainsi empoisonnait la vie de tous les habitants de la maison, tout en leur permettant d'assister à ses meilleures scènes. Et la pauvre tante Tofi, qui, avec quelques sédatifs, aurait pu être si agréable à vivre, l'affrontait alors, échevelée, telle une sorcière une nuit de sabbat. D'où l'on peut conclure que la personnalité n'intervient plus seule dans la survenue des crimes, ni dans la simple mésentente conjugale.

Tout ce qui se passait alors, était-ce la conséquence d'excitants et de tranquillisants, comme c'était celle de l'alcool, autrefois, sur cette terre bénie du Douro ? Voici ce qu'inclinait à penser Camila : tous ces anciens crimes dont parlait Celsa, des crimes de sang, qui semblaient de pure improvisation, naissaient sans doute, pour parler le langage de la navigation fluviale, d'une bonne connaissance des remous et des mascarets, de tous ces passages où l'on faisait naufrage si l'on ne prenait pas les précautions nécessaires.

Si le crime à présent se vidait de tout sens et de toute émotion, c'est que ce n'était plus la personnalité qui le commandait, mais la drogue. La drogue, dure ou non, qui provoque un état d'hallucination ainsi qu'une hémorragie de la conscience menant à une attitude asociale qui peut être de nature criminelle. Camila ignorait à quel point les médicaments qu'on lui administrait faussaient sa vision des choses ; pareillement, elle ignorait si l'imagination malfaisante de Vanessa n'était pas simplement l'expression d'un rêve agressif comme il en arrive aux félins, et peut-être aussi à l'homme, à travers le reliquat de sa préhistoire.

Toujours est-il que l'on avait prévenu Camila qu'elle eût mieux fait de quitter la maison, et celui qui l'avait prévenue était au courant du danger qui approchait. Taureau Bleu était l'objet de pressions pour lui faire dénoncer les suspects, en échange d'une sorte d'*habeas corpus* grâce auquel sa carrière de passeur serait assurée. Ces négociations avec la police le mettaient en grand péril, d'autant qu'il n'accordait pas suffisamment d'importance aux règles à observer dans un certain monde, le monde de la drogue, dont il méconnaissait le vrai visage. Il était persuadé que rien ne pouvait lui arriver de mal. Un tel optimisme est généralement signe de dépression. Toutefois, cela ne l'empêchait pas d'avoir des pressentiments et de chercher à protéger Camila de tout désagrément.

La plupart des criminels sont des êtres dépressifs auxquels la réalité ne fait jamais obstacle, puisqu'elle fonctionne comme un rêve et qu'ils ne lui accordent pas plus d'importance qu'au rêve. Toujours est-il que le Salto da Senhora était mis sous surveillance, et que tout ce qui s'y passait concernait la police. Vanessa avait-elle eu conscience de se livrer à des actes criminels ? Son origine pauvre, sinon misérable, n'était pas faite pour corriger son comportement asocial : seuls pouvaient l'y aider son intelligence et son désir d'une prompte réussite. De nombreux jeunes (jeune, elle-même ne l'était plus guère : elle avait quarante-quatre ans) aspiraient ainsi à un triomphe facile, et commettaient des délits sans être pour autant des criminels. Ils continuaient du reste, s'ils avaient été élevés dans la foi chrétienne, à s'approcher des sacrements, et cela leur permettait de supporter la dépression ; ils rejetaient l'autorité, mais non le côté sacré de l'autorité, qui entretient l'immaturité.

Les grands crimes sont en relation avec la personnalité, de sorte que la criminologie a pu être une science plus ou moins exacte. Mais le fait qu'ils soient dorénavant diffus et imprévisibles rend moins efficace l'action policière.

A écouter les récits des homicides perpétrés dans la région avant la naissance de Camila et demeurés jusque-là dans les mémoires, on s'aperçoit que tous sont des crimes inhérents à la personnalité. Le plus ancien dont on se souvenait était connu comme le crime des frères Pèzinho, qui tuèrent un prêtre usurier avec une méchanceté confondante. L'affaire ressemblait beaucoup à celle de *Crime et Châtiment* de Dostoïevski – l'exemple parfait d'un crime de personnalité, où l'aspect le plus exécrable retombe sur la victime. Les Pèzinho, jeunes garçons aux mœurs ambiguës, avaient assassiné le prêtre pour le dépouiller des richesses qu'il recevait en gage de ses prêts. Tout en s'avouant coupables, ils estimèrent avoir agi avec justice, et s'autopardonnèrent, en quelque sorte. C'étaient des dépressifs, issus d'une famille de dépressifs, et dont les petits-enfants, plus tard, jureraient avoir vu une soucoupe volante au-dessus de la vallée de Jugueiros, par une froide nuit de décembre. Le froid intense est bon conducteur des hallucinations.

L'ignominie de ce prêtre, que l'on accusait à la fois de sodomie et d'usure, atténua beaucoup la réprobation populaire et adoucit la sentence des juges. Pourtant, on ne put jamais prouver que la victime eût été autre chose qu'un avare, intime seulement de ses intérêts et de ses spoliations plus ou moins légaux. Qu'était-ce donc qui avait poussé les Pèzinho à le tuer ? En premier lieu, sans doute, l'image qu'ils s'étaient faite de ce que doit être un prêtre, et l'idée que cet homme, si sale physiquement que l'on pratiqua l'autopsie à huis clos et non sur le parvis de l'église comme il était prévu, avait trahi quelque chose de fondamental dans la personnalité collective.

Le même crime, quarante ans plus tard, aurait eu une motivation différente, et aussi une motivation moins claire. Il y a toujours un motif à la croissance économique d'une époque donnée, et cette motivation est fluctuante; de même, les raisons d'un crime sont incertaines et flottantes, elles semblent se situer entre une sorte d'idéalisme et une impulsion irrésistible. Comme l'amour.

Qu'est-ce donc qui pousse les êtres à attribuer au sexe un comportement erroné? Les gènes ancestraux de l'homme donnent au sexe une notion sociale. On ne partageait pas le succès, il revenait de droit au plus apte, et donc au plus capable de l'emporter sur ses rivaux par la violence. Défier le vainqueur n'était pas seulement une erreur, c'était un crime. Le sexe excite chez l'homme, et ce depuis notre ancêtre préhistorique, une passion inhibition-déshinibition, et cette incertitude le conditionne. Il y a lieu de croire que les Pèzinho, mis en présence de cet accumulateur de richesses (peut-être celui-là même qui jouissait impunément du sexe dans la communauté des jeunes mâles), n'aient pu que l'assassiner. Quelques années plus tard, la déshinibition entraînée par la drogue – il ne s'agissait plus seulement de café et d'alcool – engendrerait le fait-divers, mais dépouillé de la substance du crime personnalisé. Les nouveaux criminels seraient plus proches de la pathologie que de la seule biologie.

Mais l'amour, quel rôle jouait-il dans l'esprit moderne? Camila ne pouvait oublier qu'à son retour de Porto, voyant la maison mise sens dessus dessous par la police (qui cherchait manifestement de la drogue, ou des armes, ou des montres), elle s'était sentie irrésistiblement poussée à déclarer son amour à son mari. Oubliant d'un coup les souffrances injustes qu'il lui infligeait, elle s'était jetée dans ses bras. Or, ce sentiment profond, elle n'aurait pu le concevoir quelques heures auparavant. L'amour, donc, était à ce qu'il semblait une convulsion de la peur.

Dans ces conditions, et à mesure qu'est mieux assurée la protection de l'espèce, l'amour se désolidarise de l'image de l'homme sur cette terre. Toutefois, la survivance n'obéissant pas uniquement à un système mécanique, elle a besoin de l'amour, et d'adhérer toujours davantage aux évolutions de notre comportement.

Après cet incident avec la police, Camila conçut pour son mari un sentiment qui passa par tous les degrés de la passion. Elle devint même la proie d'hallucinations qui prenaient pour elle la place de la réalité. Ainsi, elle voyait nettement António Clara s'approcher, Vanessa à son bras, et ce geste témoignait d'une intimité si naturelle qu'il ne leur venait pas à l'idée de la cacher. Vanessa se trouvait à ce moment-là loin du Salto da Senhora, mais cela n'empêchait pas Camila de la voir, de voir son écharpe, une écharpe bleue, battre derrière elle dans le vent comme une aile. La couleur bleue se retrouvait du reste dans toutes ses hallucinations. Depuis des siècles, le bleu éloigne les mouches, et donc, par association d'idées, le seigneur des mouches, c'est-à-dire le diable. Peut-être, du fond de son émotion, Camila voyait-elle filtrer autrefois, au travers des veines de l'inconnu, cette couleur protectrice.

Elle fit peindre, ou repeindre, de bleu une sorte d'écusson au-dessus du portail de la *quinta*, et cerner de bandes bleues toutes les fenêtres de la maison, comme on le faisait dans certains villages éloignés, au Portugal comme en Afrique. L'intention était la même : s'opposer à l'entrée des mauvais esprits grâce à la couleur bénéfique du bleu céleste.

Elle eût tôt fait de perdre la raison si quelqu'un n'avait eu à ce moment-là l'idée assez extraordinaire d'ouvrir, afin de le nettoyer, le tombeau des Albergaria. On trouva intact le cercueil de Simeão, et, à l'intérieur, son corps également intact. Le bruit courut alors qu'il s'agissait d'un autre cadavre, beaucoup plus récent, bien qu'il n'y eût pas trace d'une quelconque inhumation, excepté celle de vieux ossements tombés de l'endroit élevé où l'on gardait les urnes. On émit l'idée que, Simeão Albergaria ayant refusé d'être enfermé dans le tombeau, on avait déposé son corps dans un passage secret de la maison, avec la complicité d'un fermier mort depuis. Ce mystère rendit sa santé mentale à Camila. Elle se demanda si, au bout du compte, les humains n'entretenaient pas les énigmes dans le seul but d'oublier le désenchantement qu'ils éprouvaient à ne rien connaître d'eux-mêmes. A n'avoir que des théories, non des certitudes.

Tant que nous nous consacrons à résoudre des mystères que nous pouvons affronter, comme celui de la disparition d'un cadavre, nous évitons d'avoir à pénétrer le sens profond de l'homme, aurait dit Roper. Il aimait à répéter, s'inspirant en cela de son cher et unique Wittgenstein, que "la technique n'est pas tout dans la vie". Et, en effet, les choses sibyllines sont d'une meilleure compagnie, aux heures de tristesse.

Camila se sentait malheureuse, mais ne devait cette tristesse qu'à elle-même, comme sans doute les antiques nomades de la Bible. Ils nourrissaient une reconnaissance religieuse envers le Dieu qui leur avait permis l'acte passionné de choisir un système de références, et non une idolâtrie. C'était une manière de juger la vie. La vie, il ne faut pas la juger d'après l'opinion des autres, mais selon notre propre capacité à croire.

Il était hors de question, après le passage de la police au Salto da Senhora, de continuer à y vivre comme auparavant. Vanessa resta longtemps absente, et António Clara avait eu si peur qu'il se mit à traiter Camila avec plus de considération. Cet homme-là n'avait aucun sens de l'urbanité ; seule la peur pouvait l'y inciter, n'importe quelle peur. Quant à Camila, pour ne pas en arriver à le mépriser, elle cultiva pour lui un amour, qui, avec le temps lui sembla avoir acquis des droits.

Afin de donner à sa vie une apparence normale, António offrit quelques dîners, auxquels il convia des habitants de la région, ainsi que d'autres qui figuraient sur l'agenda de Simeão, "ceux de Porto", comme il disait. Des gens qui s'étaient tenus longtemps à l'écart de toute vie mondaine, mais qui semblaient maintenant renaître de leurs cendres, avec leur goût des belles voitures et leurs femmes légitimes reconnaissables au premier coup d'œil à leurs colliers de perles et à leurs manteaux de vison. Toutes choses que Camila, déjà entrée dans le style minimaliste, trouvait démodées. Entièrement habillée de gris, sans aucun bijou, elle allait s'asseoir en haut de table avec la sensation persistante d'interrompre quelque chose. En général, cependant, elle faisait bonne impression, et personne ne riait d'elle.

Camila avait beaucoup changé, mais à son corps défendant. Combien n'eût-elle donné pour retourner au temps de la tante Tofi, toujours vêtue à la maison de déshabillés qui perdaient leurs rubans, et pour se parer des robes de Joana, élégantes dans les années 50, et déjà ridicules, mais d'un extraordinaire effet scénique, à la naissance de Camila !

Le domaine de l'Église, voisin de celui des comtes, toujours absents mais faisant la fierté de la famille de Camila et lui servant d'exemple, avait été aussi prospère que sa chute était vertigineuse. Les dames Viterbina, qui avaient connu la propriété dans ses meilleurs jours, avaient reçu de l'argent du Brésil, mais cela n'avait pas suffi à empêcher la ruine. Petite-fille de la dernière des Viterbina, Camila était née dans un milieu déjà vidé de sa substance. C'est pourquoi elle aimait revêtir les vêtements de sa mère, dont la jeunesse s'était passée sous le règne de Christian Dior. Ces temps avaient été d'une secrète extravagance, surtout lorsque, dans la pièce voisine, Joana et Tofi, lancées dans des dialogues mordants et sataniques, jouaient leur grande scène. Pas un jour ne passait sans ces spectacles, qui faisaient les délices de Celsa.

N'empêche que Camila avait changé. Sa pureté, sa grâce pleine de gravité s'en étaient allées. Sa vie d'otage de luxe lui avait valu une accoutumance, comme celle dont on souffre lorsque l'on prend couramment certains médicaments soi-disant inoffensifs. Elle qui avait horreur d'assister à des films lascifs les regardait à présent avec une aimable indifférence. Si c'était le vice qui l'y avait poussée, on aurait pu la comprendre. Mais elle ne cédait qu'à une sorte de routine, où ne trouvaient leur compte ni le plaisir ni le cœur. Vanessa disait qu'elle était devenue adulte. Elle et Camila menaient des conversations sur un ton clinique, en contraste avec la perturbation de leurs sens. Conversations qui tournaient autour du sexe et des maladies qui le représentaient, puisqu'elles exprimaient une certaine violence exercée contre quelque chose de vulnérable.

Dès qu'un homme entrait, elles se taisaient, conscientes de perdre un peu de leur pouvoir dans un domaine qu'ils considéraient encore comme confidentiel et exclusif. Mais Camila, instruite par les leçons de Roper, pouvait lancer des idées comme celle-ci :

– Le sexe est l'unique manifestation intelligente de la nature.

– Ah oui ? Et pourquoi ?

Vanessa aimait la voir se dresser alors sur la pointe des pieds, tout auréolée d'une autorité que personne ne lui avait accordée.

– Parce que… commençait Camila qui se taisait un instant puis reprenait : parce que faire coïncider l'appareil de procréation avec le mécanisme du plaisir, c'est vraiment génial.

Ah ! Comme António eût aimé, s'il l'avait pu encore, l'envoyer en pénitence dans la pièce obscure qu'elle connaissait si bien ! Dans le couloir étroit qui ne donnait nulle part et où elle avait rencontré Taureau Bleu un jour ; ils s'étaient trouvés si proches que ses seins à elle se pressaient contre sa poitrine à lui, tout rayonnant et bronzé, car il ne faisait rien d'autre que prendre soin de lui-même comme d'un cheval de course, ou n'importe quoi d'aussi précieux. Cette idée la fit rire, et le fugitif désir s'envola. Peut-être le rire servait-il à désenvoûter les situations, à les libérer du danger qu'elles renferment. Un rire, peut-être, et non un baiser, avait réveillé la Belle au bois dormant. Ici Camila se manifesta à nouveau, avec ses idées à contre-courant :

– Ou bien c'est elle qui a éclaté de rire en voyant le prince accoutré comme il l'était. La mode avait changé, et tout changement nous fait rire.

Cette fois-là, elle ne put aller plus loin, António Clara l'ayant mise à la porte. Il trouvait qu'elle prenait trop d'amphétamines, que cela l'excitait, lui donnait trop de vitalité. Mais António se trompait. Camila était seulement en train de devenir une actrice consommée, qui improvisait ses textes et les servait à son public : un public ingrat, du moins en ce qui concernait son mari, dont on pouvait dire qu'il la sifflait et lui jetait des œufs pourris. Les mal élevés ! pensait-elle. Je fais de mon mieux pour jouer mon rôle, et ils s'imaginent que je leur vole une partie du leur. Ils veulent tous tenir le devant de la scène, et deviennent méchants s'ils n'y parviennent pas. António, en réalité, ne pardonnait pas à sa femme de l'offenser en ignorant ses problèmes. Elle semblait avoir oublié l'intrusion de la police et tout ce que cette intrusion signifiait : que le Salto da Senhora figurait à présent sur la liste des caches possibles pour la drogue, et que Vanessa ne prenait pas les précautions nécessaires. Celle-ci repoussait toute idée de culpabilité, et pensait n'avoir de comptes à rendre à personne. Ce n'était plus la même femme d'affaires, et ses discothèques ne faisaient plus de bénéfices. Elle perdait peu à peu le contrôle de la situation et ne pouvait s'empêcher d'acheter des choses horriblement coûteuses, en se donnant des airs de grande vedette.

– Et pourquoi non, puisque je suis la plus jolie et que j'ai de l'argent ? Si je ne jouis pas de la vie maintenant, je le ferai quand ?

Taureau Bleu disait qu'elle était en période de préménopause, que cela la rendait aussi incontrôlable qu'un train express engagé sur une voie désaffectée.

– Elle risque de nous causer préjudice à tous, disait-il. C'est pourquoi je me méfie d'une femme aux commandes, à un poste de responsabilité.

– Peut-être qu'avoir un enfant lui ferait du bien, fit Celsa Adélaïde, qui ne changeait pas, était toujours aussi pauvre et dévote et refusait l'aide de quiconque. Manifestement, elle lançait là une allusion, et José Luciano, le Taureau Bleu, la fixa comme s'il voulait découvrir le fond de sa pensée. Cette Celsa toujours aussi circonspecte et railleuse, que pouvait-elle bien mijoter ? Il l'adorait.

– Votre Grâce (il se plaisait à lui donner parfois les appellations anciennes, celles-là mêmes dont elle avait usé avec ses propres parents), Votre Grâce a toujours aimé plaisanter !

Mais il tourna et retourna cette idée dans son esprit, surtout en voyant Vanessa faire de plus en plus de sottises. Ce n'était plus la Vanessa qu'il connaissait, mais quelqu'un dont l'être profond serait atteint, et qui agirait de manière automatique.

Camila, de son côté, prenait de l'ascendant dans une situation qui auparavant la détruisait. Les attaques qu'elle avait subies lui avaient permis d'augmenter sa créativité et d'améliorer son élocution. La modération de son discours, qui indisposait António jusqu'à lui inspirer de l'hostilité, produisait un effet hypnotique, comme il semble que ce soit le cas des responsables religieux. Sortie de l'épreuve des sévices, elle recueillait maintenant les fruits de sa douceur, qui pouvait se révéler plus cruelle que la violence. Mais elle avait conscience de cheminer au bord d'un précipice, et ce précipice, c'était la tentation d'amplifier sa personnalité. Si jamais elle laissait paraître qu'elle cherchait à obtenir quelque chose, immédiatement on la détruirait. Exprimer sa volonté engendre la polémique. Les grands leaders n'étalent pas, comme on le croit, leur propre volonté; ils s'adaptent à celle des peuples, auxquels ils inspirent les arguments dont ils se servent ensuite pour annoncer leurs décisions.

On commence à penser le quotidien comme une épopée, et c'est une avancée dans l'histoire humaine. Chaque jour – comme ce fut le cas durant l'enfance et la puberté de Camila –, on a livré des batailles, on les a gagnées ou perdues. On a fait des découvertes et des voyages interplanétaires. Il y a eu une prise de la Bastille, et des expériences de laboratoire aussi hardies et dangereuses que celles qui ont donné la poudre à canon. Ce n'est pas une mince affaire que de vivre tranquillement chez soi. Voyez, sinon, Joana et Tofi descendant des terres de la Cumieira pour vivre à jamais à la *quinta* de l'Église, sorte de Troie construite par-dessus une autre Troie, avec, pour unique point de vue, les vieilles ruines et le jardin de fleurs balsamiques, qui sentait bon la cannelle et le poivre noir.

Je ne sais si je me suis bien fait comprendre, mais la *quinta* de l'Église appartenait au père de Camila, qui s'employa à dissiper un héritage déjà grevé d'hypothèques. Régnait cependant toujours dans la maison un je-ne-sais-quoi, un petit air, même raréfié, de l'ancien confort, qui concernait surtout la table et le lit. Ainsi certains plats délicats, du jarret de porc mariné dans du vin de Porto, d'abondantes fritures, et une profusion de fruits secs qui, disposés en plateaux énormes, se déshydrataient au soleil sur les murets. Joana, une fois passé le temps romantique de ses vingt ans, s'était métamorphosée en cultivatrice du Douro, guère différente, en apparence, de la fermière, de l'intendante ou de la commissionnaire, avec son éternelle blouse de tissu imprimé. Seuls les souliers à petits talons la distinguaient; on eût dit qu'elle ne les quittait jamais, même pour dormir, et c'est pourquoi le cordonnier des Quatre-Chemins, celui qui jouait de la mandoline, était si recherché dans son coin obscur, qui sentait la colle et le tanin.

Tofi, ou Filomena, ne se laissait pas abattre par le destin. Dans une pièce d'Euripide, elle eût été plus aisément Clytemnestre qu'Antigone. Elle s'habillait de vieux peignoirs et prenait des bains si chauds qu'il semblait invraisemblable qu'elle n'en sortît pas en mauvais état. Toujours prête à insulter et piétiner les autres, elle était par nature une reine dépouillée de son royaume et tenant tête, lançant à tout vent son éventail et son gant. Camila trouvait excellente l'interprétation de Tofi, moins triomphale celle de Joana. Pendant ce temps, sur les murs, les natures mortes de dorades et de grenades se mettaient à briller, leurs pâles couleurs ravivées. Et l'on sentait monter, des treilles jusqu'aux fenêtres aussi petites que des vasistas, la chaleur du mois de mai, en même temps qu'une odeur de poussière et de clapier. Tout cela se passait comme dans le ventre d'un grand poisson. Dans la cuisine, on entendait l'interminable ploc-ploc des gouttes d'eau dans l'évier, le sifflement des braises sous l'eau froide. Des fenêtres sortait la vapeur grasse des viandes bouillies. De tous côtés on courait, on ouvrait et fermait des portes, on recevait des ordres, on chassait les chats. C'était un incessant ballet, un permanent désordre, des querelles légères comme une brise. Tofi venait manger un petit quelque chose, car à onze heures, comme au temps du vieux patron, on prenait un repas à la fourchette : des viandes panées, des cervelas à l'ail, des pousses de navets avec des œufs. Il y avait une tasse à laquelle personne ne touchait, un couvert auquel personne ne touchait davantage. Ils appartenaient à Tofi, qui mangeait à part et rangeait à part sa théière et sa cuiller. De couteaux, elle n'en utilisait jamais, elle avait bien trop peur de tout ce qui coupe. Elle était si bizarre, sans toutefois aller jusqu'à la folie, que tous lui adressaient au moins un petit salut, de peur qu'elle ne leur tombe dessus avec son cri de guerre. Elle utilisait un vocabulaire rien qu'à elle, et disait par exemple *pindonga* au lieu de *pobretana* (pauvre malheureuse). Mais en s'adressant à Camila, elle en faisait un mot doux comme le miel. Ce mot que Camila n'entendrait plus jamais.

– *Pindonga*! dit-elle un jour à Vanessa. Et Vanessa sembla se liquéfier sur place et disparaître. Certains mots ont un pouvoir extraordinaire. C'est le cas de *pindonga*.

Tofi les réservait, ces mots, pour les jours de tempête, dont elle devinait l'approche. D'où venait-elle, cette tempête qui semblait dégager de la fumée et charger comme une troupe de cavaliers ? Lorsqu'elle s'abattait sur la vallée de Jugueiros, faisant se croiser les éclairs comme si les démons ferraillaient entre eux, c'était vraiment une vision d'Apocalypse.

– D'apo quoi ? fit Vanessa, qui, trempée de pluie, arrivait avec ses chiens. Quand survenait la pluie, c'est que la tempête était passée. Elle apportait de mauvaises nouvelles.

L'un de ses meilleurs gardes avait disparu, remettant en cause sa sécurité et la laissant se débattre dans une mer de soupçons. L'instinct de conservation étouffant tous les autres sens, c'est à peine si Vanessa remarqua Camila, qui alla s'asseoir au fond du salon. Peut-être qu'elle lui porterait malheur. Joueuse comme elle était, Vanessa voyait en toutes choses des avertissements, des signes de salut ou de perdition. Elle dit à António Clara :

– Les choses se compliquent. Il vaut mieux nous séparer. Tu viens avec moi, et ta femme reste ici. Personne ne va l'accuser. Donne – lui de l'argent et partons tout de suite.

– Pour rien au monde je ne laisserai Camila.

– Tu veux jouer au chaste époux qui fuit en Égypte avec son petit âne ?

Elle se sentait blessée parce qu'il se montrait si attaché à sa femme après avoir tout fait pour la détruire. Elle avait toujours cru que c'était elle qu'il aimait, elle, Vanessa, et voilà qu'il se révélait poltron et, par-dessus le marché, fidèle à cette gourde. Elle se sentait trahie. On ne pouvait pas compter sur un homme, il finissait toujours par donner des signes de faiblesse alors même que l'on attendait de lui des décisions. Sans doute se repentait-il de l'avoir laissée entrer dans sa maison et dans sa vie. Mais, repentant ou non, il ne pouvait faire machine arrière. Par ailleurs, il ne supporterait pas un interrogatoire de police ; il mouillerait ses culottes rien qu'à se voir dans une petite salle du Palais de justice, avec devant lui un homme d'âge moyen qui lui parlerait calmement, sans se presser. Pour elle, ce n'était pas pareil, elle connaissait tous les passages, impasses, obstructions, tournants, de ce genre d'entrevue. Depuis ses quinze ans elle sillonnait les couloirs de la vie, guère meilleurs que les couloirs de la mort. Elle donna à António Clara un baiser en quelque sorte plein de générosité.

– C'est bon, reste ici, mon trésor, je vais me débrouiller.

Au bout d'une semaine, toutefois, elle était de retour. Camila, assise à table en train de casser des noix, n'eut pas un frémissement en entendant pétarader la petite voiture jaune. Elle était guérie. Le flot d'obsessions qui inondaient naguère jusqu'à ses poumons, l'empêchant de respirer, avait disparu. Elle était pourtant très loin encore de recouvrer sa liberté. Elle entendit Vanessa, dans la cour, appeler : "Mon trésor", et ne ressentit rien.

Elle évoquait parfois sa liberté, mais ni Joana ni Celsa Adélaïde ne faisaient mine de la comprendre. C'était comme si elle parlait un langage chiffré, comme si elle n'était qu'une femme trop aimée, convulsivement aimée, et qui suscitait l'envie, et bien des mélancolies.

– Moi, trop aimée ? s'exclama, n'en croyant pas ses oreilles, Camila. N'importe quelle femme laide et disgracieuse se serait contentée de cette idée, mais elle, elle ne pouvait l'accepter, elle se sentirait désarmée, sinon.

– Oui, aimée, renchérit Vanessa. Je ne connais personne qui jouisse d'une aussi grosse fortune. Car c'est une fortune ; plus d'un milliard en pétrole raffiné, et en or de bon aloi.

– Et d'abord, qu'est-ce que c'est, de l'or de bon aloi ? On entend toujours cette expression, et on ne sait pas ce que c'est, finalement. Mais mettons les choses au point : je suis aimée, moi ? Moi qui ai subi de la part de tout le monde un tas de brimades : António m'a battue, on m'a laissée sans manger ni boire, on a enfoncé ma porte et refusé de poser une nouvelle serrure. António se comporte avec vous comme si vous étiez sa femme. Je ne sais pas s'il couche avec vous, en tout cas il s'efforce de m'en convaincre.

– Mais c'est là un traitement de princesse ! Vous rendre malheureuse, c'est vous rendre digne d'un trône. Que croyez-vous qu'il serait arrivé à la Vierge Marie si l'on avait répandu le bruit qu'elle était riche, que saint Joseph possédait un chantier naval où il construisait des bateaux, ces petits bateaux de pêche du lac de Tibériade ? Nazareth était un village de cultivateurs, et la Dame en faisait partie.

Vanessa étalait ainsi une érudition acquise dans les suppléments des journaux. Mais elle allait trop loin et, s'il y avait une chose que ne supportait pas Taureau Bleu, c'étaient bien ses élucubrations littéraires. Elle se faisait appeler Antónia de la Tour, à présent ; elle connaissait sur le bout des doigts les *quintas* les plus fameuses, et en parlait comme si elles appartenaient à sa famille : Monsul, Ventozelo, Esteveira, Rede ; à l'en croire, toutes faisaient partie du patrimoine de ses ancêtres. "Écoutez-la donc ! On croirait qu'elle a connu personnellement la Vierge Marie !" s'exclamait Celsa, indignée. Le côté tapageur de Vanessa ne pouvait s'accommoder des lieux sans éclat, et le Portugal la serrait aux entournures. On pouvait difficilement s'y donner en spectacle, cultiver sa noirceur, ses bons mots et ses relations avec le grand monde, que ce fût celui des princes ou celui des escrocs. Mais c'était au Portugal qu'elle tenait son commerce de prostitution et de drogue, ce qui était tout autre chose que de vendre des coupons de tissu comme les Gitanes autrefois. Vanessa, dans un temps de vaches maigres, eût été capable de vendre n'importe quoi n'importe où : des Bibles en Amérique et des épingles de nourrice dans des foyers pour dames âgées. L'audace ne consiste pas seulement à courir les cinq parties du monde pour en ramener du jade et de l'argent, mais également à apprendre à faire des macaronis avec les Chinois, comme Marco Polo. Un authentique aventurier, celui-là, qui sut découvrir ce que renferme d'épique le quotidien.

Bien. Pour tout connaître de Vanessa, il faudrait un dossier qui remplirait des armoires entières d'archives, du tribunal à Interpol, en passant par le registre paroissial. Camila admirait cette nature extraordinaire, douée d'un mimétisme instantané, d'un talent de caméléon à donner le vertige. Mais elle n'oubliait jamais à quel point Vanessa était dangereuse, susceptible de changer d'aspect, de vie, de passé, avec un aplomb inimaginable, sans rien garder de compromettant, ni amis ni souvenirs. Elle se fiait aux tarots, mais seulement dans la mesure où les cartes lui étaient favorables. Elle n'aimait pas voyager par mer, d'ailleurs elle n'aimait pas les bateaux. Elle avait lu quelque part qu'un bateau, dans beaucoup de langues, est du genre féminin, et que si la proue est en demi-lune, c'est par référence à la lune, un astre éminemment féminin. Elle lisait dans les feuilles de thé, et plongeait dans un verre d'eau des papiers enroulés portant le nom de partenaires possibles pour ses affaires ; c'est ainsi qu'elle les choisissait. Elle n'avait jamais soumis Taureau Bleu à ce test : elle savait d'avance qu'il n'était pas fiable. Mais elle envisageait d'avoir un fils de lui, et, quand elle quitta définitivement le pays, le bruit courait qu'elle portait un enfant dans son ventre. Elle rit beaucoup lorsqu'à la douane, on lui demanda si elle n'avait rien à déclarer.

– Ni semences de sésame ni semences de tabac, fit-elle. Seulement la semence d'un homme.

Voilà comment s'en fut un beau jour Vanessa, ou Antónia de la Tour (elle avait au moins quatre passeports porteurs de noms différents et de coiffures différentes sur les photos), avec son sac de crocodile et son tailleur gris à la coupe irréprochable. Elle disait du reste que c'était la seule chose qu'elle avait d'irréprochable. Mais tout cela arriva plus tard.

Où voulions-nous en venir ? A ceci : les crimes provoqués par la personnalité sont en voie d'extinction. Le meurtre de Manuela, par exemple, ne se produirait plus aujourd'hui.

Manuela était une grande femme blonde, mère de deux petites filles également blondes, et mariée au régisseur d'une *quinta* proche des voies de chemin de fer. L'homme filait le parfait amour avec une autre femme, et Manuela se rongeait de jalousie. La jalousie, c'est comme un moment historique dans une personnalité. La raison n'en est pas forcément une trahison ; elle correspond plutôt à un soulèvement sur le territoire de l'indécision. La jalousie met fin à une incertitude, incertitude qui n'a rien à voir avec l'infidélité, à moins que l'infidélité ne parcoure tout le registre de l'incertitude. La jalousie prend les traits d'une incertitude exacerbée pour des raisons peut-être futiles, mais qui soudain deviennent primordiales. Nous dépendons en général de l'imprécision de toutes choses. Mais cette insuffisance de notre savoir peut finir par provoquer une insurrection de la personnalité. Nous en sommes réduits à conjecturer, et cela nous déplaît fort. La jalousie est une façon de nous insurger contre l'incertitude qui masque les faits.

Souffrant manifestement d'une dépression profonde, Manuela contrôlait tous les faits et gestes de son mari, et elle y mettait tant d'exigence et de rage qu'il ne pouvait lui échapper. Une nuit, laissant ses enfants endormis dans la maison, elle se lança à sa poursuite, et son orgueil et son désespoir étaient tels qu'elle semblait voler à la rencontre des amants. Elle les rattrapa, et se mit à les insulter. Sa belle silhouette se détachant sur le clair de lune aurait attendri plus d'un poète, mais non un homme qui se voyait humilié devant une autre femme, une femme dont il attendait le don sans égal du plaisir. Affolé par le tapage que faisait Manuela, il s'efforça de la faire taire. A la fin il la tua, mais non sans difficulté, car elle était forte, et habitée par la haine. Lorsqu'ils la virent inanimée, son amie et lui cherchèrent comment dissimuler leur crime. Déposer le corps sur la voie de chemin de fer leur parut la meilleure solution. Pour le transporter, ils l'introduisirent dans un panier à vendanges, d'où dépassèrent les longues jambes de Manuela. Il fallut les casser, et pour cela faire voler les genoux en éclats ; ils utilisèrent une pelle de fer, mais les tendons empêchèrent les os de se séparer. Le passage du train sur le corps ne lui causa guère plus de dommages, et lorsqu'on le retrouva, il était dans un tel état de rigidité que l'accident ne semblait pas être la cause de la mort.

Comme on découvrit une boucle d'oreille de Manuela dans la terre fraîchement remuée, on reconstitua facilement le crime, et le mari fut aussitôt arrêté et torturé, afin de le faire avouer. Ce n'était pas un criminel endurci, aussi eut-il la galanterie de laisser sa maîtresse en dehors de l'affaire. Après avoir accompli une peine assez lourde, il se remaria. Celsa, allez savoir pourquoi, le défendait. "Jambe cassée puis réparée n'est plus jambe cassée", disait-elle avec une pointe d'humour noir. Elle était toujours prête, en plaidant la folie, à se faire l'avocate des causes les plus dramatiques. En réalité, elle ne pensait pas que l'on eût affaire à des fous, du moins pas dans la plupart des cas. Apparemment, tout cela la divertissait, car la folie est une défense contre une tâche impossible. Elle avait vu son mari devenir fou et frôler le crime, simplement parce qu'il ne pouvait accepter l'amour qu'elle portait encore à ses fils devenus grands. Son cerveau préhistorique ne concevait l'amour maternel qu'envers les jeunes enfants. Plus tard, lorsque l'enfant devenait adulte, cet amour tournait au désir.

C'est la mode, à présent, de libérer du scrupule les femmes mûres tombant amoureuses d'un jeune élève, sans que pour autant on en ait levé le tabou. L'inconscient collectif persiste à condamner vivement un amour qui s'émancipe de la maternité pour se poser sur un tout jeune homme, réduisant ainsi un temps de sa vie et faisant de lui un enfant prolongé. La réprobation ne tombe pas de la même façon sur l'homme vieillissant éprouvant une passion pour une adolescente. On juge licite l'initiation de la jeune fille par un homme expérimenté, qui lui donnera des premières relations sexuelles une idée ludique, dépourvue de la gaucherie déshonorant l'acte amoureux. Mais pervertir un jeune dans l'ingénuité de son enfance, voilà le crime sous-entendu dans la passion d'une femme mûre pour le jouvenceau confié à sa garde.

On a réalisé sur ce thème quantité de films, écrit un grand nombre d'histoires romanesques. N'empêche que les mères de garçons de douze ans frémissent si elles les voient tomber sous le charme de belles éducatrices. Leurs arguments ne sont pas à dédaigner, mais ne trouvent plus d'échos dans la morale de la ville.

Par ailleurs, lorsqu'un enfant de quelques mois, comme António Clara, dont la vision n'est pas encore nette et qui ne distingue pas une personne d'une autre, est abandonné par sa mère, il devient en quelque sorte difforme et rebelle, prêt à accepter les situations les plus perverses, les plus nuisibles. Peu lui importera d'accueillir sous son toit et dans le sein de sa famille une prostituée : au contraire, une telle dégradation lui plaira. De toute façon, tout cela n'a plus autant d'importance qu'autrefois, et les limites tolérées en matière de comportement se font fluctuantes, ce qui plonge la personnalité dans un grand embarras, et laisse au crime toute latitude de s'installer.

Nul ne désirant approfondir ce qui se passait avec Camila, elle ne devait pas s'attendre à trouver à ses plaintes une oreille complaisante. Surtout en ces temps où il arrive souvent, en pleine ville et entouré de voisins, que l'on meure dans la solitude, et que l'on soit mangé par les rats avant que quelqu'un ne s'inquiète de notre sort. La divulgation des génocides et des crimes à sensation émousse notre curiosité à l'égard de notre voisin de palier. Ne pas avoir d'importance, n'être qu'un chiffre dans les statistiques, voilà une condamnation pire que celle d'un tribunal. Camila avait conscience que personne ne voulait l'écouter, que d'ailleurs on avait de bonnes raisons pour ne pas se préoccuper d'elle.

En premier lieu, son père devait de l'argent à António Clara. Ces emprunts représentaient à la longue une somme rondelette, qu'il cachait à Joana. Celle-ci avait l'orgueil de sa pauvreté, qu'elle parait de toutes sortes de vertus que la richesse n'aurait pu lui procurer. De plus, elle tenait Camila à distance, ce qui ne facilitait pas les confidences. Du reste, de quoi Camila aurait-elle pu se plaindre ? D'un mari généreux qui ne lui refusait rien ? N'avait-elle pas des robes de prix, une voiture qui n'était pas celle de tout le monde mais un prototype avec des ailettes et des phares de tous les côtés ? Même les cas les plus terribles d'anéantissement moral ne rencontraient qu'indifférence auprès de Joana. Ils étaient aussitôt amoindris et relégués sur un terrain où n'entrait pas l'espérance.

Camila se souvenait que Roper voyait en Dante un dépressif avec tous les contrastes de l'esprit médiéval ; son enfer correspondait à cet état d'incompréhension où l'on n'obtenait de réponse qu'à travers un débat théologique. Mais ce qu'il y avait de nouveau, dans cet enfer, c'est qu'il n'était pas totalement refermé sur son système carcéral, il était possible d'en sortir. Dans quel état, c'était une autre histoire. Mais il y avait dans ses murs une fissure par où venait un souffle d'air annonciateur de liberté.

Les affaires de Vanessa périclitaient sans qu'elle eût l'air de lutter ni de chercher une solution. Habituée qu'elle était à voir récompensés dans l'instant ses efforts, et ce, de façon exorbitante, elle ne savait pas se projeter dans l'avenir ni livrer bataille pour lui. Tandis que Camila, qu'elle admirait si passionnément, avait reçu une éducation qui ne lui promettait pas monts et merveilles. Dans le Douro, on élève les enfants de façon à les rendre capables de faire face aux revers de fortune, soit que la vigne vieillisse et que baisse la production, soit que les fils de la maison deviennent indolents, du genre "il n'y a plus rien à faire". Mais on continue à révérer l'avenir, à tailler, à greffer, et même à s'ôter le pain de la bouche pour planter de nouvelles vignes. Il y a toujours, au fond des cœurs, trois quarts de foi en la terre, qui existe et existera toujours, même après la mort du propriétaire, contre un quart de désillusion et de vie sentimentale réfugié dans un bref espace de la mémoire.

Un jour, Camila, au cours de l'une de ses brèves escapades, sortait de la petite chapelle dans la forêt lorsqu'elle se trouva en face d'un homme qui posa sur elle un regard intense. Elle ne le reconnut pas immédiatement, mais lui, s'approchant, lui baisa la main avec émotion. C'était un des amis de son frère, mais dans l'âge mûr déjà, et déjà veuf. Camila et lui n'appartenaient pas à la même génération, pourtant il fit preuve d'une grande anxiété en la voyant. On eût dit un mendiant.

– Vous ne me reconnaissez pas ? Je venais souvent chez vous, tôt le matin, chercher votre frère pour aller à la chasse. Vous, vous apparaissiez derrière votre fenêtre illuminée : jamais je ne l'oublierai.

Les larmes coulaient sur son visage, autrefois si beau et devenu difforme. Il ne souffrait pas vraiment, mais son cœur débordait de souvenirs qui l'affectaient à retardement. Camila se souvenait de lui, et elle ressentit un peu de mépris, vite réprimé, pour ce garçon qui se laissait si aisément vaincre par la vieillesse. Elle avait six ans, et elle aimait entendre sa voix lorsqu'il calmait les chiens jappant d'excitation. Comme elle l'aimait alors, comme la nuit était étoilée et la voûte du ciel élevée ! Pourquoi pleurait-il ? Parce que la vie avait passé et qu'il ne lui restait pas même une miette d'avenir entre les mains. C'était l'avenir qu'il avait aimé, et il ne pouvait que pleurer sur le temps défunt devenu passé.

Elle se réjouit d'être jeune, d'avoir une peau lisse et une chevelure abondante. Ce soir-là, elle se présenta à la salle à manger sans que l'on eût besoin de l'appeler, et elle regarda toutes choses avec un œil nouveau. Ceci était un bougeoir, cela une salière, et voilà Vanessa, qui aurait bien voulu l'ennuyer et la blesser, d'une manière ou d'une autre. Pourquoi ne pas l'empêcher de dire toutes ces choses horribles ? Elle se dit que tout avait commencé en ce jour lointain de sa petite enfance où l'on avait posé devant elle une soupe de navets. Tout avait été si facile jusque-là : des frites, de la banane écrasée. Et, tout à coup, cette soupe amère et nauséabonde, que Joana lui faisait ingurgiter de force. Camila se sentit à ce point offensée qu'elle ne pensa pas à vomir. Cependant cette offense avait une signification qu'elle ne parvenait pas à comprendre, et la curiosité la poussa à accorder une certaine estime à la soupe de navets.

– Je sais bien, fit tout à coup Vanessa, que vous m'acceptez mal.

– Bah ! rétorqua Camila, vous n'êtes pas pire que la soupe de navets.

– Qu'est-ce qu'elle dit ?

Le moment ne tardait pas, de toute façon, où Vanessa se levait et où, telle une reine s'apprêtant à monter à l'échafaud, elle quittait la salle, arborant cet air de fausse résignation qui lui venait si facilement. Les hommes se sentaient alors coupables de ne pas désirer, comme l'eût voulu la tradition, une telle femme. Ce soir-là, Camila dîna seule, et but avec délices sa liqueur d'orange dans un petit verre sur lequel on lisait "Souvenir des Caldas-do-Modelo". Encore heureux que ce ne soit pas de la soupe aux navets, pensa-t-elle. Il y avait longtemps qu'elle ne s'était pas sentie aussi bien disposée.

Sans doute avez-vous remarqué que le roman a beaucoup changé. L'histoire construite à force de solliciter une mémoire d'où l'on extrait une sorte de provocation à l'usage du lecteur, tout en veillant à ce que l'ironie la préserve de la démesure, cette histoire n'a plus vraiment cours aujourd'hui. Il s'agissait alors de délivrer un certificat de bonne santé mentale aux individus, à la famille, à la société. Plus on posait d'obstacles à la routine des sentiments et de l'intrigue, plus l'œuvre et son auteur remportaient de succès. Cependant, avec l'évolution de la famille, la toile de fond d'une folie générée dans bien des cas par une trop forte pression sous la croûte du quotidien s'effaçait. Il ne serait plus possible, aujourd'hui, d'écrire *Les Frères Karamazov,* de Dostoïevski, *Anna Karénine,* de Tolstoi, ni *La Métamorphose,* de Kafka. Les fous, à présent, ce sont aussi les personnes saines d'esprit. Écoutez ce que nous dit – c'est moins une observation clinique qu'une intuition de poète – le docteur Laing : "nous sommes tous des assassins, des prostitués, et ce, quelle que soient notre culture, notre classe sociale, notre pays d'origine, et pour aussi normaux, de bonne moralité et raisonnables que nous nous considérions."

La seule possibilité, pour le roman moderne, c'est de suivre le chemin à présent ouvert sur la connaissance de ces "créatures abêties et insensées" dont nous parle Laing. Camila, en parlant de son mari, le traitait souvent de "celui-là". Nous ne pouvons que constater que c'est là une manière très courante de citer quelqu'un dans notre société qui oublie trop aisément le nom des gens, même des plus célèbres. Nous rejetons sur les autres l'idée que nous sommes des parasites dans un monde plein d'agitation et de projets invraisemblables.

Vanessa voyait son commerce prendre une telle envergure qu'elle ne pouvait plus le contrôler. Elle finit par l'abandonner aux mains de ses comptables, lesquels se révélèrent de parfaits voleurs. Les surveillants faisaient toutes sortes d'affaires derrière son dos, et ses femmes, qui lui devaient déjà de l'argent, en empruntaient à n'importe quel taux. Toutes possédaient maison et voiture, voyageaient et, pour la plupart, étaient mariées et jouissaient d'une bonne réputation parmi le voisinage. Elles attachaient beaucoup d'importance à cette honorabilité de groupe, et tentaient même de le politiser. On pouvait dire la même chose des travestis et des homosexuels de profession, si différents d'un Daniel Roper, érudit intègre doté d'une personnalité solide à laquelle il n'était pas question d'appliquer un diagnostic de schizophrénie. Aux autres, si. Laing, comme tout grand psychologue, était poète. Et il fait preuve d'une extraordinaire intuition lorsqu'il écrit: "Ils jouent un jeu. Font semblant de ne pas jouer un jeu. – Si je leur montre que je sais qu'ils jouent, je viole les règles et ils me punissent. – Je dois jouer leur jeu en n'ayant pas l'air de savoir que je joue."

Toutes les personnes au service de Vanessa – quelques centaines, chacune d'elles touchée par cette folie qui résiste aux situations les plus impossibles – étaient en train, comme disait Taureau Bleu, de "sortir de leurs essieux et de se mettre en roue libre". La catastrophe menaçait, inévitable, plus grande encore que ne l'avaient prévue les plus pessimistes.

Si Vanessa se retrouva dans un tel état de désorientation, c'est qu'elle avait entrevu un idéal auquel elle ne pouvait prétendre. Cet idéal, c'était Camila. Camila en tant qu'archétype de sincérité et d'innocence, que ne peuvent pervertir les corruptions de la société. La tâche essentielle de Vanessa fut alors de souiller l'intégrité de Camila, afin de restituer au monde sa normalité. Un monde malheureux, et sans force pour se relever de sa misère. Cette noire perspective de Vanessa devait s'étendre à tous les êtres, les marquer tous de son sceau apocalyptique.

C'était un jeu, elle faisait de la vérité un jeu, sans penser que quelqu'un pût la dénoncer comme une fausse vérité. Camila elle-même ne savait pas à quel jeu on jouait. On la maintenait dans un régime d'esclavage, objet à la fois d'amour et de haine, heureuse et offensée à la fois dans le partage de l'obscénité, du libertinage, des amphétamines, de la solitude. Dans le même moment, Vanessa pouvait lui offrir une robe très élégante et partir avec António sans lui laisser un mot ni dire où ils allaient. La sollicitude du personnel envers elle n'était pas plus grande que celle qu'ils accordaient aux chiens : la nourriture, et une liberté limitée par l'enclos du jardin. Étant donné que Camila, deux fois déjà, avait disparu, on lui faisait porter un bracelet qui indiquait sa position exacte, comme on le fait à certains prisonniers. Mais, tout compte fait, elle s'estimait heureuse car un siècle plus tôt le traitement qu'on lui appliquait eût compris de graves blessures du corps et de l'esprit. Sans compter, en reculant encore un peu dans le temps, qu'on l'eût condamnée au bûcher parce que son pouvoir messianique, appelons-le ainsi, eût importuné les autres et troublé leur routine.

Par pouvoir messianique, on entend la personnalité de Camila, qui se révélait incompréhensible ; non que l'intelligence ne pût la comprendre, mais parce qu'elle n'était pas idéologiquement admissible. La société fonctionne sous un jeu de masques, masques idéologiques, sexuels, psychotiques, qu'il devient impossible d'arracher. Dans sa nudité qui ébranlait la mensongère enveloppe du masque, le visage de Camila se faisait franchement obscène. Mais elle était tenue de jouer, tout en faisant semblant d'ignorer le jeu.

"La fortune change les traits", disait le regretté Daniel Roper. Il disait aussi : "l'argent ne fait pas l'homme", ou "mors de cheval en or n'améliore pas la bête". C'est extraordinaire comme les proverbes nous servent d'oreillers lors des crises les plus horribles. Il y eut un Noël où, inexplicablement, Camila se demanda ce qu'elle pourrait bien faire pour se distraire. António et Vanessa étaient partis en vacances d'hiver à la neige, alors qu'ils n'aimaient pas la neige et ne savaient pas skier. Camila resta seule avec les chiens sans ressentir la moindre envie de voir quelqu'un, non par neurasthénie, mais parce qu'elle goûtait enfin un espace de solitude en harmonie avec son goût de l'autorité. Si Vanessa, ou une autre personne moins qualifiée encore pour intervenir dans la vie d'autrui, avait connu son goût pour l'autorité, immédiatement elle eût joué sa carte la plus forte. Comment fait-on pour triompher de la solitude d'un être? On le tue, c'est la seule façon. Camila savait que Vanessa connaissait de mieux en mieux les cartes de son jeu et que l'on approchait du dénouement, un dénouement qui pourrait bien être sa mort. C'est dans le royaume de la solitude la plus absolue que s'exerce l'autorité. Les petites gens, les malades âgés et les femmes malheureuses et oisives n'y voient pourtant que de l'abandon.

Ce royaume-là est bien de ce monde; et c'est un royaume en expansion, car il n'est limité ni par ce que l'on voit, ni par ce que l'on entend. C'est pourquoi Camila, lorsqu'il lui fallait assister aux prétentieux concerts grâce auxquels Vanessa s'élevait au-dessus de son potentiel criminel, se sentait paralysée, comme si elle avait reçu un coup sur la tête. Elle voulait quitter la salle, mais on ne le lui permettait pas.

– Vous n'aimez pas la musique?

– Je ne suis pas attirée par l'art.

Vanessa se montrait alors si irritée que Camila craignait de la voir l'agresser. Un jour, elle se saisirait d'un couteau et le lui planterait dans le cœur, ou bien elle lui perforerait la plèvre si elle ne savait pas viser. Camila se voyait déjà avec un trou dans l'estomac, la gelée de fraises qu'elle était en train de manger se répandant au-dehors, rendant sa mort peu ragoûtante. Elle continuait cependant à la savourer, mais avec une certaine réserve, et le sentiment que l'art renfermait sa propre mort.

Elle s'amusait à imaginer à quoi pouvaient ressembler des vacances à la neige pour des personnes comme António et Vanessa. Ils étaient partis chargés d'un matériel censé être de grand style: sacs à dos, bottes, gros pull-overs, passe-montagnes, et des gants si épais que les doigts s'y perdaient. Sans oublier d'énormes lunettes derrière lesquelles ils comptaient pourtant être reconnaissables et attirants. Si le professeur de *Mort à Venise* avait passé des vacances à Chamonix au lieu du Lido, il n'eût pas été séduit par la beauté du jeune Polonais, enfoui sous une broussaille de fourrures, immobilisé dans d'énormes vêtements, comme un animal pris au piège.

– Ce vieux livre ! fit Camila, s'adressant au fantôme de Roper.

– Vieux ? Mais il est sublime ! Ce qui est sublime n'est jamais vieux. Ni moderne. Il est, tout simplement.

– Ne venez pas me rebattre les oreilles avec vos tics et vos *délicatesses** de bouche. J'emploie le mot français à dessein, parce qu'il désigne quelque chose qui se mange et qui veut se donner l'air d'un mets divin.

– Je me suis mal expliqué. Thomas More, quand il parlait de sublime, parlait de "l'humilité qui se détourne et se moque de la gloire, cette déesse des orgueilleux", etc., etc.

– Encore les dieux ! Si l'on baissait un peu le ton ?

– Il faudrait pour cela que je baisse mes pantalons, et cette idée ne me plaît pas ; elle me réjouit, mais ne me plaît pas.

Elle éclatait de rire, mais sans discerner le moindre sourire sur le visage de Roper. Elle le voyait pourtant, aussi présent que s'il avait été vivant et qu'il s'apprêtait à lui donner son avis, pardessus les fleurs qu'il disposait dans des vases ; il lui offrait une rose, parfois, une seule car le symbole est suffisant et multiplier le symbole ne fait que l'affaiblir. More ne disait-il pas à son ami Erasme : "pour la troisième fois, porte-toi bien" ? C'était comme se resservir d'un mets de choix et le savourer jusqu'à satiété. Quel type d'homosexuel était donc le professeur, qui prenait à ce corps sublime une joie ineffable, sans en faire une nourriture ? La nudité se chargeait de répondre, et, plus que la nudité, la splendeur de la séduction, que dominait le jeune garçon, tel Éros bandant son arc. Elle avait de Roper une telle nostalgie ! De sa transparence, de son sérieux un peu austère, qu'il avait reçu au berceau et qu'il lui offrait, à elle, Camila, comme une rose, simplement comme une rose. Si j'avais été là, il ne serait pas mort, pensa-t-elle, dans un regain d'angoisse. Car elle avait gaspillé son amitié, ou son amour, poignardé d'autres désirs qu'il ne lui dédiait pas. A elle, il offrait le sublime, insuffisant pour conduire l'espérance. Or c'est l'espérance qui guide les sens et leur donne un langage. Les chiens, quand ils voulaient sortir, gémissaient doucement, et Camila les accompagnait, descendant dans un demi-sommeil l'escalier éclairé par la lumière du petit porche ; là, dans une niche, il y avait un saint sur l'identité duquel les avis étaient partagés. Était-ce saint Blaise, qui guérit les maux de gorge? Mais il avait l'air d'un évêque, et les évêques devenaient saints par grâce papale, non par la voix du peuple. Camila se promenait dans la vigne; les rameaux étaient couverts de givre, et l'on voyait, en contrebas, la petite ville blottie au bord du fleuve sous les rayons de la lune. C'était par une nuit semblable qu'un aïeul lointain, le père d'un trisaïeul, avait été victime d'une embuscade. Un tir de mousqueton lui avait emporté un bras. Le coupable était son meilleur ami qui lui devait de l'argent, et l'aïeul en mourut de chagrin. Il s'appelait António, et Camila se demandait si elle n'avait pas épousé António Clara pour cette raison, pour lancer un geste de compassion à travers les brumes de la mort.

Elle ne recevait de nouvelles ni d'António, ni de Vanessa. Elle vivait en somme sous un régime mormon où la deuxième femme jouirait de meilleures conditions en ce qui concernait l'affection et l'harmonie. Toutefois, si Camila disparaissait, les choses se gâteraient pour eux. C'est pourquoi ils ne voulaient pas la perdre. En même temps, le mépris qu'ils lui portaient mettait de l'esprit dans leur alliance. Ils ne la trompaient pas, et dans cette sincérité il y avait une victoire de pauvres.

Un jour, Taureau Bleu, fort irrité, vint lui parler. Il déclara qu'il ne pouvait pas se charger de tout, que Vanessa faisait montre d'une totale irresponsabilité. Après les avertissements, elle avait reçu des menaces. De temps à autre, le pays était secoué par l'annonce de crimes horribles, que l'on qualifiait de passionnels mais qui avaient tous les traits d'une vengeance tribale – des agressions sur les routes, et les victimes étaient retrouvées mutilées, des voitures piégées, des visites d'assassins que l'on prenait pour des psychopathes mais qui en réalité étaient envoyés pour punir de manière à ce que la punition restât dans les mémoires. Derrière tout cela, il y avait toujours un contrat non rempli, une promesse non tenue, une fraude que l'on avait cru pouvoir dissimuler. Le crime perpétré pour l'exemple était rapide, commis à découvert; il n'épargnait personne et avait un caractère exhibitionniste, comme toute violence qui n'est pas guidée par l'anxiété, mais par un chef de bande. José Luciano, le Taureau Bleu, avait peur.

Camila dit qu'elle aimerait visiter les lieux saints de Vanessa, ses discothèques et ses clubs de jeu.

– Je ne sais pas si ça en vaut la peine. Ils sont tous pareils, des endroits où l'on danse et où l'on boit un peu. Ils sont destinés aux très jeunes, et je crains que l'on ne vous y appelle grand-mère. Je sais bien que vous n'êtes pas vieille, que vous êtes même très bien. Mais ce n'est pas fait pour vous. On verra tout de suite que vous êtes entrée par hasard, pour vous abriter de la pluie. Vous ne buvez pas toutes ces horribles boissons et vous n'êtes pas habillée comme il faut.

– Je suis bien habillée !

– Naturellement ! Je ne suis pas en train de vous critiquer. Mais il vous manque quelque chose, le tee-shirt, quoi. Ils vous trouveront exotique, m'as-tu-vu. Mais ce que je ne comprends pas, c'est ce que vous fichez encore ici. Procurez-vous de l'argent et disparaissez.

– Je n'ai même pas de passeport !

– Je vais vous en fournir un.

Il parlait sur un ton léger, presque insouciant, comme s'il s'apprêtait à sauver une fourmi tombée dans un filet d'eau, et qui était plus légère que l'eau mais avait la malchance contre elle.

– Merci pour votre conseil, dit-elle. Je le suivrai peut-être, un jour.

– Prenez garde que ce ne soit pas trop tard. Je vous aime bien, ma mère vous aime bien, elle ne cesse de me demander de vous aider. Vous êtes jolie, vous êtes bonne, vous ne méritez pas ce qui va se passer.

– Je ne suis pas bonne. C'est ce que tout le monde croit, mais ce n'est pas vrai. Bien sûr, je ne fais de mal à personne, c'est une question de discipline, comme mettre sa main devant sa bouche avant de bâiller. Mais je ne suis pas bonne.

– Il est parfois nécessaire de faire souffrir, de faire peur, d'écraser les vers de terre et de tuer les mouches.

– Oui. Mais il y a des gens pour ça.

– Je vous y prends ! fit Taureau Bleu, plein d'enthousiasme. Il semblait avoir oublié ses terribles préoccupations et chercher simplement à triompher de Camila à force d'arguments irréfutables. Vous refusez pour vous-même le côté sale et puant de la besogne, mais peu vous importe qu'un autre s'en charge.

– Je vous ai dit que je n'étais pas bonne. Et la vie est une grandissime absurdité.

– Je vois bien maintenant que, non, en effet, vous n'êtes pas bonne. Mais j'insiste : si vous restez ici, vous êtes perdue.

Camila prit Taureau Bleu au sérieux et se dit qu'il parlait comme un homme sur le pont d'un bateau en perdition. Il était si habitué au danger, pour lui toujours présent, même dans les plaisirs, qu'il ne l'évaluait plus à sa juste mesure et que seule la fatalité semblait avoir encore quelque effet sur lui. C'est le cas de bien d'autres personnes auxquelles le danger ôte toute volonté de s'échapper et qui, n'ignorant pas qu'elles en seront finalement victimes, se maintiennent néanmoins dans une sorte de sérénité qui prétend détourner le malheur. Plus celui-ci se rapproche, plus elles ajournent la décision de lui échapper. Tant il est vrai que la peur paralyse la raison.

D'ordinaire, l'insécurité d'une vie remplie de chausse-trapes met en garde, mobilise toutes les défenses pour s'efforcer de se tirer d'affaire. Mais Taureau Bleu était si habitué à triompher qu'il ne crut pas un instant que le sort pût lui être contraire.

Rares, parmi nous, sont ceux qui peuvent servir de bouée de sauvetage en cas de terreur collective. Soit que l'on craigne d'être soi-même emporté par un processus dont on ne possède pas la clef, soit, simplement, parce qu'un être malheureux semble toujours avoir mérité son sort ; et lorsqu'on perd le pouvoir, on perd aussi sa motivation, le respect général et la crainte des plus faibles.

Vanessa, quant à elle, commença à subir, de la part de ceux qui naguère étaient sous sa coupe, une véritable conspiration. On découvrit que ses bénéfices avaient beaucoup baissé et qu'elle suspendait ses paiements. Qu'elle négociait des diamants alors qu'elle ne connaissait rien à ce commerce, qu'elle falsifiait ses comptes afin de masquer de gigantesques déficits, que suivaient du reste d'autres déficits plus énormes encore. Le fait est que le pays tout entier vivait dans le ventre de ce Gargantua : la dette, dans l'illusion d'un plaisir qui, sitôt obtenu, se transformait en piège.

Rutinha recevait de son amie Lou des lettres qui décrivaient par le menu la vie d'António Clara, et dans des termes si exagérés que le Douro y prenait des airs d'émirat arabe. Le Douro par tradition est fantasque et "luxueux", comme disait Celsa Adélaïde. Plusieurs générations de taverniers, d'hommes fiers, plus enclins à voler qu'à mendier, avaient donné aux Taureau Bleu une bonne connaissance de la région, où l'on voyait encore les écussons de pierre des *fidalgos*; ceux-ci, en dernier recours, disposaient toujours dans le Douro d'un salon de réception, ainsi que d'une pierre tombale en guise d'ultime parchemin. Même abâtardies et ruinées, les grandes familles comme celle de Joana Viterbina se remémoraient les bals et les dîners pour lesquels on dépensait les revenus d'une année. Mais quand les temps se faisaient difficiles, que la vigne était malade, qu'il gelait au lieu de la douceur espérée, qu'il était inutile de biner, sulfater, relever les murets renversés par l'eau des ravines, alors le vigneron relevait le col de sa veste de mouton, se drapait dans sa cape et s'abandonnait à son sort. Il jouait pour des clopinettes, et vidait jusqu'à la dernière goutte des verres de vin d'un prix extraordinaire. Mais dès que de nouveau la récolte était bonne, il chaulait ses toits et, délaissant la routine, courait au théâtre à Porto, pour conspuer ou applaudir chanteuses, actrices, tout ce qui se présenterait, car Porto n'a pas de culture, sinon musicale. Les ancêtres de Camila apprenaient à jouer du banjo, chantaient en s'accompagnant à la guitare, et connaissaient Beethoven : ils savaient qu'il était sourd, qu'il avait mauvais caractère, et je ne sais quoi d'autre encore.

Pressée par le manque d'argent et voyant son mari aux portes de la mort, Rutinha vint au Portugal afin de s'informer davantage sur son fils, celui qui était riche. Elle trouva ses amies vieillies et ridées, du moins celles qui, ayant survécu à la Révolution, reprenaient vie et s'adaptaient à la situation, mettant tous leurs espoirs de richesse dans leurs enfants. Ceux-ci se préparaient à des postes de direction, et les études qu'ils faisaient leur troublaient la cervelle, les menaient à une parfaite incohérence. Défier les règles de la logique devenait une bonne façon de surmonter ses désillusions.

Lorsque Rutinha arriva au Salto da Senhora, elle tomba d'abord sur Camila, qu'elle n'aimait ni de près ni de loin. La belle-mère considéra sa belle-fille, et se dit que son fils méritait mieux. C'était là une pensée qui trahissait aussi chez elle un certain doute : António lui aurait-il échappé ? Mais qui aurait pu prévoir qu'il deviendrait si riche ? La maison dont elle se souvenait était certes confortable, mais modeste ; elle ne la reconnaissait plus, avec toutes ces dentelles en guise de portières et ces salles de bain qui avaient l'air de jardins d'hiver. Mais lorsqu'elle vit Vanessa, elle cessa de se poser des questions : c'était elle, la véritable maîtresse du Salto da Senhora, et António n'était que son métayer. Rutinha la trouva jeune, jolie, bien qu'un peu inadaptée à son rôle de femme honnête. Qu'est-ce qui lui donnait l'air si jeune ? Et d'abord, quel âge pouvait-elle avoir ? Pouvait-on le lui demander ?

– Vous pouvez, fit Vanessa tout en se servant symboliquement de confiture. Mais je vous préviens que je mens là-dessus. Je ne suis pas émancipée au point de dire toute la vérité.

António se mit à rire bêtement, comme toujours lorsque Vanessa s'exprimait avec autant d'assurance, et sa mère pensa que, probablement, il avait peur d'elle. Mais ce qui inquiéta le plus Rutinha, c'est que la fille l'appelait Tony. Au bout du compte, elle n'avait ni manières, ni culture, rien que des expédients. Ce genre-là se répandait dans la Vigne du Seigneur, c'est-à-dire dans la société tout entière.

– Maintenant, puisque vous me le demandez, reprit Vanessa, je vais vous dire à quoi je dois ma jeunesse : j'ai changé plusieurs fois de vie. J'ai fait un peu tout, bonne à tout faire, mascotte d'un club de football, et même vendeuse dans une boutique de produits de beauté.

– C'était déjà un progrès, répondit Rutinha. Naguère, les vendeuses, dans les magasins de modes, étaient laides comme le péché. A présent, elles sont superbes.

– Mais ne vendent pas davantage. Elles ne vendent rien. A Paris, une bonne maison se doit d'employer des filles de rêve. D'anciennes Miss Monde, peut-être bien. Des filles grandes et solides comme des tours, et élégantes comme des cygnes. Le résultat ? La cliente petite bourgeoise ne leur arrive pas à l'épaule, et cela la met de mauvaise humeur. Elle n'achète pas grand-chose et sort de la boutique avec un sourire pincé destiné à cacher la rage où la met toute cette beauté. Moi, si je tenais ce genre de commerce, où il faut surtout plaire aux femmes, j'engagerais des filles qui auraient un nez camard et des jambes arquées. Ce sont elles qui conseilleraient et proposeraient les articles de luxe.

– Et s'il s'agissait de plaire aux hommes ? demanda, contre toute attente, Rutinha. Vanessa ne se démonta pas :

– Je ne connais rien aux goûts des hommes, fit-elle. C'est mieux, pour les apprécier et les servir.

De nouveau se fit entendre le petit rire bête d'António. Mais, fait inouï, Camila aussi se mit à rire, sans perdre pour autant son calme olympien. Vanessa régnait, là comme partout, grâce à une effronterie sans limites. Elle pouvait être comme un ouragan, et aussitôt après comme un lac serein. Ses contradictions et ses sautes d'humeur semblaient bondir comme des polichinelles de son esprit que n'habitait rien de grotesque ni de facile. Si Camila supportait assez bien son vandalisme moral, c'est parce qu'elle l'admirait, ce dont n'était pas capable António. Serait-il impossible à un homme d'admirer une femme ? Toujours il est retenu par l'une ou l'autre restriction mentale, comme lorsque l'on regarde un danseur pirouetter sur la glace tout en guettant sa chute. Spectaculaire, bien sûr, comme toutes les chutes.

Si Rutinha était venue avec l'idée de restaurer ses finances en empruntant de l'argent à son fils, elle dut bientôt se rendre à l'évidence : il n'était pas facile de se faire entendre d'António. Elle pensait pourtant, dans son for intérieur, qu'il lui devait de la reconnaissance, car enfin, c'était grâce à elle, grâce à son sacrifice, qu'il avait pu naître dans cette maison et profiter de la clause testamentaire du vieux Simeão. Trois mois passés à contempler, de jour et de nuit, la Vierge à la Chaise, c'étaient trois mois de corvée auto-infligée. Elle méritait d'en être récompensée, à présent qu'elle était dans le besoin. Mais António ne faisait rien sans l'autorisation de Vanessa. Rutinha se retenait de la traiter de tous les noms. On ne savait jamais : elle pourrait avoir besoin d'elle un jour. En tout cas, ce n'était pas quelqu'un qu'elle inviterait à dîner, surtout en présence des amis qui soutenaient sa réputation.

Soutenir une réputation, c'est autre chose, c'est davantage, que soutenir le corps avec du pain et du beurre. Du pain, tout le monde en reçoit, mais ce qui l'accompagne est déjà du domaine de la réputation, cochonnaille et succulence ne sont données qu'à quelques-uns. Rutinha s'était créé de toutes pièces son droit à la personnalité, et elle ne voulait pour rien au monde, à cause du mauvais choix d'un convive, perdre l'estime d'autrui. Son mari, là-bas au Zimbabwe, l'avait couverte de ridicule, avec son obsession à écrire l'histoire de la reine de Saba. Mais elle avait repris sa dignité et remporté la médaille des épouses tenues au silence pour sauver l'honneur de ce délit névrotique qu'est le mariage.

Parmi toutes ses connaissances, Rutinha fut particulièrement heureuse de retrouver Celsa Adélaïde. Elle se souvenait que celle-ci l'avait aidée à accoucher dans cette nuit d'orage où tous les plombs avaient sauté et où il avait fallu recourir à la lampe à huile de l'oratoire pour voir la petite tête de l'enfant, étranglé, hélas, par le cordon. Celsa s'était sentie coupable, comme si la mort du petit résultait d'une erreur de sa part. C'est pourquoi elle avait hésité un instant à l'échanger contre son propre fils, un plus bel enfant, du reste, avec des cheveux d'or. Plus tard, ces cheveux-là étaient tous tombés, et ceux qui les remplaçaient étaient plus foncés. A peine l'eut-elle couché dans le beau berceau, qu'elle se détacha de son bébé.

– Va avec ta mère postiche, lui dit-elle, elle saura t'élever comme il faut.

Cependant, Ruth aussi l'avait abandonné, et António ne reçut de baisers ni de l'une ni de l'autre. Mais est-ce que toute une génération ne grandit pas ainsi, livrée dans les crèches à des mercenaires gardant toujours un œil sur leurs horaires de travail ? En attendant, Ruth ne se sentait pas à l'aise devant António Clara.

– Il me ressemble, disait-elle, mais il n'est pas à moi.

Celsa crut qu'elle essayait de lui soutirer une confession, et son visage se ferma. En réalité, Rutinha avait abandonné son fils si petit que chaque fois qu'elle venait au Portugal elle voyait en lui une personne différente. La bonne éducation avait modelé les sentiments de l'enfant, et il lui disait "mère" comme s'il s'agissait d'un nom propre. Lorsque son père mourut, d'épuisement et d'alcool, il compta mentalement les bouteilles qu'il avait dû vider et conclut : cet argent aurait suffi à construire une maison et à nous laisser quelque chose. Or, bien au contraire, Rutinha à présent était pour lui un problème.

– Je la mets dans un foyer, comme elle a fait pour moi, dit-il. Mais il avait alors d'autres chats à fouetter, et les liens familiaux se relâchaient.

Arrive le moment, dans toute vie humaine, où les choses commencent à se décomposer. La génération à laquelle nous appartenons se désagrège ; certains de leurs représentants meurent, et leurs enfants sont des inconnus qui ont l'air pires que leurs parents. Pour eux surgissent de nouvelles occasions, de nouveaux sujets d'études, de nouvelles espérances ; des nouveaux venus découvrent le monde et en parlent comme s'ils savaient ce qu'ils disaient. Il faut apprendre à se souvenir d'autres noms, et l'histoire récente devient de l'histoire ancienne. En vain Camila cherchait-elle à retenir Roper auprès d'elle, à lui faire une place auprès de la cheminée pour écouter ses préambules à un sujet restant à aborder. Comme il aimait les longs préambules ! Ils lui permettaient de créer une certaine distance entre son auditoire et ce qui, réellement, lui tenait à cœur. Ainsi, il disait :

– Ce qui me préoccupe réellement, ce sont les gratte-ciel des grandes villes.

Et aussitôt il s'écartait du sujet, mais l'image restait des hauts buildings, auxquels il donnait une signification phallique. Camila le vit remuer les braises avec le tisonnier, et les deux chiens noirs grondèrent, menaçants. Ils ne le voyaient pas, Roper n'était pas là, pourtant les braises s'écroulèrent, comme si quelqu'un les avaient touchées.

En ces froides nuits d'hiver, les vitres s'embuaient, et Camila y traçait un visage de profil, toujours le même, dessiné depuis ses douze ans avec une précision surprenante.

Un jour, Vanessa inventa un nouveau jeu : il fallait parler de son premier amour, sans préciser s'il s'agissait d'un homme ou d'une femme ; le décrire avec tous les détails possibles sans lui attribuer un sexe. Camila parla de quelqu'un qu'elle avait aimé rien qu'en le voyant descendre la route. C'était durant les vacances d'été, les premières que la famille, ruinée, ne passait ni à la plage ni en aucun autre lieu de villégiature, et Joana se désolait pour sa fille. Mais tout devint pour elle simple et facile dès qu'elle vit cet être descendre la route. La sueur plaquait ses cheveux sur son front, et sa gravité était celle d'un dieu, ou d'une déesse.

– Il tenait un livre à la main, et c'est si rare de voir un livre entre les mains de quelqu'un, en dehors des salles de cours, que j'y ai vu comme un signe.

– Cette personne portait des pantalons ? s'informa Vanessa.

– Des pantalons, oui.

– Avec une braguette ?

– Oui, je crois.

– C'était une femme ! s'exclama triomphalement Vanessa. Sinon, vous n'auriez pas dit *je crois.*

Ainsi passaient les jours d'avant le déluge.

8. LES GRANDS MAUX

Afin de recueillir le dernier soupir de son mari, Rutinha repartit pour l'Afrique. Mais quand enfin il rendit l'âme, elle se sentit si désorientée qu'elle fut durant quelque temps la proie de visions, au cours desquelles elle se croyait cernée par un feu qui ne lui permettait ni d'avancer ni de reculer. Infidèle, Rutinha, certes, l'avait été ; mal élevée, non. Elle s'en tirait toujours grâce à son flegme et à une vertu de façade qui lui valait bien des émotions. On lui avait appris à s'allier à des groupes et à des normes qui, d'une certaine façon, la maintenaient en dehors de sa véritable personnalité. Une fois son mari disparu, il lui manqua, non tant comme ami ou amant, mais comme partenaire dans la tâche entreprise, qui consistait à vivre ensemble difficultés et succès, sans les attribuer à la force indéfectible de chacun d'eux. Ils étaient faibles parce qu'ils se partageaient. Cette idée contredit le fascisme et sa belle certitude d'un pouvoir qu'apporterait le groupe.

Elle avait trompé son mari pour la simple raison, qui en engendre d'autres, que lui-même l'avait trompée. Tout mensonge contient un peu de colère. Ruth ne reconnaissait pas avoir des amants, seulement des amis qui avaient pris certaines libertés à un moment où l'objectif de la séduction est tout bonnement le viol. Une femme séduite, c'est une femme violée qui, afin de ne pas se sentir avilie par la réalité, se construit sa propre énigme. En réalité, la femme n'est pas énigmatique ; elle est seulement intimidée par sa propre sexualité, traumatisante même quand elle reste confidentielle. Le mari de Rutinha mourut d'avoir reçu une balle de tennis dans l'œil alors que la boisson avait déjà mis son organisme à mal. Si Ruth accordait ses faveurs à d'autres hommes, cela ne l'empêchait pas d'aimer passionnément son mari. Toutefois, elle avait conscience que sa passion ne l'intéressait pas, puisqu'elle, elle ne pouvait le rejoindre au temps de son enfance, quand il avait été extraordinairement chéri et adulé. Il considérait sa femme comme un mauvais substitut de toutes les femmes qu'il avait eues à sa disposition en ce temps béni. Cela agaçait Rutinha à un point tel qu'elle s'offrait aux amis de son mari, assurée qu'elle était de trouver chez eux la nécessaire dose de respect envers celui que l'on trahissait.

Lorsqu'il mourut (son nom était, si je ne me trompe, Manuel Clara, des Aurelianos de la Ramada Alta), Ruth se trouva libre comme l'air. Elle n'avait pas eu le temps de parvenir avec son mari à cette ultime, douce et amicale relation qui est un signe avant-coureur de la sénilité. Elle commença à avoir d'étranges visions et à pleurer sans discontinuer, devenant ainsi une amante fort semblable à un membre de la famille. Elle disait que la brûlaient des flammes qui, pourtant, ne laissaient aucune trace sur sa peau.

Pour suivre son mari, elle avait abandonné ses enfants, et, même s'ils étaient restés sous la tutelle d'amis, elle ne pouvait y penser sans taxer Manuel Clara d'un égoïsme de première grandeur. C'est une jolie expression, "de première grandeur", j'aime bien l'employer. Ruth pensait que retourner au Portugal la plongerait dans la même atmosphère galante qu'au temps de sa jeunesse, aux heures insouciantes où elle découvrait l'amour et croyait le reconnaître en chaque nouveau venu. Mais là où elle pensait butiner des sourires, elle ne rencontra que des airs revêches. Un homme qui ne sourit pas à une femme, même sans raison ni espérance, est un nigaud. L'espérance ne s'attend pas à ce qu'on lui rende la pareille; espérer, c'est investir dans les ténèbres.

Au bout de quelque temps, Rutinha retourna en Afrique, où elle avait connu de bons et de mauvais jours, et où elle avait ses souvenirs. Elle était comme les reines, qui ne font pas d'enfants, mais des dynasties. On croyait qu'elle n'avait pas d'âme, mais on se trompait. L'âme se construit avec les mille petites pierres qui vont s'amoncelant dans la mémoire et pèsent sur l'impondérable comme la durée sur la mort.

Quelque chose, cependant, la faisait tressaillir devant António Clara. C'est donc cet enfant-là qu'a vu naître la Vierge à la

Chaise? D'abord la tête, les épaules, puis les bras et les jambes, telle une grenouille visqueuse? Oh! mon Dieu, pourquoi lances-tu tes enfants dans le monde sans protection aucune? En quoi elle se trompait, car, sans la hâte de Celsa à cacher sa maladresse en tant que sage-femme, l'enfant, peut-être, aurait vécu. Il faisait noir cette nuit-là dans la chambre, la tempête avait fait fondre tous les fusibles, et seule était entrée une jeune bonne qui apportait des bougies, des bougies de Noël, rouges avec des étoiles dorées. Une demi-heure plus tard l'enfant était né, en mauvaise condition, certes, mais non pas mort. On ne pouvait rien reprocher à Celsa. Ou bien si? Elle avait eu en tout cas la présence d'esprit des Taureau Bleu, illustres taverniers de Quintela, pour échanger les enfants et trouver encore que Rutinha était la mieux servie. A part son petit défaut à une jambe, António était beau, le plus réussi de ses fils. Aussi, lorsqu'une voisine ou une commère, pilier de sacristie ou de café, disait du mal des riches, Celsa s'exclamait, pensant à António Clara:

– Dieu, qui a mis sur lui sa marque, a bien dû lui trouver quelque chose.

On comprend mal en quoi dire du mal des riches se rattache à la métaphysique, si ce n'est en décrivant une réalité simple, simple mais *en attente*. On approche ainsi d'une certaine vérité, mais non de la vérité absolue.

Les Taureau Bleu appartenaient à cette sorte de gens qui se manifestent dans le domaine du faux-vrai servant à démontrer l'impureté des puissants. Non seulement ils annoncent ainsi la "bonne nouvelle", mais ils agissent comme une thérapie sur la psychose de la peur: peur de la nature criminelle identique en chacun d'entre nous.

A propos des Taureau Bleu, un écrivain célèbre, et très justement célèbre, affirme que dans le haut de Quintela, à l'endroit où bifurque la route de Baião, a vécu un serviteur du duc d'Aveiro en fuite après avoir participé à l'attentat contre le roi Dom José. Il eut le courage de se défigurer au vitriol, puis il ouvrit une taverne sur le passage de la diligence de Vila Real. Peut-être reçut-il de l'aide des *fidalgos* de Canelas, une bourgade vinicole qui avait alors son importance, mais la perdit plus tard en faveur de Régua, où le fleuve a décidé de l'emplacement des entreprises et de leur destinée. Le visage difforme du fugitif le préservait certes des mauvaises rencontres ; il semble néanmoins douteux qu'il eût choisi la profession de cabaretier, surtout à un carrefour aussi fréquenté, y compris par les sbires de Pombal et par toutes sortes de voyageurs – colporteurs, moines, dégustateurs de vin, tabellions, dentistes de foire et prédicateurs. Il est vrai que la peur, parfois, fait prendre plus de risques que le courage. Nous ne savons pas non plus si ce Taureau Bleu qui fuyait devant la justice n'utilisait pas ce qui lui restait de liberté pour recevoir des informations et envoyer des messages ; pour recueillir aussi des indices qui lui donneraient l'espoir de retourner un jour sur ses terres. Mais non. Le supplice des Távora dut bien lui faire comprendre qu'il ne devait espérer de salut que dans ce misérable exil. D'un autre côté, si ce Taureau Bleu devint assez prospère pour envoyer ses petits-fils étudier à Coimbra, ce ne fut sûrement pas grâce à la vente de vin au verre. Mais alors, grâce à quoi ? À la protection de conspirateurs, de gens décidés à tirer vengeance ? Ce fut en ce temps-là que le Douro acquit davantage de prospérité et de prestige, que les coutumes se fixèrent, que prit du relief la personnalité du cultivateur, grevé de dettes et poursuivant cependant obstinément ses efforts pour cultiver la vigne, en faire autre chose qu'un champ de cailloux à l'usage des chevriers et qu'un chemin tout tracé pour les voleurs. Cependant persiste, aujourd'hui encore, le terrible discours du paysage, et, dans la mélancolique tristesse des lieux retirés, on entend toujours, tel un son fantôme, le grincement des chariots chargés de tonneaux et tirés par les bœufs ; leurs roues cerclées de fer faisaient jaillir des étincelles sur les pierres.

Taureau Bleu disait que l'on n'est jamais seul avec la peur, qu'elle nous tient compagnie. Dans ce cas, personne n'était plus accompagné que lui, et personne ne se souciait davantage de sa protection. Il allait toujours armé et, surtout, il engageait des gitans pour le protéger, car ces gens-là sont aguerris au péché de colère. Il ne pouvait pas se contenter des gardes de la maison, qui le trahiraient à la première occasion, dès que Vanessa se désintéresserait d'un commerce où il ne suffit pas d'avoir des capitaux, il faut aussi de la constance, et celle-ci dépend de la teneur des intentions. C'était cela, précisément, qui avait changé chez Vanessa : la teneur des intentions. Elle ambitionnait d'être une bourgeoise sérieuse, ce qui n'était pas précisément dans ses cordes. Elle ne s'intéressait plus aux affaires scabreuses, ni au jeu qui les faisait tourner ; un jeu de cache-cache, d'où l'on tirait le respect de la parole donnée, la gloire du délit et la fidélité au groupe. Elle ne pensait plus qu'à une chose : intéresser Camila au jeu. Aimer, haïr, cela n'avait plus d'importance. Il ne s'agissait plus désormais que de remporter une mise, ou alors de renoncer. Au fond, c'est de cela qu'il s'agit dans toutes les controverses de l'Histoire. Ce qui fait le leader, c'est son habileté à obtenir la confiance des autres sur l'usage qu'il attribuera à telle ou telle carte. Gagner ou perdre, pour lui, n'est pas essentiel ; ce qui l'est, c'est de mener le jeu de telle façon qu'il subjugue l'adversaire.

L'adversaire, c'était Camila. Non pas l'ennemi, en tout cas pas vraiment, pas clairement. L'ennemi est une notion obsolète. Il s'agit de gagner, non de vaincre ; d'avoir un jeu susceptible de l'emporter, à moins de détenir la mauvaise couleur et de se désister. Il devenait de plus en plus évident que Camila avait un jeu fort, soutenu par le sentiment de gagner. Vanessa manifestait son pouvoir en l'humiliant de toutes les façons possibles, allant même jusqu'à la priver de sommeil et de nourriture, et à la faire assister à des exhibitions sexuelles insoutenables. Camila, à vrai dire, n'avait cure de tout cela ; elle s'efforçait seulement de se soustraire aux fausses informations, qui agiraient sur elle comme un traumatisme. Le jour où son père, dans l'obscurité d'une salle de cinéma, l'avait livrée aux caresses d'un partenaire de jeu, elle avait compris qu'elle servait de paiement à une dette, une dette d'honneur, et elle ne s'était pas effarouchée. C'est pourquoi elle n'avait pas protesté. Son père ne voulait pas la salir, mais profiter d'une occasion d'annuler un mauvais coup au jeu. Loin de se laisser impressionner par le *satanisme du sexe,* elle avait simplement joué son propre atout, dont personne n'aurait supposé qu'elle l'avait en main : le fait de n'être pas sujette à des crises d'identité. Camila n'avait pas une personnalité multiple, mais unique et remarquablement épique. C'est par le biais de l'identité multiple que l'erreur parvient à s'installer.

Le fantôme de Roper venait lui apporter des explications, surtout au sujet de l'identité multiple, dont lui-même avait souffert. Il s'asseyait dans le fauteuil vert auprès du feu et lui offrait de ces bonbons au capillaire que l'on ne vendait plus nulle part, de sorte qu'elle se demandait où il les trouvait; il est vrai que c'était un fantôme, pour lui, il ne devait pas y avoir de problème.

– Une chose m'impressionne, disait-il; généralement, on se joue de sa personnalité multiple, mais vous, vous jouez avec le fait que vous n'en avez pas. Le sens épique naît de cette situation. Les êtres qui n'ont pas de personnalité multiple sont ce que l'on appelle des figures épiques.

– Qui, par exemple?

– Que sais-je! Eh bien, Jeanne d'Arc. A un certain moment, au cours de son procès, elle a été sur le point de se diviser en deux moitiés. Le 24 mai 1431, dans le cimetière de Saint-Ouen, Jeanne abjure publiquement ses visions. "Plutôt signer que brûler", dit-elle. Et elle éclate de rire. Elle est condamnée à la prison à vie, à ne manger que le pain de la douleur et à ne boire que l'eau du chagrin. Quatre jours plus tard, elle se rétracte, et elle est condamnée à mort. Ce sont deux identités, deux femmes dont l'une est franchement insouciante et sûre d'elle. A moins qu'il ne s'agisse de la seule pucelle, étrangement soustraite au supplice, et que personne ne peut reconnaître sur le bûcher, tant elle est couverte de vêtements et presque inerte.

– Que pensez-vous, vous, de tout cela?

– Qu'il y a eu une seule Jeanne, dotée d'une grande et forte personnalité, ou bien qu'il s'agissait d'un homme. Pourquoi pensez-vous qu'elle ait ri, après son abjuration, dans le cimetière de Saint-Ouen? Parce qu'elle venait de jouer un coup extraordinaire, de renonce, et qu'elle couvrira bientôt cette carte d'une autre carte, celle du vainqueur.

– C'est si bon de vous entendre! Croyez-vous qu'il existe des familles qui entendent des voix? Que ce soit héréditaire? Tante Tofi en entendait, et personne n'y attachait d'importance.

– Vous, vous entendez des voix?

– Je rêve que j'en entends, aussi nettes que si on parlait à côté de moi.

– Dans ce cas, tout le reste prête à rire. Et l'on comprend le rire de Jeanne dans le cimetière de Saint-Ouen, son amusement, comme si rien de ce qui se passait autour d'elle ne la concernait. On en arriva, dans ce procès, à faire traîner les choses de façon scandaleuse, pour lui donner le temps de se décider. Elle finit par signer, et se moqua ouvertement du tribunal qui venait de la sauver. Il n'y a rien de poétique là-dedans. C'est un procès qui avance petit à petit vers une vérité, non vers la vérité. Carl Dreyer se sort de la difficulté en affirmant que Jeanne ne connaît pas le sens du mot *abjuration*, et il voit dans son sourire un sourire de gratitude. Cela, oui, c'est de la poésie.

– Dreyer… fit Camila. Les semelles de ses chaussures commençant à brûler, elle les rejeta loin d'elle d'un mouvement vif de ses pieds.

Roper venait ainsi s'entretenir avec elle, de jour comme de nuit. Cela lui permettait d'échapper à Vanessa, qui ne pouvait entrer dans ce cercle de flammes et de cendres où les chiens, eux, pénétraient. L'un d'eux se leva, nonchalant, et alla flairer les souliers roussis.

Entendre des voix avait-il été un don accordé à la seule Tofi ? Néanmoins, à ce que l'on dit, ce don-là est héréditaire. Des familles entières sont réputées le posséder, sans que pour autant les personnes soient désignées pour la sainteté, ou la sorcellerie, quelque chose de ce genre. Tofi, ou Filomena, entendit un jour une voix lui affirmer qu'elle était une princesse.

– Le syndrome de la princesse, fit Roper, est le plus répandu. Les femmes y excellent. C'est une façon pour elles de rendre plus acceptables leurs exigences.

– Parce que vous trouvez que les femmes sont exigeantes ?

– Autant qu'elles le peuvent. Vous n'êtes pas d'accord ?

– Et comment expliquez-vous le rire de Jeanne dans le cimetière de Saint-Ouen ? Pour commencer, c'est chose inhabituelle, chez elle.

– Ou chez lui, s'empressa de dire Roper. Il insistait beaucoup sur le moment de l'exécution de Jeanne, qui était montée au bûcher dissimulée des pieds à la tête sous des couches de vêtements, de sorte que personne ne pouvait la reconnaître. Puis, une fois les vêtements consumés, afin que nul ne doutât qu'il s'agissait bien d'une femme, on laissa s'approcher la foule. C'était une femme. Mais laquelle ? Une malheureuse quelconque, accusée de sorcellerie et suffisamment droguée pour entendre sans réagir les pires accusations ? Les prisons de l'Inquisition étaient pleines de ces gens qui vivaient dans un automatisme mental absolu. Dès son premier interrogatoire, Jeanne ment. Pourtant elle n'est pas torturée, pourquoi ? Elle est déjà au pied du bûcher quand elle échappe à l'ultime torture, pourquoi ? Pour que la foule ne s'aperçoive pas qu'il ne s'agissait pas d'une femme, finalement, ou parce que l'être condamné ne portait pas les cicatrices des blessures de guerre qu'il devait avoir reçues ? Ou simplement parce qu'il était de noble naissance ?

– Toutes ces pistes ont déjà été explorées, fit Camila. Mais un mythe a toujours beaucoup de force. Nous en abritons tous quelques-uns, et ils résistent à toute analyse psychologique. Ce sont des mystères de deuxième ordre.

– Vous avez raison. More pensait que le plus grand mystère est celui de la procréation. Plus grand que celui de la résurrection. Vous-même ne seriez pas enceinte, par hasard, Camila ? Vous faites preuve de surprenantes extravagances, ces temps-ci.

Elle ne répondit pas. Elle se sentait emportée loin de la réalité, comme Jeanne dans le cimetière de Saint-Ouen. Il lui semblait pouvoir rejoindre facilement l'âme de cette personne, quelle qu'elle fût, homme ou femme, proche d'elle par la patience. Patience qui lui avait permis de rire alors que tout semblait si dramatique.

Tout à coup, alors que tout paraissait aller pour le mieux entre elle et Camila, Vanessa reprit ses persécutions. Elle s'entendit avec António pour la faire souffrir de toutes les façons possibles, sans s'apercevoir que son interprétation du bourreau allait se perfectionnant. Elle supprima à Camila tout contact avec l'extérieur, ouvrant son courrier et omettant de lui remettre certaines lettres. Elle se mit à lui servir une nourriture de mauvaise qualité, et même, parfois, franchement nauséabonde. "Pain de douleur et eau de chagrin", selon les termes de l'Inquisition. Ces éternelles machinations, où l'âme du tortionnaire faisait surface et finissait par resserrer encore le lacs de la justice dont Jeanne, dans son retrait de la réalité, se moquait, ces machinations, donc, étaient fruit des indécisions humaines. Il n'y avait rien d'arbitraire là-dedans mais un grand désordre intérieur à propos du sens de la vie, de la personne et du monde. La torture infligée aussi bien à l'être aimé qu'à celui que l'on désignait comme l'ennemi, chacun la ressentait comme un droit destiné à fixer la nature des concepts, sans lesquels tout deviendrait insupportable. Camila comprenait cela, mais ne pouvait rien faire pour se défendre. Son esclavage devenait de plus en plus pesant, et la fuite sa seule possibilité de salut.

Au bout du compte, quelle a été la signification de l'esclavage ? Il répondait au manque de main-d'œuvre, bien sûr, mais ce qui le nourrissait, c'était l'idée contenue dans cette réflexion de Roper, en fait celle de son ineffable Wittgenstein : "le corps humain est la meilleure figure de l'âme humaine." La douleur que l'on infligeait à un corps nous identifiait au processus mental dont nous voulions sortir. On recourt à la douleur pour répartir la passion de manière à ce qu'elle soit reconnue et rendue inoffensive. Ignace de Loyola en est un bon exemple : ses souffrances physiques sont une manœuvre de diversion de son état mental. Et les martyrs, les torturés, les patients de certaines expériences de laboratoire, servent de critères pour atteindre à la connaissance de l'autre. Souffrir, penser, vouloir, sont autant de concepts qui, occupant d'abord notre for intérieur, peuvent être reportés sur autrui et nous donner ainsi une bonne connaissance de sa réalité, non seulement corporelle, mais globale. La souffrance est le seul langage dont nous disposons pour rejoindre le comportement humain primitif, point de départ de toute tentative de relation avec les autres, et de toute notre histoire naturelle. Le sourire de Jeanne à Saint-Ouen est une réaction normale devant la souffrance sur le point de prendre fin. Dreyer l'a qualifié de sourire de gratitude, ce qui n'est pas loin sans doute de la vérité. Mais ce sourire de Jeanne est aussi en rapport avec des faits antérieurs, avec des souvenirs, avec l'évocation de moments heureux de sa vie, qu'il lui serait bientôt possible de récupérer. Il y a toujours de l'espoir au fond d'un sourire. Et si nous vouons une reconnaissance particulière à qui nous fait rire, c'est qu'il nous ouvre à l'espérance.

Comme Jeanne dans le cimetière, Camila arrivait au terme d'un processus qui culminait dans un sourire. La cause profonde de son détachement de la réalité, qui exaspère tant ses défenseurs acharnés à "lui donner du temps", cette cause, qui n'a jamais été vraiment étudiée, consiste en ceci : Jeanne était arrivée au bout de sa folie. Une folie d'amour, bien sûr. Tout son procès se résume à un cas de sexopathie – un cas de révélation, en somme.

Passion et révélation, cela revient au même. Tous les phénomènes expérimentés depuis l'enfance par Camila et qui, pressentis par son entourage, lui valaient des réactions contraires (par exemple les gifles que sa mère lui appliquait sans raison valable de châtiment), tous ces phénomènes montrent à l'évidence qu'elle était l'agent d'une révélation. Non sur le plan métaphysique, mais sur celui du comportement global. Camila détenait un facteur physique que généralement, à un degré moindre, on explique par la maladie. Mais Camila n'était pas malade. Au contraire, elle jouissait d'une santé robuste, rarement altérée, si ce n'est, au moment de la puberté, par une passagère anorexie et des crises de désespoir aussitôt mises au compte de la croissance. Son niveau de culture l'empêchait d'adopter des attitudes trop frustes, ce qui n'était pas le cas de Jeanne d'Arc, qui s'en fût trouver le sire de Vaucouleur pour lui faire part de son désir de se porter "au secours du roi de France". On la reconduisit promptement à son père, "avec une bonne paire de gifles".

Dans le cas de Camila, on peut comprendre les choses ainsi : elle semblait enfermée dans un mysticisme agressif qui la rendait antipathique même à sa propre mère, incapable de la comprendre. Il y eut une époque où Joana, ne pouvant garder à son service aucune servante, accusait sa fille de les ensorceler. "Elles ne me respectent pas, ne m'obéissent pas", disait-elle. Mais Camila ne pensait pas avoir là-dedans la moindre responsabilité. Elle croyait plutôt sa mère affectée par les agissements du père, qui jouait tout le capital qu'il pouvait réaliser en revendant ses biens, même, les derniers temps, les objets de décoration. La maison se vidait peu à peu de tout le luxe qu'elle contenait encore, et Joana en souffrait. Elle refusait obstinément de se servir de ce qui n'était pas de première nécessité, et surtout elle n'acceptait rien de ce qui représentait le paiement d'une dette de jeu, des objets de grande valeur, parfois, comme cette petite montre sertie de brillants que son mari voulait lui offrir. Elle s'en montra même indignée. "Ce n'est pas mon genre!" protesta-t-elle, véhémente, au point que Camila se demanda si elle n'était pas en train de refuser pour elle aussi ce présent qui pouvait fort bien lui tomber entre les mains, un jour ou l'autre, peut-être même à l'instant. C'est pour cela que Joana se montrait si menaçante et qu'elle posait sur son visage le masque de la colère, seule capable d'influencer cet homme qui n'avait peur de rien, excepté des cris d'une mégère. Une mégère en l'occurrence privée de ses droits conjugaux, auxquels il ne souscrivait plus; entre elle et son mari, il y avait un silence de mort, à propos de "ces choses-là".

– J'ai dit à ton père qu'une fois passé le temps de mes menstruations, l'amour physique entre nous serait terminé pour toujours.

Joana se laissait aller parfois à de brèves confessions qu'à d'autres moments elle eût jugées obscènes. Camila, distraite à tout jamais de la réalité, comme Jeanne dans le cimetière, la dévisagea. Convenait-il d'accueillir cette information? Le sujet en était bouleversant. Sa mère tenait à lui faire connaître qu'il s'agissait d'un commandement: "tu ne me toucheras pas." Ainsi se trouvaient soldées toutes les dettes du sexe, et c'était elle, Joana, qui triomphait. Ainsi également se trouvaient fauchées toutes les humiliations, comme épis dans un champ.

Mais, surtout, la mère cherchait à profaner les rêves de Camila, à lui dire, en termes les plus crus possibles, qu'il existe une limite à la joie et au plaisir. Qu'elle ne pouvait espérer grand-chose de la vie, et que la seule arme dont elle disposait, son seul atout, c'était le refus de son corps; comme on avait refusé la montre de brillants, sous prétexte qu'elle ne servirait à rien.

Joana reconnaissait toutefois en Camila la marque de la révélation. De la passion qui bâtit des châteaux là où il n'y a que masures. De la splendeur qu'il y a à faire se déplacer les montagnes. Comme c'est bien dit: "déplacer les montagnes".

Un jour, alors que Camila était déjà mariée, Celsa Adélaïde lui amena une jeune fille qui se disait cuisinière et voulait servir au Salto da Senhora. Elle ne souffla mot du salaire, et se contenta de dévisager Camila d'un air légèrement arrogant.

– Que savez-vous faire? lui demanda celle-ci.

– Pas grand-chose. Je n'ai même jamais appris à éplucher les pommes de terre. On m'a dit que c'était difficile. Repasser, je ne sais pas non plus. On m'a dit aussi que c'était difficile. Surtout les chemises d'homme: d'abord le col, puis les pans, c'est vrai, ce n'est pas facile.

Camila avait devant elle un beau brin de fille, et elle ne comprenait pas ce qu'elle cherchait, puisqu'elle ne soulevait même pas la question des gages.

– Je ne sais pas si c'est un travail pour vous...

– Sans doute que non. Mais vous savez ce qui m'amène ici? fit tout à coup la jeune fille, comme si elle s'apprêtait à donner la solution d'une charade. Eh bien, c'est que tout le monde dit que les femmes à votre service ne le quittent que pour se marier. Toutes, même les laides et les disgracieuses. Et moi, j'ai très envie de me marier. C'est pour ça que je suis venue.

Celsa était morte de rire. Jamais elle n'avait entendu pareille proposition. Mais Camila, elle, ne riait pas; elle comprenait qu'il n'y avait rien d'absurde là-dedans, que tout découlait du principe de la révélation. Ce qui ressortait des mots naïfs de la jeune fille, c'est qu'elle rêvait d'être aimée, mais que lui manquait la séduction, élément indispensable à la compréhension entre les êtres. Elle savait, et le disait ouvertement, que Camila avait la possibilité de partager avec elle sa séduction. Elle le pouvait, si elle voulait. Il s'agissait d'une réaction au monde en dehors du respect des règles et des normes. Elle savait de quoi il retournait: devancer le temps, faire fi des calculs et parvenir à un résultat sans avoir à monter une stratégie.

Pour intelligente que fût sa démarche, la fille n'obtint pas la place convoitée. "On m'avait bien dit que ce ne serait pas facile", se désola-t-elle. Et sur ces mots, elle partit comme elle était venue, sans que Celsa se donnât la peine de la reconduire jusqu'au portail: ce n'était plus une candidate, c'était une certitude qui s'envolait.

Les relations de Camila avec sa mère avaient toujours été difficiles. Il arrivait par exemple à Joana d'appeler sa fille, et, si elle ne répondait pas aussitôt, de la corriger. Elle la frappait du dos de la main, parce que c'est plus douloureux. Peut-être Camila n'avait-elle pas entendu l'appel. Mais, à vrai dire, sa mère changeant fréquemment d'avis et n'ayant finalement rien à lui demander, elle attendait de lui voir manifester une exigence concrète, de façon à ne pas abandonner pour rien ses occupations. Mais la mère avait conscience que sa fille lui imputait de l'irrésolution, et elle y voyait un manque de respect. Le manque de respect avait été le cheval de bataille de leurs relations, et Camila comprenait qu'il en serait de même avec tout le monde. Elle se maintenait dans une sorte d'indifférence paisible, comme Jeanne au cimetière, et ainsi échappait à la punition. "Signe, et tu ne monteras pas au bûcher." Jeanne souriait, mais dans ce sourire il y avait un manque de respect. Comme elle était très aimée, autour d'elle on faisait voler les papiers, on vociférait, on lui donnait tout le temps de se repentir et de signer. A la fin, sous prétexte qu'elle ne savait pas écrire, elle traça une croix à l'intérieur d'un cercle, et allez donc savoir ce qu'elle pensait à ce moment-là.

A propos de Vanessa, les choses étaient plus sérieuses. Celle-là exigeait l'amour absolu, l'obéissance absolue. Tous ses intérêts dans la vie, elle les avait abandonnés au profit de cette quête de l'amour absolu, de l'obéissance absolue. Avec elle, Camila n'avait pas à se demander : et maintenant, que va-t-il m'arriver ? Car elle n'était pas enfermée dans sa révélation comme Jeanne au cimetière, alors indifférente à tout ce qui pouvait se passer, puisque tout était motif à rire. Jeanne n'était en communication qu'avec un serment secret, un amour secret qu'une profonde douleur avait rendu immaculé. Tout ce qui est en relation avec le mal de vivre devient invulnérable.

En vain chercherions-nous dans l'enfance de Camila quelque événement qui serait à l'origine d'une souffrance ayant provoqué cette révélation. On ne trouverait rien. Ou seulement ceci : par une disposition tout à fait extraordinaire, les questions qu'elle posait ne gravitaient pas autour d'autres questions, mais avançaient selon leur compatibilité avec les réponses déjà obtenues.

Prisonnière dans sa propre maison, Camila recevait toutefois d'assez nombreux visiteurs, qui l'entouraient d'une étrange tendresse. A une autre époque, on l'eût déclarée sainte, sans qu'elle eût besoin de faire des miracles ni de se consacrer à la prière. A présent elle attirait la sympathie, alors que, personnellement, elle n'était pas sympathique. António ne se risquait plus à la toucher; d'une certaine manière, il aurait aimé se libérer d'elle, mais elle était indispensable à ses relations avec Vanessa. Elle faisait partie de la grammaire du monde, de la manière dont tout est organisé pour fixer le sens des concepts. Camila détenait un pouvoir que sa mère disait pervers, mais qui résultait de la manière d'être du monde, de notre propre manière d'être, de la vie qui s'écoule hors de tout arbitraire. "Ce n'est pas facile", aurait dit la fausse cuisinière et fausse femme de chambre qui eût tant voulu entrer au Salto da Senhora. Elle savait que si elle cherchait l'amour, elle ne le trouverait qu'en passant par ce sanctuaire, où rien ne dépendait de la volonté humaine.

Bien des situations ne correspondent en rien aux certitudes que nous voulons en avoir. Il en est ainsi de ces jeunes qui cessent brusquement de manger et de boire et survivent pourtant, grâce à des forces qu'aucun examen clinique ne permet de mesurer; ou de ces autres qui deviennent le centre d'un séisme familial, et dont la vie, commencée dans une fête de satisfactions mutuelles et de joie, se termine en désespoirs inimaginables et, cela arrive, débouche sur le crime. Le crime frappe celui qui est sorti de la règle établie, lorsque l'on juge que le désordre s'est emparé de son corps et de son âme. Demeurer dans l'humain est un ordre difficile à respecter.

Le cas de Camila, une bonne petite d'une bonne famille de la région, soulevait quelques questions. Comme presque toutes les autres jeunes filles, elle n'avait pas d'histoire, du moins, elle ne semblait pas en avoir. N'empêche qu'au moment de son mariage, elle avait déjà derrière elle tout un processus de sentiments qui, sans cette interruption, auraient fait d'elle une héroïne de roman. Elle imaginait à leur propos tant de conflits que cela semblait impossible à une aussi modeste créature. Au contraire de l'homme, qui se fait gloire de tenir le devant de la scène, c'est dans la discrétion que la femme trouve le bonheur. Un mariage précoce élimine chez elle certains penchants prêts à devenir des habitudes. Et après le mariage, elle a tendance à voir le mensonge partout, ce qui est la meilleure manière de ne pas être trompée.

C'est par un chemin sûr, en mettant amis et ennemis dans le même panier, que notre Camila mènera loin son aventure. Tout le monde l'aimait ; d'abord pour son air ordinaire, alors qu'en réalité elle était intrépide ; ensuite parce que chacun s'attendait à trouver en elle les vices inhérents à ses vertus mêmes. Seule Vanessa, qui en tant que maîtresse de bordels et de débauches était grande connaisseuse de femmes, fut capable de l'apprécier à sa juste valeur. Ne pouvant l'imiter, elle entreprit de la châtier, afin de mettre à nu le mal qu'il devait y avoir en elle. Elle n'en trouva aucun : c'est ainsi qu'elle se perdit.

Peut-être l'avez-vous remarqué, les romans de chevalerie et les romans courtois ressemblent beaucoup à celui-ci. Ils sont vagues même s'ils répercutent la réalité des sens. Ils sont tristes même s'ils finissent bien. Il semble impossible, alors que la femme n'est plus une enfant, que de ce temps-là elle n'apprend plus rien ; qu'elle se consacre aux machines et à des carrières intellectuelles, il semble impossible, dis-je, qu'elle puisse encore émouvoir un homme et le faire se demander :

– Mais qu'a-t-elle donc que je ne comprends pas ?

Eh bien : il s'agit de l'essence même du désir, lorsque, pour se défendre de l'épuisement, il en appelle à l'humour. Les mariages de longue durée, les longues vies d'amants, sont toujours traversés par un humour doux et confiant, qui leur donne le talent nécessaire pour survivre aux pires épreuves. Camila était encore une enfant que déjà l'humour couvait en elle, comme un œuf lent à s'ouvrir parce qu'il n'a pas encore reçu toute la chaleur voulue. Sa beauté, éveillée dans l'humour, serait intouchable. Si elle paraissait aussi vulnérable, c'est qu'elle n'avait que la philosophie pour lui protéger le cœur ; et la philosophie, chez une femme jeune, semble ridicule parure, et n'éveille pas l'imagination. Être belle aux yeux de l'imagination : voilà ce que Vanessa enviait chez Camila. Vanessa avait une personnalité rare, et cette personnalité demeurait à l'écart de sa vie crapuleuse, qui, d'une certaine façon, ne lui rendait pas justice. Elle ne pouvait rien y faire. En torturant Camila, elle réprimait l'admiration qu'elle lui portait.

Le rire de Jeanne d'Arc dans le cimetière signifiait précisément (nous y arrivons enfin) que l'humour se mettait à vibrer dans son âme. Elle ne pouvait plus entendre sans rire les termes de la sentence ; et il semble bien que ce ne fut pas un simple sourire, mais un rire éclatant, qui scandalisa les juges. Ils se mirent à craindre quelque chose de sa part, c'est pourquoi ils se hâtèrent alors de conclure le procès et de lui arracher la signature qui leur convenait. Ce qu'ils craignaient si fort, c'était cette imprévisible tendance à l'humour de Jeanne. Ils avaient tout organisé pour rendre la scène bouleversante, et voilà qu'elle mettait en évidence son ridicule. "Au bûcher !" c'était la volonté générale, mais une volonté illogique, puisque Jeanne nourrissait leur imagination à tous, et qu'en conséquence elle était nécessaire même à ses adversaires.

Apparemment, Camila n'avait pas l'intention de suivre le conseil de Taureau Bleu et de s'enfuir. D'autant qu'elle parvenait, même dans les conditions particulières où elle se trouvait, à jouir d'un relatif confort. On ne lui avait pas confisqué son édredon de plumes de perdrix, sans doute parce qu'il était sale et déformé par l'usage. De plus, comme les chiens la connaissaient bien, elle pouvait descendre, la nuit, et manger tous les restes qu'elle trouvait, les partageant avec eux. Elle n'essayait pas de changer le cours des choses, car elle ne savait pas vraiment ce qui valait le mieux : être prisonnière dans sa maison, ou jugée par ceux qui n'auraient pas sur son cas d'informations suffisantes. Parfois, elle entendait António et Vanessa qui rentraient tard de leur virée nocturne, et elle courait se cacher dans le petit couloir sans issue qui fonctionnait comme une armoire. Il y avait là une porte qui ouvrait sur un espace vide, sous la cage de l'escalier. Autrefois, on y entreposait le linge sale ; aujourd'hui il ne servait plus à rien. Cela ressemblait tellement à une cachette que Camila se dit que, peut-être, on avait logé là un coffre pour y déposer la paie des ouvriers, et que ce coffre faisait partie du mobilier d'un bureau qui incluait le petit couloir. La maison comportait ainsi plusieurs recoins qu'avaient prolongés ensuite d'autres tracés, et António lui-même, propriétaire depuis peu, n'en connaissait pas le plan. Taureau Bleu insistait trop pour la faire s'évader. Qu'avait-il à y gagner ? Son but n'était visiblement pas de protéger Camila, il y avait autre chose. Sans doute pensait-il qu'en l'éloignant, il avait plus de chances de récupérer Vanessa, le grand amour de sa vie. Un jour, il entra dans la chambre de Camila, toujours dépourvue de clef, et s'y enferma avec elle en traînant un meuble devant la porte. Cette façon d'agir était si étrange que Camila, d'abord, eut peur.

– Pourquoi faites-vous ça ?

– Parce que, de cette façon, j'aurai le temps de sauter par la fenêtre, s'ils viennent. Je ne tiens pas à ce qu'ils me trouvent ici.

– Sauter par la fenêtre ? Vous vous casserez une jambe, voilà tout.

Taureau Bleu ne répondit pas. Il était si peu intéressé à avoir l'air raisonnable ou non, que c'en était presque comique. Il venait simplement lui dire que se préparait une horrible catastrophe.

– Quel genre de catastrophe ? demanda Camila qui portait sa meilleure robe de chambre et s'en félicitait en ces circonstances exceptionnelles.

– Tout a une fin, reprit José Luciano. Les choses couvent depuis longtemps. Mais Vanessa ne veut pas m'écouter, et pour elle, ça finira mal.

– Je ne comprends rien à ce que vous me dites. Mais ce qui se passe, d'après moi, c'est que vous l'aimez et qu'elle ne vous aime pas. Tout se résume plus ou moins à cela.

– Vanessa n'aime personne d'autre que vous, lança-t-il, visiblement désespéré. Ce n'était pas véritablement un méchant homme, et l'idée ne lui venait pas de la tuer. Du reste, sa seule idée, ce jour-là, c'était de lui dire ce qu'il avait sur le cœur, avec des mots qui n'étaient peut-être pas les plus appropriés. Je ne sais pas comment nous en sommes arrivés là, mais elle a tout laissé tomber, ses affaires, celles des autres… Elle se moque de tout, excepté de vous. Elle est perdue. Nous sommes tous perdus et nous irons en enfer avec elle. Car il existe un enfer, et nous allons tous y brûler, brûler, vous entendez ?

– Calmez-vous.

Il pouvait bien sauter par la fenêtre, à présent, et se casser une jambe, Camila s'en moquait. Il était fou. D'ailleurs, tout le monde était fou, ou alors c'était elle qui raisonnait trop. “C'est mon défaut, réfléchir tout le temps, puis me pâmer de rire devant tant d'absurdité. Je me demande ce que cet homme est venu faire ici. M'affoler, bien sûr." Et elle pensa qu'il valait mieux lui mentir, lui parler de Vanessa comme d'une amante qui lui serait fidèle. Lui répéter qu'elle lui devait beaucoup, et que ce n'était pas maintenant qu'elle le laisserait tomber. Puis elle songea que rien n'est plus démoniaque que de parler avec sincérité en se gardant de tout dire.

– Changeons de conversation, fit-elle à voix haute.

– Mais je ne veux pas changer de conversation. Je suis seulement fatigué.

– Cela revient au même. Vous trouvez donc que je dois partir d'ici ? Je vous rappelle que je suis mariée à António Clara.

– Vous n'êtes mariée avec personne.

Elle s'aperçut alors que Taureau Bleu avait un brillant à une oreille, ce qui la divertit fort. "Vous portez une boucle d'oreille, maintenant ?"

– Oui. C'est toute une histoire.

– Vous me la raconterez un autre jour. J'entends arriver la voiture, pas vous ? Et nous voilà barricadés tous les deux dans une chambre, dans ma chambre ! Faites-moi le plaisir d'ôter immédiatement ce que vous avez mis devant la porte.

Il fut si longtemps à obéir qu'elle comprit qu'il souhaitait être surpris seul avec elle, et laisser les autres en tirer les conclusions qu'ils voudraient. Elle le chassa comme on chasse un chat qui s'est fourvoyé sur une table, puis retourna à l'intérieur pour mettre de l'ordre. La Vierge à la Chaise semblait observer ses moindres gestes.

– Ne faites pas attention, lui dit Camila. C'est un monde, vous savez, cet homme-là. Je n'ai rien à voir dans tout ça, moi, et ils s'entêtent à me mêler à leurs histoires. Ils veulent que je déniche en eux l'oiseau rare et je le fais, point final.

Elle savait que sa vie avec Vanessa prenait fin, que c'était justement cela que Vanessa cherchait à empêcher. Mais elle ne tirerait plus rien d'elle, plus rien, elle n'avait qu'à retourner à sa médiocrité et y trouver le bonheur, ou le malheur, comme elle pourrait. Camila se dressa sur la pointe des pieds et se mit à danser à travers la chambre, qui était vaste et où un miroir reflétait son corps tout entier. "Citoyen à part entière", fit-elle.

Et elle se mit à rire tout haut, ce qui, dans le silence de la nuit, semblait exagéré et un peu fou. Mais Camila aimait ses propres bizarreries, ses propres folies et insignifiances. Vanessa vint frapper à sa porte.

– Vous ne dormez pas ? Je peux vous parler ?

Elle avait l'air de vouloir faire la paix, et elle jeta un regard circonspect sur la porte fracturée. Peut-être allait-elle demander pardon ; mais non, elle n'en fit rien. Il était toutefois évident qu'elle voulait obtenir quelque chose de Camila. Elle n'était en cet instant qu'une femme en déroute, à laquelle les sentiments importaient peu, étant donné la situation désastreuse où elle se trouvait. Comme le prévoyait, ou peut-être le savait Taureau Bleu, on exerçait alors de fortes pressions sur elle ; on exigeait le paiement d'énormes sommes en retard dans ses affaires plus que suspectes. Taureau Bleu l'avait peut-être escroquée : tirer profit de toutes les occasions, il avait cela dans le sang. Quoi qu'il en soit, l'ensemble de ses biens ne suffirait pas à couvrir le montant de sa dette, qu'elle devait régler dans les plus brefs délais.

– Et sinon, qu'est-ce qui se passe ? demanda Camila, sceptique, tout ce qui venait de Vanessa étant, par définition, faux et embrouillé.

– Mieux vaut ne pas l'envisager. Ces gens-là ne font pas de quartier.

– Bon. Qu'est-ce que vous voulez de moi, au bout du compte ?

Le ton de Camila ne dut pas lui plaire, on voyait qu'elle faisait un effort pour le supporter. Car enfin, elle avait donné beaucoup d'argent à António, et distribué des cadeaux à tout le monde comme s'il en pleuvait. Et tout ce qu'elle voulait, à présent, c'était faire signer à Camila l'acte de vente de la maison, un rossignol à vrai dire, avec tout ce qu'elle contenait, statues de saints et pièces d'argenterie. Camila s'assit au bord du lit, et ses yeux tombèrent sur la courtepointe, si usée et tachée ; elle faisait partie de leurs petites cruautés, des mauvais traitements qu'ils lui avaient infligés.

– Je ne signerai rien, dit-elle. Rien du tout, même sous la torture.

Et, contre toute attente, elle éclata de rire, comme Jeanne dans le cimetière de Saint-Ouen. Elle riait de si bon cœur que

Vanessa se sentit complètement désarmée. Elle ne pourrait rien tirer de cette femme qui pourtant l'avait poussée dans ses derniers retranchements, l'avait poussée à la ruine. António Clara l'avait prévenue : Camila était un "oiseau dodo", elle n'existait pas, on ne savait même pas si elle avait existé un jour. Vanessa se mit alors à proférer des injures, non contre Camila, mais contre sa bande de malfaiteurs et de parasites. Elle cria qu'António était l'un d'eux, un pou de la pire espèce, et Camila se demanda (et elle rit de nouveau) s'il existait des poux d'une pire et d'une meilleure espèce. Bien sûr qu'il en existait : il y avait les poux blancs, qui vivent sur les clochards, les poux noirs, les rouges...

– António, de quelle race de poux est-il ?

– Vous vous moquez de moi ? Et dire que demain, je serai peut-être morte, dépecée, que l'on m'aura coupé les mains, le nez, les oreilles... Ce sont des gens sans pitié. Allez au diable.

– Nous y allons tous.

– Ça vous est donc égal d'être emportée dans la débâcle ?

– Je ne crois pas que ce sera le cas. Mais on verra bien.

Vanessa sortit de la chambre en regrettant de ne pouvoir claquer la porte, qui battait comme un vieux portillon. A partir de ce jour-là, Camila ne la revit plus. Ni elle, ni Taureau Bleu, et António en rejeta la faute sur sa femme. Au fond, il était de son côté, mais se sentait sans forces devant Vanessa. Celle-ci, en quelques jours, se mit à ressembler à une vieille femme, et on la disait enceinte. Peut-être espérait-elle, en faisant courir ce bruit, qu'on ne s'en prendrait pas à elle. La panique la submergeait. C'était une poltronne, après tout, une poltronne en toutes lettres. Camila aimait se souvenir de cette expression, qui lui était familière. Une façon de parler érudite peut-être, en tout cas, pas vraiment populaire. Le jeu comportait cette sorte d'expressions, et lorsque l'une d'elles apparaissait entre deux levées, il y gagnait de l'inspiration, et une certaine grandeur. Son père était un grand joueur de bridge, un champion, n'ayons pas peur des mots.

Son père : les gènes de l'obésité évoluaient en lui comme poissons dans l'eau. Mais à vingt ans, il était mince et élancé, avec cet air de douceur et de franchise qui peut tromper n'importe qui.

La maison de l'Église, où il était né, ne lui suffit pas longtemps. Il avait l'art de s'infiltrer dans les bonnes grâces de tout le monde, et il s'illustra d'abord dans les clubs et les salles de billard. Il était généreux avec ses amis, et populaire dans les cafés où l'on allait traditionnellement, à sept heures du matin, après une nuit de jeux, manger une rôtie beurrée ou un hot-dog avec de la moutarde. Personne ne put jamais rien faire de lui, aussi, se sachant incorrigible, il prit soin de choisir une femme autoritaire et pleine de bons principes, qui ferait une éducatrice idéale pour ses enfants. Il en eut trois : Adoração, qui épousa un avocat de Porto, un fils, duquel il n'y a rien à dire sinon qu'il sombra dans la boisson, et enfin Camila, dont il aurait pu être le grand-père, et qui était le joyau de la famille.

A la naissance de Camila, la maison périclitait déjà, mais elle entendit les derniers coups de la boucharde, qui pouvait évoquer le râteau du croupier. Joana s'efforça toujours de balayer de la mémoire de ses enfants le spectre du jeu, qui était pourtant ce qu'il y avait de plus excitant dans la maison de l'Église. Le vice tire des cendres de certaines vies dignes et sépulcrales un brillant que le diable met en réserve pour embellir les choses révolues de ce monde : la famille, les emplois décents, les grandes carrières.

Camila ne considéra jamais son père d'un bon œil. Elle voyait en lui un séducteur un peu clownesque, porté à cette prétendue noblesse de l'âme qui allège le cœur des vauriens. En quoi elle ne se montrait pas très juste, mais personne n'est juste par vocation, seulement pour la façade. Elle se demandait, irritée, quel homme était son père et lui inventait d'autres intentions, comme si son charme était un défaut qui ne lui permettait de séduire que pour mieux tromper. Mais elle ne se demandait pas quelle sorte de fille elle était, elle, qui imaginait chez son père tant de désordres et de faiblesses, alors qu'elle eût mieux fait de voir les siens propres. Pourquoi le chargeait-elle d'autant de péchés, elle l'ignorait. Pourquoi nourrissait-elle envers lui une telle aversion, elle ne savait pas non plus. Les patriarches de la Bible valaient-ils mieux que lui ? Abraham valait-il mieux, quand il serrait sous sa tunique le couteau qui devait transpercer Isaac ? Et Job, valait-il mieux, lui aussi, quand il acceptait de nouvelles richesses et de nouveaux fils après le deuil des premiers ?

Elle était le joyau de la famille, tous voyaient en elle une planche de salut pour la maison en pleine déconfiture. Des fous, des gens sans foi, des bourgeois suffisants, sans une goutte de sang dans les veines. Lorsqu'elle épousa António Clara, ils poussèrent tous un soupir de soulagement. Mais le père passa la journée au lit, à pleurer, refusant de voir sa fille, si belle, avec sa ceinture rose, qu'elle semblait narguer les étoiles.

Qui était-elle donc pour condamner, frémir et se consumer d'orgueil ? La provocatrice, même innocente, c'était elle. Elle avait aimé la main de son père caressant sa peau, tirant doucement en arrière une mèche de ses cheveux et l'enroulant sur un doigt en un geste voluptueux. Et lorsqu'un jour il lui dit : "ne viens pas si près de moi, car je suis un homme, et toi une femme", elle s'était sentie percée à jour, et de là venait l'altération de son amour pour lui. Mais était-ce vraiment de l'amour ? Elle n'en savait rien. C'était en tout cas un plaisir harmonieux et serein. La mère n'ignorait pas ce qui se passait et en tirait, non des leçons, elle n'en avait pas besoin, mais de petits profits pour sa vie sexuelle, qui déjà s'éloignait sur les chemins de la maturité. – Tu ne traites pas Camila comme on traite sa fille, lui dit-elle un jour. Ces choses-là, toutefois, il ne faut pas les dire, pas même les penser. Elles sont un peu l'écume de la conscience. Mais Joana avait un caractère altier, elle avait besoin, comme elle disait, de "ventiler" les sujets. C'était bien sa manière de parler. Ventiler les sujets. Elle voulait dire par là qu'il faut agiter ce qui souffre d'être tenu secret ; parvenir à créer une harmonie avec la vie cachée des êtres. Elle était arrivée au mariage avec un cœur de vierge et l'entendement d'une bande de loups hurlant et trottant dans la neige avec une grande élégance de mouvements et des desseins extraordinaires.

Roper venait rejoindre Camila, de temps en temps. Soit dans sa chambre, à la porte toujours enfoncée, soit dans le petit couloir sombre et sans issue. Ou encore sous les néfliers qui perdaient leurs fleurs, et les fleurs recouvraient le bassin du lavoir. On entendait couler l'eau de la source. Roper agitait l'eau du bout des doigts, sans y plonger la main tout entière. C'était un geste poétique, très féminin. Il l'aimait, et lui avait déjà fait des scènes de jalousie que même un mari n'imagine pas qu'elles puissent exister entre un homme et une femme. Ce que l'on disait des homosexuels était pure légende, une légende née d'expériences soumises à un jugement brutal et vulgaire. Y avait-il eu quelque chose de semblable entre le puissant prélat Cauchon, évêque de Beauvais, réputé allié des Anglais, et Jeanne d'Arc, la pucelle d'Orléans? Une attraction sans rien de comparable dans les amours ordinaires, et qui la faisait rire. Rire avec cette allégresse démesurée que nous donne une éblouissante certitude. Roper aussi provoquait chez elle cette joie que seuls sans doute les troubadours éveillaient jadis en toute femme, jeune ou vieille. Quelque chose qui n'avait pas de nom, plus absent que présent, un peu comme l'amour d'un mort.

"Pedro Daniel Roper, pour vous servir", c'est ainsi qu'il se présentait à elle, dans ses bons jours. Cela la faisait rire; ce n'était même pas drôle, mais l'amour savoure le rire comme un mets de choix. Elle portait encore le bracelet qui prévenait de sa présence en n'importe quel endroit de la propriété. Mais Vanessa dut donner l'ordre de le lui retirer, car l'un de ses colosses apparut un beau matin et, sans dire un mot, lui ôta la chaîne du poignet. Il n'y eut pas d'explication. De toute façon, Vanessa ne venait plus au Salto da Senhora, mais elle n'en avait retiré ni ses chiens ni les vêtements qui s'y trouvaient. Toute la demeure était à présent plongée dans un silence que ne troublaient pas même les travaux de la vigne; d'ailleurs les chais semblaient déserts. Jusqu'au jour où Taureau Bleu, très agité, vint trouver Camila. Ce fut la dernière fois qu'elle le vit.

– Allez-vous-en. Disparaissez. Je ne sais pas ce que vous nous avez fait, à tous, mais je sais que vous êtes responsable de l'état où nous sommes. Tous malades, intérieurement dilacérés, en lambeaux. Qui aurait cru la petite Camila capable d'une chose pareille! Vous souvenez-vous? J'avais douze ans, et vous vous êtes mise à jouer du piano sur le dessus d'une chaise peinte en vert, une petite chaise basse qu'il y avait dans la cuisine. C'était pour m'impressionner, bien sûr, et moi, j'étais amoureux de vous, qui n'aviez que cinq ans. Je vous apprenais des devinettes, des bêtises, toutes sortes de choses ridicules, mais qui me donnaient l'impression de dominer le monde.

– Ah, le monde! Voilà enfin le mot lâché. Il a sur nous un tel effet! Il nous fait accomplir ce dont nous n'avions jamais rêvé.

– Je vous adorais. Je faisais tout ce que vous me demandiez : enfoncer mon bras dans un trou du mur pour attraper un serpent, exciter les chiens pour qu'ils m'attaquent, bref, j'allais au-devant de tous les dangers que vous aviez envie de me voir courir. Puis j'ai été l'amant de bien des femmes, mais à chaque fois je me disais : "Ce n'est pas elle. Tu peux les battre, leur voler tout ce qu'elles possèdent, elles n'ont aucune valeur, ce sont des guenilles."

– Tu es un scélérat. Mais que m'importe ? Fais ce que tu veux. Nous sommes horribles tous les deux.

– Non, ne dites pas ça. Dieu est avec nous.

Il n'avait pas l'air aussi bouleversé que ses paroles pouvaient le faire croire, mais plutôt rempli d'un singulier bonheur. Comme si rien ne comptait pour lui que ce moment passé avec elle. Que ces souvenirs d'épisodes de leur enfance qui lui revenaient, aussi frais que s'ils dataient de la veille. Pourtant, en dépit de son costume de flanelle couleur sable que nul autre que lui n'aurait pu porter, Taureau Bleu avait vieilli. Des rides profondes s'ouvraient en éventail au coin de ses yeux, et sa bouche, amincie, paraissait plus rentrée. Combien de fois Camila n'avait-elle pas eu envie de l'embrasser, au temps de ses douze ans, alors que lui en avait dix-huit et qu'il se trouvait encore aux mains des prêtres, car sa mère rêvait pour lui de l'ordination ! Mais rien de tout cela ne s'était accompli. Le garçon se pervertit en un rien de temps. D'abord voleur dans les gares, puis danseur mondain, enfin escroc et maître-chanteur. Il y avait toujours des femmes dans son sillage, mais son vrai domaine, c'était celui où le pouvoir de certains hommes rejoint les désirs et les penchants que l'argent disqualifie. De tels hommes lui servaient de couvertures, sans le pousser dans des entreprises dangereuses. De sorte que ses crimes semblaient découler de sa personnalité, et non être provoqués par une manipulation. Sur bien des points, Taureau Bleu se trompait. S'il n'y avait que Camila et lui sur cette terre, ils ne s'aimeraient pas avec autant d'illusion. Pour créer le paysage de l'amour, leur manqueraient les obstacles, les malheurs, les mensonges. Car l'amour pur et crédule, cela n'existe pas.

Du moment où Taureau Bleu dit : "Dieu est avec nous", Camila ressentit pour lui un profond dédain. Il abordait là un terrain réservé, un point très sensible de sa vie, qu'elle ne voulait voir personne perturber. Elle avait la conviction qu'elle appartenait à Dieu, désignée par Lui, non pas choisie. Les personnes qu'Il désigne sont heureuses, protégées de tout ce qui pourrait menacer un destin tranquille, sans grands changements. Tandis que les choisis, eux, sont soumis aux épreuves les plus hallucinantes. Ils endurent de terribles supplices, leur vie est misérable et se déroule dans un perpétuel scandale, comme ce fut le cas de Jeanne la Pucelle. Alors qu'elle, Camila, née sans tache, c'est-à-dire sans hérédité de malice et d'ignorance, était désignée pour vivre éternellement, même après la mort. Ces choses-là, elle ne laissait personne en parler. Leur silence emplissait son existence. Elle n'avait pas de mission à accomplir, simplement, elle tenait compagnie à Dieu.

Taureau Bleu l'adjura, une fois de plus, de quitter la maison. Elle lui dit :

– Je n'ai pas encore reçu d'instructions en ce sens.

– Des instructions de qui ?

Camila se plaisait parfois à laisser croire qu'on l'avait engagée afin de dénoncer les manœuvres de sectes, de bandes, d'intrigues tant politiques que criminelles. Mais tout ne se ramenait pas à un jeu d'inventions et d'hypothèses. "Le signifié est inclus dans la règle du jeu". Ce qui importe, c'est l'usage que l'on fait de la carte d'atout. Et quel usage en faire ? Elle ne décide pas du gain, ne se limite pas à décourager le partenaire. A quoi sert-elle, alors ? Que celui qui est désigné réponde à cette question.

Elle pensait que rien de tout cela n'était réel. Seule la recherche était réelle. La seule façon de donner une réalité au monde, c'était de prendre conscience de ce que nous y cherchons. Richesse, plaisirs, satisfactions personnelles... Chacun de nous dit sur lui-même des choses merveilleuses, Camila ne connaissait personne qui fît autrement. Même lorsque quelqu'un assure : "Je ne vaux rien, je ne sers à rien", il y met autant de fierté que s'il affirmait le contraire. Rutinha, quand elle entrait dans un salon, repérait immédiatement les garçons les plus valables, et voyait aussitôt se former un cercle autour d'elle. Pourtant, elle ne se vantait de rien, se contentait, sur un ton modeste et un peu comique à la fois, d'affirmer :

– Moi, je ne sais rien faire. Ni peindre, ni cuisiner, ni écrire des vers. Je suis une parfaite inutile.

Mais n'était-ce pas là, justement, une sollicitation sensuelle, comme si elle ouvrait les jambes de la plus impudique manière? Manuel Clara, alors en plein noviciat de la carrière diplomatique, la trouva irrésistible, surtout comparée à sa cousine Nor, qui étudiait comme une damnée tout ce que l'on n'a pas besoin de savoir. Langues étrangères, littérature, psychanalyse, tout ce qu'elle n'était pas totalement incapable d'apprendre. Pendant ce temps, Rutinha se proclamait incompétente, ce qui sous-entendait qu'en réalité, elle pouvait sauter n'importe quel obstacle.

Et la voilà suivant son fou de mari, lui-même en quête du royaume de la reine de Saba. C'était une vie bien remplie et pleine de mouvement, à laquelle même la mort de Manuel Clara n'ôta pas l'intérêt. Rutinha continua à vivre dans un pays où se déclarer inutile n'avait rien de honteux, au milieu d'un peuple qui, pas plus qu'elle-même, ne poursuivait rien d'extraordinaire. Elle n'était pas du genre à s'enrôler dans la Légion étrangère à cause d'un chagrin d'amour, comme on le faisait autrefois. Elle avait aimé passionnément son mari, mais ne se mit pas pour autant au pain et à l'eau quand il mourut. Elle eut des visions d'incendie, mais sans doute parce qu'elle partageait la crédulité profonde des gens au milieu desquels elle vivait. Ce qui est étrange nous console de la réalité. Voilà tout.

Qui se serait trouvé au Salto da Senhora en ce dimanche matin aurait pu croire que rien d'anormal ne s'y était passé. Les tapis sur le rebord des fenêtres prouvaient que, même le dimanche, on observait la routine du ménage; simplement, pour abréger la corvée, quelqu'un avait vidé au-dehors le contenu d'un cendrier. Seule Vanessa fumait, ce qui portait à croire qu'elle avait passé la nuit au Salto. Mais, dans ce cas, elle serait encore couchée, un loup sur les yeux afin de se protéger de la clarté du jour, même filtrée par les doubles rideaux.

Les cloches carillonnaient, et Celsa Adélaïde, revenue de la messe (non de la première, mais de la deuxième, comme son âge le lui permettait), était en train de bavarder avec une voisine qui serrait contre sa blouse neuve une brassée de choux. Tout semblait calme. Sur les toits blancs, les plus anciens, roucoulaient les pigeons cendrés, et leurs gorges irisées brillaient, faisant scintiller le vert sombre.

La police surveillait l'endroit, nul ne l'ignorait, mais le bois était toujours aussi touffu, aussi épaisse la bordure des cyprès que l'on avait ajoutés au paysage et dont le port était plus impérial que funèbre. Camila sortit de la maison et ne vit les chiens nulle part. Lorsque Vanessa était présente, ils ne la quittaient pas, aussi devaient-ils se trouver avec elle dans la chambre, où elle leur jetterait des morceaux de pain grillé, à son petit déjeuner. Ils avaient, comme elle, des mouvements nerveux, et sursautaient au seul bourdonnement d'une mouche. Du reste, il suffisait, pour les voir se réfugier, terrorisés, sous les lits, de laisser entrer dans la pièce une grosse mouche bleue.

Camila aperçut au loin quelqu'un en train de bouchonner le cheval d'António Clara, une bête si fougueuse qu'elle pouvait devenir dangereuse, et qu'il fallait, pour la dompter, lui donner des coups sur la tête, comme à un cheval sauvage. António le montait rarement. A part cet homme, elle ne vit personne. On eût dit que tout le monde était parti en abandonnant son travail au beau milieu: même la cafetière était restée branchée dans la cuisine. Elle rentra dans la maison et s'habilla, avec le pressentiment que quelque chose de désagréable était sur le point de se produire. A un otage de luxe, pouvait-il arriver autre chose? Le téléphone se mit à sonner dans l'entrée, longuement, et personne ne décrocha. Puis il se tut, pour reprendre bientôt avec autant d'insistance. Cela se répéta plusieurs fois.

"Où sont-ils donc, tous?" se demanda Camila. En retrouvant le froid pénétrant de la maison, plus pénible encore comparé à la douceur qui régnait au-dehors, elle eut soudain très peur. Elle attendit jusqu'à la tombée du soir, sans voir personne entrer ni sortir. Elle commença alors à se préparer et mit dans un sac à dos quelques provisions, ainsi que des médicaments et des mouchoirs en papier. Tout cela serait peut-être inutile, mais elle ne voulait pas se trouver démunie en cas de besoin. Elle emporta aussi quelques papiers, et l'argent dont elle disposait pour ses menus achats. Puis elle partit, sans trop savoir où aller. Mais, une fois sur la route, dans le crépuscule de ce dimanche où elle n'avait vu âme qui vive, elle se souvint de la chapelle où elle allait prier autrefois. Elle prit la clef, toujours cachée sous une pierre, et entra. Entièrement remodelée, la chapelle était méconnaissable. Elle s'y reposa quelques heures, puis, la nuit complètement tombée, elle n'osa plus sortir. Qu'a-t-on fait de moi ? pensa-t-elle. Rien n'était fiable dans sa vie, rien ne l'avait jamais été. Élevée dans la perspective d'une vie stable et tranquille, dans une ambiance de moralité et de respect de la patrie, elle s'était retrouvée dans un repaire de voleurs. D'ailleurs, le pays tout entier était un repaire de voleurs ; les gens ne s'intéressaient qu'à leurs bénéfices, à leur façade douteuse, à l'argent facile, à leurs comptes bancaires, tout cela au sein d'une communauté apparemment stable. Mais une telle communauté n'existait pas. Camila, dans la chapelle sans lumière, qui sentait l'humidité et les fleurs fanées, mangea son pain et son jambon et but l'eau du bénitier. Quand pourrait-elle sortir ? Dehors, quels dangers la guettaient ? Elle entendit les premiers bruits d'une journée de travail, des voix qu'elle ne connaissait pas, des pas qui s'arrêtaient à la porte de la chapelle, puis repartaient. Un chien aboya tout près, et fut chassé. Lorsque la nuit tomba de nouveau, elle sortit, et, sans se hâter, d'un pas régulier, alla prendre l'autobus qui la mènerait à la gare. Elle acheta un billet pour Porto, mais descendit du train avant l'arrivée à São Bento, tant elle craignait d'y être attendue. Elle fit le reste du trajet en autocar, et alla, une fois encore, frapper à la porte de la maison de l'Arrábida. Elle était sale, et personne ne se doutait à quel point elle se sentait perdue. Si, à ce moment-là, avait surgi devant elle António Clara, elle se serait jetée dans ses bras, dans la joie de retrouver un visage connu.

La vieille bonne des Roper vint lui ouvrir, vêtue comme une mendiante (il était de bon ton, à présent, de supprimer l'uniforme et les cols empesés), et manifesta, à la voir sur le seuil, quelque étonnement.

– J'ai raté mon train, lui dit Camila, et je ne veux pas aller à l'hôtel toute seule.

C'était là un argument que pouvait comprendre la vieille Alzira, elle qui avait servi chez des dames ne sortant jamais dans la rue après six heures du soir, des "dames en chapeau", et non de ces péronnelles enfilées dans des pantalons si serrés que même la Pucelle d'Orléans, soucieuse de sa virginité, aurait refusé de les porter.

– Je vais vous donner la chambre de monsieur Daniel, fit-elle, attendrie. Il y avait là, dans un cadre de chez Spode, un portrait du petit Roper et de sa mère, l'air si sérieux tous les deux que l'on pouvait croire qu'ils avaient un pistolet braqué dans le dos. Camila ôta ses bas, lentement, comme elle le voyait faire à Tofi quand elle partageait sa chambre, les enroulant au fur et à mesure. La toilette de Tofi avait quelque chose de fascinant : elle se dénudait jusqu'à la ceinture devant le miroir, puis répandait sur son torse une poudre de riz très fine, comme seuls les Anglais en usaient encore. A ne pas confondre avec du talc, Tofi ne manquait jamais de souligner la différence.

"Que ne donnerais-je pour me retrouver à la maison !" soupira-t-elle, seule dans cette chambre qui avait été celle de Daniel, et qui était pleine de ses livres et de souvenirs de sa mère. Des objets de toilette, une mallette ouverte laissant voir des flacons d'argent et de cristal et qui ressemblait à une trousse de médecin, mais c'était simplement un ancien *nécessaire** ayant appartenu aux femmes de la famille. Il y avait un autre portrait de la mère, en pied, petite et maigrichonne, au cap Sounion. Camila s'étendit sur le lit et s'endormit, non sans avoir auparavant posé le plateau devant la porte. Elle craignait que les blattes, attirées par les miettes, ne vinssent se promener sur son corps, avec leurs horribles pattes. L'horreur des blattes – il y en avait dans la maison de Porto qu'elle avait habitée lors de la période de prospérité de son père – fit déferler en elle une onde de dégoût pour cette époque où elle était l'enfant de la maison, le joyau de la famille, et nullement heureuse pour autant. La preuve, si preuve il y avait, c'est que tout ce qu'elle aimait lui échappait des mains et se brisait. Poupées, mobilier de poupées, cette sorte de choses. Était-ce simple hasard ou volonté profonde de renoncer à tout ce qui la séduisait en ce monde ? Elle trébuchait, et c'en était fait de la jolie créature aux yeux bleus. "Serait-ce qu'elle me voit, qu'elle sait ce que je pense ?" Tout objet fait de la main de l'homme renfermait une âme lui permettant de fonctionner. C'était ainsi qu'elle expliquait que le taxi où elle montait tombait aussitôt en panne, ou bien montait sur le trottoir, ou qu'un policier le forçait à s'arrêter. Camila éclata de rire, comme Jeanne au cimetière de Saint-Ouen.

Le lendemain, alors qu'elle s'apprêtait à sortir (non sans avoir téléphoné à sa sœur Adoração, qu'elle ne réussit pas à joindre), Alzira vint lui annoncer que l'on avait parlé de Vanessa aux informations.

– A propos de quoi ? Vous avez dû mal comprendre.

Alzira n'insista pas, et ce fut seulement au cours de l'après-midi que Camila apprit que la discothèque avait brûlé avec toutes les personnes qui s'y trouvaient, et qu'il s'agissait d'une vengeance personnelle. On mentionna plusieurs fois le nom de José Luciano, le Taureau Bleu, en fuite ainsi que tous les gardes. Vanessa apparut à l'écran et nia avoir la moindre implication dans ce crime, qui du reste lui était particulièrement préjudiciable. Elle parlait avec son impudence habituelle, vêtue pour la circonstance d'un costume de ville très simple, sans aucun bijou, dans une mise en scène qui ne trompait personne.

Ainsi donc, les mises en garde de Taureau Bleu étaient fondées. On avait arrosé la salle d'essence et verrouillé la porte de secours, de sorte qu'un grand nombre de personnes périrent carbonisées. On avait bel et bien affaire à une exécution, et l'on s'accorda à en attribuer la responsabilité à Taureau Bleu. Il serait pris et jugé, car la justice se doit de satisfaire le sentiment général, même lorsque le sentiment ne fait pas partie du jeu. Ce qui arrive rarement, sinon jamais.

On retrouva le cadavre d'António Clara au milieu de débris de toutes sortes : rideaux brûlés, chaussures arrachées des pieds dans la précipitation de la fuite. Il était méconnaissable, mais on l'identifia grâce à sa montre de poignet.

– En réalité, ce pourrait être n'importe qui, fit Tiago, l'un de ses frères. Une montre, ça ne prouve rien.

Cette affaire le contrariait beaucoup, une célébrité aussi macabre ne convenait pas à la bonne réputation de sa ville. Mais il fallait bien s'en accommoder. La corruption s'installait partout, et la pensée dont Roper aimait à débattre : "Dis-moi comment tu cherches et je te dirai ce que tu cherches", devenait de plus en plus limpide. Ce que l'on cherchait, c'était la satisfaction du moment, le plaisir, le plaisir surtout d'être reconnu en possession d'une arme, quelle qu'elle fût. Du reste, s'armer ne servait qu'à cela, faire reconnaître son importance en tant qu'individu dans le cosmos. Une fois obtenu l'objet de sa recherche, aussitôt s'essoufflait l'élan de la quête, et l'imagination s'éteignait comme une chandelle consumée. Le monde régressait à un état d'hallucination primitive, et le crime s'imposait comme une aspiration à satisfaire sur-le-champ. La vengeance était un plat goûteux, et le sexe perdait sa préfiguration mythologique, devenait simplement une façon de se comporter, comme prendre le bus ou boire une bière.

Identifier António Clara à sa montre-bracelet, même coûteuse et d'une marque peu courante, n'avait pas force de preuve. Tiago précisa que son frère souffrait depuis l'enfance d'une légère scoliose, mais les os étaient à ce point calcinés que tout examen était impossible. Quant aux dents, elles étaient brisées, comme si elles avaient cogné contre un mur. Seules les molaires semblaient intactes, et l'une d'elles portait même un plombage, mais le dentiste d'António n'y reconnut pas son travail. Or le dentiste précédent était mort, et ses fiches détruites.

– Ce n'est pas admissible, déplora l'inspecteur de la police judiciaire. Mais chacun fait ce qu'il veut, dans ce pays.

Il faillit même employer une expression populaire : "Maintenant, on se fout de tout comme de l'an quarante", mais on était sur le point d'instaurer un diplôme d'études supérieures de police, aussi convenait-il d'en expurger l'argot, et même les accents régionaux. N'empêche, pensait l'inspecteur, que le bâton obtenait de meilleurs résultats que les cours de bonnes manières.

Celsa était au désespoir. Elle ne croyait pas que le cadavre trouvé dans la discothèque fût celui d'António Clara, mais l'arrestation de Taureau Bleu la mettait dans tous ses états. Celui-ci s'était déclaré coupable, et il avait tout fait pour être incarcéré. Il avait les moyens de s'offrir l'avocat le plus réputé en matière criminelle, mais même un éventuel allégement de sa peine ne semblait pas l'intéresser. L'avocat, un homme aux cheveux bouclés qui, visiblement, ne savait comment se coiffer pour inspirer davantage de respect, déclara qu'il ne voyait pas d'autre solution que de plaider la folie passagère. D'aucuns avaient vu Taureau Bleu loin du lieu du crime ce jour-là, mais cela ne voulait rien dire ; il avait à sa solde bien des gens entraînés à toutes les brutalités. Et, de toute manière, il tenait à revendiquer sa pleine responsabilité. Sa mère, Celsa Adélaïde, qui redoutait depuis longtemps un tel dénouement, se montrait inconsolable. Elle comptait sur ce fils-là pour sortir de sa condition d'esclave. Ce n'était pas le bourgeois qu'était devenu Flórido qui lui tendrait la main et la tirerait, une fois pour toutes, hors de l'abîme de la pauvreté. Qui naît pauvre, vit pauvre et meurt pauvre, à moins que ne survienne un cataclysme qui change le cours normal des choses. Il y a toujours un crime à l'affût entre le riche et le pauvre. Si Celsa se montrait aussi inconsolable, c'est que tout espoir pour elle s'était évanoui avec l'emprisonnement de Taureau Bleu. Ce fut alors que son mari décéda à l'hospice, et elle ne se dérangea même pas pour le voir.

– Vivant, c'était une calamité. Je ne vais pas le regretter maintenant qu'il est mort. De mon temps, c'était le plus beau garçon de toute la région, mais le travail et le vin l'ont démoli.

Cependant, elle ne fut pas peu fière de Flórido, qui assista à l'enterrement et mit son point d'honneur à régler lui-même les obsèques. Ce qui fit souffrir le plus le fils de Celsa, ce fut de voir la pèlerine de l'hospice accrochée près du lit.

– Découvrir cela, mère, m'a fait un choc ! Je ne savais pas qu'il vivait ainsi.

Sa femme l'attendait dehors dans la voiture. Elle passa sa tête à la portière et l'appela. C'était une blonde à l'air dissimulé et somnolent. Flórido la rejoignit lentement.

A ce moment-là Celsa comprit qu'elle n'avait pas eu de bons et de mauvais moments dans la vie : ils avaient tous été mauvais, et même ses fils ne suffisaient pas à compenser les crises de tristesse qui lui venaient de très loin, comme si la terre les lui apportait en roulant dans l'espace.

Camila ne sortit pas indemne des convulsions de cette histoire, au cours de laquelle avaient trouvé la mort beaucoup de femmes et de clients de la discothèque. Elle se vit plongée dans des difficultés qu'elle ne savait comment résoudre. Levant le masque et montrant leur hostilité, ses beaux-frères s'efforcèrent de l'impliquer dans le crime. Il est vrai que, si son innocence n'était pas reconnue, ce seraient eux, les héritiers du Salto da Senhora, aussi saisissaient-ils toutes les occasions de brouiller les pistes. Par exemple, pourquoi avait-elle fui la maison le jour du crime ? Alzira, la servante des Roper, déclara qu'elle était arrivée sans bagages ou presque, l'air très perturbée.

– Qu'a-t-elle dit ? demanda l'inspecteur.

– Pas grand-chose. Mais je sais qu'elle se disputait parfois avec son mari, et j'ai pensé que c'était sans doute le cas ce jour-là. Il avait introduit sa maîtresse chez eux, tout le monde était au courant. Mademoiselle Camila n'a pas pu faire quelque chose de mal. Elle en serait incapable.

– Incapable ? Comment cela ? Ne se sentait-elle pas humiliée ? A moins qu'elle ne soit un peu bouchée, et n'ait rien vu ?

– Je n'ai pas dit ça. Elle est très intelligente, au contraire. Elle avait avec le docteur Roper des conversations qu'ils étaient seuls à comprendre.

– Les prisons sont pleines de gens intelligents. Ou elles devraient l'être. Laissons cela. Je vous rappellerai si nécessaire.

Il n'y avait en cet homme aucune agressivité, plutôt un détachement qui pouvait passer pour une absolution. Mais le danger, justement, résidait dans ce manque de discernement, dans cette feinte volonté d'obtenir la vérité. Tout avançait avec obstination, sans que rien laissât paraître un sentiment d'urgence. Mais on triomphait de tous les labyrinthes et les coupables étaient amenés à la lumière, sans ostentation, comme les personnages rudimentaires qu'ils sont. Car pour l'inspecteur, un criminel n'avait rien de complexe. Il était seulement coupable.

– A chaque fois que l'on commence avec la psychologie, tout tourne mal.

Selon lui, le concept romantique de l'inconscient n'était qu'une plaisanterie. Son expérience des accusés lui avait montré que l'expansion de la psychologie avait grandement développé les activités de l'occultisme. Sorcières et nécromanciens pullulaient, et tous n'avaient à la bouche que les mots de *stress,* de fièvre de *next,* cette angoisse du lendemain, et je ne sais quoi d'autre. De toute manière, le Portugal avait un retard de quarante ans en matière de langage du comportement, qui permet de faire davantage crédit à celui qui hésite encore et frôle le crime sans le commettre. On s'est trop empressé de forcer les cerveaux à l'aide de fausses clefs, et tout ce que l'on a obtenu, c'est une justice irrespectueuse de l'intégrité naturelle de la personne.

Camila se rappelait l'épisode vécu en compagnie de son père dans une salle de cinéma, ainsi que des harcèlements dont, petite fille encore, elle avait été l'objet ; les uns imperceptibles, les autres plus faciles à discerner. Elle ressentait alors une révolte à laquelle succédait un temps de réflexion où elle reprenait tout depuis le début. Si elle accusait son père, il se retrouverait seul sous les feux de la rampe, et personne d'autre que lui ne serait plus visible. Mieux valait se servir de cette mauvaise expérience et, afin de s'en sortir mieux une prochaine fois, bien calculer la dose de culpabilité revenant à chacun. La vie est ce qu'elle est, et on ne peut la changer, petit à petit, qu'avec un cœur à la fois serein et circonspect, soupçonneux et disposé au pardon.

Elle avait conscience, parfois, de l'intensité des sentiments de la mère devant cette passion des hommes de la famille pour sa fille, pour Camila, dont on n'attendait rien d'autre que de l'indolence et une rêverie absurde, mêlée de réalité. Elle serait une bonne épouse, méthodique dans ses dépenses, sincère dans ses amitiés : des amitiés passagères, d'elle on ne pouvait attendre davantage. Son frère, qui s'enivrait si fréquemment qu'il ne se rendait pas toujours compte de son état, et qui, le jour du mariage de Camila, perdit tout contrôle et menaça tous ceux qu'il croyait se moquer de lui, ce frère eut sa part des soupçons de l'inspecteur, qui l'appela pour l'interroger.

– Oui, je connaissais la discothèque, mais je n'y allais jamais. Je n'aime pas ces endroits dissimulés.

– Votre beau-frère y allait ?

– Je ne sais pas. Je ne m'entendais pas avec lui.

– Pourquoi ?

– Bride en or n'a jamais amélioré un cheval. C'était un pédant, il ne s'entendait avec personne. Et après sa liaison avec Vanessa, personne ne s'entendait plus avec lui.

– Vous avez connu Vanessa ?

– Tout le monde la connaît.

– Quelle impression vous fait-elle ?

– Une femme comme elle ne m'en fait aucune. Je la trouvais ridicule.

– Elle est très jolie.

– La beauté peut être ridicule.

– Comment expliquez-vous que votre sœur l'ait tolérée sous son toit ?

– Certaines choses ne s'expliquent pas. Ma sœur a toujours été affectée, au point de ne pas distinguer le bien du mal.

– Et donc d'être capable de commettre un crime, c'est ce que vous cherchez à me dire ?

– Non. Je n'ai pas dit cela. Je la crois incapable de passer à l'acte. Elle ne peut agir qu'en théorie.

– Mais vous croyez qu'en théorie, elle pourrait être une criminelle ?

– Nous le pouvons tous, cher monsieur. Vous, moi, tout le monde.

– Parlez pour vous.

– Mais je parle pour moi. Je vous mets à part, monsieur l'inspecteur, et aussi ma sœur.

– Si je vous le demandais, comment vous définiriez-vous?

– Comme un benêt. La plupart du temps, je respecte encore les règles de la courtoisie portugaise : je m'adresse aux gens à la troisième personne.

Pareil interrogatoire ne faisait guère avancer l'enquête, mais le dossier, lui, enflait beaucoup. Sous des dehors de froide expectative, l'inspecteur n'était pas un homme flegmatique. Il s'irritait facilement, et succombait à la tentation de mettre tout le monde dans le même sac. Il ne pensait pas qu'un être pût être totalement abject, ou totalement vertueux. Une seule chose l'intéressait : résoudre l'affaire qu'on lui avait confiée. Il ne croyait pas en l'importance de son travail, mais c'était son travail, voilà tout. Quant à Simenon, Dashiell Hammett et Serlock Holmes, il les tenait pour de fieffés idiots. La méticulosité ne mène à rien, et l'expérience vaut infiniment mieux que la psychanalyse, un art de charlatans. Ce qu'il entendait exactement par "charlatans", lui seul le savait.

Camila, qui finit par retourner vivre au Salto da Senhora, sympathisa avec l'inspecteur. Depuis son mariage, elle n'avait rencontré que des gens à moitié fous, qui buvaient, ou reniflaient de la drogue, ou se l'injectaient. C'étaient tous des déficients mentaux car, ou bien ils n'avaient jamais eu aucune espèce d'intelligence, ou bien ils l'avaient perdue. L'inspecteur était la seule personne de sa connaissance qui donnât de la valeur aux femmes.

– Je ne serais pas du tout étonné, dit-il, que vous soyez, Madame, la cheville ouvrière de cette affaire. Les femmes ont un pouvoir incalculable. Elles mènent par le bout du nez père, fils et amants, et leur plaisir est sans bornes puisqu'il leur est prodigué à la fois par la raison, la religion et le sexe. Que l'on m'amène une petite vieille, chauve, portant, accrochée à son cou par une ficelle, la clef de sa chambre et empestant l'urine, je vous dirai : "prenez garde à elle, elle a plus de pouvoir que le pape."

– C'est possible, fit Camila un peu décontenancée, car l'inspecteur, dans son petit bureau, lui faisait peur.

– Votre déposition est très inégale, lui dit-il tout en fourrageant paisiblement dans ses papiers. Cela, allez savoir pourquoi, l'épouvanta. Mais l'inspecteur ne la retint pas davantage. Sans lui laisser le temps de répondre, il lui montra la porte d'un doigt taché d'encre. Sans doute utilisait-il un stylo d'un ancien modèle, et il y avait sûrement un encrier quelque part, sous une pile de dossiers. En sortant, elle se trouva nez à nez avec la clientèle du crime – des femmes venues témoigner, des indicateurs au visage fermé, qui ne la suivirent même pas des yeux, ne parurent même pas s'étonner de son luxe discret, qui pourtant aurait pu servir de support à leur mémoire. Elle trouva une amende sur son pare-brise, s'en saisit et la jeta à la poubelle. "S'ils croient que je vais entrer dans leur sale système", pensa-t-elle. Qui pourrait bien lui tenir compagnie, maintenant qu'António Clara avait disparu ? Disparu, non pas mort. Elle doutait de sa mort, puisque l'on n'avait pas retrouvé son alliance. Il est vrai que l'on n'avait retrouvé aucun bijou en or, et pourtant les prostituées en portaient, de grande valeur parfois. Il fallait donc admettre que quelqu'un avait pillé les ruines, n'y laissant que les cadavres calcinés ; quelqu'un qui disposait de beaucoup de temps, et ne craignait pas d'être surpris.

Après l'incarcération de Taureau Bleu, Vanessa ne donna plus signe de vie. Sa maison demeurait cependant ouverte, accessible à la police. Du jour au lendemain, son beau mobilier fut remplacé par un autre, de moindre valeur. Pour étrange qu'il y parût, elle avait possédé des tableaux inestimables, qui furent substitués par d'authentiques croûtes, des femmes nues auprès d'une idyllique fontaine, et autres sujets de ce genre. Ils correspondaient du reste mieux aux goûts de Vanessa qu'un Corot ou qu'un Dali. Camila, cependant, n'aurait pu affirmer qu'elle se sentait libre. Bien sûr, elle ne menait plus cette vie de perpétuelle attente de quelque chose de maléfique, attente au cours de laquelle son courage, ou bien se fortifiait, ou bien déclinait, à force de se persuader d'être une victime bien-aimée. António, comme devenu indifférent à sa présence, ne la menaçait plus, lui laissait même la libre disposition du téléphone. Joana l'appela mais, n'obtenant de sa fille que des monosyllabes, elle raccrocha, irritée. Celsa non plus n'apparaissait nulle part ; on disait qu'elle s'était réfugiée auprès de Flórido, qui l'aimait tendrement. Comme il fallait se remettre aux travaux de la *quinta*, et pour cela engager des dépenses, Camila voulut retirer de l'argent des banques, et s'aperçut alors que tous les comptes étaient bloqués. Il ne lui restait pas d'autre solution que de mettre en gage quelques objets. Cela lui rappela son père, quand il sortait furtivement de la maison, portant sous son bras une horloge enveloppée dans du papier journal, ce qui lui donnait l'air plus misérable encore. Comme s'il n'y avait pas meilleure manière de transporter quelque chose de précieux. On eût dit un personnage de Dostoïevski, ce qui n'avait rien d'étonnant, tous deux connaissant bien les manigances du jeu et partageant la même fringale du tapis vert.

Camila était une riche veuve, à présent. La première personne à le lui faire remarquer fut l'inspecteur ; il le lui dit sans lever les yeux de ses papiers et, lorsqu'elle répondit qu'elle se débattait plutôt dans des difficultés financières, il haussa les épaules, comme devant une ineptie.

– Rien n'est irrémédiable, sur cette terre. Seule la mort est irrémédiable, fit-il. Il venait d'interroger Celsa Adélaïde, et devait avoir encore cette maxime dans les oreilles. Celsa était la personne qui l'avait le plus intéressé, jusqu'à présent, dans cette histoire.

– Cette femme me fait broyer du noir. D'ailleurs, de quelque côté que je me tourne, je ne vois que des femmes.

Camila sentit monter le rire, comme Jeanne d'Arc au cimetière de Saint-Ouen, mais ne sachant quel impact aurait ce rire sur l'inspecteur, elle s'en abstint, et se cantonna dans un silence prudent. Celui-ci reprit :

– Cette fausse dévote... Non, je ne voulais pas dire cela. Peu m'importe qu'elle soit une fausse dévote ou non. Quoique, au fond, si : cela m'importe. Il n'y a pire témoin qu'une dévote.

– Pourquoi ? Je suis curieuse de le savoir.

– Pourquoi ? Vous me demandez pourquoi ? Est-ce que ce ne sont pas des dévotes qui ont donné le premier témoignage de la résurrection du Christ ? Elles sont allées là-bas (où elles n'avaient rien à faire, entre parenthèses, mais les femmes sont à l'affût du moindre prétexte pour sortir de chez elles et aller se promener) et n'ont pas vu le corps. Ne leur suffisait-il pas de dire : "Le corps a disparu" ? Non, madame. Il leur a fallu répandre le bruit qu'un ange les avait informées que le Christ était ressuscité.

J'avoue que ce fut là une idée de génie. N'empêche que les dévotes sont les pires témoins du monde.

– Celsa est très intelligente.

– Je n'ai jamais dit le contraire. C'est un renard. A côté d'elle, vous-même, madame, vous êtes… vous êtes différente, quoi.

Camila eut la nette impression que l'inspecteur s'était retenu de dire : vous êtes une poule. C'était, à l'évidence, ce qui lui était passé par la tête. Avec elle, les hommes prenaient toujours une attitude arrogante. Qu'elle montât dans un taxi, aussitôt le chauffeur commençait à lui parler sur un ton cauteleux, en cherchant à la blesser, ou bien il faisait la critique de la société, mais de manière à l'offenser, et d'un air si vindicatif qu'il eût été infâme si seulement l'homme avait compris de quoi il s'agissait. Il s'agissait de la névrose de la différence, qui existe chez toute personne un peu civilisée. C'est même un pur produit de la civilisation.

– Je vous le demande une fois encore : ressentiez-vous de l'antipathie à l'égard de Vanessa ?

– Aucune antipathie. Je me défendais seulement de sa mauvaise éducation. Mais je n'étais pas particulièrement son ennemie.

– Qu'est-ce que ça veut dire, particulièrement ?

– Rien de spécial. Il y a des adverbes que l'on utilise pour donner du rythme à la phrase, non pour lui donner un sens.

– Et quel sens y avait-il pour vous deux à vivre sous le même toit, elle, une prostituée, et vous, une personne honnête ?

– Les femmes n'ont rien contre les autres femmes. Je veux dire qu'elles n'ont pas souffert à cause d'elles durant l'enfance comme à cause des hommes.

– Vous vous entendiez bien avec votre mère ?

– Non. Il n'y a jamais eu entre nous la moindre entreprise de séduction. Je lui en rends grâce. Je crois que c'est ce qui m'a préservée d'être, ma vie durant, l'ennemie des femmes.

– Même pas celle des maîtresses de votre mari ?

– Même pas celle des maîtresses de mon mari.

– Bon… Faisons comme si je vous croyais, et disons que le sujet est clos. Précisez-moi tout de même encore une chose : l'idée ne vous est jamais venue que tout cela pouvait mal finir ?

– Tout, quoi ?

– Ne me retournez pas la question. Les relations entre vous. Elles n'étaient pas des meilleures, n'est-ce pas ?

– Ni des meilleures, ni des pires. Elles n'affectaient en rien, en tout cas, les innombrables différences dont nous sommes faits.

– Vous voulez dire qu'elles n'affectaient en rien votre dignité ?

– Il n'y a pas de dignité sans compassion.

– Et ce serait par compassion envers Vanessa que vous avez consenti à ses brutalités imbéciles ?

– Je me considérais, je crois, comme la victime expiatoire d'un crime attribué à quelqu'un d'autre.

– Nous arrivons enfin quelque part. Le massacre de la discothèque, alors, à qui le doit-on ? A l'autre ?

Elle eut un large sourire, le même, sans doute, qu'avait eu Jeanne dans le cimetière. Le danger était passé ; à présent que l'inspecteur l'avait désignée comme la vraie coupable, il ferait tout pour la défendre. Personne ne peut se trouver devant le véritable coupable sans succomber à la tentation de le racheter. Pourquoi une confession agit-elle comme une circonstance atténuante ? Parce qu'elle transfère la faute sur une autre personne, la rendant en quelque sorte collective. L'inspecteur sembla se perdre dans une laborieuse méditation, mais en réalité, il ne faisait que sommeiller. Surchargé de travail, il lui arrivait de s'endormir au beau milieu d'un interrogatoire. Il se leva et la reconduisit jusqu'à la porte, geste inhabituel chez lui ; mais il ne lui souhaita pas le bonsoir ; en fait, il ne lui dit pas un mot de plus.

Rutinha, déjà remise de son veuvage et sans doute alléchée par l'odeur d'un héritage dont on ne savait à qui il allait échoir, revint au Portugal. Tous les Albergaria étant morts et António réputé avoir péri dans l'incendie de la discothèque, elle caressait l'espoir d'accéder aux millions de son Œillet Pourpre. Ce nom, donné à l'enfant par Celsa Adélaïde dans la tempétueuse nuit de l'accouchement, la séduisait toujours autant. Mais comment faire pour effacer Camila du contrat de mariage ? A moins que, parvenant avec elle à un accord pour soutenir la thèse selon laquelle elle était un otage du couple et absolument pas une complice de Vanessa, elle n'arrivât à grappiller quelque chose. Toutefois, ses autres fils avaient pris les devants. Leur mère était pour eux une étrangère, sinon une inconnue. En cas de nécessité, Tiago, qui était célibataire, pouvait même épouser Camila et s'emparer de ses biens, d'autant que, d'après lui, c'était une attardée mentale. Quelle autre femme aurait supporté un rôle de concubine au sein de son propre couple, où Vanessa tenait le rôle de l'épouse en titre et se montrait partout au bras d'António Clara ? C'était elle qui inscrivait les chiens aux concours, elle qui allait à Londres en mission secrète. Tiago pensait qu'il devait y avoir beaucoup d'argent d'origine inavouable dans des banques à l'étranger, et que quelqu'un devait avoir la présence d'esprit d'en profiter.

Tiago fit tant et si bien qu'il attira l'attention de l'inspecteur et se vit convoqué pour une déposition. C'était un homme encore élégant, mais qui commençait à grossir. L'inspecteur ne se donna même pas la peine de se lever de sa chaise à moitié défoncée.

– Votre nom, c'est Tiago Clara ?

– Tiago Aureliano de Albergaria.

– Et Clara, on le met où ?

– On ne le met nulle part. Mon père, c'est Manuel Clara Aureliano, mais moi, j'ai supprimé Clara.

– Pourquoi ?

– Biologiquement, je suis un Clara, mais biologiquement seulement.

– Encore un imbécile, soupira l'inspecteur qui ne ressentait que mépris pour cette génération de “combinards”, comme il appelait les fascistes de gauche. Il préférait les centristes à forte personnalité. L'inspecteur n'appréciait pas les contradictions que la politique estimait inhérentes à l'efficacité.

– Quelle valeur donniez-vous à votre frère António Clara ?

– Du point de vue fiscal ou affectif ?

– Crénom ! pensa l'inspecteur, qui remua nerveusement sur sa chaise. Tiago Aureliano contemplait, stupéfait, un calendrier servant de publicité à une entreprise de plomberie.

– Je vous ai demandé, avec toute la politesse requise, ce que valait, selon vous, votre frère.

– Ce qu'il vaut, car pour moi il n'est pas mort.

– Expliquez-vous.

– Personne n'a encore fait la preuve de sa mort.

– Vous croyez qu'il est vivant ?

– Je ne dis pas ça non plus. Il peut avoir échappé à l'incendie de la discothèque – il n'en était pas client et n'aimait pas y mettre les pieds –, mais je suppose, et à juste titre, qu'on l'a éliminé ensuite.

– Et être éliminé, ce n'est pas la même chose qu'être mort ? Je suppose, moi, et à juste titre, que ce l'est en effet.

– Oui et non. On a pu l'éliminer de bien des manières. Par la drogue, ou même par une opération au cerveau.

– Vous vous moquez de moi ?

– Non. Je dis seulement ce que je pense.

"Ce que vous pensez, c'est de la bouillie pour les chats. Disparaissez de ma vue", pensa, sans le dire, le flegmatique inspecteur, qui garda cependant son olympienne sérénité.

Tiago Aureliano s'en fut raconter à ses amis que l'inspecteur l'avait agressé verbalement, et l'attention de l'inspecteur se reporta sur Camila. Après le premier choc de la tragédie dont elle était l'une des figures principales, celle-ci était retournée à ses obligations et ne sortait plus de la *quinta* que pour les démarches concernant son travail. Comme elle manquait de compétence, le fermier avait promis de l'épauler, ce qu'il faisait avec un empressement démesuré. Il allait prendre ses ordres à la nuit tombée, et s'attardait si longtemps que sa femme finit par en prendre ombrage. L'inspecteur en avait terminé avec les interrogatoires, et il se désolait de la mauvaise volonté générale. Il se disait que si seulement il pouvait solliciter le témoignage des chiens, il en tirerait des informations plus utiles. Les bêtes étaient là, immobiles en haut de l'escalier, un fichu rouge autour du cou, et elles semblaient sculptées dans une pierre noire. L'inspecteur en avait très peur. Si elles l'attaquaient, il ne répondait pas de son sang-froid. Peut-être les abattrait-il de deux ou trois balles.

– Ces chiens ne sont pas à moi, lui dit Camila. Ils sont à Vanessa. Pour ma part, je n'aime pas les chiens féroces. Ceux-ci sont gentils, mais on ne sait jamais.

– Pourquoi ne pas vous en défaire ? Les gens sont tous pareils : ils pensent que les choses leur arrivent, comme ça, sans que ce soit leur faute. En réalité, c'est tout bonnement un déni de responsabilité, un crime comme n'importe quel autre.

L'inspecteur était de mauvaise humeur parce qu'il n'arrivait pas à dissimuler sa peur des chiens. Il avait découvert diverses malhonnêtetés commises par Taureau Bleu à l'égard de Vanessa : le retrait de sommes considérables, et le refus de paiement de sommes non moins considérables à des créanciers importants, dont les probables représailles ne l'avaient pas intimidé. Il était convaincu qu'il s'agissait d'une guerre entre bandes de malfaiteurs. Un de ces jours, on retrouverait Vanessa, morte et bien morte, quelque part. Quant à Taureau Bleu, il s'estimait à l'abri en prison, et n'essaierait sûrement pas d'en sortir de sitôt.

Cependant l'inspecteur se laissait aller parfois à de profondes rêveries. Il connaissait son métier mieux que personne, et Camila admirait son intelligence synthétique. Il se désintéressait de la criminalité courante pour se consacrer aux individus appliquant leur compétence aux couches les plus élevées de la société. Se pencher sur la criminalité en col blanc, qui augmentait avec la fusion plus ou moins officielle du pouvoir politique et du pouvoir économique, était autrement gratifiant que d'arrêter des pickpockets. Ces criminels de haut niveau, que l'on ne pouvait détecter à des pratiques symboliques, comme la coupe de cheveux, les percings ou leurs lieux de réunions, l'inquiétaient beaucoup. Lorsqu'il vit Camila descendre sans se presser l'escalier de pierre et s'approcher d'un air accueillant, il se dit en lui-même : voici notre problème en mouvement. Et il nota avec satisfaction qu'elle portait une jupe. Sa propre femme, raisonneuse mais loyale, qui ne perdait pas une occasion de souligner l'importance de son mari en tant que fonctionnaire de police et lui demandait chaque matin l'argent de la journée, s'obstinait à porter des pantalons si serrés qu'ils en étaient indécents. Rien de plus difficile à contrôler que la délinquance à domicile. Il s'agissait en réalité d'un conflit de classes : elle lui disputait la propriété des enfants, de la maison, de l'argent. Tout ce qui restait à l'inspecteur, c'était l'autorité de sa profession.

Mais pour se persuader lui-même de cette autorité et de son efficacité, sinon éducative, en tout cas répressive (ce qui du reste revenait au même), il lui fallait réintégrer son petit bureau, retrouver ses papiers, l'ordinateur qu'il ne pouvait souffrir et l'air conditionné toujours en panne. Il vit Camila qui descendait à sa rencontre, et aussitôt les chiens dévalèrent l'escalier, de sorte qu'il porta la main à sa poitrine, où il avait son pistolet. Cette fille était vraiment jolie, ce qui la rendait suspecte, mais enfin c'était là une prévention qu'il fallait combattre. L'inspecteur était contre la psychanalyse en salle d'audience, il trouvait qu'elle faisait perdre du temps. Il ne connaissait pas de névrose qui ne se dissipât avec deux ou trois vérités assénées dans le cadre d'un traitement policier. Il était également contre l'idée que la majorité des gens ne commettent pas de crimes. Cette fille, par exemple, qui se distinguait par sa beauté et son apparence inoffensive, était-elle ou n'était-elle pas capable d'un crime ? Son apprentissage de la vie en société avait-il produit l'effet voulu, ou au contraire lui avait-il enseigné les chemins où les exigences du droit étaient ressenties comme des provocations ? La peur, qui pour certains est dissuasive, peut donner à d'autres le goût des conflits.

L'inspecteur se trouvait pris dans la spirale de dénonciations qui est à vrai dire une constante de la nature humaine. Selon lui, les auteurs d'énigmes policières, les écrivains et les cinéastes étaient purement et simplement des irresponsables. Ce n'était pas le droit criminel qui faisait le crime ; le crime, toujours selon lui, était un produit de l'intelligence. L'intelligence ne se préoccupe pas du côté licite ou illicite des choses, et elle est ouverte à toute idée de changement. L'inspecteur soupçonnait Camila, avec son comportement incohérent, d'être attirée par le changement. Sans agir sans doute de propos délibéré, il lui suffisait d'entrer en scène pour obtenir des résultats. C'était une actrice, et une actrice ne se juge pas au rôle qu'elle interprète ; le rôle n'est pas son œuvre, c'est celle de l'auteur, le véritable agent dynamique.

L'inspecteur accepta de monter prendre le thé. Il but en silence, puis exprima le désir de visiter la maison. Il entra dans chaque pièce, mais s'attarda dans la chambre de la Vierge à la Chaise, où Camila lui dit qu'António était né. On avait changé le lit ; le nouveau avait des colonnes torsadées.

– Pourquoi a-t-on changé le lit ?

– Comment le savez-vous ? Je ne vous l'ai pas dit !

– C'est visible aux marques sur la moquette ; elles ne coïncident pas avec les pieds du nouveau meuble. Ces marques-là ne partent jamais tout à fait.

– C'était un lit Empire, fabriqué par un menuisier de village.

– Vous l'avez vendu ?

– Non. Il est toujours quelque part dans la maison.

Elle faillit ajouter : "On ne vend jamais rien ici", mais s'avisant que c'était là une remarque désobligeante, elle se tut. L'inspecteur souhaita voir l'endroit où finissaient les vieilleries, et il resta bouche bée devant cet amoncellement d'objets inutiles et pourtant soigneusement conservés. Toute l'histoire d'une famille reposait là, dans ces cartes postales de voyage et d'anniversaire, dans ces chapeaux – hauts-de-forme, panamas, melons –, enfermés dans des boîtes de cuir doublées de soie, et qui gardaient le parfum de la gomina et des lotions ; un confetti de carnaval y restait accroché, tout décoloré. Au fond de l'une des boîtes, l'inspecteur trouva un billet de théâtre.

– Il est plus facile d'enquêter sur les morts que sur les vivants, fit-il. Toujours est-il que vous êtes, madame, le plus extraordinaire témoin que j'aie jamais rencontré.

– Je ne vois pas pourquoi. Vanessa serait bien plus extraordinaire que moi.

– Vanessa, nous n'avons pas besoin d'elle ici. Elle ne ferait que mentir, de toutes les façons et sur tous les sujets possibles. Elle commencerait par se proclamer votre grande amie, dévoilant ainsi son hostilité. C'est une prostituée, et je ne serais pas étonné d'apprendre qu'elle a ouvert un nouveau bordel : c'est tout ce qu'elle sait faire, et en plus, elle aime ça. Pour obtenir la vérité d'une créature de cette espèce, il faut l'humilier, lui dire qu'on ne lui fait pas confiance, que sa déposition ne sert à rien, etc. Alors, oui, peut-être se déciderait-elle à raconter ce qui s'est vraiment passé. Ces gens-là aspirent à la considération, allez savoir pourquoi.

– Mais parce que, leur vie durant, on les a méprisés, voilà pourquoi.

– Les grands mépris blessent moins que les petits. Vous me posez plus de problèmes que Vanessa.

– Moi ?

– Oui, vous. Depuis l'enfance vous avez appris à ne pas broncher devant les petites humiliations. Vous aviez des frères plus âgés qui vous traitaient avec un amical dédain et vous battaient pour rire. On sait ce que valent ces jeux-là : ce ne sont ni plus ni moins que des sévices. En outre, votre mère n'était plus toute jeune, à votre naissance. Elle a pu vous en vouloir, car un accouchement à l'âge mûr accélère le processus du vieillissement. Et votre père ?

– Quoi, mon père ? (Elle lui servit une autre tasse de thé.) Dites-moi, pour quelqu'un qui n'aime pas la psychanalyse de prétoire, vous vous en sortez plutôt bien.

– Je ne l'aime pas, en effet. On peut démonter les gens pièce par pièce sans que cela ait quelque chose à voir avec la psychiatrie. En réalité, c'est un jeu entre dominateur et dominé. La volonté de pouvoir rend prêt à tout, vous savez. Au bien comme au mal. A perdre un être ou à le sauver. Votre père était un joueur.

Vraiment, cet inspecteur connaissait plus de choses sur elle qu'elle ne l'imaginait. Il savait certainement qu'elle aussi aimait le jeu, et avec plus d'avidité encore que son père, qui s'était contenté d'offrir, en échange d'une reconnaissance de dette, des caresses sur la peau de son joyau de famille, de sa bien-aimée, douce et implacable, fille de treize ans. Lorsque Camila avait vu l'inspecteur pour la première fois, elle l'avait trouvé ridicule, avec sa moustache mal taillée et ses jeans bon marché. Mais à présent, elle en arrivait à bien l'aimer. Et lui, ne se prenait-il pas de passion pour elle au point que tout ce qu'il disait, toutes les informations qu'il recueillait, se situaient dans un contexte transitoire, où il voulait se surpasser lui-même et paraître ce qu'il n'était pas ? Sans les soucis qui lui mangeaient le temps, elle eût trouvé beaucoup de plaisir à la présence de l'inspecteur. C'était avec sympathie qu'elle le voyait arriver et grimper, désinvolte, l'escalier, précédé des deux dobermans arborant leurs éternels fichus rouges et manifestant une allégresse un peu hallucinée. Mais au fond, à chacune de ses visites, Camila craignait une mauvaise surprise. Ne lui donnait-il pas à entendre, en lui posant à brûle-pourpoint des questions apparemment sans rapport avec son dossier, qu'il restait toujours dans le cadre de sa profession ?

– L'une de vos tantes était folle ? lui demanda-t-il un jour.

– Elle avait eu la méningite quand elle était petite. Mais c'est la personne la plus intelligente que j'aie jamais connue.

– De sorte que, dans votre esprit, intelligence et folie sont indissolublement liées ? Non, excusez-moi. Je voulais seulement vous demander s'il y a eu des cas graves d'épilepsie dans votre famille.

– On le dit, mais je n'ai jamais vu personne en présenter les symptômes.

– Certains ne sont pas visibles. Le malade se comporte comme si un esprit étranger se substituait à sa personnalité réelle. Cet état peut durer des heures, donnant largement le temps au malade de commettre des actions contraires à sa volonté. Vous rappelez-vous ce que vous avez fait, la nuit de l'incendie ?

– Je m'en souviens fort bien. J'ai fui la maison et je me suis cachée dans la chapelle, non loin d'ici. J'y suis restée toute la nuit et toute la journée du lendemain. Ensuite, je suis allée à Porto, en train.

– Pourquoi avez-vous fait tout cela ?

– J'avais peur. Je ne voyais plus personne dans la maison, et même les chiens ne venaient pas quand je les appelais. Et puis, Taureau Bleu s'était évertué à m'effrayer ; il me conseillait de partir.

– Quelles sont vos relations avec Taureau Bleu ?

– Des relations très fraternelles. Je le connais depuis l'enfance.

– Il vous aimait ? Je veux dire : il vous aimait d'amour ?

– En tout cas, je ne m'en suis jamais aperçue. C'était l'amant de Vanessa, ou du moins, il l'a été.

– Ne vous a-t-on pas obligée à voir des films pornographiques ?

– Non. J'en ai vu quelques-uns, mais contre la volonté de Vanessa. António les trouvait éducatifs.

– C'était donc Vanessa qui veillait sur votre innocence ?

– Il semblerait. Les prostituées attachent beaucoup de prix à l'innocence, à en croire certaine nouvelle de Maupassant mettant en scène un jour de communion solennelle au village, où tout le bordel est invité parce que le frère de la patronne est le père d'une communiante.

– Ne me parlez pas de livres, je n'y connais rien. D'ailleurs, je ne fais pas confiance aux écrivains : ils mentent pis que des putains.

L'inspecteur fit une pause, puis reprit :

– Entre l'heure où vous dites vous être réfugiée dans la chapelle et celle où vous avez pris le train, vous avez eu largement le temps de faire un saut à la discothèque et d'y mettre le feu. Ou bien Taureau Bleu pourrait l'avoir fait pour vous.

– Ce sont quatre personnes masquées qui ont fait flamber tout ça.

– Mais on ne les a jamais retrouvées. Au fait, qu'est-ce que ça veut dire, *tout ça*? Vous connaissiez la discothèque?

– Non. Je n'y ai jamais mis les pieds.

– Alors, qu'est-ce que vous entendez par *tout ça*?

– Eh bien, la salle, le bar, que sais-je? Et puis aussi l'arrière de la maison, là où l'on empile les caisses de bouteilles.

– Quelqu'un avait fermé à clef la porte de derrière, une porte doublée d'acier. Personne n'a pu la toucher sans se brûler atrocement, c'est arrivé à beaucoup. On savait que c'était une sortie de secours; l'ennui, c'est qu'elle était fermée de l'extérieur.

– Moi, je ne sais rien et je ne pouvais rien en savoir.

– Je ne cherche pas à vous incriminer.

– Mais on le dirait. Ce que je sais, c'est que je meurs de peur, ici. Le fermier et sa femme viennent dormir dans la maison, mais cela ne m'empêche pas d'avoir peur. Lui est armé, mais seulement d'un fusil de chasse juste bon à tirer les moineaux. Ce n'est pas suffisant.

– C'est tout de même rassurant, fit l'inspecteur en se levant du canapé. Pourquoi donc venait-il interroger Camila sur place, au lieu de la convoquer à son cabinet, dans la petite rue sombre et glissante de l'ancien quartier juif? Il est vrai qu'il pouvait arguer du fait que le Salto da Senhora se trouvait sur le chemin de la discothèque. Mais surtout, Camila se sentait très seule, et peut-être qu'un philtre de mélancolie agit avec plus de force qu'un philtre d'amour. Roper disait, avec son incomparable force scénique, qu'Iseut souffrait d'un chaste désespoir, naturel chez une jeune femme ayant quitté son pays, sa maison natale et sa famille, et que ce désespoir émettait la même aura d'excitation qu'un authentique aphrodisiaque. Bien que l'inspecteur donnât l'impression d'accomplir simplement son devoir et de ne venir au Salto qu'en mission policière, les liens se resserraient entre lui et Camila. Elle s'aperçut un jour qu'elle appréciait de moins en moins la présence, même imaginaire, de Roper à ses côtés; qu'elle se voyait fort bien le reconduire jusqu'à la sortie, ou même poser derrière la porte, comme on le faisait encore à la *quinta* de l'Église, un balai, les poils en l'air, pour signifier aux visiteurs d'avoir à prendre congé. Elle s'habillait maintenant avec plus de coquetterie, en se souciant davantage des couleurs, comme elle ne le faisait plus depuis longtemps. Et tout cela, parce qu'elle s'était habituée à ce petit homme qui la persécutait à coups de questions, de soupçons et de vérifications, et qui cependant était toujours le bienvenu. Comme un rat pour le prisonnier, probablement. Surtout, elle savait qu'au fond de son esprit tortueux, l'inspecteur l'avait déclarée innocente. A côté de lui, Sherlock Holmes était un imposteur, capable seulement de se droguer afin de mieux capter les signaux lui annonçant la solution d'un problème. Pour l'inspecteur, cette sorte de problèmes pour érudits n'existaient pas. Il s'agissait plutôt de gagner une bataille contre la stupidité humaine. Il ne se servait pas pour cela de son imagination, mais de sa raison. Camila comprenait qu'il l'intéressait en tant qu'ami, et peut-être aussi en tant qu'ennemi.

– Vous n'avez rien changé dans la maison?

– J'ai changé le lit, comme vous le savez. Pour des raisons pratiques, rien d'autre. Je n'ai pas la fibre décoratrice.

– Toutes les femmes l'ont, pourtant, je ne sais pas pourquoi: c'est fort désagréable. Dites-moi, quand vous étiez petite, vous aimiez détruire de belles choses? Des choses qui vous plaisaient?

– Comment le savez-vous? Oui, j'aimais ça. Je trébuchais, et voilà ma poupée cassée. Ou bien, alors que je ne faisais que l'effleurer, une statuette de porcelaine tombait, et se brisait en mille morceaux. Ma mère disait que j'étais destructrice dans l'âme.

– Vous la trouviez belle, la discothèque de Vanessa? Et Vanessa elle-même? Et Taureau Bleu?

– Je vous vois venir. Non, je ne suis pas violente, on ne peut m'appliquer aucune forme de violence. Peut-être qu'avec tous ces faux pas, je cherchais seulement à punir mon narcissisme. Regarde ce que tu as fait, pauvre maladroite, me disais-je alors. De plus, j'irritais ainsi ma mère, et je pouvais transférer sur elle ma violence. C'est ce que font en général les enfants. Ils ne sont agressifs que s'ils n'ont personne sur qui transférer leur agressivité.

– Mais vous n'avez plus votre mère sous la main. Quelqu'un doit donc en tenir lieu.

Camila ne répondit pas et se mit à considérer distraitement ses mains, les tournant et retournant plusieurs fois de suite. Ce que pouvait penser l'inspecteur à son sujet lui importait peu, mais cela ne l'empêchait pas de le tenir en haute estime. Il serait mieux s'il coupait sa moustache, pensa-t-elle. Sa compagnie lui était précieuse, à présent que tout le monde l'évitait. Le téléphone demeurait muet, et personne ne prenait directement de ses nouvelles. Excepté Tiago, qui ne désespérait pas de l'épouser, une fois António Clara officiellement reconnu victime de l'incendie. L'inspecteur, lui, s'obstinait à penser qu'António s'était tout bonnement éclipsé, en compagnie ou non de Vanessa. Il était bien trop couard pour mourir.

– J'ai la conviction, dit-il, qu'un homme pratiquement sans passé ne se tue jamais. Or, António n'a pas eu un foyer normal, avec un père, une mère et des habitudes, qui composent à l'adulte sa légende. C'est le passé qui endigue notre violence. M'entendez-vous ?

– Je vous entends, mais j'ai l'esprit ailleurs. Si, au bout du compte, je ne suis pas veuve, que dois-je faire ? C'est une situation morbide, vous ne trouvez pas ?

– Vous n'avez pas l'intention de vous remarier d'ici quelque temps, j'espère. Mais personne ne peut vous accuser de rien, vous ne devez rien à la société. Je trouve que vous devriez prendre un avocat. Vous n'en avez pas ?

– Le vieil Albergaria en avait un. Mais pourquoi voulez-vous que je prenne un avocat, puisque vous dites que personne ne m'accuse de rien ?

– Vous vous sentiriez mieux si vous aviez quelqu'un à qui parler, quelqu'un qui serait de votre côté.

– Vous ne l'êtes pas, vous, de mon côté ?

– Moi, j'ai le devoir d'être impartial.

– Vous l'êtes, impartial. Vous n'arrêtez pas de me poser des questions embarrassantes.

– Seulement, je vous aime bien, madame, et m'en trouve désarmé. Je me préoccupe trop de votre sécurité, et je tiens trop à vous faire bonne impression pour considérer la réalité de manière objective. Vous voyez maintenant pourquoi il vous faut un bon avocat ?

– Je ne vois rien du tout. D'ailleurs, je ne suis plus au courant de rien.

– Comprenez-moi. Vous êtes trop jolie, c'est une sorte de subornation.

– Désarmé ! Le mot, s'agissant de vous, inspecteur, a un côté comique. Bien : je vais prendre un avocat.

L'avocat de Simeão Albergaria était un vieux conservateur de grande réputation, et il avait pour associé un petit-fils qui marchait sur ses traces. Il s'habillait chez l'un des derniers tailleurs sur mesure de Porto et, s'il n'était pas tout à fait une "grenouille de bénitier", du moins ne manquait-il jamais la messe en l'église de *Nossa Senhora da Lapa,* où il pouvait rencontrer ses clients. C'était une personne de confiance, et l'argent gagné y était pour quelque chose, car une fortune patiemment acquise gagne l'estime d'un milieu hostile aux improvisations. D'une certaine façon, le nom reçu au baptême peut être porté ensuite sur les trompettes de la renommée. L'avocat Almeida recevait surtout les confidences de vieilles dames, de riches célibataires, de tous ceux que leur esprit d'indépendance préservait du côté tragique de la Révolution. Cette sorte de gens ont disparu. Cosmopolite, le talent du jeune Raoul (qui avait tout de même dépassé la trentaine) se démarquait de celui, plus intimiste, de son grand-père. Il entretenait avec ses collègues de New York les mêmes rapports qu'avec ses compatriotes, et si la politique ne l'attirait pas, c'est qu'elle cause toujours des ravages dans la vie privée ; or, Raoul d'Almeida tenait à sa vie privée. Il avait été marié, mais ne l'était plus. Il s'occupa lui-même de Camila, en qui l'aïeul voyait une cause intéressante, même si la teneur du procès le rebutait. Après tout, disait-il, il ne fournissait jamais que les armes, en l'occurrence la plume et le Code. Quant à son cœur, il demeurait libre de juger tout acte conscient, inconscient ou préconscient.

Le vieil Almeida appartenait à une génération d'avocats qui fréquentaient leurs propres cercles, où l'on citait les *Cartas de Fradique Mendes* et où l'on appréciait un mot d'esprit à sa juste valeur. Ils étaient élégants, un peu cyniques, triomphants et très chers. Dès que le vieil Almeida vit Camila, toute de noir vêtue et coiffée comme George Sand, mais jolie comme tout, il l'évalua des pieds à la tête selon des critères financiers et sociaux. L'estime où il tenait Simeão Albergaria, dont il avait été l'ami et l'exécuteur testamentaire, l'empêcha de mépriser cette jeune femme cousue d'or et accusée de méfaits qui n'étaient pas encore entrés dans les mœurs de la délinquance portugaise. Faisait-elle elle-même commerce de drogues, fût-ce en tant que complice de Vanessa (objet de commérages cinq années durant, à cause de son incompatibilité avec les gens sérieux), ou était-elle seulement une victime ? Elle ne semblait pas enfermée dans les limites d'une seule personnalité, mais ouverte à toute idée que l'on se ferait d'elle.

– L'important, ce n'est pas notre conviction personnelle, mais notre unanimité dans l'image que nous voulons imposer à la société, dit-il à Raoul. Celui-ci s'intéressa à la jeune femme, mais Camila lui opposa une certaine froideur. Elle s'enquit auprès de lui de la situation de Taureau Bleu.

– C'est le coupable idéal. Nous n'y toucherons pas. Il est plein d'une crainte révérencielle à l'égard de quelque chose ou de quelqu'un dont il ne peut se libérer. Cet esclavage l'a déformé et continue à le suggestionner fortement. Il préfère accomplir sa peine plutôt que nommer une autorité à laquelle il attribue une valeur surnaturelle.

– Mais de qui parlez-vous ? D'une femme ?

– Il est vrai que, sous bien des aspects, l'esclave est une femme. Il sait, depuis sa naissance, qu'il n'aura sa place dans le monde du plaisir et de l'abondance qu'à force de mensonges, de simulations, et surtout de trahisons.

Camila faillit lui claquer la porte au nez, puis se ravisa : il ne fallait pas négliger un garçon ayant assez de personnalité pour envisager une bonne querelle avec une femme, en ces temps où plus personne n'en était capable. Parler ainsi des femmes était mal vu, en général ; et Raoul avait besoin des femmes, il en avait besoin en tant que concubines, domestiques et admiratrices. Raoul d'Almeida était un cas de timidité fébrile, et cela donne de bons hommes d'État, parfois. Il l'épousa. Il épousa Camila.

L'affaire de la discothèque était encore récente, mais Raoul déclara qu'il y a un âge pour faire cesser un scandale : c'est lorsque l'on a assez de force pour le transformer en extravagance. Personne n'allait dire : "Il s'est marié avec une détraquée qui s'était mise dans les embêtements", non, mais on mettrait en réserve, pour s'en servir plus tard, le fait qu'il l'avait protégée. D'un autre côté, sa jeunesse et son élégance plaidant pour lui, faire de lui une caricature eût été risqué. Lorsqu'une vérité est démontrable, l'opinion publique se retourne aisément contre les mauvaises langues.

Raoul d'Almeida ne rechigna pas à dormir dans le lit du premier mari, ni à porter l'une ou l'autre de ses vestes de sport, encore tout imprégnées de l'odeur de son eau de Cologne préférée. António Clara avait laissé tous ses vêtements dans les armoires, comme s'il avait dû fuir en toute hâte. Mais il avait laissé aussi son passeport dans un tiroir, et cela renforça la conviction que le cadavre de la discothèque était bien le sien. Raoul, qui trouvait que l'irrésolution ne sert qu'à imaginer des obstacles là où fait seulement défaut l'intelligence, laquelle se doit d'être impétueuse et claire pour atteindre à la vérité, changea radicalement la vie de Camila. Il l'installa à Porto, sans rien toucher à la *quinta* da Senhora. Quant à lui, il continua de collectionner les porcelaines chinoises, qui envahirent la maison à un point tel que Camila lui demanda de les emporter ailleurs. Il installa donc une autre maison, qui devint son musée particulier et, finalement, son centre de loisirs. Ce n'était pas un homme très rigoureux, et il avait besoin de manies pour croire en ses propres valeurs.

Camila entrait dans l'âge mûr lorsque, à un an d'intervalle, naquirent ses deux enfants. Elle était si peu attachée à son mari, qui lui-même se montrait un père si peu convaincu, qu'elle avait l'impression, parfois, de les avoir faits toute seule. Il lui arrivait encore d'aller parler avec l'inspecteur, mais il prit sa retraite, et personne ne voulut lui donner son adresse personnelle.

Elle continuait à attirer les soupçons, parce qu'elle s'habillait bien et ne supportait pas de sortir sans maquillage. Le mariage lui permettait de tirer parti du monde sans avoir à le mépriser. Elle ne parvenait pas à oublier les douloureuses péripéties de son premier mariage, mais avec le temps elles devinrent supportables, et même, l'imagination aidant, porteuses de nostalgie. Comme l'avait été la mort de Roper, dont elle avait pensé qu'il ferait un bon mari. Vivre à ses côtés, c'était découvrir une source inépuisable de culture, et cela lui semblait idéal. Ils avaient eu ensemble des conversations sentimentales que jamais ne venait gâcher la moindre familiarité. Par contre, ce qui la surprenait chez Raoul, c'était son habileté à esquiver toute confidence sur sa vie intérieure. Jamais ils n'avaient de conversations profondes, jamais ils ne discutaient d'un sujet sérieux. Il tenait à la garder à l'intérieur de certaines limites qu'il avait lui-même décidées, dans un certain état d'infériorité qui, seul, lui permettait de l'aimer, et aussi de rester disponible pour mener à bien sa carrière.

La reconnaître comme son égale, ou, pire, comme supérieure à lui en intelligence et dans l'exercice du talent, que donne l'intelligence, d'aimer les autres et de les séduire, reviendrait à bloquer sa propre expansion dans le monde.

Très recherché par les femmes, Raoul ne trompait cependant Camila qu'en apparence. Chacune se croyait sa préférée, mais il simulait à merveille une légèreté qu'en réalité il jugeait funeste. Ce sentiment de fatalité est commun à beaucoup d'hommes, en matière de trahisons, et les diverses catastrophes que celles-ci déclenchent leur semblent marquées du sceau de la pénitence. Les femmes sont différentes, qui, dans le processus de l'infidélité, envisagent toujours la possibilité d'une réconciliation.

La page était maintenant tournée sur son mariage avec António, et les enfants y avaient beaucoup contribué. Tous les événements du passé, ceux qui s'étaient déroulés au Salto da Senhora, ou à la *quinta* de l'Église au cours de son adolescence, s'effaçaient peu à peu, comme les vieux films d'époque : Tofi dans le wagon illuminé l'emportant vers un destin surhumain ; Celsa Adélaïde et sa sacoche où elle rangeait le courrier ; les petites bonnes qui se fiançaient l'une après l'autre, et lavaient dans les lavoirs les draps de leurs trousseaux. Tous ces témoins du passé s'éloignaient à une vitesse vertigineuse, devenaient en quelque sorte préhistoriques. Mais elle, elle continuait le voyage. Avec un autre mari, une autre maison qui avait d'autres rideaux aux fenêtres et une disposition des pièces différente. La ville était une autre ville, on abattait des arbres, on rendait le fleuve navigable pour de petites croisières d'été. Joana mourut, très âgée, doutant toujours de la réussite de Camila et ressassant toujours les mêmes idées :

– Je ne vois pas pourquoi tu hériterais de quelque chose, ici. Tu es plus forte et plus intelligente que tes frères, ce ne serait pas juste.

Elle l'accablait de reproches et prévoyait pour ses enfants un triste avenir car, enfin, quelque chose devait lui être retiré, remis en cause, partagé.

– Personne n'a le droit d'être aussi heureux que toi.

– Aussi heureux que moi ? Ce que j'ai déjà souffert ne te suffit pas ? Il s'en est fallu de peu que l'on me jette en prison, j'y ai échappé d'un cheveu.

– Tu en réchappes toujours, c'est cela qui n'est pas juste. Tu as envoyé *ad patres* au moins trente personnes, et un autre se déclare coupable. C'est une honte.

– Tu ne me crois donc pas innocente ?

– Personne n'est innocent. Tu es une prétentieuse si tu penses le contraire. Tu fais se battre les montagnes, comment pourrais-tu être innocente ?

Joana était si menue et si faible que son corps soulevait à peine les couvertures. Les yeux grands ouverts, elle rendit l'âme. “Elle m'avait prise en grippe, pensa Camila. Mais peut-être était-ce sa manière de m'aimer.” Et au fond d'elle-même, elle riait et elle chantait : “Tu ne m'échapperas plus.”

Elle se rendait compte à présent que Raoul avait peur d'elle. Il se raccrochait à ses porcelaines bleues, et passait des heures à les essuyer et à les changer de place. Camila priait pour ne pas les retrouver en mille morceaux, un jour, à cause d'un tremblement de terre ou de l'effondrement des étagères.

– Pourquoi voudrais-tu qu'elles se brisent ?

– Parce que c'est dans l'ordre des choses. Tu devrais collectionner des objets moins fragiles. Des soldats de plomb, par exemple, ce serait joli.

– Mais si la maison brûlait, ils fondraient.

Elle se dit qu'elle ne pouvait aimer un homme acceptant aussi aisément la vulnérabilité de toutes choses. Il n'avait d'enthousiasme pour rien, ne s'était même jamais inventé un pseudonyme.

– Tu ne t'es jamais dit : j'aimerais porter un autre nom ?

– Un pseudonyme ? Non.

– Fernando Pessoa aimait les pseudonymes. C'est bon signe, même pour un poète comme lui. "Les pseudonymes sont une manifestation de notre passion de l'infini."

– Très bien. Je dois aller travailler, maintenant.

– Où Fernando Pessoa a-t-il été chercher cette idée des pseudonymes ? Roper disait que c'était chez Kierkegaard. Est-ce que quelqu'un vient dîner avec toi et moi, ce soir ? Quatre personnes, pas plus.

– Je dîne au club. Inviter des gens chez soi, c'est trop de travail.

Elle n'insista pas. De toute façon, l'atmosphère, dans ces dîners, était si contrainte ! Elle-même parlait à peine, et les hommes se racontaient leurs procès et de bonnes histoires à propos des juges. Roper lui manquait pour lancer la conversation sur les pseudonymes et les relations poétiques que l'on avait avec eux. Ils faisaient s'élever sur l'échelle humaine, laissant loin derrière eux les résidus de l'existence. Le libertin, tombeur des petites bonnes qui sortent, le dimanche, leur chaîne d'or autour du cou ; le bon vivant, plein de gaieté et de vie ; le séducteur à l'âme fourbe, qui pourchasse sa proie et saute par-dessus les haies comme un renard. A qui pourrait-elle dire de telles choses ? Aux convives, pendant le dîner, après s'être servie de canard à l'étouffée ? Ils la prendraient pour une folle. Et pendant ce temps, les hommes parlaient, parlaient sans s'arrêter, riant de leurs bonnes histoires concernant les juges et les ruses de leurs clients. Elle regarda les miettes de pain éparpillées sur la nappe, et se souvint avoir entendu dire que quelqu'un, au Salto da Senhora, les ramassait et les mangeait toutes. Comme s'il communiait, peut-être bien. Elle portait une robe noire décolletée, sans aucun bijou. Avec une telle robe, on ne pouvait que la prendre au sérieux. Pourtant, avec les pseudonymes, on ne la prenait pas au sérieux. Faut-il donc que je mette le feu à une discothèque pour que l'on m'écoute ? Jamais personne ne m'a écoutée comme l'inspecteur. Kierkegaard écrivait pour s'exprimer dans le monde de la réalité. Mais le monde de la réalité, qu'est-ce que c'est ? Vanessa étendue sur son lit comme une lady, ses deux dobermans en sentinelle devant la porte ? Taureau Bleu et ses petits paquets de drogue, qu'il cachait dans le couloir sans issue avant d'aller goûter les plats à la cuisine ? C'était une vie de famille comme elle n'en connaîtrait jamais plus. Étrange conclusion, en vérité, fondée sur un sentiment, non reconnu par la loi, d'épousailles avec le genre humain. Quoi que lui apportât la vie, misère sans réconfort, attaques singulières et parades vicieuses, elle se conduirait toujours avec la même fermeté, car l'important, c'était de ne pas se laisser vaincre par le sentiment de culpabilité. Et néanmoins ni l'inspecteur ni sa propre mère ne la blanchissaient tout à fait, il leur en coûtait de la déclarer innocente. Pour dépasser la culpabilité, il fallait une force d'âme peu commune, nourrie d'un seul dessein : gravir peu à peu l'échelle humaine, jusqu'à gagner un lieu qui lui parût digne d'elle. Elle comprenait maintenant pourquoi sa mère ne l'aimait pas, bien qu'elle s'y efforçât. C'est qu'elle voyait sa fille se détacher successivement de tout ce qui lui avait servi à atteindre un nouvel état, un état peut-être pas encore parfait, mais auquel elle considérait de son devoir absolu d'accéder. Elle changeait de peau avec une atroce indifférence, abandonnant en même temps tous ceux qui s'étaient attachés à ces oripeaux de l'âme.

Elle se disait parfois, sans ironie aucune, que le temps du soupçon, lorsque l'inspecteur la faisait suivre, avait été le plus facile de sa vie. On l'entourait alors de l'attention et de la tendresse que l'on réserve aux malades. Ainsi Tofi avait gagné tous les cœurs, avec ses anomalies, ses ridicules, ses sarcasmes. On l'aidait, ou du moins on la tolérait, mais toujours en y prenant le même plaisir que dans l'érotisme. Et d'ailleurs, c'était une forme d'érotisme, cet empressement à pénétrer l'espace disponible de la misère humaine. Mais Camila ne voulait pas transiger avec la misère, ce n'était pas là, dans une sorte de privilège que détiendrait le malheureux, que se trouvait le salut.

Peut-être était-ce l'inspecteur qui l'avait le mieux comprise. Après tant de batailles livrées pour l'instruction de tant de procès, il n'avait pas craint de la déchiffrer. Sans la regarder, sans rien vouloir lire sur son visage "limpide", comme il disait. C'était un fonctionnaire plein d'assurance, mais personne ne savait rien de sa vie privée. Par exemple, était-il vraiment de gauche, ou n'était-ce qu'une rumeur sans fondement ? Son travail consistait à poursuivre ceux qui enfreignaient la loi, non à penser la loi. Il ressemblait au pâtissier qui dispose ses gâteaux dans la vitrine en connaissant la composition de chacun : à la cannelle, au citron, aux amandes, avec dessous quelque chose comme une hostie. Si Camila lui demandait quel type de gâteau elle représentait à ses yeux, il lui répondrait qu'il n'était pas là pour jouer. Du reste, elle n'oserait jamais lui parler ainsi. Il lui faisait un peu peur ; c'était normal, étant donné sa fonction. Il était comme quelqu'un qui serait né infirme et en imposerait cependant aux autres par son audace et la férocité de sa faiblesse même. Il l'admirait, elle le savait, mais cela la mettait dans une position délicate devant la loi et devant lui, qui servait la loi. La loi n'assimile pas l'admiration. Non qu'elle soit implacable, mais l'admiration la fait grincer comme une vieille machine trop souvent utilisée et réparée. L'inspecteur dit :

– Si l'on me demandait de rassembler des preuves pour vous impliquer dans ce crime, je ne le ferais pas. Puis, devant le sourire reconnaissant de Camila, qui l'embarrassa, il s'empressa d'ajouter : si vous étiez condamnée, on ne pourrait refaire le procès, de toute manière. Vous seriez condamnée à une peine légère, et cela ne me satisferait pas.

– Vous voulez dire que vous pensez rouvrir l'affaire ?

– Moi, non. Je vais prendre ma retraite. Mais un autre, plus jeune, pourrait l'exploiter pour favoriser sa carrière.

Il y avait de la tristesse dans cette manière de lui faire ses adieux ; pour la première fois, il n'arborait pas l'expression sévère et compétente d'un prêtre de grande paroisse, il avait au contraire l'air un peu intimidé. Il referma la porte, doucement, et retourna s'asseoir sur sa chaise au tissu élimé.

Il ignora, selon toute probabilité, le mariage de Camila et de son avocat. Mais Taureau Bleu, toujours en prison, où il resterait encore quelque temps, pleura lorsque sa mère le lui annonça. Celsa ne sut que dire. Jamais elle ne se serait doutée que son José Luciano, son garçon au cœur si léger et dénué de scrupules, fût capable de sentiments aussi forts. Elle lui offrit, enveloppés dans un mouchoir blanc, les gâteaux au miel et à l'huile d'olive qu'il aimait tant. Taureau Bleu s'essuya les yeux avec le mouchoir et mordit dans un gâteau.

– Ce n'est rien, mère, c'est déjà passé. Il m'arrive de broyer du noir, quelquefois.

– Conduis-toi bien, et tout va s'arranger.

Elle voyait toujours en son fils le gamin espiègle et gai comme un pinson qui l'accompagnait partout en faisant tout son possible pour causer un dommage quelconque, fût-ce à un chien, ou à la file de canards qui se tenaient en haut du mur, attendant le déluge. Lui aussi, grand amateur d'émotions fortes, de tout ce qui naît du tumulte et du désordre, il espérait un déluge. Un déluge même seulement à la mesure d'une mare, comme celui dont rêvaient sans doute les canards sur leur mur.

– La prison, non merci, très peu pour moi, fit Taureau Bleu, déjà consolé, les yeux déjà pétillants de rire, et Celsa qui pleurait de joie parce qu'elle le voyait content, même s'il n'était pas encore résigné. Il ne faut jamais juger un accusé hors de son quotidien, là-dessus ils étaient bien d'accord.

Le fameux inconnu que Camila espérait tant voir arriver, de loin, sur la route de la *quinta*, trop loin pour en distinguer les traits, se perdait dans un passé qui lui semblait très lointain. Le petit bosquet de plumes le cacherait, de toute manière, à qui eût regardé par la fenêtre de la salle à manger où elle faisait goûter ses neveux. Ceux-ci gambadaient autour de la table, lui désobéissant dans un joyeux tohu-bohu, car ils la trouvaient trop jeune pour imposer le respect. C'était la grand-mère qui venait les rappeler à l'ordre et en profitait pour jeter au-dehors un regard perçant.

– Qui nous arrive là ?

Joana détestait les visites, toutes les visites, celle des étrangers à la famille, et, plus encore, celle d'inconnus. Elle se faisait une idée tribale du petit peuple qui évoluait entre la cuisine et la basse-cour, entre les chais et la vigne. La vigne, c'était le territoire du régisseur, et elle n'était pas la bienvenue quand elle y allait à l'époque des travaux. Les femmes de la maison avaient chacune leur place bien définie : aux vieilles, l'oratoire et la véranda ; aux plus jeunes, les dépendances où l'on salait les viandes et où l'on faisait les confitures. Quant à Camila, on comptait sur elle pour reprendre l'ambitieux contrat que les générations précédentes n'avaient su remplir. C'était son devoir d'aller de l'avant et d'emmener la famille vers un avenir d'abondance et de félicité. Au fond, il incombait aux jeunes filles ordinaires autant qu'aux princesses, de former des alliances avantageuses, propres à tirer leur maison vers un sommet. Voilà pourquoi l'inconnu ne pouvait être bien reçu, et pourquoi Joana épiait anxieusement par la fenêtre celui qui approchait sans s'être annoncé.

– Qu'est-ce qu'il peut bien vouloir ? Et d'abord, qui est-ce ?

Elle posait la question à la cantonade, qui était-il, et qui n'était-il pas, et un chœur de voix lui répondait, où chacun exprimait son opinion et la défendait. Camila, prétextant qu'elle avait trop chaud, courait changer de blouse, en enfilait une finement plissée. Et tous riaient sous cape, conscients de l'impact d'un inconnu sur l'imagination d'une fille de quinze ans, de quinze printemps. La mère craignait beaucoup qu'on la lui enlevât. Ah, si seulement pouvait s'arrêter la fuite du temps, si seulement sa vierge sans prix, son joyau, pouvait demeurer toujours jeune et vierge !

L'inconnu n'eut pas la moindre occasion de l'approcher, et Camila épousa António Clara. Le garçon boitait, et Celsa s'en offusqua, un boiteux n'offrant pas une belle image d'un fiancé. Sauf s'il revient de guerre.

– Ça ne se remarque pas, assura la mère. Et Camila se sentit blessée ; on voulait se débarrasser d'elle, à ce qu'il lui semblait. L'inconnu s'éloignait de plus en plus, jamais il n'arriverait sur son cheval blanc, comme disait Joana pour se moquer. Comment avait-elle deviné que Camila mettait tant d'espoir dans l'inconnu ? Il est vrai qu'elle avait eu le même âge, tout comme la fermière, Conceição Martins, qui se souvenait encore du jour où l'inconnu avait surgi au milieu d'une joyeuse équipe de vendangeurs. On l'appela :

– Viens, viens vite voir ! Il y a là le plus joli garçon du monde.

– Je ne trouve pas, avait murmuré Conceição, le souffle coupé. Et elle l'avait épousé avec un tel enthousiasme, une telle allégresse, que tout le monde riait. L'amour suscite de ces trilles, de ces gloussements. Camila détestait cela.

Considérant à présent la terrasse du Salto da Senhora, elle se demandait comment elle avait pu s'y trouver ce jour-là et figurer l'héroïne, elle qui se sentait l'âme d'une invitée, et non d'une mariée. S'ils m'obligent à porter mon bouquet à la chapelle, je crie, se dit-elle. Tofi s'inquiétait surtout d'empêcher Camila d'abandonner n'importe où, dans quelque recoin malpropre, ce "bouquet du bonheur", comme elle disait.

Ç'avait été si bon de se remarier, cette fois sans public, sans chapeaux ni étoles de fourrures démodées ! Sans vin d'honneur, pas même un vin léger n'éveillant pas les fantasmes que traînent avec eux les amis, leur indéfinissable pédérastie, leur fascination pour le viol. Sans mère, ni frères non plus, ni jeunes neveux, aucun de ces petits merdeux. Camila dit : "C'est bon, un homme !", et son mari eut un sourire bien élevé, qui ôtait leur sens à toutes choses, en un moment pareil. Elle décida cependant de garder son optimisme. Ce qui lui plaisait, ce n'était pas tellement le mari, mais la maison presque vide, le canapé jaune canari qui avait l'air de quelque chose de comestible, une omelette, par exemple. Elle avait beaucoup changé, n'avait plus rien de commun avec l'otage de luxe de son premier mariage. Parfois, elle avait l'impression de trahir António et de décevoir Vanessa. Et même de déchoir dans l'estime de Roper, qui l'avait toujours crue incapable d'avoir des relations sexuelles, telle la reine d'Angleterre pour ses loyaux sujets.

– Et voilà. Je vais vivre ici le restant de mes jours. Mes enfants vont grandir, les personnes qui m'ont connue jeune, mourir, et finalement je disparaîtrai à mon tour. Ce n'est pas triste, c'est la vie. Quoique la vie, à présent… Il n'y a plus de véritables professionnels, rien que des techniciens de ceci ou de cela. Des techniciens de l'amour, de la guerre, de l'art. De la maternité, même, et c'est ce qu'il y a de plus drôle. Peut-être que ma mère aurait aimé.

– Ta mère, c'était une grande dame, fit Nor, une cousine de Rutinha, si je me souviens bien.

– Une dame, c'est ce qu'il y a de mieux, professionnellement parlant. Lou en était une, mais elle est morte. Habile, fine, sociable, aimée de ses enfants et de ses domestiques. Elle portait, pour aller au bal du club, une camisole d'étamine de laine. Qui, de nos jours, sait encore ce que c'est que l'étamine? Une dame le savait. Lou racontait que la seule fois de sa vie où un homme l'avait suivie, elle était enceinte de neuf mois. L'idée ne l'effleura même pas qu'il s'agit là d'une perversion sexuelle. C'était une dame. Je ne me moque pas, cousine Nor, pas du tout. Une dame avait juste ce qu'il fallait d'ignorance, juste ce qu'il fallait de savoir, de rigueur, et ainsi de suite.

– Et toi, tu es bavarde comme une pie; tu ne lui arrivais pas à la cheville.

– C'est vrai. Je cache derrière les mots, à présent, ce que je suis réellement.

Camila retoucha sa coiffure d'un petit mouvement de la tête, sans y porter la main. Elles faisaient toutes ainsi, et elles allaient toutes admirablement décoiffées. Puis elle reprit :

– Je me fais vieille. C'est une tragédie.

– Et moi, alors? s'exclama Nor. J'ai vingt ans de plus que toi! Les génocides et les tremblements de terre, voilà les tragédies.

– Non. Ça, ce sont les nouvelles de vingt heures.

– De toute manière, dans les tragédies, les femmes n'ont pas d'importance. Trouve-t-on un cadavre dans un jardin, c'est forcément celui d'un homme. En tant que cadavre la femme compte pour du beurre.

C'est vrai que Camila était différente, plus sensuelle, et la veine dramatique qui, détournée, avait altéré chez sa mère son équilibre moral et mental, se manifestait chez Camila par un comportement particulier avec les autres. Elle était toujours prête à monter sur scène et à recevoir les applaudissements, comme une authentique comédienne. Un jour qu'elle passait devant l'emplacement de l'ancienne discothèque, à la lisière d'une forêt naguère ténébreuse et belle, elle vit qu'il n'y avait plus là qu'une boutique où l'on vendait des rafraîchissements et du jambon. Elle descendit de voiture et s'approcha, avec le sentiment de s'introduire dans une pièce de théâtre dont elle eût été l'actrice principale. *Le Joyau de la famille,* c'était le titre de la pièce. Malgré une pointe de nostalgie, elle souhaita ne plus jamais fouler planches aussi périlleuses. Vanessa, pour ce qu'elle en savait, était à l'étranger, où elle menait la vie douteuse qui lui convenait. C'était une vraie professionnelle, pour elle le crime ne tenait pas seulement à une technique et à ses résultats médiatiques. Une fois découvert, elle transformait, en un tour de passe-passe, la prostituée en mère de famille fervente, et le drogué en un poète versifiant sa propre vie. Vanessa, au moins, montrait de la cohérence dans la perversion, et quand elle quitta le pays, elle portait un enfant dans son ventre. Même la nature, elle avait su la mettre de son côté. Peu lui importait d'être maudite : "Que le diable t'emporte", ou qu'on la bénît : "Dieu t'ait en sa sainte garde", elle allait de l'avant, vivant dans sa chair ce que les autres ne connaissaient que par les livres. Elle ne cherchait pas à faire le bien, puisque le mal lui apportait davantage de satisfactions et qu'il y avait toujours quelqu'un aux petits soins pour elle. Le joyau de la famille, c'était elle, plutôt que Camila ; la vilenie la faisait briller et servait sa renommée. Et si, par extraordinaire, elle avait un geste de capricieuse générosité, le monde entier l'applaudissait, comme un être tout de pur amour. Tandis que Camila, c'était entendu, n'avait pas de personnalité. Sa mère le lui faisait remarquer :

– Tu n'as pas de force d'âme. Sans force d'âme, on n'arrive à rien, en ce bas monde.

Non, elle n'avait pas cette force. Mais elle aimait tout ce que la terre lui offrait, le bien comme le mal, et l'amertume lui semblait presque douce lorsqu'elle la devait à un être aimé. Elle aurait dû naître sainte, ainsi il y aurait eu une explication naturelle à d'aussi étranges sentiments. Mais la sainteté ne la concernait pas, elle qui débordait d'intentions parallèles, d'astuces, de passions instables. Elle se disait qu'il devait y avoir une raison à ce souci d'aimer les autres. Ce n'était plus de l'amour, mais le souci de l'amour. Cela indiquait une nature passive, qui lui valait la confiance des hommes, si pareille à un amour durable.

Apprendre la mort de l'inspecteur dans un accident la tranquillisa quelque peu. Depuis son dernier interrogatoire, pas un instant elle n'avait cessé d'avoir peur de lui. Elle avait pris un avocat seulement parce qu'il lui disait que ce serait bon pour elle, que, même s'il ne lui évitait pas un procès, elle se sentirait moins seule. Cependant, cet avocat, l'inspecteur ne lui avait jamais conseillé de l'épouser, d'autant qu'il ne croyait pas en la mort d'António Clara. Elle l'épousa néanmoins, sans attacher d'importance à ce détail.

– Un homme qui pénètre dans mon intimité comme l'a fait Raoul d'Almeida est d'emblée un prétendant, dit-elle. Son grand-père, la première fois qu'il m'a vue, m'a fait comprendre qu'il ne s'agissait pas d'autre chose. Et son petit rire, lorsque Raoul lui a annoncé que nous allions nous marier, était comme un soupir de satisfaction.

Raoul, cependant, eut toujours un doute. Il ne pouvait s'empêcher de penser que même la nature la plus passive peut exploser un jour, sous le coup d'une colère destructrice. Qu'était-il arrivé à Camila, la nuit de l'incendie ? Pourquoi s'était-elle réfugiée dans la chapelle, munie de pain et d'un peu de nourriture, comme si elle comptait y rester deux ou trois jours ? Puis elle avait dit que les chiens ne se trouvaient pas dans la maison ; et en effet, ils ne l'avaient pas escortée comme ils le faisaient, tôt chaque matin, quand elle les sortait. Mais peut-être, simplement, ne les avait-elle pas libérés parce qu'elle craignait leurs aboiements lorsqu'elle refermerait sur eux le portail. Et peut-être avait-elle épousé Raoul parce qu'un mari est en quelque sorte un complice, et que, d'autre part, il lui garantissait la confiance de la collectivité. N'empêche qu'on le pria bientôt de ne plus se présenter au club. Et si Camila avait supporté, trois années durant, les humiliations et les tortures à seule fin de laisser croire qu'elle était une simple d'esprit ? Aux pauvres d'esprit le royaume des cieux, et celui de l'enfer également.

Quelques années plus tard, les enfants ayant grandi, la famille déménagea pour la capitale, où se concentrent toutes les fonctions neurovégétatives de la société urbaine, comme disait Raoul d'Almeida, avocat d'entreprises. Dans le remue-ménage du déménagement, les enfants firent toutes sortes de découvertes, des jouets perdus, d'autres oubliés, donc inattendus. Camila les surprit en train de jouer aux terroristes avec un masque de laine noire qu'elle jeta au feu sans leur laisser le temps de voir qu'elle intervenait dans leurs jeux. Cette petite scène nous ramène à l'idée, jamais vraiment abandonnée par l'inspecteur, que Camila était présente lors de l'incendie de la discothèque, qu'elle accompagnait les criminels, parmi lesquels on n'avait identifié que Taureau Bleu. On avait retrouvé quatre masques sur le bord de la route, et une seule paire de gants. L'inspecteur ne se lassait pas de répéter que les allées et venues de Camila, cette nuit-là, ne suivaient aucune logique, n'obéissaient à aucun plan. Elles étaient plutôt destinées à brouiller les pistes. Camila n'ignorait sans doute pas que c'est leur caractère qui perd la majorité des délinquants, et que les criminalistes, tout comme les psychiatres, se limitent à l'étude de constantes morphologiques, biologiques et affectives. La longitude épigastrico-pubienne signifie quelque chose, de même que le type, alpin, méditerranéen ou nordique. L'inspecteur attachait beaucoup d'importance à certaines irrégularités physiques, qui sont comme la marque d'un criminel possible. Il disait que l'étude de la masse osseuse du roi Dom Manuel le Fortuné annonçait le délinquant potentiel, sans parler de ses bras qui descendaient jusqu'aux genoux. C'est ainsi qu'il remarqua que Camila avait les yeux singulièrement rapprochés, ce qui est signe de cruauté. Mais il en resta là. Il ne pouvait rien contre les défauts de la jeune femme, défauts d'ailleurs évolutifs et qui se changeaient en vertus, dans une société passant elle-même d'une organisation rigide à une autre plus flexible. Quant à Taureau Bleu, il bénéficia de grâces successives et sortit libre, un beau jour. Il s'empressa de reprendre ses vieilles habitudes. Camila ne le revit pas.

Impression réalisée sur CAMERON par

BUSSIÈRE CAMEDAN IMPRIMERIES

GROUPE CPI

à Saint-Amand-Montrond (Cher)
en octobre 2002

N° d'édition : 822002. — N° d'impression : 025013/1.
Dépôt légal : octobre 2002.

Imprimé en France